ASKJA

Ian Manook

ASKJA

ROMAN

Albin Michel

À tous ceux dont je chéris la mémoire.
À ceux qui, j'espère, chériront la mienne.
À Françoise toujours.
À moi !

À toutes celles et tous ceux qui,
dans l'ombre de l'édition, ont lu,
relu, corrigé, et préparé mon texte
pour qu'il vous soit présentable.

« Dans la folie recluse où j'étais enfermée,
Ma mémoire en intruse vient de se réveiller. »

Mémoire mémoire, Barbara

1

Quelle jeune femme ?

– Elle était là ?

Kornélius n'attend pas la réponse. Il s'avance jusqu'à la crevasse et fouille du regard la profonde entaille qui balafre la lave noire. Puis il lève les yeux sur cette terre sombre et immense, lessivée par des cieux distendus. L'horizon est si bas et le ciel si haut que, malgré sa carrure de troll, il reçoit sur ses épaules toute la démesure de ce monde de terre et de feu. De tous côtés, les laves pétrifiées depuis des milliers d'années ne sont qu'un flot immobile de houle noire et plissée. On croirait la peau d'un sharpeï sorti du goudron. Il s'en veut aussitôt de cette image cruelle et politiquement très incorrecte. À cause du respect que l'on doit aux animaux. Mais, d'un autre côté, les Islandais n'ont jamais vraiment aimé les chiens. Jusqu'en 1985, ils étaient encore interdits dans les villes et les villages. Un sharpeï trempé dans du goudron. L'image lui plaît quand même bien. Il en sourit et entonne à voix basse le *Krummavísur*, la triste complainte des corbeaux. Aussi lugubre que le paysage devant lui, de landes basaltiques à peine tapissées d'un velours de mousses brunes et rêches.

– Est-ce que la peau des sharpeïs garde ses plis quand on dépouille l'animal ?

– Pardon, monsieur ? dit le gamin.

– Non, rien, s'excuse Kornélius, je réfléchissais à voix haute. Donc elle était là, tu dis.

– Oui, monsieur.

– Et pourquoi elle n'y est plus ?

Le garçon attend quelques instants, étonné, avant de répondre :

– Ben… c'est pour le savoir qu'on vous a appelé, monsieur.

Tout au bout de cette terre immense, obscure et craquelée, carbonisée par la rage incandescente d'une éruption lointaine, le socle du Herðubreið. La reine des montagnes. Un cratère à tout jamais endormi, paraît-il. C'est à espérer. Un plateau à mille mètres d'altitude. Comme une mesa. Posé en contre-jour au milieu d'une lande déserte jusqu'aux quatre horizons. Depuis sa plus jeune escapade dans les Hautes Terres, depuis qu'il a aperçu la montagne pour la première fois, Kornélius a toujours refusé de lui donner un nom ou un titre humain. Cette montagne, pour lui, ne peut être autre chose que le trône de Dieu. Il ne saurait dire quel Dieu, mais c'est son trône. Loin des hommes. Loin du monde. Au cœur de la plaine morte des Hautes Terres. D'autres parlent de la souche géante d'un arbre légendaire. Un arbre dont le tronc puissant montait jusqu'à traverser les cieux. Loin des yeux des hommes, ses branches verdoyantes enflammées de fleurs et croulant sous les fruits se déployaient au Walhalla des autres dieux. Aujourd'hui, un ciel de pluie se traîne si bas au pied de la montagne qu'il s'y déchire. Des lambeaux de nuages isolent les hommes de ce qui reste de leurs divinités. Seul le plateau, vaste de cinquante kilomètres carrés, flotte au-dessus des brumes. Et réveille en Kornélius des rêves de lecture.

– Tu connais le Roraima, mon garçon ?

– Le Roraima ?

– Oui, le Roraima, une montagne à cheval sur le Brésil, la Guyana et le Venezuela.

– Non, monsieur…

– C'est un plateau, explique Kornélius sans quitter des yeux le trône de Dieu, une mesa, un tepuy qui s'élève au-dessus de la Gran Sabana. Isolé du reste du monde par des falaises verticales de mille mètres de haut. Un paquebot de roche échoué dans la jungle. Un vaisseau cosmique. Tu vois le destroyer stellaire impérial dans *Star Wars* ? Le Roraima c'est ça, au-dessus des nuages. Sa proue de pierre fendant l'océan végétal des forêts vierges en dessous !

– … ?

– Ne me dis pas que tu ne connais pas *Star Wars* !

– … !

Kornélius soupire en secouant la tête, fatigué de cette jeunesse sans épopées. Ou qui croit en d'autres sagas.

– Bref, le Roraima, c'est un univers minéral délavé par les pluies et sculpté par le vent. Rochers ruiniformes et sinistres, traîtresses ravines, labyrinthes pernicieux, gouffres sans fond entre des murs noirs de cristaux éteints. Et des baignoires d'eau glacée. Tu te rends compte ? De là-haut, les dieux banquettent et se saoulent, et quand ils rotent ou qu'ils pètent, la terre tremble et le tonnerre terrifie les petits êtres prétentieux que nous sommes…

– Monsieur…

– Un bout d'Islande au-dessus des tropiques. L'ascension du Roraima, mon garçon, c'était mon rêve d'enfance.

– Monsieur…

– Oui, quoi ? Quoi monsieur ? s'énerve soudain le grand troll.

– Elle était là, monsieur…

Kornélius sort de son rêve et regarde le moniteur que lui tend le garçon. Sur l'écran, au-dessus des commandes de pilotage, le corps nu d'une femme allongée dans la mousse, face contre terre. On pourrait croire qu'elle dort sur un lit plissé de draps de coton noir. Un de ses genoux est relevé, et son visage camouflé dans l'angle de son bras droit. Son autre bras est tendu le long de son corps, la paume vers le ciel. C'est ce qui donne la sensation qu'elle est morte, cette paume à l'envers. Ses cheveux roux et frisés en corolle ressemblent à une touffe de mousse. Corps immobile et blanc au milieu de la lave sombre. Pas tout à fait nu, en fait. Il lui reste une socquette blanche à un pied.

– Tu es sûr que c'était là ?

– Oui, monsieur, regardez, dit le garçon.

Il pointe différents détails sur l'image fixe de son écran d'abord, puis sur la lande. Kornélius compare les repères. La cicatrice d'une fissure dans la lave. Le capiton d'un lichen. Deux pierres. Le vert de jade pâle et éteint d'un coussinet de mousse. Tout est là, sur l'image du moniteur comme dans le paysage.

– Dans ce cas, où est-elle passée ?

Le garçon n'ose pas répéter à Kornélius que c'est pour répondre à cette question qu'il est là. Il préfère ne rien dire. De toute façon, c'est plus à lui-même que le flic géant a posé la question.

– Pourquoi tu n'es pas allé lui porter secours ?

– Mais j'ai tourné tout autour d'elle avec mon drone, monsieur, se défend le gamin. Je me suis même posé tout près pour voir son visage. Ses yeux. S'ils étaient ouverts ou pas. C'est là que j'ai vu le sang. Alors j'ai préféré aller chercher de l'aide.

– Elle était blessée, tu en es sûr ?

– Oui, monsieur, du sang, à la tête.

Kornélius s'aide de l'écran pour en déduire où devait reposer la tête de la victime.

– Je vais faire venir la scientifique. Ils chercheront des traces pour l'ADN. Je vais baliser la zone.

Puis il réfléchit. Où cette pauvre femme a-t-elle bien pu passer ? Pourquoi son corps, si morte elle était, a-t-il disparu ? Et pourquoi, si morte elle n'était pas, a-t-elle disparu aussi ? Comment une femme nue dans les Hautes Terres noires peut-elle disparaître sans laisser de traces ? Comme tout Islandais, Kornélius connaît la traîtrise de la lande. Cette terre meringuée de lave où la moindre craquelure peut éventrer la roche sur plusieurs dizaines de mètres de profondeur. Où des mousses masquent des crevasses invisibles et se referment sur les malheureux qui y trébuchent, avec la cruauté silencieuse des plantes carnivores. Mais si la femme nue a fini engloutie dans les entrailles pétrifiées d'un champ de lave, où sont ses vêtements ? Il se retourne vers le garçon.

– Donc, toi tu es là-bas et tu manœuvres ton drone depuis la piste de cendre, c'est bien ça ?

– Oui, monsieur.

– Et qu'est-ce que tu fiches au beau milieu des Hautes Terres à jouer avec un drone ?

– Je photographie les mousses, monsieur.

– Tu as besoin d'un drone pour ça ? Tu ne peux pas y aller à pied comme tout le monde, te pencher dessus, t'agenouiller, te mettre à plat ventre à côté, comme n'importe quel bon photographe ?

– Non, monsieur.

– Non ? Et pourquoi non ?

– Parce qu'il faut épargner les mousses, monsieur. Ce sont des végétaux pionniers. Elles poussent sur des supports sans terre pour devenir elles-mêmes le substrat qui nourrira, un jour, d'autres plantes. Elles leur préparent le terrain, en quelque sorte. En même temps, elles constituent un environnement de survie pour de minuscules êtres vivants indispensables à la diversité biologique. Comme les collemboles. Ou les acariens et les nématodes. Ou même les tardigrades.

– Même les tardigrades, hein ? se moque Kornélius.

– Oui, monsieur. Mais sans racines, les mousses restent très fragiles. Quelquefois, quand vous marchez sur un tapis de mousse, vous écrasez à jamais un organisme peut-être vieux de mille ans.

– Mille ans, tu n'exagères pas un peu, mon garçon ?

– Non, monsieur, ce sont les premières plantes terrestres. Elles sont apparues il y a 450 millions d'années.

Kornélius regarde ses pieds, comme si ses mocassins Choo piétinaient des embryons de dinosaures.

– Les dinosaures ne sont apparus que 200 millions d'années plus tard, monsieur, précise le garçon.

– Je sais ! Bon, donc tu la repères avec ton drone, tu la photographies, tu t'aperçois qu'elle est blessée, ou morte, d'accord ?

– Oui, monsieur.

– Et donc, après, tu vas chercher des secours.

– Oui, monsieur.

– Où ?

– … !

La question est ridicule et Kornélius s'en rend compte trop tard. La maison devant laquelle il a garé son Toyota de service est la seule à des dizaines de kilomètres à la ronde. Plantée dans la roche noire, en retrait de la piste en cendre. Façade étroite sur un étage. Bardage rouge. Chambranles de la porte et des fenêtres en linteaux blancs. Toit à double pente, comme une grange du Minnesota. Qui diable peut bien vivre ici ?

– Olaf Eriksson, répond le gamin à la question que Kornélius n'a pas posée.

Le policier le regarde en silence. Sans sourire. C'est quoi ce môme qui erre dans la lande à la recherche de lichens millionnaires et qui répond aux questions qu'il n'a pas posées ? Un elfe télépathe ? Il n'est pas sûr qu'on dise « millionnaires » comme on dit « millénaires », mais il s'en fiche puisqu'il n'a fait que le penser, sans le dire.

– Les lichens ne sont pas des mousses, monsieur. La mousse, c'est un organisme multicellulaire, mais qui n'a pas de tissu spécialisé dans le transport de la sève. Le lichen, lui, c'est un assemblage d'algue et de champignon. L'algue nourrit le champignon, et le champignon abreuve l'algue.

Comment en sont-ils arrivés à parler algues et champignons, alors que tout ce qu'il voulait savoir, c'était comment le gamin devinait à l'avance ce qu'il voulait lui demander ?

– C'est parce que c'est toujours la première question que les gens posent en découvrant la maison de M. Eriksson, explique le garçon.

Kornélius préfère ne pas s'énerver et reporte son attention sur la maison et le majestueux paysage qui l'entoure. M. Eriksson s'est donc construit une coquette demeure en plein désert de lave, au cœur des Hautes Terres, face au trône de Dieu. Pas même sur la route en terre 88. Sur une simple piste de cendre en cul-de-sac, qui n'apparaît pas sur les GPS. C'est quoi ce type, un ermite reclus, un misanthrope récalcitrant, un artiste inspiré, un asocial désespéré ?

– Un ancien marin, dit le garçon.

– Il était marin ? s'étonne Kornélius en parcourant du regard la terre noire et immobile où cet homme a échoué ses pénates si loin de la mer.

Il se retourne vers la maison au moment où un vieil homme en sort. Le vent chahute aussitôt ses cheveux, que Kornélius devine fins et blancs. Il le regarde descendre en cahotant les quelques marches en bois du perron, puis se diriger vers la piste d'un pas saccadé, la tête dans les épaules, les jambes arquées et le dos voûté. De loin, il hèle Kornélius :

– Qu'est-ce que vous faites là !?

– Bonjour, monsieur, crie Kornélius dans ses mains en porte-voix, je suis là pour la fille…

– Je me fous de la fille ! Qu'est-ce que vous fichez là, à piétiner les mousses ?

– Pardon ?

– Les mousses ! Qui vous a permis de fouler les mousses !

– C'est que je suis là pour la femme, répète Kornélius, celle que le garçon a vue, blessée, ou morte peut-être, dans la lande, et qui a disparu.

– Ça ne vous donne pas le droit de massacrer la nature, s'étrangle le vieil homme.

– Comment t'appelles-tu, mon garçon ?

– Tobias, monsieur.

– Attends-moi là, Tobias, je reviens tout de suite.

– Pas de problème, monsieur, prenez votre temps, j'ai de quoi m'occuper. J'ai toutes les photos du drone à transférer.

Il s'apprête à rejoindre le vieil homme, quand celui-ci lui hurle de ne plus faire un pas. Kornélius croit à un danger et se fige. Une crevasse peut-être, sous le piège d'un tapis de mousse…

– Je vous interdis de faire un pas de plus, vous m'entendez ? Je vous l'interdis ! ordonne le vieillard. Repérez d'abord vos traces dans la mousse que vous avez déjà piétinée et ne revenez qu'en mettant vos pieds dans vos propres pas, c'est compris ? Vous avez déjà massacré assez d'entités végétales millénaires comme ça !

– Je vais t'en donner, vieil hystérique, des entités végétales, bougonne Kornélius, que toutes ces histoires commencent à énerver.

– Fermez-la, aboie le petit vieux, et surveillez vos pieds assassins !

Kornélius prend sur lui pour ne pas courir attraper le vieil homme par le col et le rentrer dans sa maison à bout de bras pour le coller à n'importe quel mur, un bon mètre au-dessus du parquet. S'il ne cède pas à la tentation, c'est juste qu'il ne veut pas y laisser ses mocassins Choo déjà imbibés de l'eau glacée que dégorgent les mousses. Ou les lichens. Ou n'importe quelle herbe de n'importe quel nom. Mais quand il rejoint le vieillard, celui-ci s'est subitement calmé.

– Vous êtes monsieur Eriksson, c'est ça ?

– Je suis...

Le vieil homme hésite. Ses yeux gris, délavés par l'âge, étonnés, se vident de toute lumière. Ils s'égarent. Roulent de tous côtés. Pour se souvenir de quelque chose. Pour trouver dans le ciel gris une réponse qui ne vient pas.

– Eriksson, vous dites ?

– C'est ce que ce garçon, là-bas, m'a dit, répond Kornélius, surpris par le désarroi du vieil homme. Il semble vous connaître.

– Je connais ce garçon ?

– Vous allez bien, monsieur ? Peut-être devrions-nous rentrer chez vous pour parler plus au calme.

– Chez moi ? Oui, chez moi, pourquoi pas. Vous savez donc où j'habite alors ?

– Bien sûr, monsieur Eriksson. Ce n'est pas très difficile, votre maison est la seule à des kilomètres à la ronde.

– Ma maison ? Ah oui, ma maison. Ma maison...

Kornélius le prend par le bras et l'accompagne jusqu'à sa porte.

– Ah oui, ma maison !

L'intérieur sent bon la cire et le linge propre. La cannelle aussi. Une bougie sans doute. Ou un gâteau dans la cuisine. Rien ne traîne. Rien ne dépasse. Tout est soigneusement rangé. Un décor pour photos de catalogue d'intérieurs. C'est en refermant que Kornélius aperçoit les messages collés au dos de la porte : « Toujours prendre ses clés. Jamais sans son téléphone. Rester sur la route. Ne pas couper par la lande. Se couvrir chaudement. Je m'appelle Olaf Eriksson… »

– Les mots doux d'Alois, explique le vieillard dans son dos, d'une voix feutrée par une ironie résignée.

– Quelqu'un de votre famille ?

– Alois Alzheimer, répond le vieil homme. Depuis quelques années déjà, je souffre de la maladie que ce brave neurologue a identifiée en 1906. Vous voyez l'ironie de la chose, n'est-ce pas ? Je me souviens de lui, mais pas toujours de qui je suis. Alors je profite de mes moments de lucidité pour me prévenir de ce que je dois faire pour survivre, quand je deviens quelqu'un qui n'est plus moi. Mais je vous en prie, asseyez-vous et pardonnez-moi.

– Vous pardonner de quoi, monsieur Eriksson ?

– De ma colère. Je suppose que j'en ai piqué une en vous voyant marcher au milieu des mousses, n'est-ce pas ? Elles sont si fragiles, vous savez. C'est un patrimoine national. Ou du moins, ça devrait l'être. En mille ans, nous avons déjà coupé tous les arbres de cette île, alors faisons en sorte de ne pas détruire les mousses qui permettront, peut-être, dans mille autres années, de la reboiser. Voulez-vous boire quelque chose ? Un café peut-être ?

– Un café me réchaufferait, oui, merci.

Le vieil homme disparaît dans la cuisine, où Kornélius, préoccupé par ses subites absences, préfère le suivre.

– De l'éthiopien, cela vous convient-il ?

– Ça sera parfait, répond Kornélius, qui s'inquiète des mouvements soudain très lents d'Eriksson.

– Alors, dites-moi, en quoi puis-je vous être utile ?

– Comme je vous l'ai déjà dit, je viens au sujet de la femme que ce jeune garçon, Tobias, aurait aperçue, nue et inconsciente, allongée dans la lande, à cent mètres de votre maison. Avez-vous vu quelque chose ?

De nouveau le regard d'Eriksson s'égare dans le vague, mais c'est juste pour marquer son étonnement.

– Non, je n'ai rien vu. Après que ce garçon a frappé à ma porte, j'ai fouillé la lande des yeux à travers mes jumelles, depuis ma fenêtre, mais je n'ai rien vu. Ni femme ni corps. Je me demande si ce garçon a toute sa tête !

– Le corps y était, monsieur Eriksson, Tobias l'a filmé et j'ai vu les images.

– Ah oui, les images… !

Eriksson semble à nouveau prêt à dériver vers un inaccessible ailleurs. Kornélius a l'impression d'essayer de démêler un nœud compliqué et serré en tirant sur un fil trop court et trop fragile. Le vieil homme lui tend une tasse de café, prend la sienne, ainsi qu'un pot de sucre en morceaux, et ils retournent dans le salon.

– Vous les avez vues ?

– Quoi donc ?

– Les images, vous les avez vues, monsieur Eriksson ?

– Non. Mais, encore une fois, je n'ai aperçu aucun corps avec mes jumelles. Quand il a cherché lui aussi, et qu'il m'a dit que la fille n'y était plus, je lui ai demandé de me laisser tranquille avec ces histoires, et que s'il y croyait encore, qu'il aille déranger la police plutôt qu'un pauvre vieux bonhomme comme moi. Mais je l'ai laissé téléphoner pour vous appeler. Ensuite, je suis retourné m'asseoir à ma place, près de la fenêtre.

– Près de la fenêtre ?

Kornélius le regarde. Eriksson prend un sucre du bout de ses doigts fripés, le glisse dans son café et le fait fondre en tournant très longtemps avec sa petite cuillère.

– Oui, c'est ma place.

Il regarde sa tasse, comme s'il y cherchait la réponse à une question qui le taraude, puis y fait tomber un autre sucre et le laisse fondre avec la même application.

– Toute la journée ?

Le vieil homme ne répond pas tout de suite, les yeux perdus dans son café, dubitatif, puis se résout à le sucrer à nouveau.

– La plus grande partie, oui.

Quand Kornélius le voit piocher un autre morceau dans le sucrier, il se permet d'intervenir :

– Monsieur Eriksson, vous avez déjà sucré votre café.

– Ah oui, vraiment ?

– Oui, beaucoup même. Trois fois déjà.

– Ah oui, trois fois ! C'est beaucoup, en effet.

Il repose sa tasse et l'oublie.

– Donc, reprend Kornélius, si quelqu'un était venu dans la lande, vous l'auriez probablement aperçu.

– Probablement. Sauf si j'ai piqué du nez sur place, à mon insu, pour une sieste impromptue. Ou si je suis allé pisser. À mon âge, on pisse souvent, vous savez. La prostate. Mais sinon je ne quitte pas mon poste. Jamais.

– Excusez-moi, monsieur Eriksson, mais en toute franchise, que regardez-vous toute la journée depuis votre fenêtre ? Il n'y a rien de particulier à voir ici, à part admirer le Herðubreið, bien sûr, mais vous devez le connaître par cœur, je suppose.

– Mais je n'admire pas, monsieur, je n'admire pas, je surveille ! s'indigne le vieil homme dans un brusque regain d'énergie.

– Ne me dites pas que vous surveillez ceux qui foulent ces centaines de kilomètres carrés de mousse.

– Bien sûr que si, je les surveille. Et je les chasse comme des assassins qu'ils sont, tous ces étrangers qui débarquent de leurs voitures grosses comme des camions ! Vous savez ce qu'ils font, monsieur le policier, vous le savez ?

– Ils visitent notre pays, je suppose, et viennent admirer le Herðubreið, entre autres.

– Non, monsieur, ils sautent de leurs engins et courent dans la mousse pour se prendre en photo avec le Herðubreið en arrière-plan, vous vous rendez compte ? Ils ne peuvent pas rester sur la piste ? Qu'est-ce que ça change de s'avancer dans la lande de dix ou vingt mètres en piétinant la mousse, hein ? Ça va rapprocher le Herðubreið qui trône à plus de cinq kilomètres, peut-être ?

Eriksson s'énerve et Kornélius préfère changer de sujet, même si, intérieurement, il est heureux qu'il ait parlé du Herðubreið comme d'un trône.

– J'ai appris que vous aviez servi dans la marine.

– Oui, comment l'avez-vous su ?

– J'ai posé des questions.

– Sur moi ? Vous m'espionnez ?

– Non, mais c'est mon métier de poser des questions, monsieur, je suis policier.

– Ah, vous êtes policier ?

– Oui.

– Mais dans ce cas-là, que faites-vous chez moi ?

– Eh bien, je vous l'ai dit, monsieur Eriksson, j'enquête sur la jeune femme qui a disparu dans la lande.

– La jeune femme ? Quelle jeune femme ?

2

Mon Dieu, j'ai fait du mal à Nola !

Kornélius reste encore une heure à essayer de tirer quelque chose du vieil homme et à l'empêcher de sucrer plusieurs fois son café déjà froid. Mais plus la fatigue gagne Eriksson, moins il est cohérent. Kornélius finit par prendre congé. Le ciel, entre-temps, s'est chargé. Sombre. C'est déjà presque le crépuscule sous les nuages noirs. Il descend les quelques marches du perron, cherche des yeux le garçon avec son drone et ne le trouve nulle part. Il se rend compte qu'il ne lui a même pas demandé comment il était arrivé jusqu'à la maison d'Eriksson. Maintenant qu'il y réfléchit, il n'a aperçu aucune voiture. Un gamin à vélo ? À l'ouest, la piste est un cul-de-sac, et à l'est, pour revenir vers la 88, il faut traverser à gué une rivière large et turbulente. Il tourne autour de la maison, guette dans le vent le vrombissement d'un drone, puis se résigne à admettre qu'il a perdu son unique témoin. Où a-t-il pu passer, à cette heure, dans ce désert ?

Les mains sur les hanches, face à la démesure de la lande et du Herðubreið à l'horizon, Kornélius s'étonne de ce début d'enquête. Une morte nue mais pas de cadavre, un témoin disparu dans la lande et dont il n'a eu le réflexe de noter ni le nom ni le contact, et un vieillard sénile qui vit en solitaire dans une maison isolée au cœur d'un désert de cendre. Comment peut-il vivre ici, d'ailleurs ? Qui s'occupe de l'approvisionner ? Qui le surveille et le récupère quand il perd la mémoire ? Qui prend soin de lui d'une façon générale ? Il se retourne vers la maison. Eriksson est là, tassé dans le coin du cadre lumineux de la fenêtre, à le regarder. Kornélius lui adresse un salut de la main par réflexe, mais Eriksson ne lui répond pas. Peut-être qu'il dort. Seul. Dans sa maison à des dizaines de kilomètres de la première âme qui vive. Kornélius se dit qu'il ne peut décemment pas le laisser comme ça et retourne frapper à sa porte. Plusieurs fois. Puis à la vitre pour réveiller le vieil homme qui finit par venir lui ouvrir.

– Oui, vous désirez ?

– Je suis le policier avec qui vous avez parlé tout à l'heure, monsieur Eriksson, est-ce que je peux entrer ?

– Nous avons parlé tout à l'heure ?

– Oui, à propos de la femme dans la lande…

– Je n'en ai aucun souvenir, mais entrez donc, il fait déjà presque nuit.

Kornélius entre en le remerciant.

– Écoutez, je crois qu'il est un peu tard pour retourner à Mývatn, et surtout pour retraverser cette rivière à gué un peu plus à l'est, alors je me demandais si vous pourriez m'accorder l'hospitalité pour la nuit. Votre maison est grande, vous disposez peut-être d'une chambre d'amis. Même un simple sofa fera très bien l'affaire.

– Mais bien sûr, bien sûr ! s'exclame le vieil homme. Je me suis installé une chambre au rez-de-chaussée, à cause de mes vieilles jambes, mais il y a des chambres à l'étage. Prenez celle de droite, au premier.

– Vous avez plusieurs chambres ?

– Oui. À une époque, j'ai fait chambres d'hôtes pour survivre à la crise. Aujourd'hui, j'en loue encore à l'occasion, à des touristes de passage qui se perdent comme vous.

– Je ne suis pas vraiment perdu, vous savez, je suis ici pour l'enquête.

– Ah oui ? Et sur quoi enquêtez-vous donc ?

– Eh bien, je vous l'ai dit, sur la jeune femme.

– La jeune femme ? Quelle jeune femme ?

Sans attendre la réponse, Eriksson dit soudain qu'il va se coucher. Il souhaite une bonne nuit à Kornélius, l'invite à se trouver de quoi dîner dans la cuisine, et disparaît dans un couloir. Kornélius se retrouve seul dans cette maison étrange, à écouter le silence s'installer pour la nuit. Puis le ronflement d'Eriksson lui parvient depuis le couloir. Alors il éteint le salon et passe dans la cuisine. Il trouve du pain tonnerre noir enroulé dans un torchon et se demande si, dans ce désert de lave froide, quelqu'un l'a cuit selon la tradition, enterré près d'une source d'eau chaude. Mais comment ce vieillard pourrait-il seulement avoir la force de pétrir l'épaisse pâte de seigle ? En fouillant, Kornélius met la main sur un tube de *kaviar*, du beurre et du *skyr*. Il se coupe deux épaisses tranches de pain, les beurre et les tartine de crème d'œufs de poisson qui jaillit du tube comme une anguille affolée. Il garde le lait épais et fermenté du *skyr* pour dessert et cherche désespérément une bière qu'il ne trouve pas. Après avoir mangé, il lave sa vaisselle, remet tout en ordre et monte découvrir sa chambre. Dans la sienne, Eriksson ronfle comme un remorqueur qui s'attaque à la houle.

Kornélius repère sa chambre, à droite, mais par curiosité se dirige vers celle de l'autre côté. Vide. Propre. Sobre. Dans le style vintage islandais épuré. Il en sort pour regagner la sienne, quand il remarque une autre porte qui n'ouvre pas sur une pièce, mais sur un escalier. Il monte jusqu'aux combles, à un palier sur lequel ne donne qu'une seule porte que Kornélius ouvre. Une chambre en soupente. Beaucoup plus chaleureuse que celle de l'étage inférieur. Joliment décorée. Bibelots et napperons. Miroirs et coiffeuse. Armoire rustique. Et ce sentiment étrange qu'elle est habitée. Ou que quelqu'un y vivait il y a encore peu. Il entre. Chambre de femme. Dans une armoire, du linge, soigneusement plié. Dans une penderie, d'autres vêtements suspendus. La pièce occupe le pignon de la maison et une fenêtre étroite donne sur la lande et le Herðubreið. Il l'ouvre, se penche, et son cœur manque un battement. Au rez-de-chaussée, le salon est de nouveau allumé et projette sur la lande sombre un large trapèze de lumière jaune.

– Ne bougez plus ! hurle une voix derrière lui.

Kornélius se retourne. Eriksson est là, armé d'un fusil de chasse, et le tient en joue depuis le pas de la porte.

– Que faites-vous chez moi en pleine nuit ?

– Calmez-vous, monsieur Eriksson. Je suis votre locataire. Je me suis laissé surprendre par la nuit et vous avez accepté de m'héberger.

– Je ne loue plus de chambres depuis bien longtemps.

– Pourtant celle-ci semble avoir été occupée il y a peu de temps.

Le vieil homme le regarde, étonné, puis examine la pièce à son tour.

– Vous croyez ?

– Il y a du linge dans l'armoire, des vêtements dans la penderie, répond Kornélius sans quitter des yeux le fusil d'Eriksson.

– Qu'est-ce que tout ça fait chez moi ? murmure le vieil homme.

– Monsieur Eriksson, vous ne voudriez pas baisser le canon de cette arme, s'il vous plaît ?

Eriksson hésite, regarde tour à tour le géant devant lui et le fusil dans ses mains, les yeux perdus, à la recherche d'une explication. Soudain, il se ressaisit et braque à nouveau l'arme sur Kornélius.

– Non, hurle-t-il, je ne sais pas qui vous êtes ! Que faites-vous chez moi ?

– Je vous l'ai déjà dit, monsieur Eriksson, je suis policier, de la police criminelle de Reykjavik. Je suis ici pour une enquête.

– Une enquête ? Pourquoi, j'ai fait quelque chose de mal ?

– Je n'en sais rien, monsieur Eriksson, répond calmement Kornélius, c'est à vous de me le dire. Vous avez fait du mal à quelqu'un, monsieur Eriksson ?

Le vieillard hésite, cherche au fond des yeux de Kornélius une réponse à cette question qui le surprend, puis baisse son arme et relâche ses épaules, écrasé par un incommensurable doute.

– Je n'en sais rien, monsieur. Je ne pense pas. Peut-être. Je ne sais pas. Je ne sais vraiment pas. À qui pensez-vous que j'aurais pu faire du mal ?

– Peut-être à la jeune femme qui habitait cette chambre ?

– Une jeune femme habitait ici ?

– De toute évidence, oui.

– Et je lui aurais fait du mal ? Mais pourquoi ?

– Encore une fois, c'est à vous de me le dire, monsieur Eriksson. Pourquoi avez-vous fait du mal à cette jeune femme ?

– Je ne sais pas. Je ne sais pas pourquoi je lui ai fait du mal.

– Mais vous lui avez bien fait du mal, n'est-ce pas ?

– Oui, probablement. Sûrement même. Je suppose !

– Et vous ne vous souvenez pas d'elle ?

– Non. Personne n'habite cette chambre. Aucune femme en tout cas.

– Faites un effort, monsieur Eriksson. Une femme jeune, un peu ronde, environ quarante ans, rousse…

Eriksson semble traversé par une décharge électrique.

– Rousse, dites-vous ?

– Oui, pourquoi, vous vous souvenez de quelque chose ?

– Nola ! Mon Dieu, j'ai fait du mal à Nola !

3

Comprend-il seulement qu'il le soupçonne de meurtre ?

Kornélius a calmé Eriksson et l'a ramené jusqu'à sa chambre, mais sans regagner la sienne ensuite. Il lui a confisqué son fusil et il est resté dans le salon, allongé sur le sofa, à surveiller sa porte. Plus tard dans la nuit, il a appelé Ida.

– Kornélius, a-t-elle répondu d'une voix endormie, c'est beaucoup trop tard pour l'amour et bien trop tôt pour le petit déjeuner !

Mais il lui a expliqué la situation et elle l'a écouté.

– Il faudrait que tu viennes faire des prélèvements. Du sang dans la lande, des traces dans une chambre. Le grand jeu…

Ida répond que le lendemain elle couvre déjà une scène de crime potentielle pour Botty. Une histoire de culotte dans un volcan, elle n'a pas vraiment tout compris. Elle ne pourra venir que le surlendemain. La plupart des techniciens sont en formation au Danemark pour une semaine.

– À la rigueur, je peux t'envoyer un de mes hommes demain, mais moi, j'ai besoin d'un jour de plus.

– Non, c'est toi que je veux. J'ai une morte sans cadavre, un suspect à la mémoire en miettes et un témoin télépathe qui s'est dématérialisé comme un elfe. J'ai vraiment besoin de toi.

– Kornélius, dans quelle histoire t'es-tu encore fourré !

– Je n'en sais rien, mais dis-moi ce que je dois faire de ce vieil homme en t'attendant.

– Ferme la maison et ne le laisse pas tout seul. Embarque-le, mets un ruban de scène de crime en travers de la route et surtout, trouve-nous un chalet, une chambre d'hôtes ou n'importe quel petit nid douillet où tu pourras te faire pardonner de m'avoir réveillée en pleine nuit.

– Mais Ida, où veux-tu que j'embarque ce vieil homme, dans l'état où il est ?

– À Akureyri. Leur prison vient d'être refaite à neuf. Ils ont une dizaine de cellules et, si j'ai bonne mémoire, certaines sont médicalisées avec un personnel dédié à ce genre de comportement.

– Vous, vous pensez à une femme ! s'amuse Eriksson.

– Pardon ? s'étonne Kornélius, qui trébuche hors de son rêve éveillé.

– Je suis sûr que vous pensiez à une femme !

– Non, se défend-il maladroitement, je pensais à une collègue à qui j'ai téléphoné cette nuit.

– Ah, vous voyez, j'en étais sûr : vous pensiez à une femme !

Une aube dorée a eu raison de son sommeil noir. Kornélius a ouvert un œil froissé sous un plaid chiffonné, sur le sofa, le fusil à ses côtés, baigné par la clarté lumineuse du petit matin à travers la baie vitrée. Le temps de comprendre où il se trouve, et le voilà aussitôt furieux de s'être endormi. Eriksson aurait pu disparaître. Ou lui fracasser le crâne à coups de crosse. L'égorger même, sans pour autant s'en souvenir. Mais il est vivant et devine que le vieil homme, dans la nuit, s'est contenté de couvrir gentiment sa lourde carcasse d'un plaid. Quand Eriksson est apparu, il portait le plateau du petit déjeuner. Pain tonnerre, beurre et filets fumés de truite, de hareng et de maquereau. Au feu froid, à en croire le fumet odorant, au-dessus d'un tapis de tourbe et de cendre pour garantir un feu étouffé et constant. Un tube de fromage brun à tartiner aussi. Et du lait caillé.

– Monsieur Eriksson, dit Kornélius après deux épaisses tartines au poisson fumé, il va falloir fermer votre maison et me suivre jusqu'à Akureyri.

Le vieil homme termine son bol de lait caillé et le regarde en souriant, du lait sur sa lèvre supérieure.

– J'ai toujours aimé me faire des moustaches de lait, dit-il en éclatant de rire. Ça me tient depuis que je suis tout petit. Même plus tard, quand j'étais marin, ça faisait rire tout l'équipage dans la cambuse.

– Monsieur Eriksson, vous avez compris ce que je viens de dire ?

– Oui, oui, bien sûr que je vous ai compris, mon garçon. Vous m'arrêtez et vous me conduisez à la prison la plus proche, celle d'Akureyri.

– Je ne vous arrête pas, monsieur Eriksson, j'ai juste besoin que vous nous expliquiez un certain nombre de choses un peu plus en détail, et je pense que nous serons mieux là-bas pour le faire.

– Je comprends, dit Eriksson en desservant. C'est donc que vous pensez que j'ai commis une infraction, que je m'apprête à en commettre une autre, ou que je vous oppose un refus d'obéissance.

Kornélius regarde le vieil homme passer un coup d'éponge sur la table, puis regagner sa chambre pour en ressortir avec un petit sac de sport.

– C'est bien la procédure, monsieur Eriksson, mais vous oubliez la quatrième raison qui justifie une interpellation dans notre système juridique.

– Ah oui, c'est vrai, la protection du suspect. Eh bien, allons-y alors, monsieur le policier, protégez-moi, si vous pensez que je pourrais me faire du mal. Je suis prêt.

Kornélius ne sait pas quoi penser devant ce vieil homme qui se livre sans opposition. Comprend-il seulement qu'il le soupçonne de meurtre ?

4

Munition d'arme de guerre !

Ils ont soixante kilomètres de piste à parcourir vers le nord avant de rejoindre la route n° 1, puis quarante kilomètres d'asphalte vers l'ouest pour arriver à Mývatn, où ils pourront déjeuner. Kornélius pourrait même y réserver un chalet quelque part au bord du lac, pour Ida et lui. L'emmener en balade à travers les landes inondées, avant de redescendre chez Eriksson. Glisser leurs corps dénoués dans les eaux bouillantes d'un hot pot. Il aurait bien besoin de ce repos pour remettre en ordre ses idées. Le corps d'une femme photographiée nue et inconsciente au beau milieu d'un champ de lave. Où elle n'est plus. Morte peut-être. Avec une seule socquette. Plus un gamin télépathe qui pilote un drone au beau milieu des Hautes Terres. Plus un vieillard cyclothymique au cerveau troué d'oublis par la maladie d'Alzheimer. Mais, après réflexion, il préfère ne pas trop s'éloigner de la scène de crime. Il a repéré une sorte d'*hostel* sur la piste 88, à quelques kilomètres de chez Eriksson, avant le gué sur la rivière. Une petite maison dans les mêmes couleurs que celle du vieil homme. Avec un mât blanc en haut duquel claque un drapeau islandais pour servir de repère aux rares voyageurs, et en guise d'hébergement, quelques tentes igloos vertes qui froufroutent dans le vent. Il espère pouvoir y réserver un vrai lit. L'idée de se retrouver nu contre Ida, sous un épais duvet, au cœur du paysage hostile des Hautes Terres, occupe son esprit pendant qu'il conduit. Il aime ce *statu quo*. Ces retrouvailles. Ces amours nomades, comme il dit. Même s'il sait bien qu'Ida ne s'en contente qu'en attendant qu'il ose trouver les mots pour lui en demander plus.

La piste longe une rivière qui prend ses aises au milieu des terres sombres. Le contre-jour du ciel, dans ses eaux larges et argentées, redessine le paysage en noir et blanc. Dans son rétroviseur extérieur, le Herðubreið glisse à contresens, sans pourtant jamais s'éloigner vraiment. L'esprit d'Eriksson semble s'être évadé encore. Il reste silencieux, droit contre le dossier du siège passager, son sac de voyage sur les genoux, à regarder défiler ce paysage familier qu'il semble redécouvrir à chaque virage. Prêt et résigné. Comme un père trop âgé qu'on conduit à la maison de sa dernière retraite. Devant, un nuage sombre, isolé dans un ciel d'acier brossé, déverse un déluge vertical sur un tout petit bout du monde, à quelques kilomètres de là. Kornélius ne s'en inquiète pas. L'averse s'écoule en aval du gué qu'ils vont bientôt devoir franchir.

Ils y arrivent quelques minutes plus tard. Kornélius arrête la voiture et descend évaluer les risques. Il a dû pleuvoir quelque part en amont aussi. L'eau est plus vive et plus jaune que lors de son passage la veille. La rivière s'est enflée de quelques dizaines de centimètres. Mais la traverser reste encore possible. Avant de remonter dans son véhicule, il profite un instant de cette sensation de solitude éthérée. L'impression d'être le seul témoin d'un monde qui se crée. Ou qui se meurt. Le Herðubreið au loin, éternel. La rivière qui roule ses remous silencieux, indifférente et éternelle elle aussi. La lande immobile. Noire. Depuis des milliers d'années. Des millions, peut-être. Et dans le ciel sans âge, le cycle sempiternel de l'eau qui gonfle ses nuages de pluies trop lourdes à retenir et qui retombent au hasard. Le hasard et l'éternité. L'immensité. Et lui. Tout petit dans ce monde. Et soudain si ému d'y appartenir un peu quand même. Un sentiment vertigineux le submerge. Il le reçoit comme un choc qui le secoue.

We will we will rock you... Bam ! Rock you... Bam !
We will we will rock you... Bam ! Rock you... Bam !

Les trois engins tout-terrain surgissent d'entre des rochers de lave de l'autre côté de la rivière. Les passagers chantent à tue-tête le refrain de Freddie Mercury et en martèlent le rythme de leurs mains sur les carrosseries constellées d'autocollants. Certains ont passé leur buste entier à travers les vitres. Ils hurlent et vocifèrent, et haranguent ceux du véhicule qui les suit trop vite et trop près. Quand ils aperçoivent Kornélius de l'autre côté du gué, tous reprennent le refrain en le pointant du doigt :

We will we will rock you... Bam ! Rock you... Bam !
We will we will rock you... Bam ! Rock you... Bam !

Puis, sans s'arrêter ni même ralentir, le premier chauffeur jette son véhicule dans la rivière. Il s'y précipite trop vite et le courant roule aussitôt un mauvais remous sous le nez de l'engin qui se soulève et pivote sur ses roues arrière, avant de dériver d'un bon mètre vers l'aval. Les passagers hurlent de joie. Ils en redemandent. Mais le 4×4 est haut sur roues et lourdement chargé. Le chauffeur le remet en biais contre le courant. Kornélius pense que l'homme s'est fait une frayeur et qu'il reprend les choses en main, mais il n'en est rien. Il accélère soudain et projette de chaque côté des murs d'eau qui détrempent les touristes penchés aux fenêtres. Ils hurlent et rient et défient ceux des autres véhicules d'oser prendre le même risque. Kornélius regarde sans y croire les deux engins plonger aussitôt à leur tour dans la rivière, l'un derrière l'autre, avant même que le premier en soit ressorti.

Dès qu'ils atteignent la rive où attend Kornélius, les passagers bondissent hors des 4×4, se congratulent en trinquant de leurs canettes de bière à la santé des chauffeurs et lèvent les bras au ciel en chantant :

We are the champions
We are the champions
No time for losers
'Cause we are the champions of the world !

Une petite blonde rondelette en coupe-vent vert fluo aperçoit Kornélius et se précipite à sa rencontre. Elle se jette contre lui, se colle à ses hanches, l'enserre d'un bras trop court et de l'autre brandit un portable pour se prendre en selfie.

– Un troll, les mecs, un troll ! Un vrai ! hurle-t-elle en vérifiant la photo sur l'écran de son téléphone.

Aussitôt, les autres accourent pour voir le résultat et se jettent à leur tour sur Kornélius pour se prendre en photo avec le troll. Le premier qui cherche à poser avec lui repart en vrille à travers les airs sans comprendre. Il fauche au passage les trois suivants qui tombent comme un jeu de quilles, le reste repart se réfugier derrière les véhicules. Dans leur course paniquée, ils abandonnent leurs canettes de bière et de soda, et la colère de Kornélius redouble. Il attrape par le col le moins rapide, ou le plus téméraire, et le force à tout ramasser. Puis il se dirige vers les chauffeurs. Des Islandais, sans aucun doute. Des frimeurs de ce nouveau business du tourisme « extrême », comme ils disent. Pas pour l'extrême beauté du pays, non, ni pour l'extrême émotion que peut provoquer sa contemplation. Simplement pour d'extrêmes sensations artificielles auxquelles l'Islande ne sert plus que de décor. De ce passage de gué au cœur des Hautes Terres face à la reine des montagnes, ces touristes ne garderont rien des sentiments qui troublaient Kornélius quelques instants avant leur arrivée. Ils ne retiendront que de l'avoir fait entre deux murs d'eau à bord d'un méga-van Super Jeep piloté par des chauffeurs hyper cool. Des chauffeurs que Kornélius interpelle avec véhémence :

– Cette rivière a pris trente centimètres en quelques heures. Vingt de plus, et elle vous emportait. Depuis quand traverse-t-on un gué sans s'arrêter pour vérifier le courant et la trajectoire ? Depuis quand fait-on traverser plusieurs véhicules en même temps ? Êtes-vous à ce point inconscients ? Un gué, ça se traverse à vitesse constante, sans accélérer, à 10 km/h maximum, en première avec le différentiel bloqué.

– Hé, t'affole pas, grand-père, répond un des jeunes chauffeurs. Ça, ce sont des vans Super Jeep, tu sais, et avec ça, on passe où on veut.

– Ah oui ? Et elles sont où tes prises d'air surélevées ? Si la vague que tu pousses devant toi noie ton moteur, si tu cales, qu'est-ce que tu fais ?

– Ben je redémarre, grand-père.

– Si tu redémarres, tu prends le risque de noyer définitivement ton moteur !

– Et alors ?

– Et alors, quel que soit le poids de ta voiture, s'il y a assez d'eau dessous, sans puissance de traction, elle ne sera rien d'autre qu'une pauvre barcasse qui finira par dériver dans le courant. Avec à l'intérieur les passagers dont tu as la responsabilité !

– Mais ce n'est qu'une rivière, grand-père, on flottera comme tu dis, et on finira toujours par s'échouer quelque part sur une berge. On n'est pas en amont des chutes de Gullfoss par ici, que je sache, non ?

– Pauvre imbécile, s'emporte Kornélius, toute rivière ici se fracasse toujours quelque part en rapide ou en cascade à un moment ou à un autre. Et le premier rapide venu fera capoter ta belle jeep cul par-dessus tête et vous finiriez tous noyés ou broyés sous ton engin !

Kornélius invective en islandais les trois chauffeurs qui font front en souriant, et leur arrogance redonne confiance aux touristes qui se regroupent. Ils parlent différentes langues. Allemand, italien, français. Puis un anglais de bric et de broc les soude et attise leur audace. Sans comprendre ce que Kornélius reproche aux chauffeurs, ils le devinent et prennent leur défense. Très vite le ton monte. Sûrs de leur nombre, ils s'enhardissent, et un Espagnol, plus bouillant que les autres, finit par pousser Kornélius du plat de la main et lui dit de dégager. Kornélius ne bouge pas d'un millimètre, et tous remarquent soudain sa carrure de troll. Un peu trop tard pour l'Espagnol. Kornélius le saisit par ses vêtements à hauteur de la poitrine, le soulève de terre, traverse le groupe en le tenant à bout de bras et va le plaquer contre un des vans. Le petit groupe gronde aussitôt une colère offusquée, mais dans le même temps s'écarte dans un spasme prudent pour libérer un périmètre de sécurité. L'Ibère se rend vite compte de son audace suicidaire et de la défection des autres. Son visage blêmit, ses yeux paniquent. Quand Kornélius le relâche, ses jambes le trahissent et il tombe assis par terre. Dans un soupir résigné, Kornélius le relève par le col et le renvoie d'une bourrade dans les bras des chauffeurs. Puis il leur conseille de foutre le camp avant qu'il ne s'énerve vraiment.

Ils vont retrouver un peu de courage pour faire front contre lui, quand une jeep apparaît de l'autre côté de la rivière. Décorée comme les vans, Kornélius en déduit qu'elle appartient à la même caravane. Mais elle est plus petite et équipée d'un treuil sur le devant. L'homme qui en descend est plus âgé que les autres chauffeurs. Il s'avance jusqu'au bord de la rivière. Kornélius devine qu'il évalue la hauteur de l'eau et la force du courant. Il le voit observer le léger arc de cercle orienté vers l'amont, qu'il pense suivre pour traverser. Puis il le regarde remonter dans son véhicule et entrer lentement dans l'eau. C'est tout juste si les touristes ne se moquent pas de sa prudence. Et quand, au beau milieu du gué, son capot explose grand ouvert et que la jeep s'immobilise dans un soubresaut, ils éclatent de rire, sortent leurs smartphones et tournent tous le dos à la rivière. Photographier l'incident ne les intéresse pas. Ce qu'ils veulent, c'est un beau selfie d'eux-mêmes avec l'autre idiot bloqué au milieu du gué en arrière-plan.

Puis ils restent à comparer leurs selfies, et plus personne ne s'occupe de Kornélius, qui se dirige aussitôt vers le bord du gué.

– Vous ne l'avez quand même pas noyé ? crie-t-il au chauffeur échoué.

– Non. Je ne comprends pas. Quelque chose a explosé dans le moteur. Il est mort.

– Mort, vraiment ?

– Complètement.

– D'accord, restez à l'intérieur, je viens vous chercher.

Il retourne à son Toyota et se rend compte que, dans sa colère, il avait complètement oublié Eriksson.

– Monsieur Eriksson, pouvez-vous descendre et m'attendre ici, s'il vous plaît, je vais devoir utiliser la voiture pour dépanner cet homme.

– Bien sûr, bien sûr, faites donc, je vous en prie, sortez ce brave homme de ce mauvais pas.

Kornélius le remercie, monte dans la voiture et entre à son

tour dans la rivière pour aller se positionner nez à nez juste devant la jeep.

– Le treuil ne fonctionne plus, je suppose.

– Non, il est mort lui aussi.

– Alors, débrayez-le, que nous puissions quand même dérouler le câble.

– C'est fait. Je vais rabattre le capot et me glisser dessus pour l'accrocher à votre Toyota.

– Vous n'aurez pas le bras assez long. Je vais sortir vous aider.

– Avec ce courant ?

– Je suis un peu plus lourd à bouger que vous.

– Je ne voulais pas vous le proposer, de peur de vous vexer, plaisante le chauffeur en s'extrayant de sa jeep par la fenêtre avant.

– Ça ne me vexe pas, souffle Kornélius en extirpant son corps de troll de l'habitacle.

Mais il ne se hisse pas à plat ventre sur le capot. Il descend dans l'eau du côté où le courant le plaque contre la voiture et se glisse jusqu'au nez du Toyota. L'autre s'est penché pour récupérer le crochet au bout du câble. Kornélius s'en saisit et plonge son bras dans l'eau glacée. À tâtons, il cherche le point d'accroche de dépannage et finit par y fixer le câble.

– Merci, dit le chauffeur de la jeep.

– Ce n'est pas fini, répond Kornélius, passez sur ma voiture et montez-y sans vous mouiller.

– Pourquoi ? s'étonne l'autre.

– Il ne vous aura pas échappé que je suis un peu trempé du bas, non ? J'ai encore des kilomètres à faire, et je n'ai pas envie de conduire sur un siège mouillé. Vous allez ramener ma voiture sèche et au sec.

– Et la mienne ?

– Je vais essayer de ne pas trop vous la tremper, mais il va bien falloir que je me mette au volant. Il ne faudrait pas que les roues avant se bloquent et mettent votre jeep de travers dans le courant.

– C'est de bonne guerre, reconnaît l'autre en se glissant dans l'habitable du Toyota.

– D'accord. Vous reculez le plus doucement possible jusqu'à la rive en maintenant le câble tendu. Quand vous êtes sur la rive, je bloque le treuil et vous me sortez de là en me tractant doucement en marche arrière.

– J'avais un peu compris la manœuvre, ironise le chauffeur.

– Quand je vois comment se comportent les autres énergumènes de votre équipe, je préfère être pédagogue !

Ils manœuvrent tous les deux sans problème et, dès que sa jeep est en sécurité sur la rive, le chauffeur arrête le Toyota et rejoint Kornélius pour inspecter les dégâts.

– C'est quoi ce merdier ? s'étonne-t-il.

Kornélius ne répond pas tout de suite. Il observe le radiateur de la jeep percé de part en part et la fonte du bloc moteur brisée net.

– Qu'est-ce qui a bien pu causer des dégâts pareils ? bredouille l'homme, sidéré.

– Une balle.

– Une balle ?

– Oui. Munition d'arme de guerre !

5

Il a perdu son assassin !

En une seconde, Kornélius visualise l'axe de tir et ordonne à tout le monde de se mettre à couvert. Comme personne ne semble comprendre, il hurle plusieurs fois *Gun shot ! Gun shot !* Cette fois ses cris sèment la panique chez les touristes qui se jettent à plat ventre sous les 4×4. Par chance, ils sont garés sur le côté, à l'abri de rochers qui les protègent de l'angle de tir.

Seuls Kornélius et le vieux chauffeur se cachent derrière la jeep au moteur explosé, bien dans l'axe. Soudain, Kornélius pense à Eriksson et le cherche des yeux.

– Où est le vieil homme qui m'accompagnait ?

– Je n'en sais rien. Sous un des vans, je suppose.

– Non, il m'attendait de l'autre côté. *Did any one see the old man ?* crie-t-il à l'adresse des touristes.

Il ne reçoit pour toute réponse qu'un flot de questions angoissées. On nous tire dessus ? Qui nous tire dessus ? C'est un attentat ? C'était un coup de feu ? Quelqu'un appelle la police ? C'est un fou ? un forcené ? un islamiste ? Pourquoi ils nous tirent dessus ?

Kornélius ne s'en préoccupe pas. Tout ce qu'il veut, c'est savoir où est passé Eriksson. Il sort de derrière la jeep.

– Vous êtes fou, murmure le chauffeur, vous allez vous faire descendre.

Kornélius ne répond pas. Il regarde droit devant lui, à découvert, dans la direction d'où est venu le tir.

– Vous avez des jumelles dans votre voiture ?

– Dans le vide-poches, côté conducteur.

Kornélius ouvre la portière, prend les jumelles et grimpe sur le toit de la jeep pour observer la lande volcanique dans l'axe du tir.

– L'enfant de salaud ! siffle-t-il entre ses dents.

À cinq ou six cents mètres, debout sur un repli de lave, quelqu'un l'observe à travers des jumelles. Une silhouette en tenue de camouflage, le visage masqué par un passe-montagne, les yeux cachés par des lunettes noires. Une fois certain que Kornélius l'a bien repéré, le tireur lui montre quelque chose dans sa main et le pose sur la mousse à ses pieds. Puis il lui adresse un salut moqueur, passe son fusil en bandoulière sur l'épaule et lui tourne le dos. Dès qu'il descend du monticule, il se fond dans les couleurs brunes de la lande tourmentée et disparaît.

– C'est bon, dit Kornélius en redescendant de la jeep, mais personne n'ose le croire ni sortir de sous les 4×4.

– Il aurait pu vous tuer, lui reproche le vieux chauffeur.

– Il n'était pas là pour ça.

– Comment pouvez-vous en être sûr ?

– À la distance où il était et avec le fusil qu'il a, il pouvait faire un carton quand il le voulait. Il aurait pu vous abattre, vous, au volant de votre jeep coincée au milieu de la rivière. Ou nous deux quand nous faisions de belles cibles, chacun sur notre capot, ou n'importe lequel de ces imbéciles de touristes qui se prenaient en selfie bien dans l'axe. Apparemment, ce type n'en voulait qu'à votre jeep.

– Ça me rassure ! bougonne le chauffeur.

Kornélius ne l'écoute déjà plus. Il fait le tour des trois Super Jeep et tire un par un par les pieds tous les planqués morts de trouille. Quand il se rend compte qu'Eriksson n'est pas parmi eux, il défoule sa colère en défonçant la carrosserie d'un des vans de trois coups de poing rageurs. Trois Italiens terrorisés replongent aussitôt sous un 4×4. Puis il rassemble les chauffeurs islandais et leur donne ses ordres. Regrouper tout le monde, vérifier qu'il ne manque personne, abandonner la jeep au moteur fracassé et repasser la rivière dans l'autre sens pour rejoindre l'*hostel*. Il poursuit par des consignes au vieux chauffeur pour les secours. Qui appeler, quoi dire, quoi demander. Il hésite à exiger que quelques-uns restent pour l'aider à chercher Eriksson mais y renonce. Il ne veut pas risquer de se retrouver dans la lande avec quelques bras cassés et un tireur en liberté. Il ordonne au vieux chauffeur de prendre le volant du premier van et de diriger la manœuvre des autres depuis l'autre berge. Lui se remet aussitôt à la recherche d'Eriksson. Mais il ne trouve le vieil homme nulle part.

La panique n'a duré que quelques dizaines de minutes. Une demi-heure au maximum. Eriksson n'a pas pu aller bien loin. Pour un homme de son âge, deux ou trois cents mètres à travers la lande. À peine un kilomètre s'il a remonté la route. Le double s'il a disparu dès que Kornélius s'est préoccupé de porter secours au chauffeur de la jeep. Il récupère des jumelles dans son Toyota, escalade le rocher le plus accessible et fouille du regard, longtemps, toute la lande alentour. Ensuite, il redescend et inspecte les crevasses dans la lave, une à une, derrière l'endroit où il avait demandé à Eriksson de l'attendre. Peut-être le vieil homme a-t-il eu envie de pisser. Peut-être a-t-il voulu s'isoler. Tombé dans un trou. Assommé. Kornélius cherche dans les failles profondes, les trous tordus, les fosses moussues, les fissures étroites et, comme il ne trouve rien, il essaye de se convaincre qu'Eriksson a tout simplement fait demi-tour pour rentrer chez lui par la route.

Il remonte dans son Toyota et refait, au ralenti, les quelques kilomètres jusqu'à la maison du vieil homme. Qui n'y est pas. Ni sur la route ni chez lui. Il parcourt plusieurs fois le chemin entre la maison et la rivière, dans les deux sens, s'arrêtant dans les endroits propices pour grimper sur le toit de sa voiture et fouiller du regard le désert de lave. Puis, découragé, il reste assis sur le Toyota, dos au sombre et majestueux Herðubreið, face à l'immensité de ce désert piégé de reliefs invisibles où les voleurs du Moyen Âge choisissaient de disparaître, et se fait une raison. Il a perdu son assassin !

6

... marathonienne, mais quand même !

– Une culotte, vous êtes sûr ? s'étonne Botty.

– Oui.

– Dans ce trou ?

– Oui.

Au loin, on aperçoit Reykjavik. Les maisons au toit rouge ou vert. Les parcs. L'orgue de béton rigide et sévère de la cathédrale. Celui qui connaît la capitale peut même deviner les murs en écailles de verre du Harpa. Si la crise n'était pas passée par là, ce serait tout un luxueux complexe d'hôtels, d'appartements et de galeries marchandes qui se dessinerait sur les anciens quais du vieux port. Le siège social de la Landsbanki, aussi. Mais il ne restait plus dans les caisses de la ville et de l'État que de quoi terminer cette salle de spectacle.

– Ça veut dire quoi déjà, Harpa ?

– Harpa ?

– Oui, le nom de la salle de concert, celle qu'on aperçoit près du vieux port, là-bas à Reykjavik.

– Aucune idée. Vous voulez voir la culotte ? s'impatiente le contremaître.

– Vous l'avez remontée ? s'inquiète Botty.

– Non. Enfin si, mais je l'ai fait remettre en place.

– Comment ça ?

– Ben, pour ne pas polluer la scène de crime, quoi, comme à la télé. Les gars l'ont ramenée ce matin en rigolant, mais je me suis dit qu'il valait mieux la remettre là où elle était.

– Et pourquoi vous parlez de scène de crime pour une simple culotte ?

– À cause du sang.

– Du sang ? Il y a du sang sur la culotte ?

– Non, sur des pierres, à côté. Enfin, un peu plus loin…

– Si c'était plus loin, comment l'avez-vous remarqué ?

– Quand on a trouvé la culotte, on a cherché partout s'il n'y avait pas d'autres vêtements. Ou un corps. Mais on a tout remis en place.

– Vous plaisantez, j'espère ?

– Non.

La jeune femme tourne cette fois le dos à Reykjavik et fait face au paysage érodé des Bláfjöll, les Montagnes bleues. Une désolation rugueuse et désespérée, au diapason de son moral du jour. Du sommet du cône volcanique, elle surplombe le champ de lichen et de caillasse qu'elle a dû parcourir à pied sur plus de trois kilomètres pour rejoindre le cratère. Au loin, dans l'ombre d'un nuage encore mouillé de pluie, à l'abri d'une montagne chauve, elle aperçoit le refuge qui sert de camp de base à l'excursion. Et pour le ski aussi, l'hiver. Les pentes des Montagnes bleues abritent les meilleures pistes du pays. Son père y possède une station. Entre autres. Elle se demande s'il n'est pas aussi propriétaire du refuge devant lequel sa voiture n'est qu'un point argenté dans la grisaille humide du parking.

– Il faudrait y aller maintenant, dit l'homme.

– Où ça ? demande l'inspectrice Botty.

– Voir la culotte !

– Pourquoi c'est urgent tout à coup ?

– C’est que les premiers excursionnistes sont prévus à 10 h 30.

– Oubliez les touristes, dit-elle, personne ne s’approche de ce site et personne ne descend dans ce trou tant que je n’ai pas terminé. Et puisque sang il y a, il faudra même attendre l’arrivée d’une équipe technique.

– Si elle vient de la capitale, ce n’est qu’à une demi-heure de route, tente de se rassurer le responsable du site.

– Et alors, vous croyez peut-être que la scientifique de Reykjavik attend sagement au garde-à-vous qu’on découvre une culotte au fond d’un volcan pour accourir ? Vous croyez qu’ils n’ont rien d’autre à faire, à la scientifique ?

– Ben non. Ils font quoi, sinon ?

Botty ne répond pas. Elle ne sait pas ce que fait la scientifique entre deux affaires. Ce type commence à l’énerver.

– C’est que ça va nous faire perdre un paquet d’argent si on annule pour la journée. Une centaine de touristes à 250 euros la descente. Mon patron ne va pas apprécier du tout.

– Les patrons ne sont jamais contents, c’est pour ça qu’ils sont patrons, réplique Botty. Allons-y !

Le Thrihnukagigur est un cône volcanique d’une centaine de mètres de haut à peine. Un tout petit volcan, mais très spécial. Sa silhouette se détache, avec deux autres pitons, au milieu d’un vaste plateau pierreux au cœur des Montagnes bleues. Sa réputation, unique au monde d’après les prospectus, vient d’une éruption avortée. Quatre mille ans plus tôt, la terre a régurgité des flots de lave pour les vomir à la gueule du monde. Mais, par un caprice sismique encore inexpliqué, une faille s’est ouverte au même moment en profondeur sous le volcan et la terre a ravalé toute sa lave incandescente, comme un enrhumé qui renifle, vidant brusquement la chambre magmatique du volcan. La seule au monde, donc, à ne pas avoir été obstruée par les laves refroidies, ou comblée par l’effondrement du cône. La seule au monde, vide et intacte, après avoir été vitrifiée par une lave à mille degrés qu'elle n'a jamais expulsée et qui a disparu.

En haut du cône, le trou par lequel la terre était censée cracher sa haine au ciel ne mesure que quatre mètres de diamètre. Une passerelle métallique a été jetée en travers. Botty s'est équipée d'un harnais et d'un casque.

– Il faut vraiment marcher là-dessus ?

– Il faut.

– C'est solide au moins ?

– C'est.

– Et c'est profond comment là-dedans ?

– Profond.

– Profond, profond ?

– Cent vingt mètres.

L'homme la précède sur la passerelle jusqu'à une nacelle qu'un palan retient au-dessus du vide.

– Le patron l'a achetée en Allemagne, s'enorgueillit l'homme qui accroche le mousqueton de leur harnais à la rambarde de la nacelle. Elle a été conçue pour le nettoyage des vitres des buildings de Francfort. *Kolossal Qualität*, dit-il en frappant la rambarde du plat de la main.

– Ça devrait me rassurer ?

Sans répondre, il actionne la commande et la nacelle descend aussitôt dans la gueule noire du volcan.

– Ça peut bouger un peu, dit-il. D'habitude, elle est lestée par cinq touristes. Là, nous sommes un peu légers.

Botty ne répond pas. Ils s'enfoncent à l'aveugle dans les profondeurs et elle met tous ses sens en alerte. Au-dessus d'eux, la gueule du cratère n'est bientôt plus qu'une lune pleine dans un ciel noir. Elle ne distingue rien. Ni des parois ni du fond. Ils descendent au ralenti dans un noir absolu. Comme en apnée dans les abysses.

– Impressionnant, n'est-ce pas ? dit la voix satisfaite de l'homme qu'elle ne distingue presque plus.

– Oui, mais pas très spectaculaire, concède-t-elle pour faire la fière.

– Ça va le devenir.

– Quand ?

– Maintenant.

Des dizaines de projecteurs s'allument alors et un brusque vertige lui coupe aussitôt le souffle. Ils sont suspendus à mi-hauteur d'une montagne assez creuse pour y cacher une cathédrale. La chambre magmatique. L'intérieur creux du cône volcanique. Entièrement tapissé maintenant d'ombres et de couleurs. Bleu, jaune, vert, violet, mauve, indigo. Les parois sont comme peintes par un Cro-Magnon fou furieux. Botty en reste muette, sidérée par la beauté brutale de ce Lascaux fauve.

– Les couleurs, c'est à cause des différents degrés de chaleur auxquels les roches ont été brûlées, récite l'homme fier de son effet. Ce rouge, là-bas, c'est du minerai de fer fondu qui s'est oxydé depuis. Mais le rouge de ces stalactites géantes, par contre, c'est celui naturel de la lave.

Il explique que le magma a rempli la chambre jusqu'à la gueule avant de brusquement disparaître on ne sait où dans les entrailles de la terre. La lave restée collée au plafond, surprise par le reflux, s'est mise à goutter dans le vide et s'est figée en longs étirements. Ce sont de fausses stalactites, en fait. Quant aux taches noires un peu partout au milieu des couleurs qu'elles sculptent de leurs ombres, elles sont dues à l'explosion de poches de gaz qui ont carbonisé les roches avoisinantes. C'est l'intérieur d'une géode polychrome.

– Tenez, dit-il, là-bas, la culotte !

Il se penche et la nacelle tangue. Botty sort de son rêve et se cramponne.

– Pardon ?

– La culotte, répète-t-il, le doigt pointé vers le vide en dessous d'eux, elle est là-bas.

Botty se penche à son tour. La nacelle n'est plus qu'à dix mètres du fond, un chaos de couleurs aussi bariolé que les parois.

– Là, insiste-t-il, vous voyez le rocher rouge là-bas, c'est de l'oxyde de fer. La culotte est juste dessus. Rouge elle aussi. Comme on l'a trouvée.

– Comme vous l'avez remise, plutôt.

– Et alors, ça revient au même, non ?

– Pas tout à fait, s'énerve Botty. Et les taches de sang ?

En même temps qu'elle pose la question, elle se demande comment ils ont pu repérer des taches de sang dans cette débauche de couleurs. Les parois et le sol de cette improbable caverne auraient pu servir de palette à Matisse. Ou à Kandinsky.

– C'est plus loin, je vais vous montrer. Attention à ne pas vous tordre les pieds dans la picrraillc. Avcc toutcs ccs coulcurs, c'est trompeur.

Il décroche les mousquetons et guide Botty jusqu'au rocher rouge.

– Je peux prendre des photos ?

– Bien sûr. Ce ne sont pas des peintures rupestres, c'est la roche elle-même qui a cuit les minerais dans sa masse. Ces couleurs ont au moins quatre mille ans. Et elles seront toujours les mêmes dans quatre mille ans.

Botty sort son smartphone et prend des photos sous tous les angles. Elle hésite encore entre remonter la culotte pour préserver un indice matériel ou la laisser sur place pour la scientifique. Elle repousse sa décision à plus tard et demande à voir les gouttes de sang. Elles sont à une dizaine de mètres du rocher rouge, dans une pente en coin qui plonge vers une crevasse bleue bordée de pierres jaunes et de roches vertes.

– Par là-bas, ça descend plus profond dans une faille qui s'enfonce sous le volcan. Le patron l'a explorée, mais il n'y a rien de spécial à montrer aux touristes et ça coûterait trop cher de l'équiper. À quelques mètres à l'intérieur, on trouve juste une sorte de grotte, puis ça devient de plus en plus étroit pour n'être plus qu'une faille.

Encore une fois, Botty regarde la roche autour d'elle. Toute cette débauche de couleurs et d'ombres obscures !

– Comment avez-vous fait pour repérer du sang là-dedans ?

– C'est à cause de la bouteille, y en avait dessus aussi.

– La bouteille ! Quelle bouteille ? s'inquiète Botty.

– Quand les gars sont descendus ce matin pour préparer la journée, la lumière de leur torche a accroché un reflet. Un tesson de bouteille. Le culot, plus exactement, avec du sang dessus. Alors ils ont récupéré les autres éclats de verre pour…

– Nom de Dieu, ne me dites pas que vous avez…

– Bien sûr que si, qu'est-ce que vous croyez, la sécurité de nos clients avant tout ! Déjà qu'ils tombent en glissant ou en trébuchant, manquerait plus qu'ils se blessent sur quelque chose qui engagerait notre responsabilité !

– Vous allez voir comment elle va être engagée, votre responsabilité, s'il y a destruction de preuves matérielles dans une affaire criminelle. Ils sont où ces morceaux de bouteille, maintenant ?

– Ben là-haut, dans la poubelle pardi !

– Putain, mais c'est pas possible ! hurle-t-elle. Allez, on remonte, et plus personne ne descend dans ce trou jusqu'à nouvel ordre.

Au passage, Botty récupère la culotte du bout des doigts et la glisse dans une de ses poches. De toute façon, au point où en est la préservation des indices, autant sauver ce qui peut encore l'être.

– Vous êtes combien à travailler ici ?

– Entre les guides et les techniciens, une demi-douzaine environ.

– Et la nuit ?

– Quoi la nuit ?

– Quelqu'un reste sur place ?

– Évidemment, vous pensez bien que l'accès au volcan est interdit. Nous avons toujours un gardien sur place.

– Toujours le même ?

– Presque toujours. Viktor est là tous les jours de la semaine sauf le dimanche.

– Donc il était de garde la nuit dernière.

– Oui.

– Et c'est Viktor comment ?

– Viktor Gustavsson.

Une fois revenue à l'air libre, Botty se déharnache et demande à voir le local à poubelles. D'un mouvement vexé du menton, l'homme lui indique un petit bâtiment, au loin.

– On les porte au refuge tous les matins. C'est là-bas que les déchets sont collectés. D'ailleurs, le camion est là…

Effarée, Botty regarde le véhicule sur le parking qui manœuvre à côté de sa voiture.

– Journée de merde ! siffle-t-elle entre ses dents.

Elle est marathonienne, mais quand même !

7

C'est bien ce que je disais.

– Que croyez-vous qu'ils pensent de nous ? murmure l'homme, au bord des larmes.

– Qui donc ? demande Botty.

– Eux, dit-il en désignant les rochers gris affleurant sous leur tapis d'herbes folles piquetées de fleurs blanches sauvages.

Ils sont dans le nord de Reykjavik, sur les hauteurs, un quartier paisible de la classe moyenne. Botty a trouvé Viktor Gustavsson dans le studio en demi-sous-sol qu'il habite seul. Elle le réveille. D'un mauvais sommeil et d'une mauvaise cuite apparemment. Il lui ouvre en pantalon de survêtement et T-shirt à l'effigie des Sex Pistols, puis referme le temps de passer un chandail. Il préfère parler dehors, explique-t-il, parce qu'il n'a pas fait le ménage. Il a largement passé la soixantaine. Ou la quarantaine malade, elle ne saurait dire. Maigre, la poitrine creusée par le tabac, les épaules voûtées, les omoplates saillantes. De toute façon il allait sortir pour fumer sa première cigarette. Il ne fume jamais chez lui. C'est mauvais pour le sommeil, paraît-il. Il la guide vers un bout de trottoir en herbe, à quelques mètres de son studio troglodyte, les pieds dans la rosée et les boutons-d'or, vers ce que Botty a d'abord pris pour un square sauvage. Maintenant seulement elle remarque le détour de la rue pour éviter d'empiéter sur les roches et le curieux marquage au sol, comme si la chaussée disparaissait d'un côté pour réapparaître dix mètres plus loin. Avec, entre les deux, un étroit passage pavé.

– Vous voulez dire que c'en est un ? demande Botty.

– Oui, répond Gustavsson, pensif. C'est un *alfastadir*.

– Un château d'elfes ? Un vrai ?

– Oui. Ces rochers sont habités par le *Huldufólk*, le peuple caché. On a préféré les contourner pour ne pas les déranger quand on a construit ce quartier. Un elfologue est entré en contact avec eux et il a dit qu'il valait mieux éviter leur colère.

– Un elfologue, ça existe ça ?

– Bien sûr, se récrie-t-il.

– Ce n'est pas plutôt un square pour les enfants ? cherche-t-elle à rationaliser.

– Non, c'est une habitation pour les elfes. D'ailleurs, regardez la numérotation des maisons de chaque côté, en face, elle passe du 100 au 104.

– Vous voulez dire que des membres du peuple caché vivent officiellement ici, au 102 de cette rue ?

– Vous en avez la preuve sous les yeux !

Elle reste un long moment silencieuse, pendant que Gustavsson tire sur sa cigarette, qu'il pince entre un pouce et un index jaunis de nicotine.

Soudain, comme s'il se réveillait d'une longue et triste rêverie, il s'inquiète de la raison de sa venue.

– Vous êtes bien gardien de nuit au Thrihnukagigur, n'est-ce pas ? demande-t-elle en guise de réponse.

– Oui. Je cumulais d'autres petits boulots avant, mais il ne me reste plus que celui-là maintenant. Pourquoi ?

– On a trouvé une petite culotte au fond du volcan.

– Une culotte, la police enquête sur les femmes négligentes, maintenant ?

– Qui vous dit que c'est une culotte de femme ? réplique Botty, aussitôt suspicieuse.

– Vous dites « enlève ta culotte » à votre mec, vous ?

– Je ne plaisante pas, monsieur Gustavsson. Nous avons aussi trouvé des traces de sang et les restes brisés d'une bouteille. De la vodka locale, probablement de la Reyka.

– Et alors ?

– Et alors, on ignore ce qui a pu se passer au fond de cette chambre magmatique. Et comme la nuit il n'y a que vous là-haut, on se demande si vous n'auriez pas remarqué quelque chose.

– Comme quoi, par exemple ?

– Je ne sais pas, à vous de me le dire, une bande de jeunes venus faire une fiesta qui tourne mal, des touristes qui reviennent pour un pari stupide, quelque chose dans ce genre.

Gustavsson se perd un long moment dans l'observation de la braise de sa cigarette qu'un léger vent attise.

– Cent vingt mètres de rappel pour descendre déconner là-dedans, madame. Autant dire impossible de remonter, même pour le meilleur des sportifs. Le seul moyen, ce serait la nacelle, mais pour l'actionner il faut mettre en marche le groupe électrogène et ça fait un sacré boucan. Moi, je veille dans un préfabriqué adossé à la salle technique. Même si je m'étais endormi, j'aurais été réveillé. Personne n'est descendu de nuit dans ce volcan, madame !

– Comment expliquez-vous tout ça, alors ?

– Qu'est-ce que j'en sais ! Quand ils descendent, les touristes sont laissés seuls en bas un bon quart d'heure pour explorer l'endroit en toute liberté. Ils ne sont que cinq à chaque voyage de la nacelle et l'endroit est sombre et immense. Froid aussi, pas plus de cinq degrés.

– Vous pensez à quoi alors ? Un coup de vodka pour se réchauffer, une chute dans le noir ? Et pour la culotte ?

– Ben, un petit coup vite fait aussi, pourquoi pas ? Un *quicky* debout en souvenir, qui sait ? Avec un selfie en prime, probablement.

– Et elle oublie sa culotte ?

– J'en sais rien, moi. Pas le temps de la remettre à l'appel de la nacelle peut-être, ou surprise par un autre touriste. Ou alors elle l'abandonne exprès par jeu, par provocation, pour marquer le terrain. C'est vous, la police, pas moi ! De toute façon, ça ne me concerne pas. Moi, la journée, je n'y suis pas.

– Oui, j'ai vu ça. À propos, monsieur Gustavsson, vous vous pochtronnez à quoi dans la journée ?

– Dites donc, je ne vous permets pas…

– Viktor, vous empestez tellement la vodka à la vanille de Borgarnes que j'ai craint une combustion spontanée quand vous avez allumé votre cigarette !

Le visage de Gustavsson se décompose. Il se fripe et se ratatine, ses joues se creusent.

– C'est vrai, madame, je me torche à la Reyka, mais la journée uniquement. Tout seul. Chez moi. C'est le meilleur moyen que j'aie trouvé pour arriver à dormir le jour et à bosser la nuit. Je vous jure que je suis sobre toutes les nuits. Toutes, sans exception. Je vous en prie, n'en dites rien, ne me faites pas perdre ce job, sinon je suis foutu. Sans ce boulot, je n'ai plus qu'à me flinguer.

Ses yeux tristes et creux, cernés de brun et brillants de larmes, cherchent les siens et s'accrochent à son regard. C'est un homme sincère. Elle le voit. Fatigué. Au bout du rouleau. Mais elle n'est pas assistante sociale.

– De toute façon, au rythme où vous vous saoulez, ça revient déjà un peu à ça.

– À ça quoi ?

– À vous flinguer.

Il aspire le tout dernier petit bout de sa cigarette et hésite à balancer le mégot dans l'herbe d'une pichenette. Mais il se reprend, comme si, depuis les rochers d'en face, un jury d'assises attendait qu'il commette ce crime pour le condamner à mort.

– Excusez-moi…, murmure-t-il.

Botty hausse les épaules.

– Si ce sont des touristes, dit-elle soudain en se parlant à elle-même, ça ne peut être que ceux de la dernière descente de la journée. Étant donné l'endroit où ils ont trouvé la culotte, si elle avait été abandonnée plus tôt dans la journée, les touristes suivants l'auraient remarquée. Vous arrivez quand pour votre garde ?

– Par contrat, c'est prévu à 20 heures, mais souvent j'arrive quand remonte la dernière nacelle, vers 18 heures. Ça me permet de voir un peu de monde. De parler avec les guides ou les techniciens.

– Et vous voyez remonter les derniers touristes ?

– Souvent, oui.

– Vous avez vu ceux d'hier ?

– Oui, hier j'étais là-haut un peu avant 18 heures, je les ai croisés.

Botty sort son téléphone, active l'album de son appareil photo et montre à Gustavsson un des clichés de la culotte qu'elle a pris dans la chambre magmatique.

– Une femme, parmi eux, susceptible de porter ce genre de dessous ?

L'homme regarde l'appareil et se fige soudain, blême et bouche bée. Il sort fébrilement une autre cigarette. Ses mains tremblent quand il l'allume. Ses lèvres aussi.

– Hé, pas de quoi vous mettre dans cet état, c'est juste une culotte. À moins que… abstinent depuis trop longtemps peut-être ?

Gustavsson la fusille du regard et grille la moitié de sa cigarette d'une seule aspiration. Puis il ferme les yeux, laisse la fumée rouler dans sa gorge jusqu'à ses poumons goudronnés et exhale longuement par le nez pour se calmer.

– Hier soir, il n'y avait que des hommes. Trois Italiens et deux Turcs, je crois. Pas des mecs à porter ce genre de truc.

– Bon, eh bien tant pis. Merci de m'avoir accordé un peu de votre temps sobre, monsieur Gustavsson.

– Vous êtes vraiment une belle salope ! siffle-t-il en crachant de la fumée.

– Pardon ?

– Votre façon de poser des questions insultantes, de juger et d'humilier les gens sans les connaître.

– Pourquoi je n'aurais pas le droit de dire ce que je pense de vous, Gustavsson, alors que vous reconnaissez ce droit à un peuple imaginaire qui vit caché dans ces rochers, en face ?

– Parce que eux le font sans méchanceté. Vous vous êtes déjà demandé quelle aigreur intime fait de vous cette garce professionnelle ?

– Vous dites un mot de plus, Gustavsson, et la garce professionnelle vous jette au trou.

– C'est bien ce que je disais.

8

... cette culotte sur sa tête !

– Tu en es sûre ? demande Botty.

Elle est venue à la morgue avec une belle part de mariage heureux. Ida, la légiste, a dégagé un coin de son bureau pour partager avec elle le gâteau à la rhubarbe.

– Oui, deux types de poils pubiens, trois types de cheveux, et beaucoup de fluides, dont du sperme et de l'alcool, probablement de la Reyka de Borgarnes.

– Ce n'est plus une petite culotte, c'est une chambre de motel ! s'exclame Botty. Et vous êtes techniquement assez équipés à la scientifique pour identifier de la vodka de Borgarnes parmi tout ça ?

– Rien à voir avec la technique. Là, c'est du flair.

– De l'intuition ?

– Non, du flair, du vrai flair. J'ai identifié la Reyka à son petit parfum vanillé.

– Oh non, Ida, ne me dis pas que tu as reniflé cette horreur !

– L'identification olfactive fait partie intégrante des protocoles de détection avant analyse.

– Il n'existe pas des machines pour ça ?

– Dans les séries américaines, si, bien sûr, s'amuse Ida en reprenant du mariage heureux, et aux États-Unis probablement, mais ici, nous ne sommes pas dans *Les Experts : Reykjavik.*

– Bon, et quoi d’autre ? s’enquiert Botty en redoutant la réponse.

– Tu as fini ton gâteau ?

– Non, pourquoi ?

– Tu devrais !

Botty repousse sa part et s’attend au pire.

– Quoi, alors ?

– Des pellicules !

– Argh ! Mais c’est dégueulasse, comment peux-tu faire un métier pareil !

– Pour donner des réponses à des gens comme toi, répond Ida avec calme en leur servant un second café.

– Je ne savais pas qu’on pouvait avoir des pellicules à cet endroit-là !

– On ne peut pas.

– Comment ça, on ne peut pas ? Mais alors, ça veut dire que…

– Oui, inspectrice Botty, quelqu’un a porté cette culotte sur sa tête !

9

... un si gentil monsieur

Botty gare sa Corolla vingt mètres avant l'immeuble où habite Gustavsson, le long du trottoir opposé. Quelque chose dans son comportement de la veille l'a dérangée. Pas la cruauté de sa dernière phrase en réponse à la sienne. Une certaine absence plutôt, pendant leur échange. Une sorte de détachement appliqué. Après les constatations d'Ida, qui font de la fameuse culotte un véritable bouillon de culture et de luxure, elle avait prévu de retourner au volcan pour d'autres interrogatoires. Mais une sorte d'instinct à la Kornélius l'a poussée à repasser d'abord du côté de chez Gustavsson. Sans raison précise.

Le temps gris tisse sur le quartier une pluie fine et maussade. Un peu plus loin, le château des elfes n'est plus qu'un amas de rochers abandonnés sous des herbes folles. Derrière l'*alfastadir,* une trouée d'herbes rases rejoint la rue parallèle, à cent mètres plus au nord. Sans construction, chichement paysagée de quelques arbres épars. Une femme la traverse, un paquet à la main, et fait signe à quelqu'un qu'elle arrive. Par réflexe, Botty cherche qui elle prévient et aperçoit derrière la baie vitrée d'un appartement, au deuxième et dernier étage d'un immeuble, derrière l'*alfastadir,* la femme qui lui répond. Quand elle voit une autre femme rejoindre la première au pied de l'immeuble, elle s'amuse des souvenirs de jeunesse qui lui reviennent et de la chance qui lui sourit. Un club de couture ! La plupart des Islandaises de la génération de sa mère ont, un jour ou l'autre, appartenu à un club de couture. Pas pour apprendre le droit-fil, ni le passepoil ou le biais gansé, et encore moins pour faufiler ou surjeter. Non, pour papoter. Commérer. Persifler. Cancaner et potiner. Des heures entières, autour de gâteaux faits maison et de thé parfumé, un tissu et une aiguille à la main, éternelles Pénélope. Dans les clubs de couture, on ne tricote pas la laine, on détricote la vie des autres. Une institution. Comme le bain chaud. Un rendez-vous à vie, le même jour, toujours, à la même heure, avec les mêmes personnes.

Botty surveille la baie vitrée. Là-haut, la femme disparaît, le temps d'ouvrir aux autres probablement, puis les trois réapparaissent, bientôt rejointes par une quatrième. Ce qu'elles examinent depuis la vitre de leur observatoire ne fait aucun doute. C'est elle. Botty. La jeune inconnue qui attend depuis dix minutes déjà sans sortir de sa voiture, qui n'est celle d'aucun habitant du quartier. Alors elle descend de sa Corolla et adresse un bref salut de la main aux quatre femmes qui ne répondent pas. Mais elle devine le spasme d'excitation qui les presse un peu plus contre la vitre, électrisées, et ça l'amuse. Pour rire aussi, elle hésite à traverser l'*alfastadir* en marchant sur les rochers, mais renonce au dernier moment. Par respect des croyances des autres, se plaît-elle à croire. Par peur des sortilèges, s'avoue-t-elle en secret.

– Bonjour, madame, je suis de la police de Reykjavik et je mène une enquête de voisinage dans votre quartier. Vous serait-il possible de me recevoir quelques minutes, le temps de recueillir votre témoignage ?

Elle imagine le branle-bas de combat dans le petit salon, le frisson d'émoi, l'effervescence que provoquent les sous-entendus de sa demande à travers l'interphone. Ce ne sont pourtant pas des femmes d'un autre âge. L'une n'est probablement pas beaucoup plus âgée qu'elle. Botty accepte un thé au gingembre et des biscuits aux noisettes, complimente les cuisinières, puis laisse les couturières se lâcher. Je savais bien que vous finiriez par enquêter sur Mme Olafdöttir et ses gigolos. Ou alors c'est M. Arnaldson pour ses impôts, c'est ça ? Ne me dites pas que les enfants de Jona ont encore… ou non, c'est Lars, c'est ça, c'est Lars, il a recommencé, je le savais ! Botty les laisse dire par plaisir. Une demi-heure plus tard, elle sait qui couche avec qui dans la rue et les deux rues adjacentes, qui divorce, qui devrait, qui trompe, qui en profite. Puis elle leur demande de se concentrer sur la dernière semaine. Un incident ? quelqu'un d'étranger au quartier ? un comportement inhabituel ?

– Le fumeur ! se raidit aussitôt la maîtresse des lieux.

– Le fumeur ? Gustavsson ? Le gardien du volcan ? s'étonne une autre couturière.

– Oui, lui, celui-là même. Tard le soir, il y a trois jours, je l'ai vu rentrer chez lui avec une femme !

– Avec une femme ! soufflent en chœur les trois autres, mais pourquoi tu ne nous as rien dit ?

– Parce que c'est ce que j'avais prévu de vous raconter aujourd'hui, sinon ça sert à quoi un club ?

– Vous avez vu cette femme ? demande Botty.

– De loin, oui. Moyennement jeune, rousse, un peu ronde, et terriblement vulgaire.

– Noooon ! s'exclament les autres.

– Comment ça, vulgaire ? reprend Botty.

– Elle était collée à lui, à l'embrasser à pleine bouche…

– Noooon !

– Même qu'ils sont allés de sa voiture à lui jusqu'à son appartement en dansant !

– Noooon !

– Si, et collés-serrés s'il vous plaît ! D'une obscénité, mon Dieu, mais d'une obscénité ! Genre tango d'ivrognes, si vous voyez ce que je veux dire, où chacun passe à tour de rôle sa jambe entre les jambes de l'autre. Il lui cambrait les reins autour de son bras, comme ça, et elle, elle se cassait en deux en arrière comme une désossée, comme ça, juste pour frotter son ventre contre le sien ! Elle devait être bien saoule parce qu'elle s'abandonnait complètement. Un moment, elle a passé ses bras autour de son cou et elle a levé les genoux pour les serrer autour de sa taille en tenant ses chevilles croisées dans son dos. Ils sont rentrés chez lui comme ça, elle accrochée à lui, comme une guenon à son singe en rut !

– Noooon !!!

– Si, parfaitement, et je suis même certaine qu'ils copulaient en marchant tant elle avait la tête cassée en arrière avec sa chevelure de diablesse qui bringuebalait dans tous les sens !

– C'est inhabituel chez Gustavsson un tel comportement ?

– Inhabituel ? Vous pensez bien ! On n'a jamais vu une seule femme chez ce pauvre homme depuis le 19 novembre 2008, quand son épouse s'est suicidée à cause de la crise.

– Vous avez revu cette femme par la suite ?

– Non, dit la couturière d'un ton de regret. Ce n'est pas faute d'avoir surveillé la maison toute la matinée, ajoute-t-elle à voix basse, mais je ne l'ai pas vue sortir. Je suppose qu'elle est partie pendant la nuit.

– Et lui ?

– Il a émergé de sa gueule de bois vers 15 heures, comme d'habitude, parce que j'ai oublié de vous dire qu'il boit beaucoup, Gustavsson.

– Oui, je sais. Vous vous souvenez quand c'était ? demande Botty.

– Oh, pour sûr, c'était dimanche. C'est la seule nuit où il ne travaille pas au volcan. Alors c'est donc bien pour ce pochtron de Gustavsson que vous êtes là !

– Non, ment Botty, qui n'a plus envie d'entrer dans leur jeu de cancanières, je suis là pour la fille. Il semblerait qu'elle profite de la solitude de certains hommes pour les arnaquer.

– Oh noooon ! s'émeuvent en chœur les couturières. Pauvre M. Gustavsson, un si gentil monsieur !

10

De cet amour d'aubaine...

Le ciel blanc n'est qu'une gaze en lambeaux imbibée de pluie. Les nuages bas traînent et se délitent sur les hauteurs. Ida n'a pas pu se libérer avant la fin de la journée. Botty a attendu pour aller jusqu'au volcan avec elle. Les derniers touristes remontent de la chambre magmatique. La bruine les saisit. Ils disparaissent aussitôt et courent les bras croisés, encapuchonnés dans leur coupe-vent, jusqu'au refuge. Botty les croise, furieuse, sans leur laisser le passage. Une femme fait un écart pour l'éviter et se tord la cheville dans la pierraille. Des hommes insultent Botty dans une langue qu'elle ne comprend pas, et elle s'en moque. Elle gravit la pente d'un pas rageur et marche droit sur le contremaître qui l'a accueillie la première fois. Ida et deux techniciens la suivent de loin, d'un pas plus mesuré.

– C'est quoi ce bordel avec la culotte ?

L'homme ne comprend pas tout de suite.

– La scientifique a trouvé dessus des cheveux et des pellicules ! hurle Botty.

– Ah ça, c'est Björn et Rùnar ! s'exclame l'homme, qui se retourne pour appeler deux techniciens affairés à amarrer la nacelle.

Björn, balèze blond en chandail malgré la pluie. Rùnar, petite frappe brune taillée à la serpe dans un coupe-vent rouge.

– Hé, les gars, la dame voudrait qu'on lui explique pour la culotte.

– Eh bien, c'est en descendant que…

– Non, ça, en descendant, elle sait. C'est en remontant qui l'intéresse.

– T'es sûr que ça l'intéresse ? sourit le balèze blond.

– Björn, madame est flic. De la criminelle de Reykjavik.

– Ah ! Ben, rien quoi, j'ai juste déconné un peu, histoire de faire rire les copains, quoi. Quand je suis remonté avec la nacelle…

La petite frappe le coupe, le cou congestionné pour ne pas rire, et tend son portable à Botty. Sur l'écran, s'affiche le visage hilare de cette grande brute de Björn, la tête coiffée de la culotte rouge.

Les deux éclatent de rire et le contremaître essaye de se retenir, mais il finit par sortir son smartphone lui aussi et affiche la photo de l'autre petite frappe avec la culotte enfoncée jusqu'aux yeux.

Botty va exploser quand arrivent Ida et les deux techniciens.

– Ces imbéciles se sont amusés à porter la culotte en cagoule ! soupire-t-elle.

– Vous avez vraiment fait ça ? s'écrie Ida.

– Ben oui, quoi, pour rigoler, quoi !

– Vous avez idée de qui a porté cette culotte avant que vous vous la fourriez sur la tête ?

– Ben, je sais pas, quoi, fait mine d'hésiter la petite frappe, une belle petite salope bien chaudasse ?

Les trois idiots pouffent de rire comme des collégiens multi-redoublants.

– Tu ne crois pas si bien dire, pauvre imbécile. Pas de démangeaisons depuis ? Pas d'irritations ? Pas d'eczéma ? Pas de prurit ? Pas de squames ?

Björn et Rùnar blêmissent et passent aussitôt la main dans leurs cheveux.

– D'un autre côté, ça ne fait que vingt-quatre heures, remarque Botty qui entre dans le jeu d'Ida, c'est encore un peu tôt pour les premiers symptômes.

– Oui, mais mieux vaut prévoir, conclut Ida.

– Prévoir quoi ? paniquent aussitôt les deux hommes.

– Ça, il fallait vous en inquiéter avant de faire les idiots.

Puis Ida les ignore et s'adresse au contremaître :

– Personne ne quitte cet endroit sans mon autorisation. Je veux voir tous les membres du personnel pour des prélèvements. Je commence par ces deux imbéciles, en espérant qu'il soit encore temps pour eux. J'ai besoin d'un local abrité.

Le contremaître hésite et c'est Botty qui répond :

– Le local du veilleur de nuit, derrière le générateur.

Une heure plus tard, Ida et ses deux techniciens ont pris les empreintes de tout le monde et prélevé des échantillons pour les recherches d'ADN.

C'est le moment que choisit Viktor Gustavsson pour rejoindre le refuge. De loin, il remarque la lumière dans son local, presse le pas et s'inquiète quand il aperçoit tout le personnel regroupé devant la porte. Puis il remarque Björn et Rùnar, l'air penaud et le crâne rasé.

– Que se passe-t-il, les gars ?

– Tiens, Gustavsson, dit Botty en sortant du local, il ne manquait plus que vous.

– Viktor ne fait pas partie de l'équipe, précise le contremaître, il n'est que le veilleur de nuit.

– Vous aussi, vous vous êtes mis cette culotte sur la tête, Gustavsson ? demande Botty. Vous avez fourré votre nez dedans ? Vous vous en êtes servi comme cagoule ?

– Bien sûr que non !

– Tant mieux pour vous, vous allez garder vos cheveux, mais vous entrez pour les empreintes, les prélèvements et les échantillons d'ADN.

– Pourquoi, je suis suspect de quelque chose ?

– Non, Gustavsson, c'est juste qu'après le numéro de ces deux imbéciles, il faut identifier tout le monde pour pouvoir vous éliminer de la liste des suspects.

– Mais des suspects de quoi ?

– Eh bien, tant que nous n'aurons pas trouvé à quelle paire de jolies fesses correspond cette petite culotte, il y a comme une présomption de disparition. Avec violence même, si l'on en croit les taches de sang et la bouteille brisée. D'homicide, peut-être même.

Botty invite Gustavsson à entrer et autorise les autres à partir avant d'interpeller Björn et Rùnar :

– Hé, les crânes en peau de fesse, il faut en parler à votre femme, votre compagnon, ou n'importe quel autre partenaire. C'est très contagieux ce que vous avez chopé. Qu'il ou elle se lave toutes les quatre heures tout le corps à la Bétadine pendant les prochaines soixante-douze heures, de jour comme de nuit. Désinfectez votre linge de lit aussi. Le mieux, c'est de le brûler. Et abstinence totale, bien entendu, pendant tout le temps de la quarantaine.

– De la quarantaine ?

– Oui, pendant quarante jours, c'est ce que « quarantaine » veut dire.

– Mais abstinence de quoi ?

– D'après toi, mou du bulbe ? De sexe, bien entendu, quel genre de maladie crois-tu qu'on attrape en fourrant sa tête dans une culotte comme celle-là ?

Et elles les regardent disparaître dans la grisaille, penauds et silencieux. Avec un large sourire. Elles, pas eux !

Dix minutes plus tard, Ida et son équipe ont terminé, mais Botty annonce qu'elle va rester. Elle a besoin de parler avec Gustavsson. Ida s'excuse de ne pas pouvoir attendre. Elle part le lendemain matin à la première heure rejoindre Kornélius du côté de l'Herðubreið pour des prélèvements également. Une affaire de disparition aussi. Une femme encore.

Quand ils sont seuls, Botty tire une chaise et invite Gustavsson à s'asseoir face à elle.

– Alors Viktor, c'était qui cette femme ?

– Quelle femme ?

– La femme que vous avez ramenée chez vous dans la nuit de dimanche à lundi.

– Et merde ! Putains de saloperies de cancanières de couturières, murmure-t-il les dents serrées.

Il hésite un long moment, mains jointes entre les genoux, dos voûté, le regard cloué au plancher en aggloméré. Puis sa maigre poitrine s'enfle d'une chiche respiration et il avoue à voix basse en relevant les yeux :

– Écoutez, c'est vrai, j'ai rencontré une femme la veille et nous avons terminé chez moi, mais elle n'est jamais venue ici, je vous le jure. Pour rien au monde je n'aurais amené quelqu'un ici et pris le risque de perdre ce boulot. Vous avez vu dans quoi je vis. Ce boulot, c'est tout ce qui me reste. Jamais je ne ferais une telle connerie.

– Et la culotte dans le volcan, c'était la sienne ?

– Bien sûr que non, comment voulez-vous qu'elle soit arrivée ici ? C'est impossible. Je n'en sais rien, moi, c'est juste pas possible !

– Mais si vous vous énervez autant, c'est que la femme que vous avez rencontrée portait le même genre de sous-vêtement, n'est-ce pas ? De la même couleur, c'est bien ça ? J'ai remarqué votre réaction paniquée quand je vous ai montré la photo hier.

– Oui, avoue-t-il, mais ça ne veut rien dire, je suppose que beaucoup de femmes portent des sous-vêtements de couleur. Il paraît même qu'en Italie c'est obligatoire au nouvel an pour s'attirer les bonnes grâces de je ne sais qui pour l'année à venir. Et dans d'autres pays, on dit que le rouge, c'est pour la Saint-Valentin.

– Dites donc, vous en savez des choses sur les culottes rouges, Viktor.

– Arrêtez, tout le monde sait ça, et je suppose que toutes les femmes portent du rouge un jour ou l'autre. Vous n'avez pas de sous-vêtements rouges, vous ?

– Si, j'en porte à l'occasion, c'est vrai. Normal, puisque le rouge est la troisième couleur préférée des femmes après le noir et le blanc. Il paraît même que c'est la deuxième couleur préférée des hommes.

– Les hommes aiment aussi porter du rouge ? s'étonne Gustavsson.

– Non, c'est la deuxième couleur qu'ils préfèrent voir sur les femmes. Je suppose que ça titille leur libido. Et vous, Viktor, ça titille votre libido les culottes rouges ?

– Qu'est-ce que vous essayez de me faire dire ? Vous voulez me piéger, hein ? Vous croyez quoi, que j'ai amené cette femme jusqu'ici pour faire disparaître son corps en laissant sa petite culotte bien en vue ? Vous me pensez assez détraqué pour ça ?

– Je n'en sais rien, Viktor, mais le plus simple serait que je puisse rencontrer cette femme pour lui parler.

– C'est impossible.

– Ah oui, et pourquoi donc ?

– Parce que je ne sais rien d'elle. Elle m'a abordé, on s'est plu, on s'est sautés, c'était le coup d'un soir, et voilà tout. Elle a dû partir dans la nuit. Elle n'était même plus là quand je me suis réveillé et elle n'a rien laissé, pas un mot, pas un numéro, pas une adresse.

– Un prénom au moins, on finit toujours par échanger ses prénoms.

– Rakel. Elle a dit que je pouvais l'appeler Rakel si ça me plaisait, mais rien ne prouve que c'était son vrai prénom.

– Un amour d'aubaine, en quelque sorte.

– Oui, c'est ça, exactement, un amour d'aubaine.

– Et si vous m'en parliez ?

– De quoi ?

– De cet amour d'aubaine…

11

Qui a disparu.

– Je ne la connaissais pas, je vous le jure. J'étais à la station-service Olli, sur Álfabakki. Je vais payer mon essence et me remplir un sachet de salmiaks, et quand je reviens à ma voiture, elle est là.

– Elle est là, où ?

– Elle est là, dans ma voiture. Elle m'attend dans ma voiture. Vous entendez, *dans ma voiture*, tranquillement assise côté passager. « Vous faites quoi dans ma voiture ? que je demande. – J'en avais trop envie, qu'elle dit. – Envie de quoi, de ma voiture ? – Non, de vous, qu'elle dit, on va quelque part ? » Moi, je regarde autour de moi. Je pense à un piège. Une arnaque. Une prostituée lituanienne avec des complices qui vont me tomber dessus pour me dépouiller. Je regarde de tous les côtés. Personne. La station est déserte. Il est déjà tard, entre chien et loup. Je suis le seul client. Je sais pas quoi dire, je vous jure ! « Je peux en avoir ? qu'elle dit en tendant la main par la vitre ouverte. – De quoi ? – Ben, des bonbons, pardi ! Je peux en avoir ? » Et moi, je lui tends le sachet, comme un idiot, et elle, elle choisit un salmiak rose. Et comme elle en prend un, j'en prends un aussi. Par réflexe. Pour me donner une contenance, quoi, des fois que ce soit pour une caméra cachée ! « Vous voulez que je vous dépose quelque part ? je dis. – Chez toi, ce serait bien », qu'elle répond. Alors moi je lui demande si on se connaît. On ne se connaît pas. « Je ne sais même pas qui vous êtes ! – Rakel, ça te va ? qu'elle répond. C'est joli Rakel, non ? – C'est votre nom, Rakel ? – Pour toi, oui, si tu veux. » Puis, d'un seul coup, un mauvais temps nous tombe dessus. Une de ces bruines glacées qu'un vent vicieux souffle à travers la station. « Allez, qu'elle dit, ne reste pas là, monte dans ta voiture avant d'attraper la mort. » Et moi, comme un idiot, je lui obéis et je fais le tour de la voiture en me demandant si cette fille est une prostituée. Comment on demande à une femme si c'est une prostituée, sans la vexer, si c'en est pas une ? Vous savez ça, vous ?

– Ce n'est pas vraiment le genre de question que je me pose, admet Botty.

– Ben moi non plus, alors dans le doute, je demande pas. Je m'installe au volant et je boucle ma ceinture de sécurité, par réflexe vous savez, comme si je sentais un danger. Ça fait des années qu'aucune femme ne s'est assise à mes côtés dans ma caisse. Faut la voir, ma caisse. Une vieille Opel d'avant la crise, une boîte de Kleenex sur le tableau de bord, un sapin déodorant accroché au rétroviseur, des vieux journaux et des bulletins du Viking Lotto sur les tapis de sol, des outils dans la boîte à gants qui ne ferme plus et des boulettes de chewing-gum séchées dans le cendrier. « J'adore les vieilles caisses comme la tienne, qu'elle me dit. Je supporte pas les Super Jeep et les SUV de luxe de tous ces gros connards qui s'endettent pour frimer. » Merde, je vous jure, elle aimait ma caisse ! Avec le plafonnier déglingué rafistolé au scotch, la banquette arrière pleine de taches, les parements de portes dégrafés. Pendant qu'elle regarde tout ça, moi je la regarde, elle. Belle. Foutrement belle. Quarante ans. Peut-être même moins. À peine ronde pour ce que je peux en voir. Des cheveux de feu tout bouclés. Et puis il y avait sa bouche.

L'ourlet de ses lèvres quand elle parlait… Putain, j'étais parti en plein délire, là. Je l'imaginais déjà… « T'as rien à craindre, qu'elle me dit, je ne suis pas une pute, tu sais. Je suis juste une femme seule. Une femme bien, mais seule. Toute seule. Depuis trop longtemps. Et puis je te connais, qu'elle ajoute, je sais où tu habites, en face du *alfastadir,* c'est ça ? J'habite pas loin moi aussi. Je te regarde depuis longtemps, quand tu sors fumer dehors. – Tu me regardes quand je sors fumer ? je m'étonne. – Oui. J'aime bien ta silhouette. Ta façon de tenir ta cigarette pincée entre tes doigts. De la brûler jusqu'au mégot. Quand tu lèves la tête pour avaler la fumée, j'aime bien aussi. Tu ne peux pas savoir combien de fois j'ai voulu te rejoindre pour venir fumer avec toi ! – Comment c'est possible ? je dis. – Je peux t'avouer une chose ? Quand j'imagine que tu as la fumée dans ta gorge, comme ça, ça me donne envie de t'embrasser pour l'avaler en moi à mon tour. » Non mais c'est vrai, fallait la voir, belle et jeune comme elle était. Et moi, hein, je suis pas vraiment le cousin de George Clooney, faut reconnaître. Et là, elle se tourne vers moi et dans son mouvement je devine ses seins qui gonflent son chandail, et sa jupe qui découvre ses genoux. En plus il y avait son parfum qui m'affolait, avec quelque chose de vanillé. Je vous jure que je n'avais pas connu d'émotion aussi forte depuis des dizaines d'années. Et là, elle me dit : « Je veux ta solitude, Viktor… » Merde, je suis scié, moi, vous croyez ça, vous ? Et en plus elle connaît mon nom. « Je veux ta solitude, Viktor, et t'offrir la mienne en partage. Je te veux toi, je veux faire l'amour avec toi et m'abandonner dans tes bras, parce que je sens bien que tu as besoin de ça autant que moi. » Faut me comprendre, j'ai vraiment envie d'elle maintenant, et elle l'a bien cherché, non, vous êtes d'accord, elle l'a bien cherché ! Et puis on est là, dans ma voiture. Elle, elle me regarde, et moi je regarde droit devant moi à travers le pare-brise en me demandant si je vais oser. Et tout à coup j'entends : « Besoin d'un coup de main ? » C'est le type de la station-service, penché à la vitre. « Un problème pour redémarrer ? » Et là, vous savez ce qu'elle répond ? « Non, merci, on prenait juste le temps de s'embrasser. » Et je vous jure sur tous les *alfastadir* d'Islande, sous les yeux du pompiste, juste sous ses yeux, elle se penche sur moi et m'embrasse à pleine bouche ! Après, le pompiste dit qu'il y a des endroits plus confortables que la piste de sa station-service pour faire ça, alors elle me dit de démarrer. C'est elle qui me guide. On remonte la 41 jusqu'à la sortie de Kópavogur, puis on prend l'échangeur pour récupérer Fossvogsbrún et là elle m'indique comment m'engager dans le parc de Trjasafnið. On y entre par une petite route. Déserte. Personne. Alors elle me dit de quitter le chemin pour glisser la voiture au milieu des arbres. Et là, sans prévenir, avant même que je coupe le moteur et les phares, elle défait sa ceinture et grimpe sur moi. Je vous jure que c'est vrai, madame. Dans un même mouvement, elle déboucle ma ceinture de sécurité et celle de mon pantalon. Je comprends rien à ce qui se passe, je vous jure. L'instant d'après, j'ai mon visage bouillant dans la fraîcheur de ses seins magnifiques, mon sexe bandé dans ses mains impatientes, ses fesses rondes sur mes cuisses…

– Oui, bon, ça va, on a compris ! coupe Botty.

– Non mais je m'excuse, mais ça s'est passé exactement comme ça, j'y peux rien, je suis bien obligé de vous le dire. On se cogne, on se cramponne, on se tord, on se meurtrit. Elle hurle, elle râle. Elle m'implore, moi, vous vous rendez compte ? Elle en veut, en demande, en redemande.

– Hé, c'est bon, Gustavsson, c'est un interrogatoire de police, pas une interview pour *Playbo*y !

– Mais vous pouvez pas comprendre, une fois elle a ses pieds appuyés à plat contre le pare-brise, l'instant d'après elle est à califourchon sur mon siège ou à genoux sur le tapis de sol, ou même tête en bas pieds au plafond dans des positions qui m'électrisent, et d'un seul coup elle me…

– Mais vous allez la fermer, Gustavsson !

– Non mais attendez, là, en fait, il ne se passe rien parce que soudain, quand elle va enfin me laisser la prendre, une lumière de phares balaye le bois comme le faisceau d'un mirador et aussitôt on s'immobilise comme deux ados pris à la faute. Alors elle me fait signe de laisser passer la voiture et on éclate de rire en nous rhabillant vite fait. Elle glisse son soutien-gorge sur ses seins encore bandés…

– Gustavsson !

– Après, elle remet son pull et tire sa jupe sur ses cuisses mouillées, et pendant que je me rajuste, elle remonte la fermeture de ma braguette. Et là, avant que je redémarre, après m'avoir embrassé à pleines goulées en me caressant l'entrejambe, elle me dit qu'on va chez moi et que je ne perds rien pour attendre. C'est comme ça que je l'ai connue, et je vous jure qu'après la nuit qu'on a passée chez moi, je regrette vraiment pas.

Botty garde le silence quelques instants, le temps de retrouver ses esprits et d'oublier les images d'elle et d'un sauvage inconnu dans une voiture abandonnée au cœur de la lande, puis son instinct de flic reprend le dessus et elle lui pose la question à dix ans de taule :

– Et donc Rakel avait une petite culotte rouge en dentelle ?

Au même moment, Ida frappe à la porte et entre, une mallette à la main.

– Qu'est-ce que tu fais là, je te croyais partie ? demande Botty.

– Sur le parking, un détail m'est revenu que je voudrais vérifier pour que le dossier soit bien bordé.

– Un détail important ?

– On verra bien, c'est l'affaire de quelques minutes. Tu peux faire sortir monsieur ?

Botty la regarde, étonnée, puis lui obéit :

– Monsieur Gustavsson, vous voulez bien m'attendre dehors quelques instants, s'il vous plaît ?

Gustavsson sort et Ida referme la porte derrière lui.

– C'est quoi cette histoire ?

– C'est à cause de ça, là, répond Ida en désignant du doigt une tache minuscule dans un recoin du mur. Je l'ai remarquée pendant que je faisais les prélèvements et puis ça m'est sorti de la tête. Mais je fais toujours un point sur ce que j'avais prévu de faire et ce que j'ai effectivement fait avant de quitter une scène de crime, et je me suis souvenue de cette tache.

– Et ?

– Et ça ressemble à du sang, mais dans ce recoin, et à cette hauteur, ce qui m'a intriguée, c'est que ça ressemble plus à une projection qu'à une tache de contact.

Pendant qu'elle s'explique, Ida prépare de quoi prélever un échantillon. Quand elle utilise le révélateur, la tige indique qu'il s'agit bien de sang.

– Mets-toi contre la porte, dit Ida, et éteins la lumière quand je te le dis.

Elle sort de sa mallette un flacon dont elle pulvérise le contenu sur les murs et le sol, puis fait signe à Botty d'éteindre. Quand elle allume son tube de lumière bleue, les quatre murs et le sol se teintent de motifs fluorescents, comme s'ils avaient été peints au torchon.

– Merde, lâche Botty, ne me dis pas que c'est du sang !

– Tu sais bien que c'en est, et je t'assure qu'il a fallu massacrer quelqu'un à la tronçonneuse dans cette pièce pour en projeter autant sur tous les murs !

– Enfoiré de salopard ! siffle Botty entre ses dents.

Elle rallume et sort du baraquement en hurlant après Gustavsson. Qui a disparu.

12

... des questions sans réponse.

– Kornélius, tu es où, là ?

– Salut, Botty, je suis dans l'Askja, au nord du l'Herðubreið.

– Qu'est-ce que tu fais là-bas ?

– Je suis assis sur le toit de ma voiture.

– ...

– Et toi ?

– Je suis assise au bord de la gueule du Thrihnukagigur, le volcan dans les Montagnes bleues qui...

– Je sais ce qu'est le Thrihnukagigur, Botty, dis-moi plutôt ce que tu veux.

– Je crois qu'Ida et moi venons de faire une grosse bêtise. Enfin, moi surtout...

– Ida est avec toi ?

– Non, elle est redescendue à Reykjavik. Bon, alors ça t'intéresse ou pas de savoir la grosse boulette que nous avons faite ?

– Dis toujours.

Botty lui raconte comment Gustavsson a disparu au moment où Ida mettait en évidence les traces d'un carnage qu'il avait essayé de camoufler.

– Et il a disparu, disparu ? demande Kornélius.

– Oui. Complètement disparu.

– C'est marrant…

– Je ne vois pas ce qu'il y a de marrant !

– C'est marrant, parce que le mien aussi.

– Comment ça, le tien aussi ? Qui le tien ?

Kornélius lui raconte à son tour la disparition d'Eriksson.

– Et tu es sûr qu'il a tué cette fille ?

– Je n'en sais trop rien, vu qu'on n'a pas retrouvé de corps.

– …

– Botty ?

– C'est incroyable, répond-elle, parce que moi non plus je n'ai pas de corps ! J'ai un bain de sang, mais pas de cadavre. Qu'est-ce que tu vas faire ?

– Attendre…

– Sur le toit de ta voiture ?

– Oui.

– Mais tu attends quoi ?

– L'équipe des Vikings.

– Les superflics de l'unité spéciale du commissariat national ? Pour rechercher un petit vieux dans la lande ?

– Botty, s'il a échappé à mon attention, c'est parce que j'ai été distrait.

– Grosse distraction alors.

– On peut dire ça, oui : on nous a tiré dessus à l'arme de guerre.

– Merde alors, j'y crois pas. Action de diversion, tu crois ?

– Non. D'un côté, on a un petit vieux avec la mémoire en vrac, et de l'autre, un tireur d'élite avec une arme de sniper. Je ne pense pas qu'il y ait un lien entre les deux affaires. C'est juste de la faute à pas de chance pour moi. Mauvaise coïncidence. Mauvais karma. Et toi, qu'est-ce que tu vas faire ?

– C'est un peu pour ça que je t'appelle, Kornélius. Un conseil ?

– Monte sur le toit de ta voiture et appelle les Vikings.

– Je ne plaisante pas, Kornélius, j'ai vraiment besoin d'un conseil, là !

– Fais ton job, Botty, bétonne ton dossier, conforte tes preuves matérielles, précise le mobile et travaille sur la victime. Retrouve son corps si tu peux. Et ne dis rien à personne pour l'instant de comment ce type t'a glissé entre les mains.

– C'est ce que tu vas faire, toi ?

– Oui, dès que j'aurai repassé l'affaire du tireur aux Vikings et récupéré Ida pour analyser la scène de crime. Bon, je te laisse, j'entends l'hélico qui arrive.

Il raccroche et Botty regarde son téléphone comme s'il allait rappeler. Pourquoi faut-il qu'elle perde tous les hommes qui ont aimé lui faire l'amour ? Peut-être parce que tu ne sais rien faire d'autre que leur faire l'amour, pauvre idiote, se répond-elle à voix haute. Essaye de te faire aimer un peu, tu les garderas sans doute plus longtemps ! Quant à Kornélius, elle doit se rendre à l'évidence : il lui préférera toujours Ida. Elle doit reconnaître que c'est elle qui est allée le chercher, comme elle l'a toujours fait dans sa vie d'enfant gâtée et capricieuse. Avant de découvrir, grâce à Kornélius, ce métier qui désormais la comble et où elle compte devenir la meilleure. Meilleure que Kornélius, en tout cas.

Dans le désert de l'Askja, assis sur le toit de sa voiture, cerné d'horizons noirs de laves boursouflées sous des nuages blancs aveuglants, Kornélius s'en veut d'avoir menti à Botty. Aucun Viking dans le ciel encore. Que des corbeaux. Alors il entonne le *Krumavísur*, pour se mettre au sinistre diapason de cette journée morose.

Quand le lourd hélico des commandos se dessine, bourdon joufflu et ronflant au ras des cendres, Kornélius le regarde suspendre son vol, dodelinant au-dessus du gué, puis se poser sur la rive. Des hommes cagoulés en combinaison bleu nuit, harnachés et caparaçonnés d'armes et de protections, en jaillissent et se déploient aussitôt comme s'ils se lançaient à la guerre. Et comme si la guerre n'avait finalement pas lieu, ils se figent sur place, menaçant de leurs armes les horizons, les laves et les mousses, et jusque l'Herðubreið au bout du monde. Une partie d'entre eux revient ensuite à reculons jusqu'à l'hélicoptère pour le vider d'un impressionnant matériel. Et pendant tout ce déploiement, deux hommes gardent leur fusil d'assaut pointé sur Kornélius, toujours assis sur le toit de son Toyota et qui, par prudence, finit par lever les mains au ciel.

– Vous pouvez baisser les bras, dit un officier qui s'approche en enlevant son casque et sa cagoule.

– J'ai cru que Donald Trump suivait dans un autre hélico, plaisante Kornélius.

– Nous n'avons pas souvent l'occasion d'intervenir, alors nous profitons de chaque déplacement pour répéter des scénarios d'action.

– Et là, c'était quel genre de film ?

– Débarquement de matériel d'exfiltration dans un milieu hostile, répond le gradé, qu'un sous-gradé rejoint.

– C'est vraiment du matériel d'exfiltration ?

– Non, c'est juste un exercice. Là, en fait, ce sont nos cantines et notre matériel de campement pour cette nuit.

– Vous n'allez pas dormir dans l'hélicoptère ? s'étonne Kornélius.

– Non, il ne reste jamais. Il repart dans quelques minutes.

– Pourquoi ?

– Cible facile dont la destruction totale ou partielle compromettrait notre logistique de survie ou de repli.

– Mais…, commence Kornélius.

– Ça fait partie du protocole, quelle que soit l'opération. Et si j'en crois la raison de notre mission, il y aurait dans la nature un sniper équipé d'une arme de guerre qui pourrait, d'un seul tir, clouer notre hélico au sol.

– Pourquoi venir avec, alors ? demande Kornélius, que l'explication amuse.

– Parce que c'est le protocole. Le commando intervient en hélico.

– À propos de ce sniper, coupe le sous-gradé d'un ton qui ramène Kornélius à son statut de civil, vous pouvez nous en dire plus ?

Kornélius leur raconte les événements tout en les accompagnant jusqu'à la jeep au moteur fracassé.

– Nous l'avons tirée de la rivière en la gardant à peu près dans l'axe du tir.

– Il aurait mieux valu la laisser au point d'impact, sermonne le sous-gradé.

– Sauf que je n'ai découvert l'impact qu'une fois la jeep sur la berge, réplique Kornélius d'un ton agacé. Vous auriez voulu quoi, que je la ramène au milieu du courant ?

Le gradé prend la mesure de l'énervement du civil et de l'arrogance de son subordonné. Il intègre également à l'appréciation de la situation la carrure et la force potentielle de Kornélius et, même s'il a confiance dans les techniques de combat rapproché de ses hommes, il préfère désamorcer l'échange :

– Vous avez vu le tireur, à ce qu'il paraît ?

– Oui. Dans cet axe, à environ cinq ou six cents mètres.

– Cinq cents ou six cents ? demande le sous-gradé.

Kornélius le regarde en silence, puis se tourne vers le gradé.

– Il va continuer comme ça longtemps, ou il faut que nous en venions aux mains ?

– Je ne suis pas sûr que vous vouliez essayer, répond le gradé pour décourager Kornélius.

– Je ne suis pas sûr qu'il sache de quoi je suis capable.

– Tout le monde sait qui vous êtes, réplique le sous-gradé, le flic incontrôlable qui a enfermé ses supérieurs sous la menace de son arme, qui a failli balancer un témoin à la mer en le tenant à bout de bras par-dessus le bastingage d'un ferry et qui a fait disparaître deux kilos de poudre dans la nature. C'est bien le résumé de l'affaire de Heimaey, non ?

C'est le résumé à charge et caricatural d'une affaire qui a fait de Kornélius Jakobsson un héros malgré lui, et surtout malgré sa hiérarchie. Le road trip dramatique d'un Français et de sa fille qui avait fini par disparaître. Kornélius avait résolu l'affaire sur la petite île de Heimaey d'une façon peu orthodoxe. Voire au-delà de la ligne jaune. Très au-delà, même, pour être honnête.

– Chacun de mes hommes a lu votre dossier, explique le gradé pour enrayer l'escalade. Nous informer au préalable sur tout élément relatif à l'opération, c'est une règle de base.

– Dans ce cas, il manque à son tableau le pourquoi de mon maintien dans la police et mes états de service.

– Écoutez, Jakobsson, on peut continuer ce combat de coqs si vous voulez. Tout le monde connaît votre histoire. Le public et la presse ont fait de vous un héros national, et leur pression a forcé les autorités à vous garder dans leurs rangs. Mais vous savez aussi bien que nous que votre comportement a marqué votre dossier au fer rouge et que vous avez tout intérêt à éviter tout nouvel incident. Alors, est-ce que nous pouvons revenir à l'affaire qui nous préoccupe ?

Kornélius inspire tout l'oxygène du désert de l'Askja, le laisse fermenter à l'intérieur de ses poumons, puis l'expire longuement en opinant de la tête.

– Le tireur était donc à cinq ou six cents mètres dans cette direction. Il m'a laissé l'observer à travers mes jumelles. Tenue de camouflage, passe-montagne, fusil à la main, lunettes de soleil. Je dirais environ un mètre soixante-dix et quatre-vingts kilos. Il ne se cachait pas. Il m'a montré quelque chose que je n'ai pas pu deviner et il l'a posé à ses pieds.

– Il vous a montré quoi ? questionne le sous-gradé.

– Je viens juste de vous le dire, « quelque chose que je n'ai pas pu deviner ». Si je le savais, je vous l'aurais dit. Cinq ou six cents mètres, même avec des jumelles, c'est loin pour voir un détail. Mais je suppose que c'est une douille.

– Comment pouvez-vous le supposer ?

– Avec quoi d'autre un type qui vient de vous tirer dessus pourrait-il vous narguer ?

Le gradé coupe d'un geste son subalterne qui voulait intervenir et aboie quelques ordres. Décollage d'un drone. Survol de la lande dans l'axe de la jeep. Capture vidéo sur une bande de cinq mètres de chaque côté de l'axe à partir de quatre cents mètres. Recherche de traces et d'objets. En particulier d'une douille.

Un quart d'heure plus tard, le gradé, son adjoint, Kornélius, le pilote du drone et l'opérateur vidéo sont penchés sur le moniteur.

– Là, ce sont des traces de pas ! dit Kornélius. Dans la mousse, c'est des traces de pas. Elles remontent vers le nord, ça veut dire qu'il les a laissées en repartant. Revenez dans l'axe vers le sud, lentement.

Le pilote actionne ses télécommandes et la caméra remonte la trace du tireur.

– C'est là ! Regardez, il a écrasé les mousses et le lichen quand il s'est allongé en position de tir, explique Kornélius. Il faut zoomer et quadriller un carré de deux mètres de côté autour de cette marque. C'est dans cette zone qu'il a déposé ce qu'il m'a montré. Est-ce que votre drone est équipé d'une lampe directionnelle ?

– Oui, répond le pilote, mais ça risque de surexposer l'image.

– Essayez quand même. Si c'est une douille, on peut avoir la chance de capter son reflet…

– Elle est là ! dit calmement le gradé en désignant du doigt la douille sur l'écran. Belle bête.

– Je veux des clichés sous tous les angles, ordonne Kornélius. Une série au plus près et des quatre côtés, une autre série à un mètre de hauteur et une dernière à cinq mètres. Je veux aussi une photo depuis le nord vers le sud avec la douille en premier plan et une vue de la jeep en arrière-plan.

L'opérateur vidéo et le pilote ne bougent pas et interrogent le gradé du regard.

– Faites ce qu'il demande. Ensuite, récupérez cette douille le plus soigneusement possible.

Quand le pilote ramène le drone, il lui fait déposer la douille sur une table comme s'il s'agissait d'une dose de nitroglycérine. Le gradé est aussitôt formel :

– Douille de .50 BMG 12,7 × 99 mm. Munition OTAN. Avec une sortie de bouche à plus de neuf cents mètres par seconde et une puissance au départ de dix-huit kilojoules, cette cartouche propulse une balle de six centimètres à travers un centimètre de blindage jusqu'à quinze cents mètres de distance. Pas étonnant que le moteur de la jeep n'ait pas résisté.

– Pas un jouet pour amateurs, commente Kornélius.

– On en trouve en vente libre un peu partout. Aux États-Unis, certains chasseurs l'utilisent même pour abattre du gibier à très longue distance. Sinon, à moins de cinq cents mètres, il ne reste pas grand-chose du gibier.

– Et les fusils ?

– En vente libre aux États-Unis et dans quelques pays. Accessibles sur Internet sans avoir besoin de plonger dans le darknet.

À verrou ou semi-automatique, vous avez le choix : Barrett, bien évidemment, mais aussi McMillan, Robar, Steyr…

– Et ce type d'arme et de munition pourrait entrer sur notre territoire sans être repéré ?

– Toute contrebande est toujours possible. Mais la source la plus sûre, c'était la base américaine de Keflavík. Certains militaires américains n'hésitaient pas à arrondir leur solde avec un trafic d'armes à l'échelle locale.

– Pour quelques flingues, je pourrais comprendre, répond Kornélius, sceptique, mais pour une arme de cette nature ! Et puis le dernier soldat américain a quitté l'île en septembre 2006 si j'ai bonne mémoire.

– De toute façon, ça ne peut pas venir de notre armée, puisque nous n'en avons pas.

– De notre armée évidemment pas, mais pourquoi pas de notre police ?

– Qu'est-ce que vous insinuez ?

– Est-ce que votre unité spéciale d'intervention est équipée de telles armes ? demande Kornélius.

– Ne poussez pas le bouchon trop loin, Jakobsson, répond le gradé en prenant sur lui.

– D'accord, alors précisons les règles du jeu : vous, vous êtes la force d'intervention. Point. Donc, vous intervenez quand on vous en donne l'ordre. C'est tout. Moi, je suis la police. J'enquête. Je dirige l'enquête. Je pose les questions que je veux, à qui je veux, et ensuite je vous donne l'ordre d'intervenir ou pas. Nous sommes bien d'accord ? Donc, je repose ma question : est-ce que votre unité est équipée de telles armes ?

– Je ne répondrai pas à cette question, se bute le gradé au grand plaisir de ses hommes. Ces informations sont confidentielles. Si vous voulez des réponses, que votre supérieur hiérarchique s'adresse au mien.

– C'est ça le problème avec les forces de l'ordre militarisées, répond Kornélius, elles se prennent pour des militaires. Vous êtes des flics civils, comme moi, et nous avons au-dessus de nous le même chef hiérarchique, la commissaire nationale.

– Eh bien, dans ce cas, adressez-vous à la commissaire nationale, s'entête le gradé.

Kornélius regarde tous les hommes du commando qui se sont regroupés autour de leur chef en signe de soutien et décide de profiter de la situation :

– Vous avez raison en fin de compte, mieux vaut laisser tomber tout ça. Vous savez quoi ? Démerdez-vous avec ce sniper, après tout, vous êtes du même monde, non ? Moi, j'ai une autre enquête en cours. Je vous laisse avec votre camp de base, votre hélico, vos .50 BMG de l'OTAN et tout le tintouin. Faites de tout ça ce que vous voulez, moi ça ne me concerne plus. J'ai passé l'âge de jouer aux petits soldats. Je vous laisse. Bien le bonjour à la commissaire nationale.

Et sous le regard sidéré du gradé et de son commando, Kornélius rejoint son Toyota, démarre et s'en va. Déjà qu'il a un meurtre sans cadavre, il ne va pas en plus se coltiner des questions sans réponse.

13

Arrête de croire, Spinoza !

– C'est comme si nous étions un peu de la même maison, non ? dit le jeune inspecteur frisé comme un mouton noir.

Ida est arrivée par avion à Akureyri, un peu déçue que Kornélius ne l'y attende pas. Mais il a prévu qu'une voiture conduite par un homme en uniforme accompagné d'un inspecteur d'Akureyri l'emmène jusqu'au désert de l'Askja. La même voiture attend aussi le jeune frisé. Ida et lui ont voyagé sur le même vol sans se connaître et ne se sont rencontrés qu'en se précipitant vers le même véhicule.

– Pas tout à fait, répond Ida.

Puis ils ne se disent plus rien pendant la moitié des trois heures de route jusqu'à la maison d'Eriksson, avant que l'inspecteur d'Akureyri s'adresse au frisé :

– Tu as jeté un coup d'œil sur le dossier ?

– Oui, et en même temps, ce n'est pas comme si on s'attaquait à l'annuaire du téléphone. Une demi-page en tout et pour tout. Un vieux malade d'Alzheimer ne se souvient pas s'il a tué ou non une femme dont on n'a pas retrouvé le cadavre, tu parles d'un pitch !

L'autre ne répond pas tout de suite, absorbé par ses pensées, pendant que le frisé attend une réponse.

– Je me demande comment on peut vivre sans souvenirs. Avoir sa vie suspendue dans le vide, comme ça, sans rien pour se reposer dessus. Il ne peut pas y avoir de présent sans passé, non ?

Les deux inspecteurs sont assis à l'arrière. À l'avant, Ida et le chauffeur en uniforme échangent un rapide regard étonné. Ironique aussi.

– D'un autre côté, reprend le frisé, c'est un peu comme si tout présent que tu vis devenait aussitôt le passé du présent suivant. C'est comme si tu construisais un mur. Ta dernière rangée de briques repose toujours sur celle que tu viens de poser.

Ida hausse les sourcils et le visage du chauffeur se fend d'un sourire.

– Oui, mais si tu perds tout à coup les vingt dernières rangées de briques, comment veux-tu empiler celles qui te restent à poser ?

– Eh bien, c'est comme si tu repartais des fondations. Tu recommences à zéro.

– Mais c'est impossible, puisque tu ne te souviens plus de tes fondations. Comment veux-tu construire un mur sur des fondations dont tu ne te souviens pas ?

Ida et le chauffeur tentent de maîtriser un fou rire naissant. Par chance, les deux inspecteurs se perdent dans le dédale de leurs pensées.

– En tout cas, ce n'est pas avec un dossier aussi mince que nous allons pouvoir avancer. C'est comme si tu donnais une torche électrique à un aveugle pour fouiller une cave à charbon !

– Bon, Komsi, tu la fermes maintenant et on garde le silence jusqu'à notre arrivée, d'accord ? dit Ida, excédée.

– Komsi ! C'est vrai que ça te va bien comme surnom, ça ! se moque l'autre inspecteur.

– Et tu la fermes aussi, Spinoza !

– Spinoza ? Pourquoi Spinoza ?
– Parce que c'est comme si tu étais plus introspecteur qu'inspecteur, répond l'autre.
– Hé, vous la fermez tous les deux !

Ils arrivent deux heures plus tard devant l'improbable maison d'Eriksson, au milieu du désert noir, face au Herðubreið. Kornélius les attend, assis sur les marches du perron, en compagnie d'une jeune femme.
Ida descend la première de la voiture.
– Tu nous présentes ? demande-t-elle à Kornélius, qui se lève.
La fille est plus jeune qu'elle ne le paraissait de loin. Une bonne frimousse campagnarde, des yeux malicieux et de beaux mollets de randonneuse. Elle porte des chaussures de marche avec des chaussettes de laine roulées dessus, une jupe écossaise et un gilet islandais un peu rêche aux motifs traditionnels.
– C'est Nola. J'ai pensé un temps que c'était ma victime, mais en fait elle s'est pointée ici bien vivante.
– Et toi, tu arrives d'où ?
– J'ai passé la nuit ici.
– Avec ton Eriksson ?
– Non. J'ai retrouvé ma victime, mais j'ai perdu mon assassin en route. Si tu me dis bonjour, tu pourras entrer sans problème et on en parlera. Nola a même préparé le repas.
– C'est pas comme si on n'était pas affamés non plus, après toute cette route.
– Vous êtes les renforts ? s'inquiète Kornélius.
– Oui. Je suis…
– Lui, c'est Komsi, et l'autre, c'est Spinoza, dit Ida sans un regard pour Nola. Dès que tu les entendras parler, tu comprendras pourquoi. Où est la scène de crime ?
– Dehors, à une centaine de mètres. J'ai mis des repères…

– Alors, mangez sans moi. Je sors mon matériel et j'y vais.

– Tu veux que je t'aide ? demande Kornélius.

– Pas besoin. Je prélève ce que je peux et je repars aussitôt. Il faut que je sois au labo demain matin de bonne heure.

La maison d'Eriksson dispose de ressources inattendues, que connaît Nola. Un fumoir à poisson, un saloir à viande, deux énormes congélateurs au sous-sol et une cave aussi, avec de bons vins apparemment. Nola explique à Komsi et Spinoza ce que Kornélius sait déjà. Elle vient tous les deux jours s'occuper du vieil homme. Le ménage, la vaisselle, et des repas cuisinés qu'elle congèle.

– Et il a vraiment disparu ? s'étonne Komsi.

Kornélius raconte l'épisode et les deux inspecteurs n'en croient pas leurs oreilles.

– Cette maladie, c'est terrible ! C'est comme si ton crâne était une solfatare, avec tes souvenirs qui se tirent en jets de vapeur. Comme si tu n'étais qu'un autocuiseur et qu'à force, à l'intérieur, il ne restait plus que de la bouillie de mémoire.

– Tu crois que de la bouillie de mémoire, c'est encore de la mémoire ? Je veux dire : la mémoire, c'est forcément quelque chose de structuré, de construit…

– J'en sais rien, Spinoza. C'est comme si tu me demandais si on peut continuer à courir avec de la bouillie de muscles !

Kornélius écarquille les yeux, puis s'éloigne pendant que Nola range un peu la cuisine. Il passe dans le salon et se plante devant la baie vitrée, face à l'immensité noir et roux des mousses sur la lave. Au loin, le Herðubreið est à nouveau coiffé d'une large nappe de nuages qui dépasse loin de chaque côté. Mais le ciel tout autour est bleu. Son regard glisse jusqu'à Ida, à genoux sur la mousse, aidée par le policier en tenue qui se tient droit à côté d'elle et qui, à sa demande, lui tend ou lui prend quelque chose. Et Kornélius se dit que sa bêtise est aussi vaste que le désert de l'Askja et aussi brune et mortifère que la lave de ne pas savoir aimer cette femme.

Nola s'est glissée en silence à ses côtés. Leurs mains, le long de leurs corps, se frôlent de dos. Kornélius sent la chose arriver mais ne peut réagir à temps. Devinant leur présence, Ida se retourne et les voit, derrière la vitre, côte à côte. Elle les regarde longtemps, sans que Kornélius ose s'écarter de Nola pour ne pas aggraver son cas de mauvais garçon pris en faute. Puis elle se remet au travail en donnant des ordres au policier.

– Faut-il qu'elle t'aime pour être jalouse à ce point, murmure Nola.

– Comment faites-vous pour toujours tout comprendre ? répond Kornélius sans quitter Ida des yeux.

– Comment faites-vous pour ne jamais savoir nous résister ? dit Nola sans sourire.

Elle croise les bras pour ne plus frôler sa main et perd son regard dans ce paysage à la fois sinistre et somptueux quand quelqu'un toussote dans leur dos.

– Bon, c'est pas comme si nous avions toute la vie devant nous non plus, alors par quoi on commence ?

– Personne ne peut avoir toute sa vie devant lui, corrige Spinoza, tu ne peux avoir que *le reste* de ta vie. L'autre partie, tu l'as déjà vécue, alors elle est derrière toi !

– Sauf si, comme Eriksson, tu ne t'en souviens pas. Dans ce cas, c'est comme si tu avais chaque jour une nouvelle vie devant toi.

– L'horreur, dit Spinoza.

– Pourquoi ? s'étonne Komsi. C'est pas comme si…

– On s'en fout, coupe Kornélius. Spinoza, tu appelles l'association des volontaires de recherche des victimes la plus proche, et tu retrouves Eriksson.

– Et s'il est mort ?

– Eh bien, tu me retrouves son corps. Et en même temps, tu me retrouves celui de la fille, puisque celle que nous croyions morte ne l'est pas, il doit bien y avoir un corps de femme quelque part.

– Le cadavre qui a disparu ?

– Oui, Spinoza, c'est justement parce qu'elle a disparu que nous la recherchons. Vois avec la légiste si elle a des indices. Commencez par rayonner par cercles de deux mètres en deux mètres à partir de la scène de crime.

– Interroge aussi les elfes et les trolls que tu rencontreras, se moque Komsi, il doit en ramper dans les moindres crevasses par ici !

– Ne plaisante pas avec ça ! se raidit Spinoza.

– Attends, c'est pas comme si tu croyais à ces sornettes, j'espère ?

– Komsi, intervient Kornélius, fiche la paix à Spinoza et viens fouiller la maison avec moi.

Spinoza s'apprête à sortir quand Kornélius le rappelle :

– Dis à la légiste qu'elle doit passer inspecter la maison quand elle aura fini dehors.

– Mais je croyais que…

– Arrête de croire, Spinoza !

14

À cause des fluides !

La veille, quand il est revenu chez Eriksson après avoir quitté les Vikings, il a deviné, à travers le pare-brise maculé de poussière, une silhouette assise sur le perron. Il a d'abord pensé que le vieux était rentré et il s'en est réjoui, mais quand la personne s'est levée en apercevant sa voiture, il a dû se rendre à l'évidence : c'était une femme, pas Eriksson.

– Qui êtes-vous ? a demandé Kornélius.

– Où est M. Eriksson ?

– Je vous ai posé une question !

– Moi aussi.

– Vous voulez jouer à qui a posé la sienne en premier ? s'est énervé Kornélius. Au cas où vous ne l'auriez pas remarqué, vous êtes sur une scène de crime.

– C'est pour ça que je vous demande où est M. Eriksson. C'est lui le mort ?

Elle avait des cheveux blonds et bouclés. Quelque chose d'étrange dans sa tenue. Sa jupe peut-être. Écossaise. Courte. Très courte. Avec des chaussures de marche aux pieds. Une jolie frimousse d'Islandaise qui n'a pas peur de parler aux hommes. Les yeux bleus. Les poings dans les poches de son gilet en fibre de laine non tissée aux motifs jacquard. Elle était d'ici. Elle n'avait pas froid, malgré ses jambes nues à la peau blanche et ses mollets de marcheuse.

– Non, Eriksson n'est pas mort. Pas pour l'instant en tout cas, mais il a disparu depuis hier et, si nous ne le retrouvons pas très vite, je ne donne pas cher de sa peau dans ce paysage.

– Ne vous en faites pas pour Olaf, il a l'habitude de fuguer. Il revient toujours. Mais s'il n'est pas mort, qui est la victime de cette scène de crime ?

– On pense à une jeune femme qui travaillait pour Eriksson, Nola.

– Vous pensez ?

– Oui. Eriksson l'a pratiquement avoué avant de se volatiliser. Il a dit qu'il avait fait du mal à Nola.

– Mais où est le corps ?

– C'est là que ça se complique. Le corps était dans la lande, par là-bas, mais il a disparu.

– Disparu, le corps de la victime ? Mais comment pouvez-vous être sûr qu'il y avait un corps, alors ?

– Un garçon avec un drone a pris des photos.

– Un garçon avec un drone ? Vous êtes sûr que vous allez bien, monsieur ? Vous êtes vraiment policier ? Où sont les photos ?

– Eh bien, le garçon a disparu lui aussi. Avec les photos.

– Donc, vous n'êtes pas sûr que Nola soit morte.

– Non. Pas tout à fait sûr, je dois bien l'avouer.

– Et si Nola n'est pas tout à fait morte, M. Eriksson n'est pas tout à fait un assassin.

– On peut dire ça comme ça.

– Ouf, eh bien ça me rassure !

– Pourquoi dites-vous ça ?

– Parce que Nola, c'est moi. Je travaille pour M. Eriksson.

Après, il ne sait pas comment c'est arrivé. Ils sont entrés dans la maison, et ils ont parlé. Longtemps. Lui de cette enquête bancale, de sa fatigue à être policier, de son envie de laisser tomber les épaules. Elle de sa vie. D'être née à quelques kilomètres de là, et à des kilomètres de tout. D'être la fille des propriétaires du camping dans la lande, de l'autre côté du gué. De ses voyages qui la ramènent là, toujours. De ces paysages vides, immenses et noirs, qui lui manquent chaque fois qu'elle les quitte. Elle a ôté son *lopapeysa* et ne porte dessous qu'un T-shirt qui moule sa poitrine.

EYJAFJALLAJÖKULL
so easy to pronounce
« AY-uh-fyat-luh-YOE-kuutl-uh »

Il pense que ses seins doivent être superbes. Blancs comme la peau de ses cuisses. Il se demande ce qu'elle pense de lui. De son âge. Si ses aréoles sont brunes. Ou mauves. Lisses ou granuleuses. Si ses mamelons sont encore fripés. Ou déjà fermes et bandés. Peut-il encore faire bander les mamelons d'une femme jeune comme elle ? Il a deviné qu'elle le regarde. Il cherche à comprendre son corps. Assise dans un fauteuil, les jambes repliées sous elle, sa courte jupe découvrant assez haut ses cuisses lisses. Est-ce un signe ? Bon Dieu, il ne sait même plus comprendre le corps des femmes. Il n'entend rien de ce qu'elle dit. Dehors, l'horizon derrière le Herðubreið s'enflamme d'un faux couchant. À cette période, le soleil ne fait que frôler la nuit. Les nuages tissent sur la lande pétrifiée un ciel de lit ridé de velours côtelé, incendié par en dessous de bourrelets cinabre et écarlates. Un océan inversé au-dessus du monde, de houle régulière et immobile, flamboyant. Un ciel de lave. C'est Nola qui le demande :

– Tu veux un café ?

– Maintenant ? s'étonne Kornélius, ému aux larmes par la splendeur sauvage de son pays.

– Demain matin, au petit déjeuner.

Elle passe son T-shirt par-dessus sa tête, laisse glisser sa jupe à ses pieds et vient se blottir contre lui. Il reste longtemps les bras écartés, résistant à la tentation, puis s'abandonne. Il prend la fille et la serre dans ses bras, les yeux toujours perdus dans les lueurs de l'incendie céleste qui embrase la lande à présent.

– Tu es sûre que tu veux ça ?

– Oui, dit-elle en se hissant sur la pointe des pieds pour empêcher sa bouche de douter. Juste une nuit, pour nous distraire du monde. Nous fondre dans sa beauté. Y prendre part. Un tout petit peu. À notre échelle.

– Une fois alors. Une seule fois.

– Non, deux, s'il te plaît.

Elle a ôté ses sous-vêtements. Elle est nue contre lui, petite fille en godasses.

– Pourquoi deux ?

– Quelles sont les fois les plus intenses, d'après toi ?

Comme il ne répond pas, elle poursuit :

– La première, quand on se met à nu, au sens propre comme au figuré, devant une personne encore inconnue. Qu'on découvre son corps, le goût de sa peau, le parfum de sa bouche, la douceur de ses caresses, la chaleur de son sexe. Mais souvent l'émotion est trop forte pour que, cette première fois, l'amour soit bon. Alors la seconde fois peut atteindre une intensité parfaite. On sait à quoi s'attendre. On refait encore et encore ce qu'on a tant aimé la première fois, et on ose soudain tout ce qu'on n'avait pas osé faire ou demander. Et si cette seconde fois est aussi la dernière, alors elle se charge de toute l'émotion de ce qui ne sera plus jamais.

– Et pour faire quoi de tout ça ? murmure Kornélius, qui s'étonne d'autant de franchise et de désir dans les mots que cette jeune inconnue pose directement sur ses lèvres, comme autant de baisers.

– Pour en faire un souvenir rond et fini, rien qu'à nous.

Quelque chose qui n'est ni une trahison ni une tromperie pour ceux que nous aimons et à qui nous tenons. Quelque chose qui n'appartient qu'à nous, à nous seuls. Comme ces boules de verre avec de la neige dedans. Quelque chose à portée de main pour les jours tristes. Les jours sans. Un souvenir pour quand la vie est moche, à prendre dans ses mains et à secouer pour revoir, à l'intérieur, s'agiter la neige sur ce ciel écarlate. Une boule de verre. Un souvenir heureux. Qui tient dans une seule main.

Que peut-il faire d'autre que succomber à cette tentation ? C'est elle qui le déshabille, face à l'horizon incendié, dans la maison qu'elle a éteinte, face au trône de Dieu, face à son pays immense et sauvage. Elle dénude son corps petit à petit, et quand il est nu, elle l'entraîne face à la baie vitrée, l'arrête, debout face à la lande, passe devant lui, colle son dos contre son ventre et prend ses mains par-devant dans les siennes pour qu'il l'enlace de ses caresses. Le menton dans ses cheveux, Kornélius pleure presque d'autant de bonheur inattendu.

Quand la nuit les surprend dans la grande maison déserte au cœur de la lande noire où s'est peut-être déroulé un drame, ils montent en silence dans une chambre, se tenant par la main, et s'endorment, elle contre lui, ses reins contre son ventre, son bras autour d'elle, sa main dans les siennes. Ses rêves prennent le parfum de ses cheveux blonds et de sa nuque blanche.

Ils se parlent dans la nuit. Lui surtout. Comme s'il devait justifier son abandon. De son désarroi depuis que sa femme est partie. Elle a suivi un autre homme au bout du monde. Sa fille aussi. Un petit matin, comme ça, toutes les deux. Et lui debout dans la cuisine, le petit déjeuner encore servi, sans savoir quoi faire. Sa femme, il pouvait comprendre. Elle avait eu le temps d'accumuler des reproches. De le désaimer. De lui en vouloir de ce qu'elle devenait loin de sa vie de flic. Mais sa fille, son petit soleil, son départ l'avait sonné debout.

– Tu ne l'as jamais revue ?

– Non. Elles vivent en Nouvelle-Zélande.

– Elle reviendra. Un jour ou l'autre elle reviendra. Tu lui écris ?

– Je n'ai même pas son adresse. Son absence, tu sais, c'est un creux dans mon cœur. Et en même temps je la hais d'être partie comme elle l'a fait.

– Encore heureux que tu la haïsses, ça prouve au moins que tu l'aimes encore.

– Tu crois vraiment à ça, à ce lien entre l'amour et la haine ?

– C'est pour elle que ta haine sera importante quand vous vous retrouverez. Imagine qu'elle revienne et se rende compte que son absence ne t'a pas déchiré le cœur. Que tu as continué à vivre comme avant. Que partie, elle est simplement passée par pertes et profits dans le bilan de ta vie. Quand elle reviendra, elle aura besoin de se confronter à la rage que ta souffrance a provoquée pour comprendre à quel point tu l'aimais.

Kornélius ne répond pas, mais il veut croire au murmure de Nola dans la nuit. Pourquoi faut-il qu'il ne parvienne à se confier qu'à des amours de rencontre ? Il cherche la réponse quand la fatigue l'étourdit et qu'il sombre dans le sommeil.

Au matin, elle est déjà levée et il lui en est reconnaissant. Déjà réveillé quand elle est sortie du lit, il a fait semblant de dormir encore. Ne pas savoir quoi dire. Quel genre de baiser donner ? Parler de choses et d'autres ? Demander si c'était bien ? Passer chacun son tour à la douche, puis s'habiller sans rien dire comme après un coup d'un soir ? Après tout, c'est ce qu'ils sont peut-être, un coup d'un soir.

Quand il descend, habillé, elle est nue sous son T-shirt et prépare le petit déjeuner.

– C'était bien mieux qu'un coup d'un soir, dit-elle en posant le *rúgbrauð* sur la table, et il n'y a rien à dire. Ça nous appartient déjà, à chacun de nous, pas besoin de partager. Il y a de la truite saumonée fumée et du fromage aussi, et j'ai décongelé du poisson pour midi.

– Nola, je voulais te dire que…

– J'ai compris, monsieur l'inspecteur. Dans les renforts que tu attends, il y a quelqu'un à qui tu tiens et qui ne doit pas savoir ce qui s'est passé entre nous, c'est ça ?

– Comment l'as-tu compris ?

– Intuition féminine. C'est notre grande force, tu sais.

– Oui, mais Ida n'est pas que ma compagne, elle est aussi à la tête de l'équipe scientifique.

– Et ?

– Et elle vient passer au peigne fin cette maison pour chercher des traces.

– Des traces ?

– Oui. Des fluides essentiellement.

– Des fluides ?

– Du sang, de la salive, de la sueur. Du sperme aussi.

– Ah, du sperme. Et tu penses que…

– Ce serait mieux, oui. J'ai récupéré nos draps et nos oreillers. Je les ai roulés et j'ai refait le lit avec du linge de maison propre que j'ai trouvé dans une armoire.

– Mon Dieu ! feint de s'extasier Nola. Un amant qui sait aussi refaire le lit !

– Je ne plaisante pas, Nola, il faudrait…

– Que je lave tout ça, que j'efface les traces de notre débauche, se moque-t-elle.

– Je t'en prie, n'abîme pas le souvenir de ce qui s'est passé. Je peux lancer cette lessive si tu veux.

– Et qu'allons-nous faire pour nos fluides partout dans le salon ?

– Rien. Espérer qu'elle ne viendra rien prélever de ce côté-là.

Kornélius donne un coup de main pour la vaisselle et la lessive. Il ne s'inquiète que de son sperme. Nola habite cette maison plusieurs jours par semaine, et lui y a dormi deux nuits. Normal qu'on y retrouve des traces de leur séjour. Ce serait plus compliqué à expliquer pour son propre sperme.

Une heure plus tard, ils passent à la cuisine pour préparer un copieux *plokkfiskur*. Nola décongèle un kilo de cabillaud, qu'elle fait ensuite bouillir quelques minutes dans un fumet de poisson.

– Je voudrais que personne ne soit mal à l'aise quand Ida sera là, dit Kornélius aux fourneaux.

Il fait blondir au beurre dans une casserole trois oignons qu'il a grossièrement émincés.

– Pas la peine de pleurer pour ça, se moque Nola.

– Ce sont les oignons, dit Kornélius, qui ajoute de la muscade, du poivre blanc, deux pincées de curry et de la farine en remuant vivement pour ne pas faire de grumeaux.

– Elle saura dès qu'elle me verra, malheureusement.

– Ne dis pas ça ! s'écrie Kornélius en sortant la casserole du feu pour y ajouter un bol de lait.

– Tourne bien, que la sauce soit lisse et homogène.

– Je sais faire un *plokkfiskur* ! Dépêche-toi plutôt avec tes pommes de terre !

– Et voilà, nous sommes déjà un vieux couple qui se dispute dans la cuisine.

Nola tire d'une autre casserole dix pommes de terre épluchées qu'elle a cuites à l'eau et les coupe en petits dés en se brûlant les doigts.

– Tu sais que les Français cuisent les pommes de terre avec la peau, dit Kornélius, et que souvent ils les mangent comme ça ? Ils appellent ça des pommes de terre en robe des champs et les enfants s'amusent à dire en robe de chambre parce que ça se ressemble en français. C'est joli, non ?

– J'ai toujours rêvé d'aller en France, dit Nola, surtout pour y boire et manger.

Elle a ramassé ses pommes de terre en cubes et les a mises dans la sauce préparée par Kornélius. Avec une spatule en bois, elle les tourne et les retourne jusqu'à toutes bien les enrober. Puis Kornélius émiette le poisson dedans et le mélange. Quand elle se penche pour prendre un plat, son T-shirt découvre ses jolies fesses rondes et la toison blonde de son sexe.

– Nola, je t'en prie, va t'habiller, ils pourraient arriver d'une minute à l'autre !

– S'ils sont consciencieux, ils ont pris le vol de 7 h 10 qui arrive à 7 h 55 à Akureyri, et après, ils ont trois heures de route. Ils ne seront pas là avant 11 heures. J'ai encore plus d'une heure devant moi.

– Je t'en prie !

– D'accord, mais laisse-moi d'abord te montrer ma *french touch.*

Elle verse la préparation dans un joli plat ovale et se dirige vers le réfrigérateur.

– Fromage râpé ! claironne-t-elle en brandissant un sachet qu'elle ouvre pour en saupoudrer le contenu sur le *plokkfiskur.* Vingt minutes avant de servir, je réchauffe et je gratine au four.

Puis elle dépose un léger baiser sur les lèvres de Kornélius, passe son T-shirt par-dessus sa tête et monte, nue, les marches en se retournant sur la dernière pour un adieu de music-hall.

– Tu devrais faire du théâtre, se moque Kornélius.

– Mais j'en fais ! répond sérieusement Nola. J'en fais !

Du haut de l'escalier, elle lui jette son T-shirt pour qu'il l'ajoute à la lessive.

– À cause des fluides !

15

Cinq minutes peut-être ?

– C'est pas comme si tu ne savais pas cuisiner ! dit Komsi en se léchant les doigts. L'idée de gratiner avec du gruyère français est tout simplement géniale.

– Il n'y a pas de gruyère français. Le gruyère vient de Suisse. En France, ils produisent de l'emmental, précise Nola.

– Dont le nom vient de la vallée de l'Emme… en Suisse, corrige Kornélius, sans quitter des yeux l'escalier où a disparu Ida, muette, qui n'a même pas pris le temps de déjeuner.

– Et c'est quoi, la différence ? demande Spinoza.

– Le lait du gruyère n'est pas fermenté, donc il ne produit pas de bulles, donc la pâte n'a pas de trous. L'emmental, si ! explique Nola.

– Alors, c'est un peu comme si M. Eriksson avait le cerveau en emmental. Plein de trous !

Personne ne rit à la blague de Komsi, qui s'excuse auprès de Nola. La gêne est remplacée par celle que laisse planer l'appel d'Ida :

– Kornélius, tu peux monter une seconde ?

Il se lève de table, hausse les sourcils en regardant Nola et monte rejoindre Ida.

Elle est sur le palier du premier, devant la porte de la salle de bains.

– En dehors des fluides de toutes sortes que j'ai relevés dans toutes les chambres de cette maison qui ressemble plus à un lupanar qu'à une maison de retraité, je voudrais te montrer ça, dit-elle d'un ton froid, sans même le regarder.

Elle éteint la lumière, tend des lunettes de couleur à Kornélius et éclaire la salle de bains avec une torche spéciale. La tache apparaît aussitôt, bleutée, par luminescence. D'abord une large auréole au sol, sur le carrelage, puis quelques ronds sur la faïence des murs, et enfin tout l'intérieur de la baignoire.

– Tout a été copieusement lessivé, au détergent domestique, je suppose, mais il s'est passé quelque chose de dramatiquement sanglant dans cette salle de bains. Quelqu'un a saigné en abondance.

– Je suppose qu'on peut dire adieu à l'ADN après le lessivage ?

– Peut-être pas. J'ai trouvé ça coincé derrière le siphon du bidet.

Ida tend à Kornélius un sachet en papier cristal.

– Par tous les trolls ! murmure Kornélius. La socquette !

– Tu as déjà vu cette socquette ?

– Non, mais sur la photo que le gamin a prise avec son drone, le cadavre n'en portait qu'une, identique à celle-ci, et je me suis toujours demandé où était passée l'autre.

– Ah oui, c'est vrai, tu as été assez distrait pour omettre de noter les coordonnées du seul témoin et tu as oublié de confisquer le drone avec les seules preuves de l'existence de ce cadavre. Il faut croire qu'en ce moment, tu réfléchis avec autre chose que ta tête !

– Je t'en prie, Ida…

– Kornélius, j'espère que tu n'as pas eu le temps de prendre une douche dans cette salle de bains après avoir baisé cette fille, parce que sinon on va trouver ton ADN sur une scène de crime.

– Ida, je loge chez Eriksson depuis deux jours. Bien sûr que j'ai pris des douches !

– Écoute, moi je ne suis pas enquêteur, mais ton ADN dans cette salle de bains pourrait éclairer tes énormes erreurs dans cette enquête.

– Bon d'accord, Ida, j'ai couché avec cette fille, mais d'ici à me mettre un homicide sur le dos, ça pousse la jalousie un peu trop loin, tu ne penses pas ?

– Qu'est-ce que tu dirais d'un suspect qui aurait fait la même chose, Kornélius ? Moi, je me contente de collecter des traces. C'est aux flics d'en faire des indices. Je suppose que tu as passé les draps à la machine à laver ?

– Oui, répond Kornélius, penaud.

– Décidément, tu n'as rien appris de mon métier, depuis le temps ? Tu ne sais pas que, lessivés ou pas, on retrouvera toujours quelque chose sur ces draps ? Pour ton information, en France, ils viennent de résoudre une affaire d'accident grâce à des traces de sang vieilles de presque dix ans. Sur une route ! Une route sur laquelle sont passés des milliers de véhicules chaque jour pendant dix ans. Alors, ta petite lessive de baiseur impulsif !

Ils se sont laissé emporter et ils ont parlé fort. Kornélius au moins, Ida l'a peut-être fait exprès, elle. Le silence qui suit prouve qu'en bas, tout le monde a entendu.

– Tu as trouvé quelque chose dehors ? reprend Kornélius pour ne pas rester sans rien dire.

– Tu le sauras en lisant mon rapport. Je range et je pars.

Elle s'affaire sans le regarder, puis soudain se retourne pour lui faire face, un bâtonnet de prélèvement à la main.

– Ouvre la bouche.

– Ida… !

– C'est le protocole. Ouvre la bouche.

Il s'exécute et elle prélève un peu de fluides sur les muqueuses à l'intérieur de ses joues.

– Tu vas en prélever sur elle aussi ?

– Je me fous de cette fille. J'enverrai une équipe terminer le travail. Moi, je rentre.

Elle redescend et fait signe au policier en tenue qu'ils partent. Il se lève sans finir son plat, s'excusant du regard auprès de Komsi et de Spinoza qui n'osent rien dire. Quand Kornélius descend à son tour, il entend la voiture s'éloigner et cherche Nola des yeux.

– C'est un peu comme si elle s'était éclipsée.

– Il y a longtemps ?

– La notion de temps, commente Spinoza, dépend beaucoup de ce qu'il vous permet de faire. Si vous voulez savoir si elle a eu celui de tout entendre, je dirais que oui.

– Oui quoi, il y a longtemps ? s'énerve Kornélius.

– Oui, elle a eu le temps de tout entendre, donc non, ça ne fait pas longtemps qu'elle est partie. Cinq minutes peut-être ?

16

... puisqu'ils vont venir d'elle !

La masse de lave pétrifiée est si plissée qu'on pourrait croire qu'elle s'affaisse encore avec mollesse. Quand la piste la contourne, ils aperçoivent Nola qui marche devant eux à travers le paysage lunaire. Le policier n'ose pas s'arrêter. Ils la dépassent. Nola fait juste un écart dans la caillasse brune pour éviter la poussière et les gravillons. Elle attend, les regarde s'éloigner, puis reprend son chemin. La voiture est déjà à une cinquantaine de mètres quand Ida ordonne soudain au chauffeur de s'arrêter. Surpris, il freine et lance le véhicule de patrouille en glissade sur la piste cendrée. Ida descend et attend Nola, qui serre les poings dans les poches de son lodi, au cas où.

– Où tu vas ?

– Chez moi, au camping là-bas.

– Comment tu passes le gué ?

– Il y a une passerelle pour les randonneurs, plus au sud. Ce n'est pas un grand détour.

– C'est une coutume des Hautes Terres de s'abandonner aux hommes des autres ?

Nola la regarde droit dans les yeux. Au moins elle est franche, pense Ida. Puis la fille lui sourit. Tristement.

– Non. C'est plus le besoin d'amour des femmes seules dans ces landes abandonnées.

– Alors j'espère au moins que tu y as pris plaisir.

– Pas vraiment, en fait, surtout quand les hommes pensent à quelqu'un d'autre lorsqu'ils sont avec moi.

– Je t'en prie, évite-moi la complainte de l'homme qui baise avec toi en pensant à celle qu'il aime vraiment !

– Je n'ai jamais dit qu'il pensait à toi.

– Ah oui ? À qui d'autre, alors ?

– À lui, répond Nola, encore une fois les yeux droit dans ceux d'Ida.

– Lui ?

– Bien sûr, j'espère qu'il me désirait un peu quand même, et j'ai tout fait pour ça, crois-moi, mais ce que voulait Kornélius avant tout, c'était dormir contre le corps d'une femme. Dans sa chaleur. Dans sa tendresse. Je crois que s'il avait pu, il se serait juste glissé dans mon lit pour s'endormir. Je ne sais pas comment est votre vie à tous les deux, probablement comme celle de beaucoup d'entre nous, à croire en l'amour libre, mais le problème de l'amour libre, c'est les trous que la liberté laisse entre l'amour. Des trous de solitude. De mal-être. Qu'on pense soigner en tirant un coup à chaque fois qu'on se retrouve. Une suite de retrouvailles pour faire l'amour et on se persuade que c'est ça, l'amour. Parce que si on n'arrive pas à s'en convaincre, alors nos solitudes deviennent d'une tristesse à pleurer malgré tous nos ébats en fanfaronnades.

Le policier a opté pour la neutralité. Deux femmes jalouses au cœur d'un désert de cendre, ça confine au mauvais western. Il ne voudrait pas prendre des éclats de haine perdus. Quand Ida frappe à la portière de la voiture, il descend la vitre avec prudence.

– Tu as une cigarette ?

– Désolé, je ne fume pas.

Elle se tourne vers Nola.

– Tu en as une, toi ?

– Je ne fume pas non plus. Tu fumes, toi ?

– Non, mais j'aurais bien commencé aujourd'hui ! Tu penses vraiment tout ce que tu viens de dire ?

– Oui. Moi aussi j'ai une vie trouée de solitudes amoureuses. J'ai chauffé Kornélius parce que je pensais qu'il fallait en passer par là pour simplement dormir dans ses bras. Je n'ai découvert qu'après avoir fait l'amour qu'il s'en serait peut-être bien passé lui aussi. Même si c'était très bien, hein, ne me fais pas dire ce que je ne veux pas dire. Mais tout ce que nous voulions en fait, lui comme moi, en ayant honte de nous l'avouer, c'était nous endormir dans les bras de quelqu'un en parlant les yeux fermés dans la nuit.

– Vous avez parlé ? De quoi ?

– Il a beaucoup parlé de sa fille. Tu étais déjà sa maîtresse avant que sa femme le quitte ?

– Non. Nous nous sommes connus après. C'était un homme dévasté malgré sa carrure de troll. Je ne suis pour rien dans le départ de sa femme.

– De toute façon, ce n'est pas ce qui le ravage. Ce qui le ronge, c'est l'absence de sa fille.

– Et vous allez vous revoir ?

À défaut de cigarettes, le policier a trouvé un paquet de réglisse à l'eau salée qu'il leur passe par la vitre. Ida prend le paquet et le tend à Nola. Elles goûtent chacune en silence un salmiak qui réveille en elles des souvenirs d'enfance. Du temps innocent d'avant les amours.

– Oui, répond Nola, une autre fois. Une seule.

– Une seule ?

Nola lui explique alors sa théorie des deux meilleures fois. Et de la boule de verre qu'on secoue pour faire tournoyer la neige. Ida l'écoute et, petit à petit, sourit en secouant la tête doucement.

– Tu es quoi, toi ? demande-t-elle en tendant à nouveau à Nola le sachet de salmiaks. Une sorte de sorcière bienveillante du grand désert de lave ? Une sainte laïque qui soigne les âmes par une baise bienheureuse ? Une thérapeute de la misère sexuelle ?

– Je suis une femme qui a besoin d'être aimée, pas seulement baisée, et qui cherche. Toi, tu as la chance d'avoir trouvé cet amour-là. Mais comme tu ne t'en sers pas vraiment comme tu devrais, j'en ai profité pour t'en piquer un peu, voilà tout.

– Tu crois vraiment que Kornélius est malheureux à cause de moi ?

– Je n'en sais rien. Je pense qu'hier il voulait dormir dans tes bras et que tu n'étais pas là.

– Alors tu lui as ouvert les tiens.

– Il n'y a pas de petits bonheurs, répond Nola, je prends ceux qui passent.

Elles se regardent encore longtemps, sans rien dire, et replongent la main dans le sachet de salmiaks, avant qu'Ida ne se reprenne pour ne pas glisser dans une mélancolie rêveuse.

– Monte, on te dépose chez toi.

– Je peux marcher, tu sais, je fais ce chemin régulièrement, été comme hiver.

– Viens, je te dis, j'ai peut-être encore des choses à apprendre de toi.

Cette fois, Ida monte à l'arrière, à côté de Nola, et le policier redémarre. Quand ils arrivent au gué, un homme des commandos reconnaît la voiture de patrouille et leur fait signe de passer.

– Qu'est-ce qu'ils font encore là ? demande Nola.

– Je crois que Kornélius les a laissés dans la panade. Je suppose qu'ils attendent des ordres.

– S'ils pensent retrouver M. Eriksson ou le sniper, ils peuvent toujours courir !

– Pourquoi tu dis ça ?

– M. Eriksson fugue régulièrement et on ne le retrouve jamais. C'est lui qui réapparaît, sans même savoir d'où il vient ni où il a été. Quant au sniper, comment veux-tu retrouver un homme décidé dans un tel paysage ?

Ida regarde autour d'elle le chaos minéral du désert.

– Kornélius retrouvera ce tireur, tu peux me croire, finit par dire Ida.

Nola ne répond pas. Elle aime bien Kornélius, mais elle sait qu'il aura bientôt d'autres choses en tête. Ses malheurs sont loin d'être terminés. Et elle est bien placée pour le savoir, puisqu'ils vont venir d'elle !

17

Des .50 BMG 12,7 × 99 mm. OTAN.

– D'accord. Les Américains ont quitté Keflavik en septembre 2006. Du personnel islandais de l'Unité de réponse aux situations de crise a servi en Irak et en Afghanistan jusqu'en 2007. À partir de 2008, les personnels de l'URSC ont été désarmés et rebasculés dans un service civil. Une des pistes possibles, c'est donc de chercher un ancien membre de l'URSC revenu avant septembre 2006 et qui aurait pu profiter de complicité parmi le personnel militaire américain de Keflavik pour s'offrir un fusil de sniper.

Komsi et Spinoza sont restés avec Kornélius dans la maison d'Eriksson. En silence d'abord, longtemps, sans beaucoup d'appétit pour le délicieux repas préparé par Nola. Puis Kornélius est revenu, sans grande conviction, sur l'affaire du sniper, faute de pouvoir avancer sur celle d'Eriksson.

– C'est pas non plus comme si les Américains n'avaient rien trafiqué à l'époque, soupire Komsi, mais sortir de leur base un fusil de sniper, c'est pas comme si c'était de la Budweiser ou du peanut butter !

– On peut aussi envisager l'hypothèse de la Norvège, puisque le personnel de l'URSC est formé par l'armée norvégienne avant de partir sur le terrain. Quelquefois, la coopération entre militaires crée un sentiment de fraternité qui peut vite confiner à la complicité, avance Spinoza.

– C'est une autre piste, reconnaît Kornélius. Dans ce cas, il faut vérifier si l'armée norvégienne est équipée de fusils à longue portée.

– D'un autre côté, c'est pas comme si ça allait de soi qu'un tireur d'élite reprenne tout à coup de la gâchette plus de douze ans après son retour, et juste pour exploser une jeep au milieu d'un gué.

– Autre bonne remarque ! soupire Kornélius. Encore quelque chose pour nous compliquer l'enquête ?

– J'ai ! répond Spinoza en consultant un message sur son portable. Quelqu'un vient de faire un carton sur l'épave du vieil avion abandonné sur la plage de Sólheimasandur.

– Des victimes ?

– Non. Il semble que le tireur a juste perforé la carlingue pour faire déguerpir les touristes.

– Quelqu'un l'a vu ?

– Non.

– Je connais bien ce piège à gogos, dit Kornélius. C'est un DC-3 de la marine américaine qui s'est posé là-bas à court de carburant, au début des années soixante-dix. En 1973, je crois. Et ce truc est resté là jusqu'à devenir un site mythique pour les touristes de passage dans le Sud.

– Ce n'était pas une panne d'essence, corrige Spinoza. C'était en plein hiver et le mauvais temps a formé une croûte de glace sur les ailes, ce qui a alourdi l'appareil et l'a empêché de garder son altitude de croisière.

– Non, intervient Komsi, c'est plutôt comme si les carburateurs avaient brusquement gelé.

– Glace ou carbu, on s'en fout, dit Kornélius.

– Toujours est-il que le pilote…

– Ce n'était pas le pilote. Le vrai pilote, c'est plutôt comme s'il s'était déjà résolu à se crasher sur le glacier, quand un autre militaire a pris les commandes pour…

– Pilote ou pas, on s'en fout pareil, s'exaspère Kornélius.

– En tout cas, c'est comme si c'était un vrai pilote pareil, parce qu'il a posé le zinc sans trop de casse sur une étendue de neige déserte. Sauf que sans le savoir il a immobilisé l'appareil sur le lit d'une rivière gelée. La glace s'est effondrée et a piégé l'avion.

– On s'en fout ! hurle Kornélius, vexé d'être repris à chaque fois. Ce qui importe, c'est que cette carlingue est à trois cents mètres au nord de la mer et à presque quatre kilomètres au sud de la route n° 1. Avec de chaque côté plusieurs kilomètres de désert.

– Et alors ?

– Alors, si personne n'a vu le tireur, c'est que le type tirait de très loin.

Les deux inspecteurs encaissent l'information en silence, sans quitter Kornélius des yeux.

– Tu crois que c'est comme si… ?

– Le même, tu crois ?

– Deux snipers différents, vous y croyez, vous ? demande Kornélius. Ça voudrait dire, deux passés militaires ou paramilitaires, deux armes. C'est évident que c'est un seul et même tireur. Ce qui donne une autre dimension à cette affaire de sniper.

– Mais à quoi il s'amuse ? Une jeep au milieu d'un gué, une carlingue au milieu d'un désert, que cherche-t-il ?

– C'est ce qu'il faut découvrir, soupire Kornélius. Et vite.

Il essaye de réfléchir à ce que tout ça peut bien signifier quand son portable sonne. Il reconnaît aussitôt le numéro confidentiel de Sveinn Knudsen, le commissaire de Reykjavik.

– Jakobsson, vous êtes au courant, je suppose ?

– Je viens de l'apprendre, commissaire.

– Où êtes-vous ?

– Sur la scène de crime, dans la maison d'Eriksson.

– Jakobsson, le tourisme aujourd'hui, c'est vingt-trois pour cent de notre richesse nationale, vous comprenez ?

– Je comprends, monsieur le…

– Non, vous ne comprenez pas ! hurle Knudsen. Vous ne comprenez rien, jamais rien ! C'est le tourisme qui a sorti ce pays de cette putain de crise, Jakobsson. Aujourd'hui, le tourisme rapporte trois fois plus au pays que la pêche, nom de Dieu, trois fois plus ! Alors, vous allez arrêter vos conneries avec les types de l'unité d'intervention, mettre votre orgueil dans votre poche avec un mouchoir par-dessus et collaborer avec eux en oubliant vos enquêtes à la con sur des histoires de meurtres sans cadavres, vous comprenez, Jakobsson, vous comprenez ?

– Oui, commissaire, je suppose que je suis bien obligé dc comprendre, c'est ça ?

– C'est ça, Jakobsson.

– Très bien, dans ce cas j'arrête toutes les enquêtes en cours et je me mets à la disposition de l'unité d'intervention. Mais si nous avons affaire à un serial sniper, je vous garantis qu'il va avoir le temps de faire quatre ou cinq autres cartons avant qu'on comprenne qui il est et ce qu'il veut. Alors, dites aux politiques de se creuser les méninges pour rassurer la population, parce que lui, il va bel et bien semer la panique.

– Merci de votre précieux conseil, Jakobsson. Figurez-vous que nous n'y avions pas pensé. Faites donc votre boulot de flic et laissez-nous faire le nôtre !

– C'était juste pour être sûr, commissaire.

– Décidément, vous ne pouvez pas vous empêcher de la ramener, hein ? Les Vikings se sont déjà héliportés à Sólheimasandur.

Prenez tous les hommes dont vous disposez et rejoignez-les. Il faut neutraliser ce sniper au plus vite.

– Bien, monsieur.

– Ah, Jakobsson, l'unité d'intervention dispose bien de deux tireurs d'élite équipés de fusils spéciaux, même si votre question était insultante à leur égard.

– Et ces beaux fusils tirent quel genre de munitions ?

– Des .50 BMG 12,7 × 99 mm. OTAN.

18

... ce que l'homme s'apprête à faire.

Vingt kilomètres à l'ouest de Vik, des voitures garées sur la droite de la route n° 1 marquent le début du chemin qui mène à la carcasse. Quatre kilomètres à travers un désert de poussière noire damée par les rouleaux d'un ciel immense, entre la mer sauvage et le mirage lointain de la langue de glace du Mýrdalsjökull. Avec, au beau milieu de la plaine lugubre, la carlingue déglinguée, abandonnée et incongrue. Presque obscène. Amputée. Deux restes d'ailes comme des moignons. Sans queue, et le nez coupé. Le vieux C-117 américain n'est qu'une épave immobile dans une mer de scories. On dit que l'homme qui a réussi à poser l'appareil en catastrophe a reçu en récompense le manche de commande qu'il garde en souvenir chez lui, à Memphis, aux États-Unis. Une légende dit qu'il a repris les commandes à un pilote plus expérimenté qui s'était trompé en basculant l'alimentation des moteurs sur un réservoir vide. D'autres légendes parlent de carburateurs gelés par la traversée d'un nuage de glace. Malgré la longue marche, les touristes nombreux affrontent des vents souvent abrasifs, un foulard de bandit sur le nez, pour venir y voir de plus près.

Peu après le crash déjà, en novembre 1973, l'armée américaine a démonté et récupéré tout ce qui pouvait l'être. Au cours des décennies qui ont suivi, les éléments sauvages ont emporté tout le reste. Les touristes voraces aussi. Il n'a plus aujourd'hui, dans le viseur de son fusil, qu'un tronc dépecé, cadavre abandonné devant lequel se photographient des touristes encapuchonnés. Il les cible un à un. Les cadre. Tous des prédateurs ! Ce jour-là, le vent souffle depuis la mer émeraude qu'il frange d'écume sur la plage noire. Il doit en tenir compte pour la trajectoire. Il a choisi les munitions en conséquence. Ogive blindée. 115-grain. Le summum de la sophistication militaire en matière de balistique et de puissance d'arrêt. Ces munitions à ogive pointue, au cœur de plomb chambré de cuivre ou de polymère, arrêtent du plus loin possible des ennemis qu'elles ne tuent généralement pas tout de suite. Elles n'ont été conçues que pour les blesser grièvement. De subtils théoriciens de la guerre et d'inventifs directeurs de marketing du lobby des armes en ont défini le concept et l'avantage tactique. Un homme blessé qui hurle et se tord de douleur, déchiqueté par une telle munition, en immobilise plusieurs autres pour s'occuper de lui et freine d'autant leur capacité d'assaut. Ce que ne ferait pas un homme mort. Logique militaire.

Il est trop loin pour entendre ce que disent ceux qu'il vise. Ce garçon blond aux cheveux longs par exemple, dans son coupe-vent rouge, qui parle à une jolie jeune fille. Mais il devine à son air de fanfaron qu'il veut la séduire. Il cherche à l'étonner. À la bluffer. Et comme elle s'extasie de cette histoire incroyable, il lui raconte sûrement qu'au cours des trente ans précédant cet accident du C-117, l'armée américaine a perdu en Islande 358 appareils très exactement. Voilà ce que le chevelu doit lui expliquer, fier de lui. Quand il cadre le visage de la fille dans son viseur, l'homme devine à quel point elle est impressionnée. Alors l'autre continue. Il doit lui raconter maintenant comment un mois plus tard à peine, un autre appareil américain, un R4D-8 cette fois, s'est posé en catastrophe en y laissant sa queue, quelques kilomètres plus loin, dans un pré d'herbes folles. Sans que personne vienne jamais réclamer la carcasse au fermier qui a fini par s'en faire un abri de pêcheur sur les bords du lac Pveit, là même où l'avion est tombé. C'est pour ça que le C-117 du désert noir n'a plus de queue. Parce que vingt ans après les deux crashs, le fermier du lac Pveit a décidé de faire du R4D-8 une vraie cabane. Alors il est venu avec une grue et quelques outils découper et récupérer la queue du C-117 pour la souder au cul de son R4D-8. Dans lequel il vit toujours aujourd'hui. Lui ou un des siens. Voilà ce que le grand dadais de chevelu doit raconter à la jolie brune sans se rendre compte qu'elle lui est déjà tout acquise ! L'homme glisse son viseur de côté pour le laisser courir le long de la carcasse de l'avion. Elle est criblée d'impacts de balles qui l'ont percée de part en part. Pendant trente ans, elle n'a servi que de cible aux fermiers du coin. L'homme ne sait pas si le chevelu blond connaît la suite de l'histoire. Qu'il a fallu qu'un groupe rock, Sigur Ros, épuisé par une tournée mondiale, revienne remercier son public islandais par une série de concerts gratuits en 2006. Qu'il décide d'en faire un film. Que le réalisateur choisisse de mélanger délires sur scène et vues spectaculaires du pays. Et qu'il intègre au montage une longue séquence mystique sur l'avion échoué dans la cendre pour que soudain tous les photographes du monde veuillent venir le photographier à leur tour. Puis les amateurs. Puis les touristes en smartphone. Les selfistes. Au point qu'aujourd'hui la carcasse du C-117 américain est devenue une des attractions les plus courues d'Islande, et qu'une équipe de secours spéciale a été constituée pour venir en aide à ceux qui se perdent en voulant la rejoindre. Il n'est bien entendu plus question de prendre pour cible cette icône touristique. Même si, à six cents mètres de là, allongé dans la cendre, jambes bien écartées, invisible dans sa combinaison noire, c'est très exactement ce que l'homme s'apprête à faire.

19

... choisir l'hélico.

Pour Kornélius, le spectacle est ridicule. Presque grotesque. Derrière la carlingue du C-117, l'hélicoptère de l'unité spéciale des Vikings. Les commandos sont déployés tout autour, sans savoir quoi faire. Devant, un petit Cesna dont l'hélice vrombit en silence, le bruit du moteur emporté vers les montagnes par le vent qui siffle du large. Une scène de film apocalyptique. Des survivants d'un chaos planétaire, pris au piège d'un monde calciné. Kornélius regarde tout ça avec résignation, son manteau battu par les bourrasques. Le chant du *Krummavísur* s'impose, mais les corbeaux ont disparu.

– Deux cent dix-huit, dit un vieil homme en enfilant ses gants et en enfonçant son bonnet de laine sur sa tête dégarnie.

– Deux cent dix-huit quoi ?

– Deux cent dix-huitième mission de sauvetage depuis le début de l'année.

– Vous participez encore aux opérations dans tout le pays ? s'étonne Kornélius.

– Non, mon garçon. Deux cent dix-huitième sauvetage sur cette seule plage.

– Rien que sur cette plage !

– Trois cent cinquante par an en moyenne, dit le vieil homme en se dirigeant vers le Cesna.

– Hé, où allez-vous ?

– À quatre-vingt-deux ans, j'ai passé l'âge de courir après les dingos qui se perdent. Je me contente de les repérer de là-haut et je les signale aux sauveteurs.

– Et vous faites ça depuis longtemps ?

– J'étais déjà là pour aider les rescapés de ce C-117 le jour où il s'est posé en catastrophe, et je suis encore là pour aider les écervelés qui se mettent en danger pour venir le prendre en photo aujourd'hui.

Kornélius se demande comment une épave posée au milieu d'un plat désert de cendre peut représenter un tel danger. Alors le vieil homme, pendant qu'il procède à sa check-list avant de décoller, lui donne quelques exemples. Il y a ceux qui forcent le passage avec leur voiture et vont s'enliser dans des trous de cendre, quand leur véhicule ne verse pas dans une faille. Ceux qui partent à pied et sont pris dans des tempêtes de sable noir qui leur abrase les yeux. Ceux qui s'aventurent par temps de neige et se cassent quelque chose en glissant sur une croûte de glace. Ou s'égarent dans le blizzard et meurent de froid en quelques heures. Sans compter ceux qui veulent une photo depuis la plage et se font happer par une vague scélérate.

– Il y a quelques années déjà, le Mýrdalsjökull, ce glacier là-bas, a rejeté la carcasse d'un avion américain de lutte anti-sous-marine avec huit cadavres à son bord. L'appareil s'était écrasé vingt-huit ans plus tôt par un temps radieux et, dès réception du mayday, un hélico avait été dépêché pour le sauvetage. Il a été obligé de faire demi-tour à cause d'une brusque et violente tempête de neige qui leur est tombée dessus en moins d'une demi-heure et qui a duré trois jours. Quand il est reparti survoler les lieux de l'accident, il n'en restait plus aucune trace. Le glacier avait avalé l'épave et les cadavres avaient été ensevelis sous la neige. La nature se défend, mon garçon, et elle sait s'y prendre. Nous la malmenons trop, alors elle nous le fait payer en retour.

Il ferme son cockpit, pousse les gaz et roule dans la cendre pour décoller.

Kornélius regarde le monomoteur se fondre dans le contre-jour du ciel immense, puis cherche des yeux un des volontaires du ICE-SAR de Vik.

– Vous avez récupéré tout le monde ?

– Comment le savoir ? La fusillade a créé la panique chez ceux qui étaient autour de l'épave. Les gens se sont éparpillés dans tous les sens. Ceux qui ont couru vers les voitures ont alerté les autres et les ont paniqués à leur tour. C'était la pagaille. Nous ne savons pas combien de visiteurs étaient là, combien se sont enfuis en regagnant leur voiture, ni combien se sont perdus dans la nature.

– Surveillez s'il reste des voitures abandonnées en fin de journée. Des traces du tireur ?

– Non. Les Vikings disent qu'ils vous attendent pour ça.

Kornélius soupire et se dirige vers le chef des commandos.

– Vous faites quoi ? demande-t-il, de mauvaise humeur.

– On sécurise, répond le gradé.

– Et à part sécuriser votre hélico, vous sécurisez quoi ?

– Il paraît que c'est vous l'enquêteur, donc ça doit être à vous de nous le dire.

– Eh bien, aider les gars du SAR de Vik à récupérer les disparus serait déjà une bonne chose.

– Ce n'est pas notre job. Nous sommes une unité d'intervention. Déjà que nous gardons au chaud ceux qu'ils ont récupérés pour vous depuis plus de quatre heures.

Kornélius préfère ne pas répliquer que lui ne se déplace pas en hélico. Il se dirige vers les touristes emmitouflés dans des couvertures de survie dorées. Ils parlent au moins dix langues différentes et un anglais plutôt chaotique, mais il repère un grand blond chevelu qui serre dans ses bras une jolie brune frigorifiée. Elle est italienne peut-être, mais lui islandais, sans aucun doute. C'est à lui qu'il demande ce qui s'est passé.

– Trois coups de feu, répond le garçon. Le premier à un mètre de nous, presque au centre de la carlingue, que la balle a transpercée de part en part. J'ai mis un peu de temps à comprendre ce qui se passait, puis la deuxième balle a traversé l'arrière de l'épave, alors j'ai crié à tout le monde de fuir ou de se coucher au sol, et c'est là que la dernière balle a perforé la carcasse vers l'avant de l'appareil.

– Trois tirs seulement ?

– Oui, venez voir, on distingue bien les perforations dans le métal.

Kornélius suit le garçon, qui lui montre les trois impacts à l'intérieur de la carlingue. Il les observe attentivement, un par un. Trois points de pénétration dans le côté droit de l'appareil, le métal déchiqueté vers l'intérieur, trois points de sortie de l'autre côté, le métal tordu à l'extérieur. Kornélius ressort de l'épave et regarde le paysage. Le tireur était embusqué au sud-est, vers la mer, à l'opposé de la route et du chemin qui mène les curieux jusqu'à l'épave.

Comme le vent couvre sa voix, Kornélius siffle dans ses doigts pour attirer l'attention d'un des volontaires du SAR et lui fait signe de le rejoindre.

– Vous avez des perches pour sonder la neige ?

– Oui, ça fait partie de l'équipement de base.

– Vous en auriez trois ?

– Bien sûr.

– Allez les chercher et rejoignez-moi devant l'épave.

L'homme s'exécute aussitôt, content de recevoir un ordre après la passivité de l'unité d'intervention. Dès qu'il récupère les perches, Kornélius en passe une par un des trous de pénétration et la glisse à travers la carlingue jusqu'au trou de sortie correspondant. Il fait de même pour les deux autres impacts avant d'appeler le chef du commando.

– Envoyez votre drone en stationnaire assez haut au-dessus de l'épave. Vous pouvez faire des captures d'images sur votre écran de contrôle ?

– Bien sûr.

– Parfait, allons voir ça.

Mais quand ils ont l'image, Kornélius comprend que les perches ne dépassent pas assez de la carlingue pour rester visibles quand le drone monte en altitude. Alors il demande au chef du commando de choisir six touristes et de les positionner à un mètre de l'épave, chacun dans le prolongement d'une extrémité des perches.

– Pourquoi pas mes hommes ? s'offusque le commando.

– Parce qu'ils sont en tenue de camouflage et que les touristes sont de bien meilleurs repères avec leurs couvertures de survie qui brillent.

Le gradé trouve quand même une utilité à ses hommes, qui accompagnent manu militari les touristes réticents. Quand tout le monde est en place, Kornélius retourne à l'écran pour guider le pilote jusqu'à la bonne altitude.

– Là, c'est parfait.

Sur l'écran, on devine la carcasse, les six points brillants des touristes et la plage au sud de l'image.

– Vous avez du scotch ? demande Kornélius.

– À cette heure-là ? se moque le commando.

Quand il récupère le ruban adhésif, Kornélius demande une image fixe puis déroule le ruban sur l'écran en passant par deux touristes correspondant à la même perche et en allant jusqu'à la mer. Il fait de même avec les touristes de la deuxième perche et sourit quand les deux rubans se croisent. Il sait déjà que le dernier ruban croisera les deux premiers au même endroit.

– Repérez ce point, ordonne-t-il au gradé, c'est de là qu'on a tiré. Envoyez le drone inspecter la zone, ça ne m'étonnerait pas que notre ami nous ait laissé un petit souvenir comme la dernière fois. Récupérez-le comme vous l'avez fait dans l'Askja. Ensuite, faites patrouiller le drone pour essayer de voir par où notre homme a pu passer pour venir s'embusquer là.

– Comment avez-vous pensé à ça ? interroge le gradé.

– Aucun mérite, c'est lui qui me l'a dit.

– Lui qui, le tireur ?

– Oui. Il aurait pu faire un carton n'importe comment. Tirer au hasard, tirer groupé, tirer en triangle, mais il a préféré tirer en ligne, le plus écarté possible. Un coup à l'arrière, un coup à l'avant et un coup bien au centre. Pourquoi d'après vous ?

– … ?

– Pour que la balistique puisse nous indiquer le plus précisément possible d'où il a tiré.

– Mais à quoi ça l'avance ?

– À nous faire savoir où nous allons retrouver l'étui qui nous apportera la preuve qu'il est bien le même tireur que celui de l'Askja. Et accessoirement à se foutre de nous.

– Comment pouvez-vous être sûr de ça ?

– Parce que je suis enquêteur, pas commando.

L'homme le regarde d'un œil noir.

– Le jour où ce fou se mettra à tirer sur vous, vous serez bien content que mes commandos aillent le neutraliser.

– D'abord, ce type est loin d'être fou. Ensuite, il ne tirera jamais sur quelqu'un.

– Encore une intuition d'enquêteur ?

– Une simple déduction. Ici, comme dans l'Askja, il avait tout le loisir de descendre qui il voulait. Il est peut-être même encore tapi quelque part à nous tenir dans sa ligne de mire, mais il ne tirera pas. Il veut autre chose.

– Ah oui, et quoi donc ? demande le commando, un peu moqueur.

– Ça, il n'a pas encore décidé de nous le dire, mais ça viendra.

– Eh bien, espérons qu'il se décide avant de commettre l'erreur fatale, parce qu'à s'amuser à tirer à cette distance, il va bien finir par toucher quelqu'un.

– Vous êtes mieux placé que moi pour savoir qu'il sait ce qu'il fait. Surtout avec l'arme qu'il a.

– Parce que vous savez l'arme qu'il a, en plus ? s'étonne le commando.

– Oui. Une arme de sniper dans les mains d'un tireur d'élite. Et c'est ce qu'il veut nous faire comprendre.

Le commando le regarde. Kornélius croit d'abord qu'il cherche l'affrontement, puis comprend qu'il lutte pour prendre sur lui.

– Bon, écoutez, Kornélius, finit-il par dire, vous êtes un sale con avec un sale caractère, mais vous êtes vraiment un bon enquêteur. Est-ce qu'on peut repartir du bon pied et trouver un arrangement pour travailler ensemble ?

– Vous n'êtes pas mal non plus comme sale con, répond Kornélius sans sourire, mais je suis sûr que vous faites un commando efficace. C'est quoi votre nom ?

– Petùr.

– Alors, Petùr, comment voulez-vous que nous collaborions ?

Le commando va répondre quand son téléphone sonne. Il écoute, soudain attentif et concentré, et au regard qu'il plante sur lui, Kornélius comprend aussitôt deux choses. Ce que l'homme apprend est plutôt une mauvaise nouvelle, et cette mauvaise nouvelle le concerne lui aussi.

– Question collaboration, vous allez être servi, lâche Petùr dès qu'il a raccroché. Ce salaud vient de remettre ça !

– Où ça ? Il a frappé ici il y a cinq heures à peine !

– Il a arrosé le parking de la cascade de Seljalandsfoss.

Le commando appelle ses hommes au rassemblement et fait tourner son bras au-dessus de sa tête.

– C'est à moins de trente kilomètres d'ici, laissez tomber l'hélico, dit Kornélius, on y sera plus vite en voiture. Demandez à vos gars de réquisitionner des véhicules et de nous rejoindre là-bas.

– Impossible. Je veux bien venir avec vous, mais mes hommes doivent suivre en hélico !

Après l'Askja, Kornélius a récupéré avec bonheur son coupé Saab rouge. Quand il démarre en dérapage, le commando se dit qu'il aurait peut-être dû, lui aussi, choisir l'hélico.

20

C'est là-bas qu'il nous a laissé son message !

Le parking sur la 249, à cinq cents mètres à peine de la route principale, est un chaos. Une dizaine de touristes paniqués s'énervent encore à changer leurs pneus éclatés. D'autres attendent les dépanneuses, plusieurs pneus crevés. Tout le monde se tient prudemment à l'abri derrière les voitures, du côté opposé aux tirs. En cherchant à fuir la fusillade par la 242, plusieurs chauffeurs ont versé dans le fossé. Un camping-car est couché sur le flanc. Plus personne ne s'extasie sur la vertigineuse élégance de Seljalandsfoss dont les eaux tombent de soixante-cinq mètres, en un seul rideau, depuis une falaise verdoyante. Tout le monde n'a d'yeux que pour la lande à l'ouest d'où sont venus les tirs.

– Je n'arrive pas à croire qu'il a eu le culot de récidiver à quelques dizaines de kilomètres de son dernier carton !

Kornélius ne répond pas tout de suite. Ils remontent la 249 jusqu'à la route n° 1 en regardant vers l'ouest. Puis Kornélius explique ses déductions à voix haute, comme s'il se parlait à lui-même :

– De ce côté-là de la 249, d'où sont venus les tirs, à l'ouest, il y a d'abord deux cents mètres de lande molletonnée d'herbes et de mousses bien spongieuses. Trop près pour ne pas se faire repérer, trop embourbé pour fuir rapidement. Au-delà de la lande, c'est le lit des eaux de fonte du Mýrdalsjökull. De larges bancs de gravier noir séparés par un entrelacs de torrents et de rivières sur plus d'un kilomètre de large. Trop en contrebas pour viser le parking. Tout ça met l'autre berge à plus de mille deux cents mètres. Même si notre homme a prouvé qu'il est un bon tireur, et en partant du principe qu'il ne cherche toujours pas à faire de victime, c'est bien trop loin pour tirer plus de vingt fois sur un parking encombré de visiteurs.

– On pourrait penser au pont de la route n° 1 qui enjambe les eaux du Mýrdalsjökull, dit Petùr en désignant l'ouvrage d'un mouvement de tête. Ça mettrait le tireur à six cents mètres à peine du parking. Sauf s'il a tiré d'un véhicule à l'arrêt, ce qui aurait provoqué un embouteillage sur le pont, il n'aurait eu aucun moyen de se dissimuler.

– Ce qui nous laisse ça, là-bas, conclut Kornélius.

Il montre du doigt ce qui ressemble à une route de service le long de la berge. Construite comme une digue, à partir de gravier noir dragué dans le lit des eaux, elle est surélevée de deux bons mètres au-dessus de la lande.

– Position idéale, reconnaît Petùr. Un tireur en combinaison noire passerait inaperçu allongé là-dessus. Et pour fuir, il n'aurait qu'à se glisser du côté opposé de ce remblai pour courir jusqu'à la route n° 1 sans être vu.

Par radio, il demande aussitôt qu'on envoie le drone inspecter les cent mètres de la route de service qui font face au parking. Lui s'y rend à pied en compagnie de l'enquêteur Kornélius.

La barrière métallique, à l'entrée de la voie de service, est décadenassée et ça les convainc qu'ils sont sur la bonne piste. Un peu plus loin, ils devinent le drone déjà sur place en vol stationnaire et cette fois ils comprennent qu'ils avaient raison. Quand ils arrivent à sa hauteur, l'engin photographie sous tous les angles vingt-sept étuis parfaitement alignés sur le sol noir. Vingt-quatre sur la même ligne, et trois au-dessus.

– Vingt-sept tirs, murmure Petùr, c'est carrément de la provoc.

Kornélius ne répond pas. Il observe les étuis, puis prend la radio des mains de Petùr.

– Quelque chose de particulier sur les tirs ?

– Comment ça ?

– Vous avez compté les impacts ?

– Oui, vingt-cinq a priori…

– Vingt-sept, corrige Kornélius, nous avons vingt-sept douilles ici. Recomptez. Et pour les cibles, que des voitures ?

– Oui, rien d'autre apparemment, sauf si les deux balles qui manquent…

– Non, concentrez-vous sur les voitures. Vous avez déjà listé les dégâts ?

– Nous sommes en train. Que du pneu et du pare-brise.

– Du pare-brise ? Combien de pare-brise ?

– Un seul, mais bien allumé.

– Comment ça ?

– Explosé. On a trois impacts dans le dossier des sièges.

– Trois impacts ! s'écrie Kornélius, les yeux rivés sur les trois étuis alignés à part. Ne touchez plus à rien, isolez cette voiture, on arrive.

Il rend la radio à Petùr, qu'il prend par le bras pour l'entraîner en courant.

– C'est là-bas qu'il nous a laissé son message !

21

En slip lui aussi.

Ils sont revenus dix kilomètres en arrière, vers Vik, puis Kornélius a brusquement quitté la route n° 1 pour prendre la 242 sur la gauche vers la montagne, tournant le dos à la mer.

– On va où ? demande Petùr.

– Réfléchir à tout ça, répond Kornélius.

Ils ont passé la journée sur le parking, à relever les indices et les témoignages, à prendre des photos de chaque dommage et à essayer de comprendre. Trois heures après le début du recensement des témoins, sur une intuition, Kornélius a retrouvé six personnes tapies, transies, dans la grotte derrière le rideau d'écume de la cascade. Quatre étaient en hypothermie et deux en état de choc, nécessitant des soins immédiats. Tous étrangers, ils s'étaient convaincus les uns les autres d'un acte terroriste. L'arrivée des commandos dans leur uniforme sombre anonyme les avait confirmés dans leur terreur. Trois étaient français. Ils avaient vécu les attentats de Paris et Kornélius pouvait les comprendre. Ils avaient cru que l'horreur les rattrapait, sous le voile somptueux de la chute de Seljalandsfoss. Là où se glissent d'habitude les amoureux pour se lier par des serments quand, depuis l'horizon, les rayons du couchant allument les eaux de la cascade comme un vitrail pour faire de la grotte une chapelle à promesses.

La route est goudronnée sur un kilomètre puis elle n'est plus qu'une piste de terre et de pierraille grise. Elle se glisse entre les contreforts verdoyants d'une montagne, détrempée par une averse récente. Il a dû pleuvoir beaucoup il y a peu de temps. Les bas-côtés imbibés piègent des reflets de ciel. Après deux kilomètres, un embranchement mène vers les bâtiments blancs d'une ferme sur la gauche. Kornélius prend sur la droite. La voiture rebondit dans des flaques et éclabousse le ciel de ses restes de pluie. Quand ils atteignent un parking sauvage, Kornélius s'arrête face à deux petits baraquements de bois gris et descend de la Saab.

– On y est presque, dit-il en ouvrant le coffre pour y prendre une glacière.

– Seljavallalaug ?

– Oui, tu connais ?

– Nous sommes l'unité d'intervention. Nous passons notre temps à apprendre par cœur la carte du pays. Au cas où.

– Mais tu y es déjà allé ?

– Non.

– Alors en route !

Le chemin de pierre s'enfonce dans la montagne vers le nord, sous un nuage bas qui ferme le ciel. De chaque côté, le paysage se dessine en éboulis de pierres noires et crêtes de lave au milieu de pentes aux verts acides. Presque fluorescents. Ils remontent le long d'une rivière grossie de dizaines de ruisseaux d'écume qui caracolent en petites cascades. Le contraste des roches noires et calcinées avec le vert anisé de l'herbe fait vibrionner la lumière. Puis le soleil vaporise le nuage qui voilait la vallée et glisse ses rayons chaleureux jusqu'à eux. Kornélius s'arrête et ferme les yeux pour sentir ses rayons fondre sur son visage. Quand il les ouvre à nouveau, au-delà du fond de la vallée, se dessine le dôme ensoleillé de nacre du glacier.

Loin derrière eux, une autre voiture se gare sur le parking. Un Jimny Suzuki noir. Elle ne devrait pas. Kornélius a demandé aux polices locales d'interdire l'accès aux zones touristiques entre Vik et Selfoss tout le long de la route n° 1, même s'il est persuadé que le tireur est déjà loin, à préparer son prochain coup. Parce que prochain il y aura ! Par réflexe, il attend de voir qui descend du petit tout-terrain. Un homme. Qui s'équipe pour la randonnée. Bonnet. Lunettes. Il zippe ses fermetures, endosse son sac et protège ses chaussures de guêtres en nylon. Une fois prêt, il balaye le paysage d'un long regard circulaire et, quand il les aperçoit, il les salue de loin d'un geste amical. Kornélius lui répond, et l'homme se tourne sur sa droite, traverse la rivière à gué et s'attaque à la pente d'une colline. Kornélius connaît le coin. Une fois sur la crête, le randonneur sera face au vertigineux paysage d'un cratère effondré.

Ils reprennent leur chemin et remontent un torrent tumultueux aux eaux froides d'un bleu d'acier cette fois. Dix minutes plus tard, après avoir passé à gué l'eau vive, sautant d'une pierre à l'autre, ils parviennent à un long bassin rectangulaire retenu par un muret de crépi blanc, au pied d'un raidillon pétri de lave et tapissé de mousse.

– Je pensais à un simple hot pot, s'étonne Petùr.

– Vingt-huit mètres de long sur dix de large, répond Kornélius, la première piscine construite en Islande. 1923, si j'ai bonne mémoire. Avec de l'eau à quarante degrés !

Un petit bunker aux murs blancs et percé de trois portes bleues sert de vestiaire, mais ils se déshabillent à l'extérieur. Kornélius envie le corps affûté du commando. Petùr devine la force cachée sous le surpoids de l'inspecteur. Ils restent en slip tous les deux. Adossé à la montagne, le bassin n'est accessible que du côté de la rivière. Petùr s'apprête à descendre dans l'eau par la première échelle métallique, mais Kornélius lui recommande d'utiliser la seconde, à l'autre bout du bassin.

– C'est de ce côté qu'elle est la plus chaude. L'eau est captée beaucoup plus loin en aval et la conduite qui l'apporte jusqu'au bassin la verse de ce côté-là.

Kornélius pose sa glacière sur le muret. Ils plient leurs vêtements devant eux, et Petùr glisse son arme de service entre son pantalon et sa chemise, à portée de main. Ils entrent enfin avec lenteur dans l'eau qui leur pique la peau. Ils suffoquent quand elle atteint leur plexus, puis ils se laissent prendre par la chaleur qui les enveloppe et dénoue un à un tous leurs muscles.

Ce n'est pas un bassin d'eau limpide. La chaleur y fait se développer des algues aux couleurs acidulées qui donnent à la surface les reflets d'un étrange miroir. Aucun habitué, aucun touriste chahuteur, aucun voyageur blasé ne peut échapper à la magie lumineuse du bassin. Il suffit d'être là, au fond de cette vallée aux vertes pentes gorgées d'eaux blanches qui ruissellent, sous un ciel lumineux qui nacre au loin le glacier et les montagnes enneigées, entre les coulées noires et poreuses de laves depuis longtemps pétrifiées. À ne rien dire, la tête au frais et le corps bouillant. Quand ils restent assez longtemps immobiles pour que l'eau se lisse à nouveau, ils sont comme immergés dans le reflet inversé de la vallée.

– C'est là que je réfléchis le mieux, dit Kornélius. Dans un hot pot.

– C'est pour réfléchir que tu m'as emmené jusqu'ici ?

– Oui, pour essayer de répondre à quelques questions. Pourquoi a-t-il tiré dans le pare-brise de cette voiture, par exemple ?

– Pour attirer notre attention, de toute évidence.

– D'accord, mais sur quel détail ? Nous l'avons fouillée et examinée de fond en comble sans rien trouver.

– Un détail nous aura échappé, suggère Petùr.

– Ce n'est pourtant pas ce qu'il cherchait. Il voulait que nous remontions jusqu'à cette voiture, alors pourquoi nous ne trouvons rien ?

– Peut-être parce que nous cherchons mal. Il faut continuer à réfléchir à cette voiture. Elle n'a encore été réclamée par aucun propriétaire. Peut-être que c'est ça, l'indice. Sa provenance nous révélera peut-être quelque chose. Ou alors il joue avec nous, et ce pare-brise, c'est juste pour nous embrouiller et lui laisser le temps de préparer son prochain carton.

– Peut-être, dit Kornélius. Sinon, à propos de ce sniper, je pensais à quelque chose : et si c'était un des vôtres ?

– Comment ça ?

– Nous n'avons pas d'armée et notre police ne porte pratiquement pas d'armes. Il n'y a que ton unité d'élite qui ait accès à un armement significatif, et je pense que tes tireurs de longue distance sont les seuls dans tout le pays. Officiellement du moins.

– Un des nôtres, mais tu n'y penses pas ! Et puis mes hommes étaient sous mon contrôle direct, au moins pour les deux derniers tirs.

– Je ne pense pas à tes tireurs. Je pense plutôt à ceux que vous auriez pu former et qui ont quitté l'unité spéciale. Combien en avez-vous formé en tout ?

– Depuis la création de l'escouade, en 1982, je dirais une petite vingtaine.

– Et tu pourrais remonter la trace de tous ces hommes ?

– Oui, nous sommes une sorte de fraternité, nous gardons des contacts avec tous les anciens membres. Tu veux remonter jusqu'à ceux des années quatre-vingt ? Ils devaient avoir une trentaine d'années à l'époque, ils en auraient soixante-dix aujourd'hui. Tu crois qu'ils seraient encore capables de réussir des tirs à de telles distances ?

– Je ne veux pas prendre de risques. Et puis ils ont pu former quelqu'un. Un jeune frère, un fils. Il faut tous les remonter discrètement. Il y a le problème de l'arme aussi, d'où peut-il la tenir ?

– Se procurer une arme de ce type sur l'île n'est pas très difficile. On peut même se la faire livrer directement. Avec de la chance, ou une complicité à la douane. On peut aussi la faire rentrer par un des ferries réguliers. Celui qui vient du Danemark, par exemple. Ou par n'importe quel bateau de pêcheur.

– Je sais, mais si nous partons de l'idée que quelqu'un a acheté et fait venir une telle arme, ça veut dire que ce quelqu'un savait s'en servir. Ce qui nous ramène à la première hypothèse : un tireur formé au tir à longue distance et qui vit en Islande.

– Et un tireur extérieur ? Quelqu'un de l'étranger, je veux dire. Un terroriste, par exemple.

– Qui prendrait bien soin de ne blesser personne, de ne rien revendiquer ? Je n'y crois pas trop.

– Tu veux quoi alors ?

– Fournis-moi le listing de tous les policiers ou des paramilitaires qui ont eu accès à la formation de tireur d'élite et de leurs familles proches, et je vais mettre des hommes pour les tracer discrètement un par un. Mais pour moi, le problème est ailleurs.

– Ah oui ? Et où ça ?

– Si nous courons après le sniper, nous prenons le risque de rester longtemps derrière lui. Il pourra choisir à sa guise l'endroit où frapper et nous ne pourrons que rappliquer trop tard à chaque fois. Ce qu'il faut, c'est comprendre ce qu'il veut, comment il fonctionne et pourquoi il fait ça. Et finir par le devancer.

– Facile à dire, tu as vu comment il nous balade ? Nous ne sommes même pas parvenus à déchiffrer le message qu'il nous a laissé sur le parking de la cascade. Si toutefois exploser un pare-brise de trois balles est vraiment un message.

– Ça ne peut pas être une coïncidence. Trois étuis alignés à part, et un seul véhicule visé dans le pare-brise et pas dans les pneus. Que voulait-il nous dire, et qu'est-ce qui le motive ?

Kornélius tire la glacière à lui et en sort deux bières. Ils les décapsulent et les boivent en admirant le paysage autour d'eux et son reflet dans le bassin.

– Je pense que tu sais déjà ce qui le motive, non ? Ce type n'a tiré que sur des touristes qui visitaient des endroits parmi les plus iconiques du pays. L'Askja, l'épave du Dakota, et aujourd'hui la cascade des amoureux à Seljalandsfoss !

– Oui, bien sûr que j'ai fait le rapprochement, surtout après la fusillade d'aujourd'hui, mais quel est le moteur de tout ça ? Un problème avec un touriste qui dégénère en vengeance ? Un type qui monte un gîte, qui fait faillite et qui en veut au monde entier ? Un fermier jaloux de voir son voisin réussir avec ses chambres d'hôtes ? Ou juste un ultranationaliste qui veut bouter les étrangers hors d'Islande ?

– Si tu penses au Front national islandais, avec zéro deux pour cent aux dernières élections et trois cent trois voix dans tout le pays, ça ne ressemble pas à un vivier de snipers !

– Il suffit d'un seul homme…

Ils boivent encore. Le ciel est bleu à présent. L'eau du bassin prend sa couleur, sauf quand des remous la rident en reflétant le vert des pentes alentour. Kornélius s'apprête à dire ce qu'il pense de l'hypothèse de l'extrême droite quand le premier coup de feu claque. La balle traverse en biais l'eau du bassin. Les deux hommes plongent sous l'eau dans le même mouvement et se plaquent le dos au muret. Ils voient la percée oblique de la deuxième balle et le filet de bulles qu'elle tire avec elle, loin à l'autre bout du bassin. Puis ils entendent d'autres tirs sans qu'aucune balle traverse l'eau. Kornélius émerge le premier et fouille des yeux le versant de la montagne de l'autre côté du torrent. Au quatrième coup de feu, il repère le tireur sur un remblai de lave en surplomb, à cent mètres de l'autre côté du torrent, presque sur la ligne de crête. L'impact frappe très en aval la canalisation d'où jaillit aussitôt l'eau bouillante. La troisième balle l'a déjà percée. La cinquième l'explose à nouveau, plus en aval encore.

Sous l'eau verte, Petùr voit le corps blanc de Kornélius se propulser pour se hisser hors du bassin. Il jaillit à son tour.

– Sur la crête en face, hurle Kornélius, le petit surplomb à onze heures. Un homme en noir.

Petùr sort de l'eau à son tour et regarde Kornélius, en slip, enfiler ses chaussures.

– Qu'est-ce que tu fais ?

– Il n'y a rien à craindre, ce n'est pas un tueur, il aurait pu nous allumer tranquillement et nous descendre pendant que nous bavardions tout à l'heure.

– Tu vas où ?

– Au parking, je suis sûr que c'est le randonneur de tout à l'heure. Grimpe à sa poursuite. Il va courir jusqu'à sa voiture, je vais le choper là-bas.

Petùr met ses chaussures, se saisit de son arme et se lance à l'assaut de la pente.

– Pourquoi c'est moi qui me tape la montagne ?

– Parce que tu es un commando et pas moi ! crie Kornélius, déjà loin.

Puis les deux courent en silence, l'un vers la crête, l'autre vers le parking, en slip, en pleine nature.

L'homme, lui, court juste derrière la ligne de crête pour ne pas donner d'indication sur sa position à Kornélius, qui pense être à la même hauteur que lui. Quand il le voit dévaler la pente, il peste contre son poids et sa force qui l'empêchent d'être plus rapide. L'homme va atteindre sa voiture bien avant lui. Il court déjà en terrain plat sur les bancs de gravier gris de l'autre côté de la rivière, qu'il traverse d'un bond. À cinquante mètres devant lui, Kornélius, furieux, le voit sauter dans sa voiture et démarrer. Il bifurque alors vers sa Saab, sur laquelle il se jette en frappant à pleines mains la tôle du toit. Les clés sont dans son pantalon. Près du bassin.

– Et merde !

Il hurle sa colère à voir le Suzuki fuir dans un nuage de poussière, quand la voiture fait une embardée sur la droite. Surgit dans l'autre sens une petite Toyota verte qui manque de verser dans le fossé et récupère de justesse la route. Kornélius court se jeter contre son capot, bras écartés, pour lui ordonner de s'arrêter. La Toyota fait un autre écart pour l'éviter et cette fois plante sa roue avant droite dans une ornière de mousse gorgée d'eau où elle s'enlise. Kornélius frappe de nouveau de toutes ses forces du plat des mains sur le capot de la Toyota qu'il déforme. Quand la conductrice sort de sa voiture pour faire face à ce troll en slip et en chaussures de ville, sans chaussettes, un autre homme déboule à son tour de la montagne. En slip lui aussi.

22

... ou si je viens juste en petite culotte.

Ils sont remontés en slip et en chaussures jusqu'au bassin pour récupérer leurs vêtements et elle ne les a pas lâchés d'une semelle. Une journaliste du *Vizir*, le tabloïd du week-end. Une petite brune sèche, lunettes d'écaille et voix perchée de mouette rieuse accro au tabac. Par chance pour eux, par malheur pour elle pleure-t-elle, elle n'aura rien le temps de publier dans l'édition du lendemain. Mais quel scoop pour le prochain week-end ! La couv, c'est sûr, et au moins une double à l'intérieur.

« Le célèbre inspecteur Kornélius et le chef des Vikings
en slip à la poursuite d'un randonneur »

Avec photos à l'appui, le pied ! Même encore maintenant, la respiration haletante à leur courir après sur le sentier qui grimpe, elle mitraille de son portable leurs jolis culs musclés dans leurs slips mouillés.

– Pourquoi tu n'as pas tiré ? demande Kornélius.

– Tu connais les procédures et la paperasse après le moindre tir ? Et puis ce n'était pas éthiquement indispensable.

– Pas éthiquement indispensable ?

– L'homme fuyait. Pas de confrontation, pas de danger frontal. Il n'a pas fait usage de son arme…

– Tu plaisantes, il nous a tiré dessus dans le bassin et il a déglingué toute la tuyauterie. Je croyais que vous étiez un commando de tueurs !

– Aucun tir ne nous visait directement. Exactement comme lors de ses précédents cartons. Et je maintiens qu'il n'a pas fait usage de son arme dans sa fuite. D'ailleurs, placé comme il l'était et avec le talent qu'on lui connaît, nous serions morts depuis longtemps s'il l'avait fait.

– Pour lui faire peur, au moins !

– Peur ? À lui ? Ce type fait preuve d'un sang-froid reptilien ! Et puis notre philosophie d'intervention ne repose pas sur la priorité à l'élimination. Souviens-toi à Paris en 2015, quand la police a cerné deux des terroristes dans leur planque : mille cinq cents munitions tirées par l'unité d'intervention contre onze par les terroristes. Aucun survivant, aucun prisonnier, aucun procès. L'immeuble a été si criblé de balles que des étages se sont effondrés. En 2011 en Norvège, le terroriste Breivik vient d'abattre soixante-dix-sept personnes et d'en blesser cent cinquante autres quand il est neutralisé d'une seule balle non mortelle. Et il a été jugé. La seule balle tirée par la police cette année-là. Un pays où une seule personne a été tuée par un tir de police au cours des douze années précédentes.

– Les deux attentats et les deux assauts ne sont pas comparables. La personnalité et les objectifs des terroristes non plus, d'ailleurs.

– Tu as sûrement raison, mais la philosophie d'intervention diffère dans la conception même de l'unité spéciale. Côté latins, on est plutôt dans des opérations de punition et de vengeances, souvent encouragées par le commandement pour répondre à un personnel politique et à une opinion publique qui y sont favorables. Côté nordiques, on reste dans des opérations de police qui obéissent au principe du minimum de violence nécessaire. Les premiers lient la violence de la réplique à la violence de l'attaque, pas les seconds, qui veulent à tout prix éviter l'escalade.

Quand ils arrivent au bassin, ils ramassent leurs vêtements et se dirigent vers une des portes du vestiaire. Manquerait plus qu'elle les photographie nus ! Quand Kornélius découvre l'état de la petite pièce, il ne peut retenir un juron :

– Saloperies de touristes !

Le sol est jonché de détritus. Aucun doute que la plupart des visiteurs considèrent plus cet endroit comme un local à poubelles que comme un vestiaire. Certains ont gravé ou écrit leur nom sur les murs, avec une date, pour marquer le passage de leur connerie.

Kornélius et Petùr s'habillent et ressortent aussitôt. Sur le parking, la journaliste a refusé de leur prêter son portable, trop obnubilée qu'elle était à les prendre en photo. Dès qu'il sort du vestiaire, Kornélius sort son téléphone, le regarde et hurle de rage :

– Putain, plus de batterie !

Il se retourne vers la journaliste et lui demande à nouveau son téléphone.

– J'en ai absolument besoin pour communiquer le signalement du tireur et de son véhicule.

– Du tireur ? s'exclame la journaliste.

– Qu'est-ce que vous croyez, que nous courons en slip dans la nature après les hommes par plaisir ? Cet enfoiré nous a tiré dessus pendant que nous étions dans le bassin !

Elle est aussi excitée qu'inquiète par les explications de Kornélius. Ça change tout ! Ça change complètement tout !

« Le célèbre inspecteur Kornélius et le chef des Vikings en slip à la poursuite du **sniper** ! »

Comme elle ne donne toujours pas son téléphone, Petùr s'en mêle en gesticulant, l'arme à la main :

– Mais bordel de merde, vous allez nous le passer ce foutu téléphone, que nous puissions organiser la traque de ce fou dangereux ? Vous voulez finir en taule pour complicité s'il nous échappe ? Ou pour complicité de meurtre même, s'il finit par tuer quelqu'un par votre faute ?

La colère de Petùr fige sur place la pauvre femme qui se rabougrit sous les cris et tend son portable. Kornélius le lui arrache des mains et le balance aussitôt loin dans le bassin. Puis il appelle Spinoza avec le sien pour lui donner le signalement de la voiture et son immatriculation. Ensuite, il téléphone à Ida et lui explique qu'il va falloir envoyer quelqu'un récupérer des ogives dans le bassin de Seljavallalaug et autour.

– Mais..., piaille la journaliste, sidérée.

– Vous pouvez attendre mon équipe technique, elle va venir ramasser les balles tirées sur nous qui ont dû se ficher dans le fond. Elle vient de Reykjavik, elle devrait être là dans trois heures. Ou alors vous pouvez attendre que le bassin se vide, puisque le tireur a coupé l'arrivée d'eau. De toute façon, vous n'avez plus rien à craindre, il est parti.

– Espèces de sales petits cons d'enfoirés de flics de merde ! crie-t-elle quand ils s'éloignent en la plantant là.

Ils sont presque arrivés au parking, se demandant en souriant si la journaliste a plongé pour retrouver son téléphone, quand Kornélius reçoit un appel de Botty :

– Alors, tu l'as eu ?

– Non, répond Kornélius, il nous a échappé de peu.

– Encore ?
– Comment ça encore ?
– Mais de qui tu parles ?
– Et toi, de qui tu parles ?
– De Gustavsson, de qui d'autre veux-tu que je te parle ?
– Qu'est-ce que Gustavsson vient faire dans cette histoire ?
– C'est bien ce que je te demande !
– Comment veux-tu que je le sache, Botty, je te rappelle que je suis aux trousses du sniper, dans le Sud, du côté de Vik.
– C'est bien pour ça que je te téléphone, répond-elle d'une voix qui s'impatiente, parce que c'est la police de Vik qui m'a appelée.
– Mais appelé pour te dire quoi, bon sang ?
– Eh bien que Gustavsson t'attendait !
– Gustavsson m'attend ? À Vik ? s'écrie Kornélius, sidéré.
– Oui, au poste de police. Il s'est présenté il y a une heure environ. Il a dit qu'il était recherché et qu'il se rendait. Les collègues ont un peu hésité à appeler ici parce qu'il n'y avait pas d'avis de recherche. Ah, ta fille aussi a téléphoné, tôt ce matin au bureau, pour savoir où tu étais.
– Ma fille ? Alma ? Tu es sûre ?
– Oui, Alma, c'est bien le nom qu'elle a donné.
– Elle appelait de Nouvelle-Zélande ?
– Je n'en sais rien, elle est passée par le central. C'est le type du standard qui m'a laissé le message pour toi.

Il ne sait pas quoi dire. Encore moins quoi penser de cette nouvelle. Possibilité d'un retour espéré, présage d'autres ennuis annoncés ? Botty ne perçoit rien de ses états d'âme et passe à autre chose :

– Bon alors, et vous, comment ça va là-bas ?
– Je viens de me faire canarder par le sniper !
– Non, sans blague, encore, et tu l'as eu cette fois ?

– Non. On l'a poursuivi, mais c'était compliqué…

– Comment ça compliqué ?

– Oui, nous étions en slip.

– …

– Écoute, Botty, si Gustavsson est ici, il faut que tu viennes me donner un coup de main.

– Pas de problème. Dis-moi juste s'il faut que je m'habille ou si je viens juste en petite culotte.

23

C'est plutôt à toi qu'il faut souhaiter de la chance !

– Monsieur, vous êtes attendu…

– Je sais, aboie Kornélius. Où est-il ?

– Ils sont par là.

– Comment ça, ils ? Qui ça, ils ?

– Ben, elle et lui, bredouille le policier terrorisé par l'humeur et la réputation de Kornélius.

– Elle ?

Quand il entre dans la pièce, Gustavsson bondit sur ses pieds. La jeune femme, elle, reste assise sur le banc. Elle lève les yeux sur Kornélius et son regard lui cogne la poitrine. Une boule de démolition qui fracasse une façade.

– Alma, mais qu'est-ce que tu fiches ici ? demande-t-il, suffoqué.

– Bonjour, papa, contente de te revoir moi aussi, répond-elle.

Kornélius fait signe à Gustavsson de se rasseoir, sans quitter sa fille des yeux. Il lui faut un peu de temps pour se reprendre.

– Aussi contente que tu l'étais de partir ce matin-là ? dit-il enfin avec rage. Je te rappelle que la dernière image que j'ai de toi, c'est le doigt d'honneur que tu m'as adressé depuis la vitre arrière de la voiture de l'amant de ta mère, quand il vous a emmenées à l'aéroport pour fuir en Nouvelle-Zélande.

– Eh bien, disons que j'ai vite compris que ce sale con était encore pire que toi, alors j'ai décidé de rentrer à la maison.

– À la maison ? À la maison ! Mais de quelle maison tu parles, Alma ? Il n'y a plus de maison ! Plus rien. Vous l'avez détruite ce jour-là, ta mère et toi. Vous l'avez mise en pièces, en miettes, vous l'avez dynamitée dans la seconde où vous l'avez quittée. Vous l'avez atomisée notre maison.

– Tu exagères encore, je suis passée plusieurs fois devant depuis que je suis revenue et elle est toujours bien là, notre maison.

– Là, peut-être bien, mais ce n'est plus la nôtre depuis que vous êtes parties.

– Attends, ne me dis pas que tu l'as vendue quand même !

– Et comment, que je te le dis ! La maison et tout ce qu'il y avait dedans. Il ne reste plus rien de nous, Alma, tu comprends ça, plus rien ! Plus de souvenirs, plus de photos, plus de poupées. Plus rien. Rien du tout !

– Tu n'as pas osé…

– Osé quoi, hein, dis-moi, osé quoi ? Vous n'avez pas osé, vous ? Partir sans rien me dire. Détruire tout mon amour pour vous, toute ma confiance en vous. Vous avez tout broyé de moi, pourquoi aurais-je hésité à faire en sorte qu'il ne reste plus rien de vous ? J'ai fait don de tout ce que contenait la maison au Skogar Museum. Tu sais, ceux qui s'amusent à reconstruire la vie quotidienne des Islandais dans un village musée. Rends-leur visite, peut-être qu'ils exposent des petits morceaux de toi, qui sait ? Ils sont venus avec deux camions et ils ont tout emporté, depuis le courrier non décacheté du funeste jour de votre trahison jusqu'à tes jouets et tes poupées, en passant par les conserves du cellier et les sous-vêtements de ta mère. Je n'ai rien gardé de vous, Alma, rien de rien.

– Alors, ç'a été ça, ta vengeance, me confisquer mon enfance ?

murmure Alma. Joliment pervers, je dois le reconnaître ! Et tu habites où, maintenant ?

– Maintenant, j'habite chez moi, et chez moi, ce n'est plus chez toi. J'espère que ta mère n'est pas avec toi ?

– Non. Elle est restée là-bas.

– Tant mieux.

– Mais elle n'est plus avec son éclairagiste, si ça t'intéresse.

– Ça, je m'en contrefiche.

Ils restent silencieux, à se poignarder du regard.

– En tout cas le malheur semble te réussir, finit-elle par dire d'un ton badin. Tu m'as l'air plutôt en forme pour un mec de ton âge qui s'est fait larguer.

– Ça fait cinq ans que j'exulte ma colère dans une salle de force. Je suppose que je vous dois au moins ça ! Par contre, on ne peut pas vraiment dire la même chose de toi. Excès de Vegemite, je suppose, pour compenser ta culpabilité, se moque-t-il avec une méchanceté qu'il regrette aussitôt.

– Non, désolée, mais ce léger surpoids n'est dû qu'à ma grossesse. Je ne m'en suis jamais vraiment remise…

– Tu as un enfant ? s'étrangle Kornélius.

– C'est en général ce qui arrive au terme d'une grossesse, tu sais. Donc, désolée pour ta libido et ton statut social, mais tu es grand-père, mon vieux.

– Et on peut savoir depuis quand ?

– Quatre ans.

– Un an après ton arrivée là-bas, c'est ça ? On peut dire que tu n'as pas perdu de temps ! Et le père est où ?

– Resté là-bas.

– Tu sais qui c'est, au moins ?

– La question est très méchante, mais oui, je sais qui c'est. Trop bien, même.

– Quoi, il t'a causé des ennuis ?

– Tu irais lui casser la gueule si c'était le cas ?

– Non, c'était juste une façon de parler.

– Eh bien, il le mériterait, mais il est loin, alors oublie-le, ça vaut mieux, tu n'aimerais pas du tout savoir qui c'est, de toute manière.

– L'enfant est resté avec lui ?

– Jamais de la vie, il est ici, avec moi. Nous ne retournerons plus jamais là-bas. Je suis rentrée au pays.

– Tant mieux pour vous. Bon, eh bien excuse-moi, mais je dois interroger monsieur, dit-il en désignant d'un mouvement du menton Gustavsson, qu'il invite à le suivre d'un geste de la main.

– Salut Viktor, lui lance la jeune femme.

– Au revoir, Alma. Bonne chance à toi et à l'enfant.

– Partir à l'interrogatoire avec mon père, c'est plutôt à toi qu'il faut souhaiter de la chance !

24

Alors, je l'ai vraiment tuée ?

– J'ai menti, avoue Viktor. Bien sûr que j'ai menti. Un peu. Presque. J'ai jamais amené Rakel au cratère du Thrihnukagigur, ça c'est vrai, je peux le jurer même. Mais elle y est venue. Ça oui ! Elle y est venue. Toute seule, mais elle y est venue. Le lendemain de notre improbable rencontre, dans la nuit. Dehors une tempête avait lustré le ciel toute la journée avant de s'essouffler, laissant une nuit sans lune sous un dôme étoilé. Moi, je lis la traduction d'un roman français, à la lueur d'une petite liseuse. Le baraquement est sombre. Tout est calme. Une nuit sans vent. Soudain, ça frappe à la porte. J'attends sans répondre, pour être sûr d'avoir bien entendu. Ça frappe à nouveau. Je demande qui est là. Personne ne répond. Alors je me lève, prudent, j'ouvre lentement, et elle, elle est là. Nue. Je vous jure. Presque toute nue devant moi, à deux pas de la bouche sombre du volcan, au beau milieu des montagnes dans la nuit. Et elle ne porte que cette culotte rouge. Même que ça dessine entre ses cuisses comme un petit volcan à l'envers qui irradie aussitôt tous mes sens. Fallait voir ses seins magnifiques, généreux, bandés par le froid qui les hérissait de frissons. Rakel nue, dans cette nuit immense, c'était d'une beauté sauvage, à pleurer, vous pouvez pas savoir. L'abandon total et inattendu que ça supposait. Je n'en croyais pas mes yeux. Elle était comme une offrande. Une vierge au sacrifice volontaire. À cet instant, j'ai juste voulu mourir de plaisir dans ses bras. Ne plus jamais revenir à la vie. Ne plus jamais sortir de la nuit. Me perdre dans un amour infini comme l'obscurité qui nous enveloppait. C'était comme un émoi cosmique. Une sorte de communion intersidérale.

« Putain Viktor, qu'elle me dit, tu me laisses entrer avant que je me les gèle ou quoi. » Et hop, elle me bouscule et entre dans le baraquement, brandissant la bouteille de Reyka qu'elle cachait dans son dos. « Pour réchauffer celui qui me réchauffera », qu'elle crie comme on met quelqu'un au défi. Après, je ne sais plus. Franchement, je ne sais plus. Je me souviens juste que c'est violent dès le début. Ça, je m'en souviens. Mais mes souvenirs se fractionnent. Elle est à califourchon sur moi et elle se penche pour m'écraser le visage dans ses seins. Il y a ce jeu aussi. C'est elle qui le propose, et moi j'y perds tout le temps. Je dois avaler une goulée de vodka à chaque fois. C'est elle qui tient la bouteille. Elle se marchande à mes désirs. Un prix pour chaque tentation de son corps à laquelle je suis bien obligé de succomber tellement elle est belle. Tellement elle est nue sur moi. Deux gorgées pour ses seins lourds, une gorgée pour sa bouche offerte, trois gorgées pour son sexe mouillé. J'achète tout. Je ne négocie rien. Elle parle d'un Sexopoly. Je repasse par la case lupanar à chaque fois. Je ne me souviens plus très bien combien de fois. Beaucoup. J'en reveux, je repaye, je rebois. Elle dit qu'il faut que j'achète tout. Elle hurle quand elle jouit. De toutes ses forces. J'imagine son cri qui jaillit de la baraque, ratiboise la lande et fracasse les montagnes. Et moi je ne me rappelle même pas avoir crié grâce. Je ne me rappelle rien de tout ce que j'ai acheté d'elle. De tout ce que j'ai pris, possédé, abusé. Tout va très vite. Je crois bien que je bois la bouteille à moi tout seul en moins d'une heure. La dernière image que je garde de tout ça, c'est elle, assise sur moi, qui essuie mon sexe turgescent avec sa culotte rouge. Elle en rit aux éclats. Aussi fort que moi. Et puis plus rien. Jusqu'au matin, quand sonne l'alarme qui me réveille. Plus aucune image d'elle sur l'écran noir de ma mémoire. Elle n'est plus là, et tout, dans le local, est en ordre. Plus aucune trace de Rakel. Plus aucun fracas de nos ébats. Et plus aucun souvenir, ni de ce que j'ai pu faire durant tout le reste de la nuit, ni de son départ à elle, ni de ce que je devrais avouer de mon coma à moi. Et même pas de gueule de bois. Mais j'ai menti, c'est sûr. J'ai menti à votre femme flic. Une femme avec une culotte rouge est bien venue jusqu'à la gueule du Thrihnukagigur. Mais je ne sais pas ce que j'ai pu lui faire. Elle est venue, c'est vrai. Et je ne sais pas ce qu'elle est devenue.

Kornélius encaisse cet aveu par un long silence. Gustavsson, de l'autre côté de la table, s'est rabougri. Cette confession l'a vidé. Le pauvre type fait peine à voir, les yeux fixés sur ses mains jointes aux doigts jaunis par le tabac.

Quand Botty a prévenu Kornélius, il avait quelques histoires de fusillades à régler. Botty, elle, avait trois heures de route depuis Reykjavik. Et ça arrangeait Kornélius.

– On se rejoint au poste de police de Vik, tu sais où c'est ?

– Kornélius, Vik c'est trois cents habitants, à peine une centaine de maisons et pas plus de quinze rues, tu crois que si je n'arrivais pas à y trouver le poste, j'aurais encore ma place dans la police ?

– N'empêche, au cas où, c'est le premier petit bâtiment à gauche sur Vikurbraut quand tu viens de la n° 1.

Maintenant, Botty est là et elle le rejoint dans la salle où il interroge Gustavsson. Quand elle ouvre, Kornélius se penche si fort pour regarder si Alma est toujours là que Botty, intriguée, se retourne pour voir ce qu'il tente d'apercevoir.

– Il n'y a pas une jeune femme qui attend à côté ?

– Non, répond-elle.

Elle referme la porte et ils sont là, face à cet homme dont Kornélius ne sait plus quoi penser.

– Viktor, dit-il, vous permettez que je vous appelle Viktor ?

Gustavsson fait oui d'un signe de la tête, sans relever les yeux.

– Viktor, vous voulez dire que vous êtes tombé dans une sorte de coma éthylique, c'est bien ça ?

Il confirme de la tête.

– Viktor, j'ai besoin que vous répondiez clairement, pour l'enregistrement.

– Oui, murmure Viktor.

– Quand vous perdez connaissance, Viktor, Rakel est encore là et bien vivante, n'est-ce pas ? Est-elle toujours nue ?

– Oui…

– Avez-vous vu ses vêtements ?

– Non. Quand j'ai ouvert, elle était déjà nue.

– Vous pensez qu'elle s'est déshabillée devant le baraquement, juste avant de frapper ?

– Je n'en sais rien. Vous avez retrouvé ses vêtements ?

– Non. Rien. Vous pensez qu'elle s'est déshabillée dans sa voiture ?

– Je n'en sais rien. Vous avez retrouvé sa voiture ?

– Non. Rien. Pourtant, il a bien fallu qu'elle vienne de Reykjavik en voiture, n'est-ce pas ?

– Je ne vois pas comment elle aurait pu venir autrement. Mais elle a pu s'habiller et regagner sa voiture pendant que je dormais et rentrer à Reykjavik.

Le ton de Gustavsson est celui d'une supplique. Celui de

quelqu'un qui implore qu'on croie son hypothèse. Qui conjure que ce soit vrai.

– Oui, c'est envisageable, reconnaît Kornélius, mais ça soulève quand même deux problèmes, Viktor.

Gustavsson relève la tête pour la première fois et fixe un regard apeuré sur Kornélius.

– Le premier, Viktor, c'est que nous ne savons rien de Rakel et que, par conséquent, il est impossible pour nous de la rechercher, et encore moins de la retrouver, pour savoir si elle est bien vivante quelque part.

– Je vous ai dit tout ce que je sais d'elle. Quand elle est venue au volcan me rejoindre, nous ne nous connaissions que depuis la veille.

– Pas une adresse, pas un nom, pas un téléphone, pas un courriel, pas de métier, rien de tout ça ?

– Rien…

Kornélius marque un silence et tourne les yeux vers Botty. Il sent que, depuis le début, elle se retient de porter un coup de grâce.

– Gustavsson, pourquoi me mentez-vous ? demande-t-elle soudain. Vous dites la vérité à mon collègue, mais à moi vous mentez. Pourquoi me faites-vous ça ?

Il se raidit et son ton se fait plus sûr :

– Parce que vous êtes une méchante femme. Vous posez des questions blessantes et vous prenez plaisir à vous moquer de mes réponses. Vous me jugez sans me connaître, sur la base de vos propres critères. Vous vous rendez compte que vous terminez votre question par « pourquoi me faites-vous ça ? », révélateur, non ? Moi je suis là, devant vous, à admettre que j'ai peut-être fait quelque chose d'horrible qui pourrait bousiller tout ce qu'il me reste d'une vie déjà misérable, et vous, vous ne vous inquiétez que de votre ego !

Botty s'apprête à répondre, mais Kornélius devine sa colère et la prend de vitesse :

– Viktor, que voulez-vous dire par « j'ai peut-être fait quelque chose d'horrible » ?

– Je vous en prie, ne me prenez pas pour un idiot à votre tour, inspecteur, nous savons tous ici à quoi nous en tenir, non ?

– Peut-être, mais expliquez-nous quand même.

– Une femme dont je ne sais presque rien a passé avec moi, près du cratère du Thrihnukagigur, une nuit de débauche d'une violence sexuelle extrême et il ne reste plus comme seules traces d'elle que sa culotte au fond de la chambre magmatique et quelques gouttes de sang sur des éclats d'une bouteille de Reyka dont elle m'a saoulé toute la nuit. Votre hypothèse est forcément que j'ai pu faire du mal à cette femme.

– Du mal, Viktor ? dit Kornélius. Jusqu'à quel point ?

– …

– Viktor ?

– C'est évident que vous pensez que j'ai pu la tuer.

– Et vous l'avez fait ? tente Kornélius.

– Je n'en sais rien. Je n'en sais foutre rien ! hurle Viktor avant de s'effondrer sur la table, la tête dans ses bras.

– Il n'a peut-être rien fait, intervient Botty.

– Comment ça ? demande Kornélius.

– Eh bien, l'accuser du meurtre d'une nymphomane envolée juste pour une petite culotte au fond d'un cratère et quelques gouttes de sang sur un tesson de bouteille, c'est un peu léger, non ?

Gustavsson regarde Botty, surpris qu'elle le défende.

– Sauf, bien sûr, s'il y avait beaucoup plus de sang que ça.

– Que veux-tu dire ? s'étonne Kornélius.

La surprise du policier est celle, suspicieuse, d'un homme qui ne sait pas de quoi parle la jeune femme. La surprise de Gustavsson, elle, est celle résignée d'un homme qui le sait trop bien.

– Je veux dire que la chambre du baraquement où Viktor s'est envoyé en l'air avec Rakel a été éclaboussée de sang du sol au plafond.

– Quoi ? s'écrie Kornélius. D'où sors-tu ça ? Je n'ai rien lu de tel dans le dossier.

– Je me doutais bien, à ta façon de mener cet interrogatoire, que tu n'étais pas au courant. Je suppose que tu étais déjà parti pour l'Askja quand Ida a remis son rapport et que tu ne t'es pas mis à jour depuis. Vous vous êtes vus depuis, pourtant. Ça serait mieux pour tout le monde que vous vous concentriez sur les enquêtes quand vous êtes sur une scène de crime.

– Botty, je ne te permets pas…

– Des traces de sang, donc, partout. Murs, plafond, plancher, mais consciencieusement lessivées, au détergent, pendant une bonne partie de la nuit probablement, n'est-ce pas, Gustavsson ?

L'homme, prostré, ne répond pas.

– C'est toi qui es sur cette enquête, Botty. C'était à toi de m'en tenir informé. Ne serait-ce que quand nous nous sommes parlé au téléphone.

– Je n'en savais rien à ce moment-là.

– Vous avez bien mis le sang en évidence avec un révélateur, n'est-ce pas ?

– Oui.

– Alors, ça ne peut avoir été fait que quand tu étais sur place avec Ida. Donc tu le savais. Tu devais même le savoir quand tu m'as appelé pour me dire que Gustavsson avait disparu.

– Je pensais qu'Ida t'avait mis au courant, répète Botty.

– Botty, c'est le responsable de l'enquête qui centralise les informations et les redistribue aux autres. À quoi tu joues, Botty ?

– À être un bon flic. Un bon flic avec des dossiers sérieux et complets. On peut reprendre cet interrogatoire ?

– C'est ton enquête. C'est pour ça que je t'ai demandé de venir.

– Très bien. Alors, Ida utilise du Blue Star, il paraît que ça préserve mieux l'ADN. Cela nous permettra peut-être de remonter jusqu'à Rakel. Si elle est fichée quelque part.

Malgré son calme apparent, Kornélius a du mal à contenir sa rage. Autant contre les cachotteries de Botty que contre les mensonges de Gustavsson.

– Gustavsson ? aboie-t-il.

L'autre n'est plus qu'une loque. Un corps vidé de toute force. Il a posé la tête au creux de ses bras, sur la table, comme un gamin pris en faute.

– Gustavsson ! hurle à nouveau Kornélius.

Il répond sans les regarder :

– C'est vrai. Quand je me suis réveillé, la pièce était pleine de sang. Il y en avait partout. Du sol au plafond. C'était incroyable ce qu'il pouvait y avoir comme sang. Je n'y comprenais rien. J'ai d'abord cru que c'était moi qui étais blessé. J'ai vérifié sur tout mon corps, et quand j'ai vu que je ne saignais pas, je suis resté K-O debout. Alors j'ai cherché Rakel. À l'intérieur, puis dehors. Je l'ai appelée. J'ai fouillé les environs. Partout. Je redoutais qu'elle soit blessée, agonisant quelque part. Ou de la retrouver morte. Après plus d'une heure à hurler son nom, sans aucune trace d'elle nulle part, je suis revenu au baraquement et j'ai tout nettoyé.

– Pour effacer les preuves de votre crime ?

– Parce que la vue de tout ce sang m'était insupportable et que je n'avais aucune idée de la raison pour laquelle tout le baraquement en était souillé.

– Peut-être parce que vous y avez massacré une pauvre femme ?

– Je n'ai aucun souvenir d'avoir massacré qui que ce soit.

– Mais il est possible, au vu de ce que vous avez raconté et de la présence de tout ce sang, que vous l'ayez fait, non ? insiste Kornélius.

– Écoutez, je ne peux quand même pas avouer quelque chose que je ne me souviens pas avoir commis, implore Gustavsson.

– Mais vous passez la nuit avec une inconnue rencontrée par hasard, une prostituée peut-être. Vous reconnaissez une nuit de débauche, de sexe et d'alcool avec elle, dans un endroit isolé dans la montagne. Au petit matin, vous émergez d'un coma éthylique pour nettoyer au détergent le sang qui macule votre chambre. Si vous étiez flic, Viktor, honnêtement, qu'en penseriez-vous ?

– Mais, monsieur, on n'a retrouvé aucun corps. Comment pourrait-il y avoir homicide sans corps ? glapit Gustavsson.

– Peut-être que nous ne l'avons pas encore trouvé, Viktor, tout simplement. D'ailleurs, si vous nous disiez tout de suite où le chercher, ça permettrait sûrement de réduire les charges contre vous.

– Je n'en ai aucune idée, monsieur.

– Mais si vous parlez d'un corps, c'est que vous envisagez la possibilité qu'elle soit morte, n'est-ce pas ?

– Je n'en sais rien, mais oui, peut-être bien, c'est possible puisqu'il y avait tout ce sang. Qu'en pensez-vous, monsieur ?

Kornélius soupire devant le désespoir de cet homme en lutte avec ses propres démons. De toute évidence, il ne se souvient de rien. Il n'ose imaginer le désarroi qui le taraude. Toute cette panique face à un vide, un écran noir, qui va décider du reste de sa vie.

– Ce que j'en pense, Viktor, je vais vous le répéter une dernière fois. Une femme est venue vous retrouver la nuit, dans ce baraquement isolé, au cœur des Montagnes bleues, à votre demande ou pas. Vous avez beaucoup bu comme vous l'avez reconnu, vous avez fait l'amour avec violence selon vos propres dires, et au petit matin, les murs de votre baraquement étaient couverts de son sang et vous avez essayé de l'enlever en le lessivant au détergent.

– Et… ?

La voix de Gustavsson n'est qu'un murmure résigné d'avance à ce qu'il va entendre.

– Et ça fait de vous le seul et unique suspect d'un meurtre.

– Mais il n'y a pas de corps !

– Si nous n'en trouvons pas, ce sera au procureur de décider si cela suffit à disqualifier le meurtre. Mais à ce stade de l'enquête, suffisamment d'éléments matériels concordent pour nous convaincre que vous avez probablement commis un crime et, par conséquent, pour vous arrêter.

– Je vais aller en prison ?

– Oui, Viktor, en tant que suspect pour l'instant. Il reviendra au procureur de décider de vous inculper ou pas.

– Alors, je l'ai vraiment tuée ?

25

Je dois vous parler de papa Schutz.

Noir c'est noir. La cendre comme la lave. La plage comme le restaurant. Son humeur comme son âme. L'idée de Botty n'était peut-être pas la meilleure pour égayer son moral. Elle a loué un des bungalows du Black Beach Suites à sept kilomètres de Vik. Des constructions en bois au toit plat, au confort nordique sobre et élégant, alignées quatre par quatre sur un remblai face à la mer, à quelques kilomètres de là. Les autres sont logés dans un hôtel en ville. Le bungalow se prolonge par un deck en bois. On prend un verre chez moi ? Bières, Brennivín et vodka, chacun a apporté ce qu'il a pu. On boit ici, et après on va dîner au Black Beach. Kornélius s'est laissé embarquer. Il aurait préféré dormir. Ou s'ébouillanter les muscles et les pensées dans un hot pot. À se demander où est passée Alma, et ce qu'elle faisait ici, en Islande, à Vik. Mais il est là, à contempler l'interminable crépuscule de l'été qui ne parvient pas à enflammer, au loin, la plage de sable noir. Assis au bout du deck, une bouteille de Brennivín à la main.

– C'est pas comme si tu n'avais pas passé une journée de dingue, non plus !

Kornélius lève un regard sombre sur le jeune inspecteur.

– Pardon, excuse-moi, c'est comme si je n'avais rien dit !

– Maintenant, est-ce que l'ivresse, qui fait perdre la raison, te délivre de la peur ? Cela signifierait que la peur a besoin de la raison pour exister, sacrée question existentielle, se demande à voix haute Spinoza.

– Ferme-la, Spinoza ! Je n'ai pas eu peur. À aucun moment ce sniper a voulu nous atteindre. Je n'ai jamais été en danger.

– Qu'est-ce qui te rend si maussade, alors ? s'inquiète Botty.

– Quoi, toutes ces affaires qui partent en vrille et auxquelles on ne comprend rien, ça ne te travaille pas, toi ?

Il a répondu avec un peu plus de colère dans la voix qu'il n'aurait voulu. Alors il laisse planer un court silence avant de continuer d'un ton plus neutre :

– Deux affaires sans cadavre avec deux suspects sans mémoire, et maintenant un sniper après lequel nous ne pouvons faire que courir sans avoir la moindre idée de qui il est ni de ce qu'il veut. Tu ne trouves pas que tout ça tourne au ridicule !

– Tu es trop sévère, Kornélius. Toutes les enquêtes commencent comme ça, dans l'embrouille. C'est justement notre boulot de démêler les fils, répond Botty. Il suffit juste de nous y appliquer.

– Quoi, tu crois que je n'y mets pas l'application nécessaire, c'est ce que tu veux dire ? C'est un reproche ?

– Non. Je dis juste qu'il faut savoir encaisser les incertitudes d'un début d'enquête avant de se remettre en cause.

– Eh bien, je ne suis pas sûr d'en avoir le courage, cette fois. Regarde-moi ce pauvre Gustavsson et ce vieillard d'Eriksson, incapables de se souvenir s'ils ont massacré une fille ou pas, et nous qui sommes prêts à les remettre au procureur. C'est lamentable ! Nous ne maîtrisons rien, Botty, rien du tout. Nos suspects disparaissent et réapparaissent selon leur bon plaisir, je ne suis même pas foutu de garder mon seul témoin, nous n'avons pas réussi à identifier la victime de Gustavsson, et moi je ne trouve rien de mieux que de coucher avec la victime d'Eriksson qui n'est pas morte !

– Quoi ? Tu as couché avec qui ?

– Laisse tomber, Botty, s'il te plaît, Ida m'a déjà fait sa jalouse, alors ne t'y mets pas, toi aussi.

– Je me moque d'avec qui tu couches, Kornélius, toi et moi c'est fini depuis longtemps. Ce qui m'inquiète, c'est l'enquête. Coucher avec un témoin, c'est un truc à réduire à néant même le dossier le mieux ficelé !

– D'un autre côté, c'est pas comme si elle n'était pas canon, cette Nola !

– Komsi, je t'en prie ! soupire Kornélius.

– En fait, ce qui tourmente Kornélius, et je le comprends, c'est que notre métier tourne la preuve en finalité, alors qu'elle ne devrait être qu'une technique de connaissance de ce qui est arrivé. Un déchirement entre la volonté de savoir et l'obligation de prouver. Dans la vie professionnelle comme personnelle, d'ailleurs !

– Ferme-la aussi, Spinoza !

Botty lève les yeux au ciel.

– Mais où es-tu allé les chercher, ces deux-là ? Écoutez, je propose qu'au lieu de faire des phrases, nous nous cuivrions comme des alambics avant d'aller dîner et que nous oubliions tout ça !

– Allez au restaurant sans moi, je peux très bien me saouler tout seul, bougonne Kornélius.

– Et nous priver du spectacle du meilleur flic d'Islande qui vomit sa bile sur ses chaussures à deux cent mille couronnes ? Pour rien au monde. Tu viens avec nous.

– On fait quoi de Gustavsson ?

– On le raccompagne demain à Reykjavik, mais en attendant,

on le garde au chaud au poste de police. Tu ne veux pas le voir disparaître à nouveau, je suppose ?

Kornélius devine que Botty retient quelque chose.

– Quoi ? aboie-t-il.

Elle le prend par le bras et l'entraîne à l'écart dans les dunes.

– Je voulais te dire à propos de Gustavsson. Je trouve que tes questions étaient quand même un peu biaisées pendant cet interrogatoire.

– Tu es instructeur au collège de la police, maintenant ? Tu es conférencière ès méthodes d'interrogatoire ?

– Tu sais très bien ce que je veux dire, Kornélius, tu es trop bon flic pour feindre le contraire. Tu as profité de sa mémoire en charpie pour lui faire dire ce que tu voulais entendre.

– Comprends pas ! se bute Kornélius.

– Écoute, tu le pousses à dire qu'il a « peut-être fait quelque chose d'horrible », pour le pousser ensuite à parler d'un corps, puis d'une possible victime. Chacun des mots qui l'incriminent dans ses réponses a d'abord été introduit par toi dans tes questions.

– Et toi ? Tu retrouves ce type dans une chambre barbouillée de sang, il t'avoue avoir passé une nuit de débauche avec une femme dont tu as retrouvé la culotte tachée de sang au fond d'un volcan et tu viens me faire la morale ? Tu l'accables autant que moi, il vient de te le dire lui-même !

– Peut-être bien, se défend Botty, mais moi j'essaye de rassembler des preuves matérielles, pas de lui arracher des aveux ! Bon sang, Kornélius, réveille-toi, ce type a la mémoire tellement défaite que tu pourrais lui faire avouer qu'il était membre de la bande à Baader !

Le sursaut de Kornélius, comme électrisé, surprend Botty.

– Quoi ? Qu'est-ce que tu dis ? Qu'est-ce que tu viens de dire ?

– Rien, c'était juste une image, bredouille Botty.

– Mais pourquoi tu parles de la bande à Baader ?

– Parce que je suis en train de lire *The Baader Meinhof Complex*, je suppose, c'est tout.

– Parce que tu lis ça, toi ?

– Je veux devenir un bon flic, Kornélius, alors je me documente. Ça fait un peu partie du métier, non, comprendre les idées et les circonstances qui font disjoncter les criminels ?

Kornélius la prend par le bras et la ramène sur la terrasse, au milieu des autres qui s'écartent. Il les domine tous de sa masse de troll et tourne en rond, l'œil en colère. En colère contre lui-même.

– Je suis le plus con des cons. Quel con je suis ! Mais quel con je fais !

– C'est pas vraiment comme si on comprenait ce qui se passe ! se plaint Komsi.

– C'est de ma faute, continue Kornélius, soudain concentré, il faut tout effacer des affaires Gustavsson et Eriksson, oublier toutes nos convictions et toutes nos déductions.

– Reprendre tout à zéro ? demande Spinoza.

– Oui. Peut-être. Sûrement. Mais avant tout, je dois vous parler de papa Schutz.

26

Ne m'appelle pas papa !

– Un automobiliste a dit qu'ils étaient deux, raconte Kornélius. Qu'ils marchaient péniblement dans la neige, sur le bas-côté de la route, en pleine nuit. Une vraie tempête de chez nous…

Ils sont descendus en voiture jusqu'au Black Beach Restaurant, mais à la dernière minute, Kornélius s'est éloigné vers la plage et tous l'ont suivi. Dans la pénombre du soir, le vent tombé, la mer obscure frange le sable d'ébène d'un long liseré d'écume. Ils marchent longtemps, respectant le silence de Kornélius, jusqu'à ce qu'il choisisse le bon endroit, au beau milieu de la courbe élégante de cette longue langue de cendre, à égale distance des colonnes de basalte des Reynisdrangar à l'est et de la falaise de Dyrhólaey. Un peu en retrait du sable noir, parmi les galets de la même couleur, des fêtards d'un soir, ou des amants romantiques, ont creusé le foyer d'un feu de camp. Quand ils voient Kornélius ramasser un bois flotté, tous se dispersent en silence pour en trouver aussi. Komsi s'éloigne plus que les autres, du côté du restaurant, et revient avec une petite palette.

– C'est pas vraiment comme si je l'avais volée !

Et maintenant ils sont là, dans la nuit sombre, sur la seule plage noire à avoir été élue une des dix plus belles du monde, à écouter le récit de Kornélius, comme des ados en camp d'été autour d'un feu de bois.

– Le chauffeur ne s'est pas arrêté ? demande Komsi.

– Non, répond Kornélius, il a dit que les deux types ne faisaient pas de stop. Ils ne lui ont adressé aucun signe. On est dans la nuit du 24 au 25 janvier 1974. Il fait moins quelque chose et le vent doit transformer la neige en papier de verre pour leur visage. Un quart d'heure plus tard, un second automobiliste surprend dans ses phares un homme seul qui trébuche presque sur son capot. Et c'est la dernière fois qu'on entend parler de Guðmundur Einarsson.

– Et papa Schutz, c'était le marcheur ou le chauffeur ?

– Aucun des deux, patiente un peu. Ce chauffeur ne s'est pas arrêté non plus. Il a dit qu'il ne savait pas si l'homme avait glissé dans la neige ou s'il titubait sous l'emprise de l'alcool. Il ne voulait pas d'ennuis avec un poivrot sur une route déserte en pleine nuit pendant un blizzard.

– Déserte ? Avec au moins deux voitures en un quart d'heure ? Est-ce qu'on est sûrs que cet Einarsson était ivre ?

– Aucune idée. Son corps n'a jamais été retrouvé.

– Qu'est-ce qu'il fichait sous la neige en pleine nuit ?

– Il était allé danser à la salle des fêtes de Hvalfjörður. Il avait dix-huit ans. Il rentrait chez lui à pied, à Garðabær, à dix kilomètres de là.

– Si c'était une fête, il avait bu !

– Ceux qui ont passé la soirée avec lui disent que oui, mais comme un Islandais.

– C'est-à-dire ?

– C'est-à-dire pas de façon à tomber raide mort quelque part. Il savait encaisser. Sans compter que l'air vivifiant de l'hiver a dû le dégriser vite fait.

– Et l'enquête ? demande Spinoza.

– Rien. Pas de corps, pas d'indices, rien. On n'a même pas identifié celui qui marchait avec lui dans la neige.

– C'est ça, la fameuse affaire Einarsson ?

– Non, dit Kornélius, l'affaire Einarsson commence le 19 novembre de la même année, quand un autre Einarsson, qui n'a pourtant aucun lien de parenté avec le premier, disparaît à son tour.

– Dans les mêmes circonstances ?

– Pas du tout. Lui, Geirfinnur Einarsson, n'est pas un jeune paumé de dix-huit ans aux cheveux longs. C'est un homme de trente-deux ans qui vit à Keflavik, ouvrier dans le bâtiment, marié et père de deux jeunes enfants. Le soir du 19 novembre, il reçoit un coup de téléphone. Il dit à sa femme qu'il doit faire un saut du côté du port et qu'il revient tout de suite. On retrouvera sa voiture, portière ouverte et clé dans le démarreur, mais pas lui. Disparu. Pas de corps non plus, pas de traces, et pas vraiment de témoin !

– Comment ça, pas vraiment ?

– Plusieurs personnes disent l'avoir vu de loin discuter près de sa voiture avec un homme, mais sans pouvoir donner de description précise.

– Et l'appel ?

– Il venait d'un café près du port. Personne n'a remarqué qui l'avait passé.

– Pourtant, à cette époque, il n'y avait que des fixes, pas de portables. Un homme qui demande à téléphoner d'un café, ça se remarque.

– La police a exploré cette piste, sans résultat.

– Et la victime, quel genre de vie ?

– Bien rangée, malgré quelques rumeurs de contrebande d'alcool. L'enquête sur ses comptes bancaires et son train de vie n'ont apporté aucune confirmation à ces rumeurs. Comme pour le premier Einarsson, on a fouillé la lande et ses crevasses, dragué le port et inspecté les plages en fonction des courants, mais sans jamais rien trouver. Et on a clos l'enquête en 1975.

– Donc, le dossier Einarsson, c'est un peu comme si des disparus avaient vraiment disparu, pas de quoi en faire une affaire !

– C'est parce que l'affaire Einarsson, ce ne sont pas les disparus. L'affaire Einarsson, c'est l'enquête.

– Mais tu viens de dire que les deux enquêtes avaient été classées !

– Attends, Kornélius, intervient Botty, est-ce que ce n'est pas l'enquête qui a été cassée par la Cour suprême il n'y a pas si longtemps, en 2016, je crois ? Il me semble que j'ai vu un documentaire de la BBC là-dessus.

– C'est très exactement ça, Botty. C'est pour cette raison que ça nous concerne aujourd'hui.

Et Kornélius, face à un auditoire soudain beaucoup plus attentif, détaille point par point l'enquête de l'époque.

En 1976, pour une affaire mineure, la police vient interroger chez lui Saevar, un gamin pris une fois à importer une petite quantité de cannabis depuis le Danemark, mais dont le casier est toujours vierge. Il vit dans un modeste appartement avec Erla. Lui avec ses longs cheveux encadrant son visage poupin, elle avec son air de gamine sérieuse, presque sévère, sont les tout jeunes parents d'une petite fille de onze semaines. Les policiers leur demandent d'organiser la garde du bébé, parce qu'ils vont être amenés au commissariat comme témoins dans une affaire les concernant.

C'est là que le cauchemar commence, pour Saevar et Erla d'abord, pour la police et la justice islandaises ensuite. À la fin de l'audition d'Erla, alors qu'elle s'apprête à quitter la salle d'interrogatoire pour rentrer chez elle et retrouver son bébé, et sans qu'on ait jamais vraiment su pourquoi, un policier sort une photo d'un dossier et la montre à Erla, qui reconnaît aussitôt le visage. Oui, elle connaît ce garçon, répond-elle aux policiers. C'est celui qui a disparu après la fête à Hvalfjörður, c'est ça ? Bien sûr qu'elle s'en souvient, elle l'avait déjà croisé à une fête de l'école, sept ans plus tôt. Plutôt beau gosse. Il l'avait un peu draguée et elle s'en était sentie flattée. Oui, bien sûr qu'elle se souvient de sa disparition. Pas parce que cette nuit-là elle était à une mauvaise fête où elle s'ennuyait comme un rat mort, mais à cause du cauchemar, précise-t-elle.

« Quel cauchemar ? demande l'enquêteur, qui, du coup, la ramène s'asseoir à la table d'interrogatoire.

– Le cauchemar dans lequel Saevar et ses amis murmuraient des choses incompréhensibles dehors, dans la nuit, sous la neige, à propos d'un mort.

– Tu es sûre que ce n'était qu'un rêve ? »

Elle répond qu'elle n'en sait rien. Que les rêves, quelquefois, semblent si vrais. Et les cauchemars encore plus.

« Mais les cauchemars sont souvent provoqués par des choses qu'on a réellement vécues, n'est-ce pas ?

– Oui, peut-être, on dit ça…

– Alors, peut-être que ce cauchemar, c'est juste la représentation de quelque chose que tu as réellement vécu. Tu crois qu'on pourrait dire ça ?

– Je suppose, oui…

– Quelque chose dont tu ne te souviendrais pas.

– C'est possible.

– Alors tu sais quoi, Erla, nous allons t'aider à te souvenir, et toi, tu vas devoir faire un effort, parce que nous allons être obligés de te garder ici jusqu'à ce que tu nous dises ce qui est arrivé à ce garçon.

– Mais ma petite fille !

– Plus vite tu nous racontes, plus vite tu la retrouves, parce qu'il faut que tu saches, Erla, que dans notre système judiciaire, il n'y a pas de limite dans le temps à la détention provisoire et à la mise à l'isolement. »

D'après ce qu'elle a raconté par la suite, Erla s'est torturé l'esprit pour savoir si elle avait rêvé ou si elle avait été témoin de la scène entre Saevar et ses amis. Dans les jours qui suivent, au cours de longs interrogatoires, de plus de dix heures quelquefois, sans la présence d'aucun avocat, sans qu'elle sache ce que devient sa petite fille, les enquêteurs instillent dans sa tête l'idée qu'ils ne veulent que l'aider à débloquer sa mémoire. Ils se sont convaincus que la jeune femme a, en fait, été témoin d'un événement traumatique : Saevar et trois de ses amis emportant sous ses fenêtres, cette nuit-là, un corps enveloppé dans un drap. Le corps de Guðmundur Einarsson. Erla dit qu'elle n'en sait rien. Elle pleure après sa petite fille. Elle se tourmente. Et après un ultime interrogatoire de plus de dix heures, un policier lui fait signer des aveux selon lesquels elle a bien vu Saevar et trois de ses amis emporter le corps de Guðmundur Einarsson enveloppé dans un drap blanc.

Pourquoi sous ses fenêtres ? Pourquoi Saevar et trois amis ? Pourquoi un drap blanc ? Les enquêteurs diront que tous ces détails sont tirés du cauchemar d'Erla, un cauchemar directement provoqué par un événement identique qu'elle a, selon eux, bel et bien vécu.

– Waouh ! siffle Komsi. Là, c'est comme si je tombais de ma montagne : un cauchemar comme aveu d'un crime, j'espère que les collègues de l'époque ont pu confirmer l'aveu par des preuves matérielles.

– Rien, dit Kornélius. Malgré ces aveux et la nouvelle enquête qu'ils déclenchent, toujours pas de corps, ni d'indice matériel, ni de témoignage.

– Les aveux les plus dangereux sont ceux qui nous échappent, murmure Spinoza, parce qu'ils ne sont compréhensibles que par ceux qui nous les soustraient, et bien des erreurs viennent de ce qu'on donne de faux noms aux choses, comme d'appeler aveu ce qui n'est qu'une réponse à une mauvaise question.

– Merci, Spinoza, c'est comme si ça nous faisait beaucoup de bien, ces propos réconfortants.

– Attends, reprend Botty, le type de la gamine et ses trois amis ont bien dû lâcher quelque chose, eux, non ?

– Oh oui, soupire Kornélius, et c'est là que nous arrivons au cœur de l'affaire Einarsson.

– Parce que nous n'y sommes pas encore ? Il y a pire ?

– Oui. Bien pire !

Kornélius ajoute un bout de planche dans les braises qui s'enflamment à nouveau. Ils sont comme des naufragés qui attendent qu'un navire d'un port lointain s'échoue à leurs pieds en douceur, pour leur parler d'ailleurs. Loin sur leur gauche, les trolls de Reynisdrangar guettent avec eux, immobiles, l'horizon tracé au cutter.

– Après la confession de sa compagne, Saevar avoue à son tour.

– Mais il avoue quoi ?

– La même chose qu'elle, rien de plus. Ce qu'elle a dit, il le confirme. En fait, il avoue ce que les inspecteurs ont suggéré à Erla. Pas qu'il a tué Einarsson et transporté son corps, mais que le cauchemar d'Erla a dû être provoqué par un événement que lui-même a vécu.

– Il a donné les noms de ses complices ?

– Oui. Kristjan d'abord, un gentil géant avec une fausse réputation de dur, et Tryggvi, un vrai dur bagarreur quand il a bu. Tous les deux connus de la police pour petits vols et usage de stupéfiants.

– De la prison ?

– Pour Tryggvi seulement.

– Ils ont avoué, eux aussi ?

– Oui, après plusieurs semaines d'isolement et d'interrogatoires interminables, comme Saevar et Erla. Avec en prime le mobile du crime : une bagarre à propos d'une bouteille d'alcool de contrebande.

– Et le troisième ?

– Le troisième, même histoire, même isolement, au bout duquel il reconnaît avoir aidé à transporter le corps jusqu'à un champ de lave.

– Je ne vois pas en quoi c'est pire, s'interroge Botty à haute voix. Après tout, les cinq suspects ont avoué.

– Attends un peu, reprend Kornélius, nous ne sommes encore qu'au bord du pire, parce qu'une fois la disparition de Guðmundur Einarsson résolue et requalifiée en crime, les enquêteurs se sont aussitôt convaincus que le même raisonnement pouvait s'appliquer à la disparition de l'autre Einarsson.

– Ça semble logique, dit Botty.

– Attends que je te raconte.

La nuit semblait sans nuages. Pourtant, la lune apparaît tout à coup, lissant la mer et la côte de reflets lustrés. Komsi, pensif et attentif à la fois, s'amuse du bout d'un bâton à consteller le ciel de braises vibrionnantes et d'escarbilles.

Kornélius explique comment les enquêteurs de l'époque rejouent exactement les mêmes cartes. Ils relâchent Erla, puis vont l'interroger chez elle avec très exactement le même argument : « Nous pensons que vous avez aussi vécu un événement traumatique concernant la disparition d'un autre Einarsson, Geirfinnur, et nous voulons vous aider à vous en délivrer. »

Mais cette fois, les policiers ont une autre conviction. Aux États-Unis, Charles Manson et les membres de sa secte viennent d'être condamnés pour le massacre de sept personnes à Hollywood, dont Sharon Tate, la femme de Roman Polanski, enceinte de huit mois. La police de Reykjavik se convainc que Saevar est un petit Manson à l'islandaise et ses complices, une sorte de secte dont les membres n'ont pas besoin de mobile particulier pour tuer. Ils tueraient pour tuer, tout simplement. En bande. Par sauvagerie. Ou par désœuvrement. Pourtant, isolés les uns des autres, s'ils finissent aussi par avouer ce crime, aucun ne donne la même version, ni le même mode opératoire, ni la même façon dont ils se seraient débarrassés du corps. Geirfinnur est mort tour à tour noyé en tombant par accident d'un bateau au cours d'une bagarre à bord, puis balancé à la mer, ou ramené à terre et abandonné dans un champ de lave… Il faudra presque dix-huit mois d'interrogatoires pour que les inspecteurs finissent par écrire un scénario cohérent par rapport à leurs propres convictions. Geirfinnur aurait été assassiné dans une bagarre au milieu d'une cale sèche où étaient réparés des bateaux pour ne pas avoir livré une bouteille d'alcool de contrebande qu'il avait promise. Le corps aurait été rapatrié en voiture jusqu'à Reykjavik et caché plusieurs jours dans la cave de la maison de la grand-mère de Kristjan, avant d'être transporté jusqu'à un champ de lave, jeté dans une crevasse et brûlé.

– C'est pas comme si ces pauvres mômes s'étaient pas mis la cervelle à l'envers avec tout ce qui se fume pour en arriver à un scénario aussi pourri !

Chacun attend une pensée profonde de Spinoza, qui ne vient pas. Alors Kornélius résume :

– Voilà où nous en sommes à l'été 1976.

– Je ne vois toujours pas ce qui te dérange, Kornélius, intervient Botty. Je pense que c'est une enquête plutôt intelligemment menée.

– Ce qui me dérange, c'est très exactement ce que tu m'as reproché tout à l'heure, et qui dérangeait déjà quelques inspecteurs cet été-là. Des aveux fluctuants, qui se calent sur ce que les enquêteurs veulent savoir, mais aucune preuve matérielle. Pas la moindre trace susceptible de devenir un indice, ni dans la maison de Saevar et Erla, ni dans la maison des autres, ni dans aucune voiture. Aucun indice dans la cave de la maison de la grand-mère de Kristjan, aucun indice dans la cale sèche. Rien, aucune trace, rien de rien. Et pas de corps non plus. Les suspects ont été amenés plusieurs fois, séparément, à différents endroits qu'on leur demandait de reconnaître, s'y prêtant avec une bonne volonté évidente, sans que jamais ça débouche sur la moindre piste. Voilà ce qui me dérange, et dérangeait à l'époque les enquêteurs.

– Alors, comment ont-ils bouclé les deux dossiers ?

– Ils ne les ont pas bouclés.

– Comment est-ce possible, l'accusation a bien dû être bouclée, puisqu'il y a eu procès ? Ce fameux procès que la Cour suprême a cassé.

– Le dossier a été bouclé, en effet, mais pas par les enquêteurs. Par quelqu'un d'autre.

– Qui d'autre pourrait boucler un dossier criminel ?

– Karl Schutz, un superflic allemand à la retraite qui avait bâti sa réputation en participant au démantèlement de la bande à Baader en Allemagne. Le fameux papa Schutz…

– Un flic allemand ? C'est pour ça que ma référence à Baader t'a fait tilter, comprend Botty.

– Oui. Il faut savoir que la police de Reykjavik restait sur le crime non élucidé d'un chauffeur de taxi dans la capitale en 1968. Une affaire crapuleuse qui avait traumatisé l'opinion publique à l'époque. Personne ne voulait d'un nouvel échec. Le gouvernement a donc décidé d'employer les grands moyens en engageant Schutz et en formant autour de lui une task force d'une dizaine d'enquêteurs. Un tiers de tous nos effectifs de l'époque.

– De la Manson Family à la bande à Baader, c'est pas comme si la police avait pris ces gamins pour des seconds couteaux !

Kornélius pianote sur son téléphone et leur montre une photo de Schutz. Portrait studio aux éclairages sophistiqués. Pose étudiée. L'homme ressemble au détective d'une série télévisée allemande. Un adjoint de Derrick. Mèche blonde, cheveux fins, regard clair et fausse bonhomie. Il n'est plus policier depuis longtemps. Sa longue traque des terroristes de la Fraction armée rouge a fait de lui un officier de sécurité d'État plus qu'un officier de police judiciaire. Avec les méthodes de l'antiterrorisme.

– C'est quoi ce campement de boy-scouts ?

Ils se retournent, et Alma est là, dans l'ombre des flammes, au bras d'un Gustavsson tout sourire.

– Vous avez passé l'âge des marshmallows grillés et des chansons à la guimauve, vous ne croyez pas ?

– Nous travaillons, répond sèchement Kornélius. Nous faisons le point sur nos enquêtes.

– Tu ne nous présentes pas ? demande Botty sur la défensive.

Kornélius soupire si fort que la mer aurait pu repartir en ressac jusqu'à l'horizon.

– Alma, lâche Kornélius.

– Alma qui ? insiste Botty.

– Alma, ma fille ! Et vous Gustavsson, qu'est-ce que vous faites ici ?

– Je suis allé le chercher au poste de police pour l'inviter à dîner, explique Alma. Il m'a raconté son histoire pendant que tout le monde t'attendait au poste et ça m'a émue. Il ne méritait pas de passer une nuit en taule.

– Ce n'est pas à toi de décider de ça, grogne Kornélius. Comment êtes-vous sortis du poste de police ?

– J'ai juste dit que je venais de ta part, que j'étais ta fille, et ça a suffi. Quel salaud de supérieur tu dois être, mon pauvre papa, pour qu'ils soient tous morts de trouille rien qu'à entendre ton nom.

Kornélius se retourne vers les autres, qui retiennent aussitôt leur sourire.

– Allez dîner ou rentrez vous coucher, décide alors Kornélius. Faites ce que vous voulez. Embarquez Gustavsson et ne le perdez pas de vue. Nous reprendrons tout ça demain matin.

– Tu ne viens pas avec nous ? s'inquiète Botty.

– Non, j'ai deux mots à dire à mademoiselle.

– Allez-y, dit Alma, et ne vous en faites pas, je m'occupe de papa.

– Ne m'appelle pas papa !

27

... à cause de lui.

D'abord il ne dit rien de sa colère. Il regarde s'éloigner les autres sur la plage noire sous une lune d'opale. Un vent capricieux s'amuse à chahuter les braises. Elles virevoltent et disparaissent en vrilles dans la nuit. Le sable est si sombre et l'écume si blanche qu'elle semble fluorescente. À cet instant précis, Kornélius voudrait haïr Alma. Mais il sait déjà qu'il ne pourra que lui en vouloir.

– Qu'est-ce que tu viens faire ici ? finit-il par demander dans un soupir.

– Je te l'ai dit, je suis rentrée au pays.

– Non, je veux dire ici, aujourd'hui, à Vik. Dans mon enquête. Dans ma vie.

Alma s'apprête à répondre mais se retient. Elle le regarde, et l'insolence dans son regard se dilue dans une sorte de tristesse résignée.

– Alors c'est vrai, tu m'as vraiment sortie de ta vie ?

– Combien de fois m'as-tu écrit en cinq ans ?

Elle ne répond pas. Il n'insiste pas. Il avance le long de la plage et elle le suit vers la silhouette menaçante des Reynisdrangar, les pieds dans l'écume rageuse des brisants.

– Trop occupés à récupérer un navire échoué, ils se sont laissé surprendre par le premier rayon du jour qui les a pétrifiés.

– Je connais la légende, murmure Alma sans quitter des yeux les rochers déchiquetés par les croyances et les tempêtes.

– Tu n'en connais peut-être pas le sens, corrige Kornélius. C'est parce que nous sommes trop occupés par autre chose que nous ne voyons pas le malheur nous frapper par surprise. C'est ce qu'enseignent toutes les légendes sur les trolls, et que j'aurais dû comprendre.

– Nous t'avons fait tant de mal que ça ?

– Toi plus que ta mère. Comment aurais-je pu m'attendre à ça de toi ? Si nous nous étions éloignés l'un de l'autre encore, comme je l'ai fait avec ta mère, mais toi je t'ai toujours chérie, jusqu'à ce petit matin-là. Jusqu'à ce petit déjeuner. Jusqu'à ce doigt d'honneur…

– C'était idiot, je le reconnais, mais je n'avais pas quinze ans…

– Oui, et maintenant tu en as vingt et tu as un enfant. Tu m'as volé cinq ans de ton enfance.

– Je n'étais déjà plus vraiment une enfant, tu sais, et c'est peut-être parce que tu t'entêtais à le croire que la colère m'est venue. Et puis je ne t'ai rien volé, mon enfance n'appartenait qu'à moi.

– Attends que ton enfant grandisse…

Ils marchent encore. Plus ils s'approchent des stacks, plus leurs silhouettes se dressent et se compliquent. Trois pitons rocheux, mais deux trolls seulement.

– Tout se confond, murmure Kornélius, le malheur et sa cause. Deux trolls occupés à faire naufrager un trois-mâts, et trois pitons pétrifiés pour deux trolls. Rien n'a de sens, sinon celui qu'on attribue à nos malheurs pour pouvoir les supporter. Tu sais d'où vient le mot « troll » ?

– Non, et pour être honnête, je m'en fous un peu.

– Ça vient de *trylla*, explique quand même Kornélius, un

vieux verbe norrois de chez nous. Ça signifie pousser à une rage folle, déchaîner la furie.

– Et alors ?

– Alors c'est le surnom qu'on me donne, et jamais je ne l'ai mieux mérité qu'aujourd'hui. Quand vous êtes parties, quand j'ai compris que vous étiez vraiment parties, je suis resté là, debout, la porte ouverte, des heures entières. Comme ces chiens idiots qui croient que leur maître va revenir. Je n'ai touché à rien. Je n'ai jamais débarrassé cette table du petit déjeuner. Je ne m'y suis plus jamais assis. Jamais. Pas une seule fois. La colère est venue quand je me suis relevé des mois plus tard. Quand je suis redevenu un troll.

– Les trolls n'existent pas, papa, ces pitons rocheux dans l'eau ne sont que les ruines d'une falaise que les vagues battent en brèche depuis des siècles. Pas même un accident géologique. Juste l'usure mécanique du monde. L'usure du monde, l'usure de l'amour, l'usure de la vie. Il serait temps que tu t'y habitues, tu sais…

Il préfère ne pas répondre. Si les mômes donnent dans la résignation maintenant ! À moins qu'Alma ne soit déjà plus une enfant, comme elle l'a dit.

– Tu veux le voir ? dit-elle après un long silence.

– Quoi ?

– Mon enfant.

Il regarde ses pieds dans le sable, puis la silhouette des trolls dans la nuit, respire tout l'embrun qui mouille l'air et répond enfin :

– Non.

– Non ?

– Non, je ne veux pas le voir entre nous pour l'instant. Je ne veux pas le trouver beau ou m'attendrir sur son sourire. Si les choses doivent s'arranger entre nous, Alma, je ne veux pas que ça soit à cause de lui.

28

... et après, tu m'oublies !

Le lendemain matin, des lambeaux de brume s'accrochent aux rochers luisants. Matin pluvieux. Une bruine grise tisse des reflets argentés sur les prairies. Kornélius enfile un pantalon et va ouvrir. Sept heures du matin. Il n'y a pas de bonne nouvelle à sept heures du matin.

– Petits pains à la cannelle ! dit Alma en tendant un sachet à Kornélius.

Derrière elle, Komsi et Spinoza ont les bras chargés de gourmandises. Biscuits d'avoine, crêpes, lummurs, compote de rhubarbe, beignets. Ils se déchaussent, entrent en forçant le passage et bousculent gentiment Kornélius, qui reste interdit, torse nu, sans comprendre.

– Je m'occupe du café, claironne Alma.

– Laisse-moi faire, dit Botty, qui sort de la chambre, vêtue d'une chemise d'homme.

Elle leur fait signe de rassembler des chaises et des coussins pour s'asseoir pendant que Kornélius, privé de chemise, passe un T-shirt à elle.

– Primo, Kornélius a dormi sur le canapé, précise Botty, et secundo, nous avons deux heures devant nous avant de nous disperser sur nos différentes enquêtes. Tu finis de nous expliquer l'affaire Einarsson ?

Kornélius malaxe son visage mal réveillé dans ses mains puissantes, puis accepte d'un signe de la tête.

– Eh bien, pour résumer, Schutz a bien considéré que la bande était coupable, mais qu'aucun de ses membres n'était assez charismatique pour en être le chef. Ne me demandez pas pourquoi. Comme ça. Intuition de gourou. Il lance alors ses limiers dans une vaste chasse à l'homme pour retrouver un personnage qu'un des gamins a mentionné sous le surnom de « l'étranger ». Et il semble avoir partiellement raison, puisque l'enquête finit par remonter jusqu'à un certain Gudjon, un ancien prof de trente-deux ans, à qui des cheveux noirs et une moustache fournie ont valu le surnom d'« étranger ». Un type cool, genre *sex and drugs and rock and roll,* qui avait déjà prêté sa voiture à Saevar pour introduire de l'herbe en Islande par le ferry qui vient du Danemark. Il n'en a pas fallu plus à Schutz pour se convaincre d'un nouveau scénario. Les mômes forment une sorte de secte de hippies dégénérés à la sauce islandaise autour de ce prof baba cool, assez sauvages pour tuer pour une bouteille d'alcool et trop défoncés pour s'en souvenir. Quand ils s'embrouillent avec le second Eirnarsson, ils appellent leur gourou pour qu'il vienne les aider à le tuer et à se débarrasser du corps avec sa voiture.

– Avec quel mobile pour l'étranger ?

– Aucun mobile particulier. Répondre à l'appel de la secte, s'affirmer comme gourou, ça suffit à Schutz.

– Et ce Gudjon avoue ? se risque Botty.

– Au début, il surprend plutôt les enquêteurs par sa volonté à les aider à résoudre ce cas. Il coopère vraiment. Cherche des réponses à chacune de leurs questions. Il semble plus impliqué dans l'enquête que dans sa propre défense. Mais il finit quand même par avouer, en décembre 1976. À la question : « Étais-tu dans cette cale sèche, oui ou non ? », il finit par répondre : « Oui, je le confesse ! » Alors le cas est considéré comme bouclé et la justice passe très vite derrière. Sentence à vie pour Saevar, et des peines entre douze et trois ans pour les autres.

Un long silence s'installe. Dehors un franc soleil déchire à nouveau les nuages et sa lumière dorée enflamme la pièce.

– C'est tout ? C'est pas comme s'il y avait vraiment un problème, alors ? dit Komsi.

– Parlons plutôt de problèmes au pluriel. Tout d'abord ces gamins sont restés très longtemps à l'isolement complet : deux cent quarante-deux jours pour Erla, et jusqu'à six cent cinquante-cinq pour Tryggvi.

– Quoi !

– Oui, ce qui fait pour Tryggvi un isolement plus long que pour le plus dangereux des suspects de Guantánamo, vous imaginez ? Une durée d'isolement considérée aujourd'hui comme de la torture. Quant à Saevar, lui s'est coltiné mille cinq cent cinquante-trois jours de préventive.

– Nom de Dieu ! murmure Spinoza.

– Et ce n'est pas fini. Pendant cet isolement, tous ont subi certaines sortes de tortures. Privation de sommeil pour tous, lumière constante dans les cellules repeintes en blanc, et pour Saevar, qui avait la phobie de l'eau, torture par simulation de noyade.

– J'y crois pas ! Les flics de la task force ont vraiment fait ça, ici, chez nous, en Islande, dans les années soixante-dix ?

– Oui, ils ont fait ça, et même plus. On a forcé tous les suspects à prendre un traitement médicamenteux quotidien. Diazépam, Chlorpromazine et Mogadon. Trois médicaments qui entraînent amnésie rétrograde, modification de la conscience, confusion mentale et baisse de la vigilance chez certains, sédation, somnolence et affection du système nerveux même à faible dose chez d'autres.

– Comment les interrogatoires ont pu se tenir dans ces conditions ?

– Les médicaments préparaient les suspects aux interrogatoires. Baisse de la vigilance pour ne pas détecter les questions biaisées, somnolence pour répondre sans réfléchir, troubles de la mémoire pour faciliter la confusion des souvenirs. Des séances de questions qui duraient fréquemment des journées entières.

– Mais c'est impossible, c'est illégal !

– Ça ne l'était pas à l'époque. Quatre inspecteurs se relayaient toutes les deux heures et demie. Pendant des mois. Quelquefois jusqu'à sept jours d'affilée !

– Mais des aveux recueillis dans ces conditions n'ont aucune valeur juridique ! s'indigne Botty.

– Ce n'est pas ce que le procureur et les juges ont décidé. Ils ont tous étés jugés recevables.

Un autre silence plane sur la pièce retombée dans l'ombre d'un contre-jour, après qu'un sombre nuage a lessivé le soleil.

– Et aucun ne s'est jamais rétracté ?

– Si. Tous l'ont fait. Mais Schutz a convaincu le procureur que ce n'était qu'une manœuvre de la défense.

– Comment peut-on avouer un crime qu'on n'aurait pas commis ? doute Spinoza.

C'est Botty qui répond après s'être resservi un café :

– Parce qu'on arrive à te faire douter de ce que tu as vécu.

– C'est impossible. Il s'agit d'un crime, là ! Si on me demande si je l'ai commis ou pas, je sais que je ne l'ai pas fait et je dis non !

– Ce n'est pas aussi simple. D'abord, parce qu'on t'embrouille et qu'on te fait douter. Ensuite, parce qu'on ne commence jamais par te demander si tu as tué ou pas. On te demande au début si tu étais là, ou là-bas ou ici, et tu réponds « Peut-être ». La fois d'après, on te dit : « Mais puisque tu étais là-bas, tu as bien vu Untel ou Untel ? » Et si tu ne t'offusques pas en répondant : « Mais je vous répète que je n'y étais pas ! » ou : « Je ne sais même pas si j'y étais », dans la tête de l'enquêteur qui t'a tendu ce piège, se dessine la certitude que tu y étais, puisque tu ne le contestes plus. Donc, il passe à l'étape suivante : « Puisque tu as vu Untel quand tu étais là-bas ce jour-là, tu te souviens si son coupe-vent était rouge ou vert ? » Mais ça ne sert pas du tout à connaître la couleur du coupe-vent. À ce moment-là, il s'en fiche comme de sa première bière, mais il note dans le dossier que tu ne nies pas avoir vu Untel là-bas, et ça instille dans ton propre cerveau la possibilité que tu l'aies peut-être bien vu. Toi, comme on parle de quelqu'un que tu connais et qui porte souvent un coupe-vent, tu te concentres sur la couleur du vêtement, sans t'apercevoir que tu viens en fait de confirmer l'avoir bien vu où tu étais, là-bas, ce jour-là.

– Mais c'est facile, à un moment ou à un autre, de se reprendre et de contester !

– Pas quand tu es à l'isolement sous médicaments depuis des centaines de jours, parce que cette technique d'interrogatoire, justement, se sert de l'état nerveux du suspect et de la durée pour le convaincre peu à peu de ce dont l'interrogateur est convaincu par avance.

– Je n'y crois pas une seconde !

– Tu as tort. L'implantation de faux souvenirs dans la mémoire a fait l'objet d'études documentées. Et le premier facteur, justement, c'est le temps. Plus le vrai souvenir est ancien, plus le réveiller pour y implanter un faux souvenir est facile. En montrant des montages de photos sur lesquels on voit des personnes participer à une activité qu'elles n'ont en fait jamais pratiquée au cours de leur jeunesse, un tiers des sujets finissent par se souvenir de cette activité. Et vont même jusqu'à décrire les émotions alors ressenties.

– C'est une théorie sérieuse, on peut l'expliquer scientifiquement ?

– Une des explications, que je vais résumer en termes prosaïques parce que je ne suis pas spécialiste, c'est que les souvenirs ne sont pas stockés dans la même zone du cerveau selon qu'ils sont anciens ou nouveaux. Quand on va chercher un souvenir ancien dans la zone où il est imprimé pour le ramener à la surface et le « travailler », il retourne ensuite dans la zone des souvenirs anciens où il reprend exactement sa place chronologique, mais modifié par ce qu'on vient d'y implanter. Du coup, le sujet considère que les nouvelles informations datent bien de la première création de ce souvenir.

– Si ce que tu dis est juste, cela implique quelque chose de terrible : les interrogateurs de l'époque savaient ce qu'ils faisaient.

Cette fois, c'est Kornélius qui reprend la parole :

– Bien sûr qu'ils savaient. Schutz au moins le savait, puisqu'il avait appliqué cette technique pour la bande à Baader. Mais dans cette affaire, la culpabilité des suspects ne faisait aucun doute, puisqu'ils revendiquaient clairement leurs crimes. La tactique de Schutz ne servait qu'à mettre à jour le réseau, les complices et les preuves matérielles. C'est pourquoi il avait besoin, dans l'affaire Einarsson, de se persuader d'abord de la culpabilité des suspects. Mais ce système d'interrogatoire n'est pertinent que pour obtenir des aveux complémentaires de la part de suspects dont on est sûr du crime. Dans le cas qui nous intéresse, le système de Schutz et de la task force n'a abouti à la révélation d'aucune preuve matérielle. Pas la moindre !

– Mais si tous les suspects ont avoué, ils ont bien dû finir par révéler où étaient les corps !

– Non, probablement parce qu'ils ne le savaient pas. Malgré plus de soixante transports sur place, soixante, tu m'entends, on n'a jamais retrouvé le moindre cadavre. Et tu sais pourquoi ? Parce que ces gamins n'ont fait qu'avouer des meurtres qu'on voulait qu'ils avouent, mais qu'ils n'ont pas commis. Ils étaient par conséquent bien incapables de localiser les corps. Alors les enquêteurs y allaient au petit bonheur la chance : est-ce que le corps a été caché dans la lande ? Oui peut-être. Cette lande-là ? Oui peut-être. Ici, par exemple ? Oui peut-être. Et tu pourrais nous montrer l'endroit exact ? Oui peut-être. Gudjon a raconté plus tard qu'après des mois d'isolement total, il disait oui à toute nouvelle proposition de reconnaissance pour pouvoir enfin sortir de sa cellule et faire un tour en voiture au grand air.

Le soleil est revenu et pose des reflets chaleureux sur les cheveux et les meubles en bois clair.

– Je n'arrive toujours pas à croire qu'on puisse manipuler la mémoire à ce point, dit Spinoza.

– Alors, laisse-moi te donner deux derniers exemples. On a fait effectuer à tous ces gamins des reconstitutions.

– Ça me paraît normal, c'est dans la procédure.

– C'est dans la procédure pour vérifier les témoignages ou les aveux, sauf que dans ce cas précis il n'y a aucun témoignage et que les aveux ne sont pas explicites. Par ailleurs, comment reconstituer une scène de crime alors qu'on n'a jamais retrouvé de corps tout en demandant au suspect de quelle manière et avec quelle arme il a tué la victime ? Le procureur ne peut pas poser de questions pertinentes, puisqu'il ne sait ni où ni comment était disposé le corps supposé. Et comment faire interpréter le rôle de la victime par un policier alors qu'il n'existe aucune trace de cette victime ? En fait, ces reconstitutions ont été détournées de leur véritable sens pour deux raisons : construire et confirmer la théorie de la police d'abord, et surtout fixer par des scènes

« vécues » et des photos définitivement jointes au dossier de faux souvenirs dans la tête des suspects. On a photographié des scènes uniquement fondées sur les suppositions de la police, et ces photos montrant les suspects en train de tuer une victime dont le cadavre n'a jamais existé ont été présentées comme des preuves au procès !

– Incroyable. Et le second exemple ?

– C'est la technique d'interrogatoire de Schutz. Gudjon a répété qu'il s'adressait à lui à la fois comme un prêtre et comme un psychanalyste. Il progressait sans violence et savait poser les questions. À Erla, il ne demande pas si elle pense que les garçons ont tué les Einarsson. Il commence par demander si, d'une façon générale, ils pouvaient, sous certaines circonstances, se montrer un peu brutes. Quelques jours après, la question est : « Tu as dit l'autre jour qu'à l'occasion ils se montraient un peu brutes, tu ne penses pas que dans certains cas, sous l'emprise de l'alcool par exemple, ils pouvaient en fait être violents quelquefois ? » Et trois jours plus tard, la question devient : « Tu as dit l'autre jour qu'ils étaient violents, tu ne crois que s'ils ont eu un conflit avec Einarsson, ils ont pu, sans le vouloir, sous le coup de la colère, dans un accès de violence, lui faire du mal ? » Et la fois suivante : « Quand tu as dit la dernière fois que, dans un accès de violence, ils ont pu faire du mal à Einarsson, jusqu'où penses-tu qu'ils ont pu aller ? jusqu'à le frapper ? Ou même, par accident bien sûr, dans une mauvaise bagarre, jusqu'à le tuer sans le vouloir ? » Et là, la pauvre fille, à qui on a déjà fait accepter dans sa tête que les garçons étaient brutaux, violents, colériques et bagarreurs, répond : « Je ne sais pas, oui peut-être, dans certaines circonstances, c'est possible. »

– Et bien entendu, reprend Botty, trois jours plus tard, la question est : « Tu as dit l'autre jour que tu penses qu'ils ont très bien pu tuer Einarsson, mais est-ce qu'au fond de toi, sincèrement, tu n'es pas convaincue qu'ils l'ont fait, même si, je le comprends bien, tu ne veux pas t'y résoudre parce que ce sont tes amis ? Honnêtement, entre nous, tu le sais bien qu'ils l'ont fait, alors libère-toi de tes cauchemars et dis-le-moi, tu verras, tout ce poids qui pèse sur toi depuis ce triste jour disparaîtra et tu pourras reprendre ta vie, revoir ta fille… » Et que veux-tu qu'une gamine sous médicaments, à l'isolement total depuis des mois, éloignée de son bébé, réponde à ça ? « Si, oui, peut-être bien, c'est bien possible qu'ils l'aient fait. Ils l'ont sûrement fait, puisque vous avez toutes ces preuves. Oui. Ils l'ont fait. » Et la voilà piégée. Et les garçons avec.

– Juste une petite expérience que vous pouvez faire autour de vous, conclut Kornélius. Prenez la photo d'une voiture accidentée contre un arbre et demandez à quelle vitesse la voiture roulait. Si vous dites « quand elle a heurté l'arbre », vous obtiendrez une vitesse estimée toujours beaucoup plus faible que si vous dites « quand elle a percuté l'arbre ». Les mots de la question influencent toujours la réponse.

Un vent de tempête s'est soudain levé et plaque en mitraille sur les vitres une pluie raide qu'on devine froide. Tout le monde garde le silence avant que Kornélius ne reprenne la parole :

– Voilà, je voulais faire ce rappel parce que dans les deux affaires Gustavsson et Eriksson en cours, nous sommes, comme dans le dossier Einarsson, face à des crimes supposés, sans cadavres, sans indices matériels, et avec des témoins ou des suspects à la mémoire défaillante. Alors je voulais attirer votre attention sur les chausse-trapes dans lesquelles j'ai failli moi-même tomber et sur lesquelles Botty a judicieusement attiré mon attention hier. Mais comme ces affaires nous ont été retirées, ça n'a plus beaucoup d'importance.

– Mais ce n'est pas comme si tu allais vraiment laisser tomber, n'est-ce pas ?

– Grosse colère de Knudsen, répond Kornélius.

– Oui, mais tu vas vraiment laisser tomber ?

– …

– Ah, je préfère ça. Alors j'en suis aussi !

Et, un à un, ils lèvent la main en signe de soutien, Botty la dernière.

– D'accord, dit Kornélius, mais restez prudents et discrets, ne vous attirez pas le courroux du commissaire. Pour l'instant, nous attendons des retours d'analyses. Ida vous tiendra au courant à ma place si je dois battre le pays à la poursuite de notre sniper.

– Non, je le ferai, moi ! dit Botty. Respectons les procédures.

Ils terminent leur copieux petit déjeuner sous le soleil radieux d'un ciel dégagé par un autre grand vent. Botty refait du café pour tout le monde, chacun reprend une gourmandise pour ne rien laisser, puis Kornélius se lève et les chasse gentiment.

– Je fais l'aller-retour à Reykjavik avec Botty pour amener Gustavsson au central. Komsi et Spinoza, essayez de tirer quelque chose de la voiture de Seljalandsfoss. Je serai de retour dans l'après-midi, mais j'aurai besoin d'une heure ou deux pour vérifier quelque chose. On fait le point en fin d'après-midi avec les Vikings.

Ils sourient, se rechaussent et sortent en saluant un soleil tout neuf qui scintille sur la plage noire.

– Et moi, qu'est-ce que je fais ? demande Alma.

– Toi, tu viens avec moi. Je te raccompagne à Reykjavik et après, tu m'oublies !

29

... la tête sur l'épaule de Gustavsson

Ils roulent depuis une heure en silence, Kornélius au volant et Botty à ses côtés, Alma sur la banquette arrière, avec Gustavsson qui dort lourdement.

– Vous avez couché ensemble ? demande soudain Alma.

Kornélius et Botty se regardent, surpris par l'insolence de la question, mais ne répondent pas.

– Pas cette nuit, je veux dire, j'ai bien vu que tu as dormi sur le canapé, mais vous avez déjà couché ensemble ?

Ils gardent le regard fixé sur le capot de la voiture qui avale l'asphalte lustré par la pluie.

– Donc, vous avez couché ensemble, en conclut Alma.

Trois autres kilomètres défilent sur la route encore luisante d'une pluie à peine passée. Sur leur droite, des torrents dégringolent en rigoles des collines gorgées d'eau, tamponnées de l'ombre mate de nuages épars. Sur la gauche, la lande piquetée de moutons immobiles court jusqu'à la mer brillante sous un ciel d'acier.

– Nous avons couché ensemble, dit Botty. Mais c'est fini depuis longtemps.

Un soleil furtif se glisse sous les nuages, le temps d'un imperceptible arc-en-ciel.

– Et il couche aussi avec la légiste, non ?

La route se glisse en lacets au creux d'une colline où flamboient des genêts allumés par un soudain soleil qui disparaît aussitôt. Kornélius ne répond pas.

– Ida est sa compagne.

– Ah ! Sa régulière.

– On peut dire ça comme ça.

Du haut d'un talus, trois chevaux à la crinière insolente les regardent passer, puis les accompagnent le temps d'un court galop. La voiture passe un pont et remonte à flanc de coteau. Les chevaux s'arrêtent et les laissent continuer, moqueurs.

– Tu as couché avec une victime aussi, il paraît ? Enfin, pas si victime que ça puisque…

– Qu'est-ce que tu sais sur le coma éthylique ? demande Kornélius à Botty.

– Tu penses à Gustavsson ?

– Oui. A-t-il vraiment pu tuer cette fille et ne plus se souvenir de rien ?

– Je suppose que c'est possible, répond-elle, nous avons tous en mémoire des cuites mémorables qui ne nous ont laissé que peu de souvenirs.

– C'est pas un coma éthylique, intervient Alma en passant la tête entre les dossiers de leurs sièges pour se mêler à leur discussion. C'est un black-out.

– Un black-out ?

– Oui, un black-out. Un trou noir, quoi !

– Qu'est-ce que tu en sais ? s'énerve Kornélius. Et puis c'est quoi d'abord, un black-out ?

– Tu as vu *Very Bad Trip* ?

– Oui, et c'est un bon exemple de coma éthylique.

– Faux ! exulte Alma, comme si Botty venait de perdre à la première question à dix euros d'un jeu télévisé. *Very Bad Trip*, c'est l'exemple même d'un black-out : amnésie temporaire suite à une importante et rapide absorption d'alcool.

– C'est bien ce qu'on dit, coma éthylique, répond Kornélius, solidaire de Botty.

– Absolument pas, parce que dans le black-out, tu n'es pas hors d'état d'agir. Tu ne te souviens plus de ce que tu as fait pendant la période dont tu ne gardes aucun souvenir, mais tu gardais une certaine conscience de tes actes. Pendant un black-out, tu n'étais pas effondré inconscient dans ton vomi. C'est juste que tu ne te souviens plus de ce que tu as fait.

De l'autre côté de la route, Kornélius aperçoit un dégagement sur un piton de lave en surplomb qui domine une vaste lande rousse de mousses imbibées d'eau. Il y jette sa Saab en coupant la route à un camping-car qui le mitraille d'appels de phares. La voiture s'arrête en dérapant dans la cendre sous le regard indifférent d'un bélier blanc, dont la toison froufroute dans le vent. L'arrêt brutal n'a pas réveillé Gustavsson.

– Tu veux dire qu'en cas de black-out, quelqu'un peut agir de façon consciente et ne se souvenir de rien ?

– C'est exactement ce que je viens de dire. Le black-out, c'est pas un truc d'alcoolique chronique. C'est même plutôt un truc d'occasionnel. En fait, plus que la quantité d'alcool, c'est la vitesse à laquelle tu l'absorbes qui compte. Si ça se trouve, tu peux encaisser facilement six vodkas dans une soirée, mais si tu les prends en un quart d'heure, tu peux faire un black-out. Enfin, pas toi, forcément !

– Pourquoi pas moi ?

– Parce que c'est moins fréquent chez les gros. Une histoire de rapport entre le poids et le gras et la capacité d'absorption du corps.

– Je ne suis pas…

– On s'en moque, coupe Botty, soudain intéressée par ce que raconte Alma. C'est sûr ? C'est scientifique ?

– Je veux ! Ç'a quelque chose à voir avec le petit cheval marin qu'on a dans le cerveau.

– Le petit cheval marin ? répète Kornélius en secouant la tête. C'est quoi ça, tu te moques de nous, c'est ça ? Tu t'amuses à nous balader ?

– Demande à ta légiste la prochaine fois que tu la sauteras, si tu ne me crois pas !

– Hé ! hurle Kornélius en se tournant vers Alma, je t'interdis ! Je te préviens, la prochaine fois que tu…

Mais la voix de Botty qui téléphone arrête net sa colère :

– Ida ? C'est moi. Je suis avec Kornélius et je mets le haut-parleur. Qu'est-ce que tu sais à propos d'un truc d'alcoolique qui s'appelle le black-out ?

– Vous pensez à Gustavsson, c'est ça ? L'idée, en langage simple, c'est que le cerveau enregistre d'abord dans une mémoire à court terme ce que nous vivons au quotidien, puis, dans un deuxième temps seulement, le grave dans une mémoire à long terme qui fait que nous nous en souvenons. C'est ce que nous appelons la plasticité synaptique.

– Et alors ?

– Alors dans le cas du black-out, l'absorption trop rapide d'alcool neutralise la réaction chimique qui permet de graver les souvenirs dans la mémoire à long terme. Nous parlons de potentialisation à long terme. En deux mots, l'alcool empêche le cerveau de former de nouveaux souvenirs à partir des faits que le sujet a bel et bien vécus.

– Est-ce que ça veut dire que les actes dont nous ne nous souvenons pas peuvent être des actes conscients ?

– Absolument. Pendant la période effacée par l'amnésie temporaire, ou plutôt non enregistrée à cause de l'alcool, nous pouvons nous comporter de façon tout à fait normale. Nous pouvons soutenir une discussion, conduire, travailler, ou découper quelqu'un à la tronçonneuse avec efficacité, et ensuite disposer de son corps sans en garder le moindre souvenir.

Kornélius et Botty restent sidérés par cette possibilité. Alma en profite :

– Hé, madame, parlez-leur du petit cheval marin !

– Qui me parle ?

– C'est Alma, ma fille, répond Kornélius, sans savoir s'il doit plus redouter les insolences d'Alma ou la colère d'Ida.

– Ta fille est avec toi ?

– Oui, je t'expliquerai…

– Ne vous en faites pas, coupe Alma, je suis revenue seule, sans ma mère. Enfin, je veux dire juste avec mon enfant.

– Tu es grand-père en plus !

– Je te jure que je ne le savais pas !

– Mais on s'en fout, madame, parlez-leur du petit cheval marin, parce qu'ils ne veulent pas me croire.

Après un long silence à la fin duquel on l'entend soupirer, Ida répond :

– Je suppose que ta fille veut parler de l'hippocampe. C'est une zone du cerveau dont une des fonctions est de graver le vécu dans la mémoire. Pour faire simple, quand l'alcool empêche l'hippocampe de bien fonctionner, c'est comme si tu enregistrais une vidéo en oubliant de mettre une carte mémoire dans ta caméra. Tu ne garderas aucune trace de ce qui a pourtant bel et bien existé.

– Est-ce que ça fonctionne comme les ordinateurs, quand les éléments effacés restent inscrits quelque part dans le disque dur ?

– Possible, oui, mais nous n'en savons rien pour l'instant. La tendance de la médecine est de croire que les éléments vécus n'ayant pas été chimiquement transformés en mémoire, il n'y a aucune chance dans l'état actuel de nos connaissances de récupérer ces souvenirs qui, pour le cerveau, n'ont pas existé. C'est ça, le black-out mnésique.

– Comment tu sais ça, toi ?

– Je te rappelle que je suis médecin. Légiste peut-être, mais médecin !

– Non, pas toi, bien sûr. Elle, Alma !

Mais c'est quand même Ida qui répond :

– Parce qu'une enquête anglaise a révélé que vingt pour cent des ados des pays développés reconnaissent avoir connu un épisode de black-out au cours des six derniers mois. Étude scientifique. Phénomène récurrent de *binge drinking* chez les moins de trente ans par exemple.

– *Binge drinking ?* répète Kornélius.

– Ne demande pas, papa, intervient Alma, tu ne veux pas savoir !

– Biture express, dit Ida avant de raccrocher.

Kornélius encaisse, se torture à ne rien demander à Alma, puis redémarre en reprenant la route sous le nez d'un autre camping-car qui aboie sa colère.

– Donc, Gustavsson a très bien pu tuer cette femme de façon tout à fait consciente et ne vraiment se souvenir de rien, réfléchit Botty à voix haute.

– Oui, et en l'absence de corps, de témoignage ou de preuve matérielle, s'il n'a aucun souvenir, nous ne faisons que reproduire les mêmes erreurs que dans l'affaire Einarsson. Lui réinjecter des souvenirs qu'il n'a pas pour confirmer nos propres déductions.

Kornélius observe Gustavsson endormi dans le rétroviseur, et Botty se retourne sur son siège pour le regarder aussi.

– Vous devriez laisser ce pauvre Viktor tranquille, s'offusque

Alma, comment peut-on accuser quelqu'un de crime quand on n'a aucune preuve contre lui, pas même le corps de la victime !

– Ça s'appelle un faisceau de présomptions, ou encore une intime conviction, répond Kornélius.

– Et ça suffit pour pourrir la vie d'un innocent ?

Kornélius ne sait pas quoi répondre. Rien ne permet d'accuser Gustavsson de crime, sinon lui-même. C'est lui qui a donné corps, si l'on peut dire, à sa victime. Qui lui a donné un nom, ou au moins un prénom. Une existence. Qui a parlé de leur improbable rencontre. De leur nuit d'amour. Kornélius cherche à se convaincre qu'il ne se retrouve pas dans le même cas que l'affaire Einarsson. Mais pour Gustavsson, un faisceau de présomptions existe bien, tissé par Gustavsson lui-même. Et Kornélius n'est pas papa Schutz. Il n'a pas fait parler ce pauvre homme. Il l'a juste écouté. Maintenant, cette théorie du black-out explique l'absence d'aveu, mais, Kornélius en est persuadé, l'intime conviction de la culpabilité de Gustavsson, c'est Gustavsson lui-même qui l'a construite.

– Et toi, ton Eriksson ? demande Botty.

– Rien. Encore moins que rien, répond Kornélius. Beaucoup de similitudes avec ton dossier, mais je n'arrive pas à trouver le lien entre les deux affaires. Une certaine ressemblance dans la description des victimes, pourtant, difficile de croire que la même femme a été massacrée deux fois dans deux endroits différents. Quant au lien entre les deux présumés assassins, à part leurs problèmes de mémoire qui apparemment ne sont pas dus à la même cause, nous n'avons rien trouvé. Mon Eriksson a été marin pendant presque quarante ans avant de prendre sa retraite, et ton Gustavsson survit de petits jobs en boulots précaires depuis la mort de son père.

– Si ça se trouve, c'est la triste vie qui m'attend, soupire Alma dans leur dos.

– Pourquoi dis-tu ça ? demande Kornélius.

– Parce que je vais peut-être devenir l'enfant abandonnée d'un flic, moi aussi.

– Je ne t'ai pas abandonnée. C'est même plutôt le contraire.

– Pourquoi parles-tu de flic ? intervient Botty, soudain attentive.

– Ben, parce que son pauvre vieux était flic quand il a décidé de quitter ce monde.

– Le père de Gustavsson, tu en es sûre ?

– Quand nous attendions le meilleur flic d'Islande qui me sert de père au poste de police de Vik, Viktor m'a raconté toute sa chienne de vie pour me prouver que la mienne n'était pas si merdique que ça. Son père s'est jeté à l'eau un kilomètre en amont des chutes de Gullfoss. On n'a jamais retrouvé son corps, évidemment, mais il a laissé un mot pour s'excuser auprès de Viktor qui était son unique enfant. La mère de Viktor les avait quittés depuis longtemps déjà, à cause du métier de flic de son mari, aussi.

Dès qu'il repère un endroit pour se garer, Kornélius arrête la voiture et appelle Spinoza pour se faire lire le dossier Eriksson.

– C'est bien de chercher encore, malgré ta mise à pied, Kornélius. Quelqu'un a dit que chercher, c'était désobéir. Ou que désobéir, c'était chercher, je ne me souviens plus très bien dans quel sens. Que cherchons-nous donc pour commencer à désobéir ?

– Arrête ta philosophie à deux couronnes, Spinoza. Cherche n'importe quel lien d'Eriksson avec la police et rappelle-moi de toute urgence.

Il raccroche et redémarre sans effrayer aucun camping-car cette fois, mais au détour d'une courbe, la Saab se retrouve derrière trois voitures qui suivent un tracteur haut sur roues qu'un vent rasant de travers parvient à bousculer de temps en temps. Il s'engage dans une dangereuse manœuvre pour doubler les quatre véhicules d'un seul dépassement quand Spinoza le rappelle. Kornélius se rabat en urgence sous le nez du tracteur, face à un camping-car qui panique de tous ses phares en face. Il plonge la Saab sur le côté dans un chemin de pierre qui court vers une maison isolée. Quand il freine en dérapant, le nuage de poussière enveloppe le tracteur qui passe et l'insulte d'un klaxon furieux. Gustavsson dort toujours.

– Oui, Spinoza ?

– Trouver n'est pas toujours la finalité de chercher, et chercher, c'est avant tout vouloir comprendre, mais en l'espèce vous avez trouvé de quoi comprendre.

– Fais-la courte et simple, s'il te plaît, Spinoza, je ne suis vraiment pas d'humeur.

– Eriksson a été flic.

– Quoi ? s'exclament en même temps Kornélius et Botty.

– Deux toutes petites années à peine, avant de démissionner pour devenir marin.

– Bingo, jubile Kornélius, voilà le lien. Les deux ont un rapport avec la police. Quelle époque pour Eriksson ?

– 1976-1978.

– Le père de Gustavsson s'est suicidé au début des années quatre-vingt, n'est-ce pas ?

– Si tu le dis…

– Ce n'est pas à toi que je pose la question, Spinoza, c'est à ma fille.

Kornélius se retourne vers le siège arrière et, contre toute attente, Alma s'est endormie sur la banquette arrière, la tête sur l'épaule de Gustavsson.

30

... quand la porte s'ouvre avec fracas.

Kornélius s'en doute dès qu'ils arrivent au poste de police dans la capitale. Les regards entendus. Les sourires sous cape. La convocation du commissaire surtout. Il laisse Botty s'occuper de Gustavsson et dit à Alma de l'attendre, puis rejoint le bureau de son supérieur qui le reçoit sans rien dire, de toute évidence furieux, et se contente de lancer une vidéo. D'abord deux culs d'homme en gros plan dans des slips mouillés, puis le cadrage s'élargit sur Kornélius et le commando, de dos, qui courent dans la montagne pour rejoindre le bassin de Seljavallalaug.

– C'est sur toutes les télés en boucle depuis une heure, et je ne vous parle pas des réseaux sociaux ! siffle entre ses dents le commissaire, qui se force à contenir sa colère.

– Mais…, bredouille Kornélius.

– Oui, je sais, vous pensiez avoir balancé le smartphone de la journaliste à l'eau, mais ça s'appelle « Sauve qui peut ». C'est une appli mise au point par un reporter de guerre français. Elle envoie en temps réel toute photo ou vidéo sur deux adresses de sauvegarde dont les références sont masquées dans le répertoire !

– Désolé, soupire Kornélius, qu'est-ce qu'on peut faire ?

– Vous, j'aurais bien aimé que vous démissionniez sur-le-champ, malheureusement il semblerait que ce ne soit pas le bon moment. La commissaire nationale m'a demandé de convoquer une conférence de presse. C'est vous qui vous y collez. Seul. C'est ici dans une heure et aucun supérieur ne vous accompagnera. Plus personne ne veut se montrer avec vous, Jakobsson, vous êtes devenu le roi du dommage collatéral. Vous n'aurez à votre disposition qu'un attaché de presse. Junior. Et stagiaire. Je ne vous retiens pas.

Le temps s'y prête : la conférence est prévue à l'extérieur. Un pupitre en haut de quelques marches, face à une douzaine de journalistes, micro à la main ou caméra sur l'épaule. Kornélius patiente derrière la porte, avec le stagiaire mort de trouille, quand Petùr, accompagné d'un représentant du ministère de la Justice, les rejoint.

– Ton ministre a insisté auprès du mien pour que nous partagions les dégâts, dit Petùr.

– Dans ce cas, allons-y, soupire Kornélius en se déchaussant.

– Qu'est-ce que vous faites ? panique le stagiaire.

– Tu ne vas pas faire ça ? s'amuse Petùr.

Vingt secondes plus tard, la porte s'ouvre et Kornélius sort face aux journalistes. En slip et en chaussettes. La stupeur passée, c'est l'hystérie chez les reporters. Kornélius les calme d'un geste et s'appuie des deux mains sur le pupitre.

– Puisque notre tenue vestimentaire semble vous passionner plus que le contenu de nos enquêtes, j'ai pensé que me présenter à vous dans cet état répondrait mieux à votre sens de l'éthique et de l'information. Cela dit, ma hiérarchie m'a demandé de faire un point sur les événements de Seljavallalaug et voici ce que je peux en dire avant de répondre à vos questions.

Kornélius rappelle d'abord dans le détail la fusillade de Seljaland, puis les conditions dans lesquelles il s'est retrouvé dans le bassin de Seljavallalaug avec le chef de l'unité spéciale. Dès qu'il fait signe de la tête qu'il en a terminé, les questions fusent :

– Monsieur Jakobsson, pourquoi étiez-vous en slip dans le bassin de Seljavallalaug ?

– Parce que c'est plus confortable que de s'y plonger tout habillé. Question suivante.

– Pourquoi pas nus ?

– Au cas où une journaliste d'investigation surgirait à l'improviste. Question suivante.

– Êtes-vous vraiment l'amant du chef des commandos ?

– Êtes-vous vraiment journaliste ? Question suivante.

– Pourquoi avoir cherché à empêcher notre consœur Sara Johandöttir d'exercer son métier ?

– Pourquoi Sara, vous permettez que je vous appelle Sara, dit-il en se tournant vers la journaliste, a-t-elle refusé de nous aider à faire le nôtre ? Cela dit, les images de deux policiers en slip que vous avez tous diffusées sont la preuve qu'elle a quand même réussi à faire du bon boulot de journaliste d'investigation, non ? Question suivante.

– Comment le sniper a-t-il pu savoir que vous seriez à Seljavallalaug ?

– Ah, je vous remercie de poser enfin une vraie question, mais la vraie question, c'est : comment Sara l'a-t-elle su, elle !

– Que voulez-vous dire ?

– Nous n'avons décidé d'une pause à Seljavallalaug pour faire le point sur les enquêtes que pendant notre trajet de retour à Vik. Comment Sara a-t-elle su que nous y serions ?

– Parce que je vous ai suivis, tout simplement, se défend la journaliste.

– Mauvaise réponse ! réplique Kornélius. Il faut moins de vingt minutes pour aller de Seljaland à Seljavallalaug, or vous y êtes arrivée une heure après nous, quand votre voiture a failli percuter celle du sniper qui fuyait bien après la fusillade.

– Qu'insinuez-vous ? interroge une autre journaliste.

– Rien, parce que, dans mon métier, nous ne procédons pas par insinuation. Nous avançons quelquefois par intuition, mais la plupart du temps par déduction. Si Sara ne savait pas à l'avance où nous serions, et si elle ne nous a pas suivis, alors c'est qu'elle a été prévenue.

– Par le sniper ? s'écrient en désordre tous les correspondants.

– D'après vous ? demandez-le-lui, puisqu'elle est parmi vous. Pour ce qui me concerne, cette conférence de presse est terminée et nous vous tiendrons informés en temps voulu des avancées de l'enquête.

Kornélius reste un instant à regarder, satisfait, la meute sonner l'hallali sur Sara Johandöttir, puis fait demi-tour en s'amusant du stagiaire du service de presse qui tient ses vêtements pliés sur une main et ses chaussures de l'autre. Il adresse un clin d'œil à Petùr, qui jubile en silence, et rentre dans le poste de police.

– C'est quoi ce cirque, Jakobsson, hurle Knudsen, qu'est-ce que c'est que ces accusations contre une journaliste ?

– Exactement ce que j'ai suggéré pendant ma conférence, monsieur le commissaire, répond Kornélius en tendant la main au stagiaire pour récupérer son pantalon. Elle n'a pu être informée que par le sniper ou par quelqu'un de son entourage. Mais, étant donné sa façon d'opérer, je penche plutôt pour le sniper lui-même. Ce qui ne veut pas dire qu'elle en a été la complice. Il peut très bien l'avoir manipulée, mais ça nous laisse la possibilité qu'elle l'ait vu et qu'elle puisse nous le décrire. Ou qu'il l'ait contactée par téléphone et que nous puissions remonter un numéro.

– À partir du téléphone que vous avez noyé dans un bassin d'eau chaude, Jakobsson ? hurle le commissaire.

– Non, monsieur, à partir des listings de l'opérateur, comme d'habitude, répond-il en enfilant son pantalon. Sara Johandöttir n'a pu être prévenue pour Seljavallalaug que dans la demi-heure qui a précédé notre arrivée dans le bassin. Ce qui signifie qu'elle était déjà dans les environs pour pouvoir rappliquer aussi vite, probablement sur le lieu de la fusillade à Seljaland. Cela veut dire aussi que c'est le sniper qui nous suivait, pas elle. L'étude de ses appels dans l'heure qui précède son arrivée au parking du bassin devrait nous donner la localisation et le numéro du sniper.

– Et si ce type utilise un portable avec une carte prépayée ?

– L'étude nous sera quand même utile. Il suffira de remonter jusqu'au précédent appel à partir du même numéro, explique Kornélius, qui demande sa chemise d'un geste de la main. De toute évidence, nous tirer dessus dans le bassin n'était pas prévu. C'est juste du bonus pour le sniper. Par contre, si Sara était sur le parking de la cascade, c'est qu'il l'a branchée sur ce coup. Il doit donc exister un appel par lequel il la contacte pour lui proposer ce scoop, et cette fois, même s'il s'agit d'un prépayé, la triangulation permettra peut-être de localiser l'appel en espérant qu'il s'agisse du quartier où habite ou travaille le sniper.

– Qui vous dit qu'il n'aura pas utilisé un autre prépayé ?

– Eh bien, nous isolerons cet appel par élimination de tous les appelants identifiés, ce n'est pas compliqué ! s'énerve Kornélius en boutonnant sa chemise. Pourquoi cherchez-vous à compliquer cette enquête, monsieur ?

– Putain, mais ce n'est pas croyable ! hurle le commissaire en pointant un doigt sur la poitrine de Kornélius. C'est vous qui foirez tout jusqu'à tenir une conférence de presse en slip, et c'est moi qui complique cette enquête ?

– Ne pointez pas votre doigt sur moi, monsieur, menace Kornélius avec le calme d'un troll.

– Je pointe ce que je veux sur qui je veux, Jakobsson, vous m'entendez, et sur vous plus que sur quiconque parce qu'à partir de cette seconde vous n'êtes plus rien. Je vous retire de toutes les affaires et je ne vous en affecte aucune autre, vous comprenez ? Je ne peux pas vous virer sur-le-champ à cause des médias et des syndicats, mais c'est tout comme. Vous ne nous referez pas le coup de Heimaey une seconde fois, Jakobsson, c'est fini pour vous, et c'est tant mieux pour la police de ce pays et d'ailleurs…

Gimme, gimme, gimme a man after midnight ! La musique du groupe ABBA, qui sert de sonnerie au portable du commissaire, le coupe en pleine rage. Il pointe un doigt sur Kornélius encore une fois, le défiant de réagir, puis lui tourne le dos pour répondre à l'appel. Il ravale aussitôt sa colère.

– Oui, madame, je sais… je sais… Oui, j'ai bien compris. Je les fais rappeler immédiatement et je m'en occupe.

Quand il se retourne, Kornélius n'est plus là et le commissaire s'en prend au malheureux stagiaire :

– Mais qu'est-ce que vous foutez encore là, vous n'avez pas entendu la commissaire nationale ? Rattrapez-moi tous ces journalistes et ramenez-les ici. Dites-leur que je vais leur parler !

Le stagiaire reste pétrifié. Tétanisé.

– Mais qu'est-ce que vous attendez ! hurle le commissaire.

– M. Jakobsson…

– Quoi, Jakobsson, encore !

– Il est parti, monsieur, sans…

Le commissaire, sidéré, regarde les chaussures que le stagiaire tient dans ses mains, il les lui arrache et s'apprête à les balancer à l'autre bout de la pièce quand la porte s'ouvre avec fracas.

31

Pas de commentaire !

– Bonjour, et merci d'être restés après l'intervention inattendue de l'inspecteur Jakobsson. Voici le point sur l'affaire dite du « tireur ». Tous nos services sont mobilisés pour résoudre au plus vite cette affaire et un certain nombre de pistes prometteuses sont d'ailleurs activement exploitées par nos différentes équipes. Je voudrais avant tout insister sur le fait que ce tireur n'a fait feu, jusqu'ici, que sur des cibles matérielles. Il est évident qu'il a pris soin de ne blesser personne, ce que sa maîtrise du tir longue distance lui aurait pourtant permis de faire sans problème. Il semble par ailleurs que le choix de ses cibles se porte exclusivement sur des lieux touristiques emblématiques de notre pays pour l'instant. C'est pourquoi nous ne pensons pas avoir affaire à un tueur, mais à quelqu'un dont le but est de se servir de l'impact de ses actes sur le tourisme dans notre pays, pour des raisons qui ne peuvent être que de deux ordres. Soit le chantage, soit le militantisme écologique. Dans le premier cas, cet homme se servirait de la menace de faire fuir les touristes étrangers pour obtenir quelque chose, une rançon peut-être. Dans le second cas, la fuite des touristes serait son seul but. Pour l'instant, aucune demande de rançon ni aucune revendication n'ont été formulées. Nos services ont mis en place les systèmes de surveillance et d'observation adéquats pour réagir au plus vite.

– Monsieur le commissaire, pourquoi le sniper s'en prendrait-il au tourisme ?

– Aujourd'hui, le tourisme rapporte trois fois plus à notre pays que l'industrie de la pêche. Et c'est bien plus facile de faire fuir des touristes que des poissons.

– Monsieur le commissaire, ça, c'est un argument dans le cas où le sniper serait un maître-chanteur. Quelle serait sa justification s'il voulait simplement s'en prendre aux touristes ?

– On peut penser que le nombre de touristes l'indispose, ou qu'il considère cet afflux périodique comme une agression envers notre culture insulaire. Vous savez, le nombre de visiteurs étrangers a triplé au cours de ces dix dernières années, passant de 500 000 à 1 500 000. On estime qu'il atteindra 2 millions dans les trois ans à venir. C'est-à-dire que très bientôt nous recevrons six fois plus de visiteurs que notre pays compte d'habitants. En comparaison, un pays comme la France, première destination mondiale pour le tourisme, accueille chaque année 85 millions de visiteurs pour une population de 67 millions d'habitants. Si la France connaissait la même proportion de visiteurs que nous, ce ne sont pas 85, mais plus de 400 millions de touristes qu'elle devrait accueillir chaque année.

– Et quel serait le problème d'accueillir autant de touristes ?

– Je vous laisse réfléchir pour trouver les réponses à votre propre question. Mais je suppose que notre respect de la nature en souffrirait, la propreté de notre pays aussi, probablement, sans compter les désordres et les risques terroristes. Notre force de police d'environ six cents hommes ne serait plus adaptée, ni pour maintenir l'ordre, ni pour gérer les risques d'implantation de crime organisé ou de cellule terroriste. On peut d'ailleurs redouter que ses effectifs, son organisation et son armement ne soient déjà plus en adéquation avec l'évolution de notre pays.

– À quel profil pensez-vous plus particulièrement pour orienter votre enquête ?

– Eh bien, en dehors du maître-chanteur, on peut penser à l'acte revendicatif d'une mouvance écologiste radicale, mais aussi à une action xénophobe de la part d'un groupuscule nationaliste. Les deux sont possibles. Mais la particularité de ce qui arrive aujourd'hui, c'est que, quelle que soit la motivation du tireur, il agit pour la première fois dans notre histoire contre le pays lui-même. C'est en quelque sorte une agression armée contre le pays.

– Vous voulez dire une action terroriste ?

– Ça y ressemble beaucoup, dans la logique agressive : viser les citoyens pour atteindre l'État.

– Monsieur le commissaire, quelle hypothèse est actuellement privilégiée par les enquêteurs ?

– Aucune. Nous explorons toutes les pistes.

– Monsieur le commissaire, l'inspecteur Jakobsson est-il toujours en charge de l'enquête ?

– Pas de commentaire. Je vous remercie. Je tiendrai un nouveau point de presse dans quarante-huit heures ou plus tôt si des éléments le nécessitent.

– L'inspecteur Jakobsson va-t-il être sanctionné ?

– Pas de commentaire !

32

Non, mon père !

– Quel con ! soupire Kornélius en se détournant de l'écran. Il est le porte-parole du sniper maintenant ou quoi ? Depuis quand est-il profileur ? Terroriste, écolo, maître-chanteur ou nationaliste, on ne sait rien de rien de ce sniper.

Ils regardent la télé à l'étage du Babalu Café, sorte de refuge néo-hippie baba cool fait de bric, de broc et de récup.

– C'est le propre des politiques de tout dire quand ils ne savent rien, dit Petùr, avant d'ajouter : C'était quand même gonflé la conférence de presse en slip. Je comprends qu'il t'ait balancé tes chaussures au visage.

– Des Choo à deux cent mille couronnes ! s'indigne Kornélius.

– Ce type vient de te virer, papa, est-ce que tu peux penser une seconde à autre chose qu'à tes chaussures ? dit Alma, qui est restée dans l'ombre de son père depuis leur arrivée au quartier général.

– Non, justement, je n'ai plus rien d'autre à penser maintenant que je suis viré, fanfaronne Kornélius.

– Hé, tu es viré de ton boulot, pas de ta vie, réplique-t-elle. Si j'en crois le peu que j'en ai découvert en quelques jours, tu as encore de quoi t'occuper. Ce qui te reste est au moins aussi bordélique que ce que tu viens de perdre !

– Écoute, Alma, sois gentille, tu veux ? Lâche-moi, s'il te plaît. Il n'y a pas un gosse, quelque part, dont tu devrais t'occuper au lieu de pourrir la vie de ton père ?

– Tu as raison, je te laisse. De toute façon, il faut que je reprenne mon boulot. Pas le moment de me faire virer si je veux nourrir mon gosse, maintenant que son grand-père est au chômage !

Elle lève les yeux au ciel, se lève. Et reste plantée devant leur table. Immobile.

– Quoi encore ? aboie Kornélius.

– Bonjour, je m'appelle Alma et je suis votre nouvelle serveuse au Babalu, dit-elle en prenant des airs de Betty Boop. Puis-je prendre votre commande ? Qu'est-ce qui vous ferait plaisir ?

Kornélius se malaxe le visage pour se convaincre que c'est bien sur lui que tout ça tombe.

– Alma, je t'en prie ! soupire-t-il.

– Deux crêpes chocolat chantilly, intervient Petùr pour éviter que Kornélius explose. Avec deux bons cafés. Éthiopiens et au perco si possible.

Et Alma disparaît dans les escaliers du Babalu Café, une petite maison orange au toit bleu, à mi-hauteur de la rue qui monte jusqu'à la monumentale cathédrale en orgue de béton. À l'intérieur, des pièces étroites, en coins et recoins, encombrées de meubles dépareillés. Vaisseliers, commodes, dessertes. Des tables aussi, de jardin ou de cuisine, basses quelquefois. Ou de cantine. Des guéridons, chaises, bancs, fauteuils, sofas, tabourets, au hasard. Aux murs, surchargés, cartes postales, étagères de livres, dessins, réclames, photos. Et partout, des plantes en pot, tombantes ou grimpantes, sur les tables et les étagères, ou dans des suspentes en macramé accrochées aux murs ou au plafond, parmi les lampes, les suspensions et les guirlandes. Un capharnaüm qui sent la gaufre, l'herbe et le patchouli.

– C'est bien ton genre de venir fumer des joints en slip au milieu des flower people, se moque le commando.

– Je t'en prie, j'ai eu ma dose aujourd'hui. Je ne sais même pas comment j'ai échoué ici.

– Ta fille, répond Petùr en haussant les épaules. Elle t'a récupéré après ta conférence pour t'emmener ici et je vous ai suivis. À propos, c'était quoi cette digression sur le sniper et la journaliste, vous avez des indices ?

– Non. C'était juste une intuition. Je l'ai dit comme ça m'est venu, histoire de la charger un peu, mais à bien y réfléchir, ça pourrait tenir la route, tu ne crois pas ?

– Oui, pourquoi pas. Tout est possible dans cette affaire !

– Je vais demander à mon équipe de creuser cette piste.

– Ça risque d'être compliqué.

– Comment ça ?

– Le commissaire t'a viré, n'oublie pas.

– Il m'a viré de l'affaire, mais pas encore de la police.

– Oui, mais il a donné des ordres.

– À qui ?

– À moi, entre autres.

– Et ?

– J'ai ordre de t'arrêter si tu te mêles de l'enquête.

Kornélius connaît les hommes. Il fixe Petùr droit dans les yeux et comprend aussitôt. Le commando obéira aux ordres. Il prend sa décision dans la seconde :

– Après tout, c'est peut-être la meilleure chose à faire, tu as raison. Ça tombe bien, même. Je vous laisse le sniper. Je vais utiliser mon temps libre pour profiter de ma famille.

– Parfait, c'est une chance que tu as, toi, au moins.

– Pourquoi tu dis ça ?

– Parce que moi, j'ai beaucoup investi en amour dans un mariage qui n'a servi à rien. J'ai aussi beaucoup investi en argent dans des placements qui m'ont ruiné et n'ont servi qu'à briser mon mariage. Et je me suis beaucoup investi, pour oublier ma mauvaise fortune en amour comme en finance, dans un métier qui ne sert pas à grand-chose non plus.

– C'est un peu pessimiste pour un homme à la tête d'une unité d'élite de la police.

– Oui, mais dans un pays sans criminels et sans criminalité organisée. Notre intervention la plus aventureuse a été de forcer un chalutier danois à revenir dans un port islandais pour arrêter deux marins soupçonnés de la disparition d'une jeune fille.

– Tu préférerais voir notre pays frappé par l'horreur pour pouvoir justifier l'existence des Vikings ?

– J'aimerais ne pas avoir à simuler une exfiltration en milieu hostile à chaque sortie de l'hélico pour finir en fait par débarquer des cantines d'intendance. Sans être la risée des autres unités spéciales du monde entier avec lesquelles nous nous entraînons quelquefois. Je supporte de moins en moins bien la condescendance avec laquelle ces pros de l'antiterrorisme nous traitent.

Kornélius le regarde, ébranlé par la fragilité que trahissent ces propos de la part d'un homme dont on attend un moral et une confiance d'acier.

– Démissionne dans ce cas. Change de vie.

– Pour redevenir simple flic ? prendre un poste de vigile ? ouvrir une maison d'hôtes ? J'aurais donc tout sacrifié pour ça ?

– Chaque vie peut se reconstruire à tout instant, crois-moi. Il te suffira de recroiser l'amour pour…

– Je me fous de l'amour, coupe Petùr, c'est d'adrénaline que j'ai besoin, pas de mièvreries.

Kornélius le regarde à nouveau, cherchant à départager la part de sincérité et celle de provocation dans ces propos inattendus.

– Pour être honnête, Petùr, cette franchise sur ta déprime me fiche un peu la trouille. Je n'aimerais pas me retrouver face à un homme surarmé et surentraîné comme toi affligé d'un tel moral.

– Pour être honnête à mon tour, Kornélius, ça me fout aussi un peu la trouille, et je n'aimerais pas me retrouver face à toi dans de telles conditions.

Kornélius encaisse l'allusion et préfère passer à autre chose sans répondre vraiment.

– Encore une fois, ça n'arrivera pas, puisque je ne me consacre à partir de maintenant qu'à ma famille.

– Alma ?

L'idée le tracasse depuis qu'ils ont établi que le lien entre Gustavsson et Eriksson passe par leur appartenance à la police. Et plus encore par la conjonction des dates. Le père de Gustavsson se suicide quelques années à peine après l'affaire Einarsson, et Eriksson est flic pendant l'affaire. Il pourrait éplucher les archives et les dossiers de l'époque, mais ce serait reculer encore. Alors, il se résout à l'affronter, après tout ce temps.

– Non, mon père !

33

La danseuse…

Sara Johandöttir a passé une sale matinée, et la voiture de l'inspecteur Jakobsson garée devant son parking, face au petit immeuble au toit rouge qu'elle habite, n'augure pas d'une meilleure fin de journée.

– Enlevez votre antiquité de vieux beau, lance-t-elle de sa voix rugueuse par la vitre baissée de sa petite Toyota. C'est l'entrée de mon garage.

– C'est un peu pour ça que je vous attends devant, dit Kornélius.

Il dégage l'accès au garage et revient se garer au même endroit dès que la Toyota est passée. Il descend rejoindre la journaliste avant qu'elle ne commande la fermeture automatique de la porte.

– Décidément, ça vire au harcèlement. Je croyais que vous aviez été viré ?

– Justement.

– Justement quoi ?

– Justement, j'ai été viré, donc ça ne peut plus être du harcèlement policier. Disons que ça devient une visite de courtoisie.

– Courtoisie, mon cul, oui !

Il monte les escaliers derrière elle, et elle lui semble encore plus petite et plus frêle, un peu garçonne dans son jean et ses baskets, même si sa veste et son sac bandoulière en ikat indonésien donnent à sa silhouette une dégaine de baroudeuse élégante.

Quand elle ouvre sa porte, il la suit sans qu'elle proteste. Elle jette ses clés sur une console en teck et accroche sa veste et son sac à une patère en forme d'étrave de jukung balinais. Il s'arrête, surpris par l'élégance de l'appartement. Murs blancs, meubles en bois exotique, simples et épurés, canapés couverts de batiks précieux et de sarongs lumineux. Quelques rares statuettes stylisées en pierre de lave blanchie. Deux jeunes danseuses endormies. Une tête de bouddha serein, habillé d'un tissu à damier noir et blanc. Elle remarque le regard intrigué de Kornélius.

– C'est un *saput poleng*, ou plutôt un *rwa bhineda*, pour être plus précise, symbole de l'équilibre entre le bien et le mal. On en habille les objets et les arbres dont on pense qu'ils ont une âme. C'est plus honnête que notre représentation occidentale d'un bloc noir pour le mal face à un bloc blanc pour le bien, qui ne peut mener qu'à la confrontation. La mosaïque symbolise l'idée que l'univers, autant que nous, n'est qu'un équilibre entre chaque parcelle de bien et de mal.

– Et ces photos, elles sont de vous ?

Il désigne d'un mouvement de la tête des tirages à l'esthétique parfaite. Noir et blanc, encore une fois. Des scènes de vie heureuse dans des déserts hostiles, des bidonvilles en chaos, des banlieues froides. Avec, dans les yeux de ceux qui se laissent surprendre par la photo, l'absolue confiance dans la photographe à qui ils confient un peu de leur âme.

– Oui, j'ai eu une autre vie avant de photographier le cul mouillé des flics. Ôtez vos chaussures.

– Pardon ?

– Ôtez vos chaussures. Si vous voulez venir vous asseoir, ôtez vos chaussures. C'était une tradition dans ce pays avant, vous vous souvenez ? Ça le reste chez moi.

Il enlève ses Choo et, d'un geste, elle l'invite à s'asseoir sur le sofa face à celui sur lequel elle vient de s'agenouiller en repliant les jambes sous ses fesses.

– Alors, ils vous ont vraiment viré ?

– Oui. Je suis sur la touche, avant qu'ils me renvoient définitivement au vestiaire. Ça sera officiel dans un mois, je pense.

– J'en suis désolée. Sincèrement.

– Vous n'y êtes pour rien.

– Et donc, cette visite de courtoisie ?

– C'est par rapport à ce que j'ai dit à la conférence de presse. Quelqu'un vous a mise sur le coup de Seljaland, n'est-ce pas ?

– Thé ? propose-t-elle sans répondre. Thé rouge de Java au gingembre.

Il accepte et attend qu'elle le prépare. L'eau frémit en quelques secondes. Arôme boisé du thé dans le silence. Parfum poivré du gingembre dans un rayon de soleil furtif. Le service est sobre et précieux. Tasses blanches et fines, presque translucides, larges et évasées. Théière en terre de Lombok.

– Oui, finit-elle par répondre en attendant que le thé infuse. La première fois, quelqu'un, un homme, m'a appelée sur mon portable pour me proposer un scoop. Je lui ai demandé d'être plus précis, alors il m'a parlé du tireur de l'Askja. Il m'a dit qu'il y aurait d'autres tirs. Qu'il pouvait me dire où. J'ai répondu que je n'étais pas partante pour me trimbaler à travers le pays en réponse au canular d'un mythomane attardé. Alors il a ajouté : « C'est dommage, vous allez rater l'avion. » J'ai compris quand j'ai appris pour les tirs sur l'épave de l'avion américain. Quand il a rappelé, j'ai accepté tout de suite, et il m'a dit d'être tel jour à telle heure sur le parking devant la cascade.

– Et pour Seljavallalaug ?

– C'était différent. Nous n'étions convenus de rien. Pour tout vous avouer, j'étais sur le parking, interrogée par un policier comme témoin, quand il a appelé. Ç'a été très court. Du genre : « Puisque vous êtes là, je vous offre un autre carton en exclusivité. Bassin de Seljavallalaug dans vingt minutes. Dans une demi-heure, il sera trop tard. » J'ai eu un peu de mal à me débarrasser du policier. Ensuite, j'ai foncé. Je suis arrivée en retard de cinq minutes et je suis tombée sur vous et le chef du commando. En slip. Vous vous en souvenez, je suppose ?

– Vous savez ce que cette complicité peut vous coûter, surtout si ces séances de tir dégénèrent, ne serait-ce que par accident ?

– Tiens, vous êtes redevenu flic ?

– Combien de temps avant Seljavallalaug ce type vous a-t-il contactée ?

– Le jour où on a parlé du tir dans l'Askja.

– Bien entendu, il ne vous a rien dit de lui. Un nom, un numéro où le joindre…

– Tiens, vous n'êtes plus un bon flic, tout à coup.

– Sa voix ? Sa façon de parler ? Un tic de langage ?

– Non. Rien.

– …

– Ah si, peut-être.

– Dites-moi.

– Quand il a appelé pour que je me précipite au bassin, j'étais tellement excitée d'avoir été témoin de la fusillade à la cascade que je l'ai remercié. Comme ça. Comme une idiote. Par réflexe.

– Et alors ?

– Alors il m'a répondu qu'il me devait bien ça.

– Que voulait-il dire par là ?

– Je n'en sais rien, c'est à vous de me l'apprendre, c'est vous le meilleur flic d'Islande.

– Ex-meilleur flic !

Elle ressert du thé et ils réfléchissent chacun de leur côté à ce que pourraient signifier les mots de l'inconnu. Puis elle s'excuse et quitte la pièce. Kornélius devine que l'appartement n'a qu'un salon et une chambre. La chambre n'a pas de porte. Haut lit balinais à baldaquin. Colonnes en teck sombre. Moustiquaire blanche et vaporeuse. Coussins dispersés. Au mur, le dessin bleu d'une danseuse balinaise nue. Kornélius se surprend à admirer cette femme pour avoir su créer chez elle cette atmosphère vagabonde, si propice à l'abandon. Fenêtre ouverte sur des quotidiens intérieurs plus lointains, à l'abri des vicissitudes de la vie. Quelque chose dans cette chambre le trouble au point qu'il préfère se lever, sa tasse à la main, et se poster dans le contre-jour de la fenêtre. Il devine qu'elle le rejoint. Qu'elle est là, juste derrière lui.

– Quand j'ai acheté cet appartement dans ce lotissement de petits bâtiments en épis perpendiculaires à la route n° 1, j'ai choisi l'immeuble et l'étage pour apercevoir, au-delà de la route, un petit bout du lac de Raudan.

Sa voix éraillée s'est fêlée de la dissonance à peine perceptible d'une sorte de regret résigné.

– C'est juste une grande flaque dans la lande, mais de temps en temps des oiseaux s'y amusent et ça suffit à mon bonheur. Et maintenant ils construisent ce grand lotissement circulaire, moche et prétentieux, qui va masquer le vol des oiseaux et leur reflet dans l'eau.

Kornélius connaît le lotissement en construction. Géométrique et froid, comme tous ces projets qui semblent avoir un sens vu du ciel, sur un plan, et qui n'en ont plus aucun pour les âmes qui vont y vivre.

– Je vais vieillir ici, dit la journaliste dans son dos, islandaise et banlieusarde…

– Vous vivez seule ?

– C'est quoi, ça, la question d'un flic ou celle d'un mec qui drague ?

– Juste une question.

– Oui, je vis seule. Pas d'homme et pas d'enfant. Personne n'a voulu m'en faire, puis je me suis lâchement persuadée que c'était mieux pour mon métier.

Il devine son parfum. Une invitation aux vagabondages. Il se demande si elle le portait déjà, sans qu'il l'ait remarqué, quand il est entré chez elle. Ou si elle vient d'en poser une goutte dans son cou, pendant qu'elle était dans sa chambre. Il n'ose se retourner, de peur qu'elle ne se soit changée.

– Tenez, reprend-elle, la compilation de mes articles. Un réflexe de gosse, du temps où je rêvais de devenir une grande journaliste.

Kornélius se retourne. L'album est trop grand et trop lourd pour qu'il le prenne d'une main sans renverser son thé. Il fait signe qu'il serait préférable de regagner le sofa et elle le suit.

– Qu'est-ce que c'est ?

– Le livre de ma honte, la compilation de ce que j'ai commis.

– Que voulez-vous en faire ?

– Décidément, votre âme de flic n'a pas survécu à votre déchéance ! Si cet homme me doit quelque chose, ça ne peut être qu'à travers un de mes articles. J'ai réalisé de nombreux portraits, souvent de complaisance, je dois l'admettre. Peut-être qu'en feuilletant cet album avec vous, quelque chose me reviendra…

Kornélius hésite puis se décide :

– Écoutez, pouvez-vous le faire pour moi et m'appeler si vous vous souvenez de quelque chose ? Je pars pour une affaire de famille demain matin et auparavant je dois organiser avec mon équipe, mon ex-équipe je veux dire, la répartition des dossiers que je gérais.

– Je comprends, dit-elle avec un sourire triste, comme si elle comprenait tout autre chose.

Elle le raccompagne jusqu'à l'entrée, le regarde enfiler ses chaussures et lui ouvre la porte.

– À propos, c'est un original d'Antonio Blanco.

– Pardon ?

– Le dessin bleu de la danseuse nue, dans ma chambre, c'est un Antonio Blanco.

– Je n'y connais pas grand-chose en peinture.

– On l'appelait le Dalí de Bali. Nous avons vécu quelque temps ensemble.

– Vous et le peintre ?

– Non, moi et elle, le modèle. La danseuse…

34

... et entre dans sa tanière.

Les nuages sont si bas que quelques collines suffisent à les retenir. Au-dessus, le ciel immense est strié de strates de pluie et de lumière. De l'autre côté des collines, ils ont traversé des prairies verdoyantes sous un soleil blanc éblouissant. Puis la route s'est glissée sous la ouate imbibée des nuages et ils ont passé un long pont bas au ras de l'eau. Du nord coulent, lourdes et rondes, les eaux de fonte laiteuses du Vatnajökull, le glacier d'eau, comme disent les Anglais. Au sud du pont, elles se répandent dans un bras de mer dont elles inondent les berges de tourbe et forment des îlots moussus dans l'entrelacs des reflets du ciel. Ida et Kornélius restent silencieux. Elle parce qu'elle pense que ce paysage ressemble à une terre de chagrin, lui parce qu'il sait que ce bras de mer insidieux n'est que le terrain perdu par le glacier majestueux. Son pays change. Sa vie aussi. Et l'amour d'Ida. De quoi les attrister tous les deux de la rencontre qui les attend. Bientôt la route repique vers le nord pour s'éloigner de la côte. C'est là qu'Ida aperçoit la maison en ruine. Un carré de murs noirs, sur la droite, dans une étroite prairie encore verte. Au loin, le bras de mer est un trait d'argent entre la prairie et un horizon de collines noires. Plus à droite, le ciel blanc se fond dans le reflet de la mer. Kornélius gare son vieux coupé Saab sur le bas-côté, à hauteur de la ruine.

– C'est ici ?

– Oui, répond Kornélius. Merci de m'avoir accompagné. Je ne suis pas le meilleur des compagnons en ce moment.

Elle ne répond pas. La prairie est protégée par une barrière en fil de fer. Jusqu'à l'horizon, des balles de paille enrubannées de plastique jonchent le sol fraîchement fauché. Blanches ou roses, comme des bonbons de guimauve abandonnés. De la maison noire à un étage, il ne reste que les murs édentés. Les coups de boutoir des tempêtes ont depuis longtemps déboîté le toit. D'autres l'ont emporté assaut après assaut. Il ne reste plus de la charpente que la poutre maîtresse qui la soutenait. Un tronc entier, si rare sur cette île, le seul à avoir résisté aux années de pluies et de neige qui ont pourri le reste. Sols et plancher, cloisons et plafonds. Meubles. Souvenirs. Ne subsistent que des murs orphelins de toute vie, couverts de graffitis et d'un grand portrait de femme monochrome, triste et blanc. Spectre évanescent. Tragique chimère.

– Tout a brûlé pour être noir comme ça ?

– Non, répond Kornélius, mon père l'avait construite en pierre de lave. Il la voulait noire.

Ils descendent et observent la maison, adossés à la voiture. Ida est vêtue d'une veste en laine rouge, le visage et les cheveux protégés du vent humide par un foulard de la même couleur, noué avec élégance. Kornélius pense à une femme des années cinquante. Une actrice italienne. Sur une Riviera. Il se dit qu'il aime Ida.

– Donc c'est là que tu as vécu toute ton enfance…

– J'y suis né.

Elle a du mal à se le représenter gamin. Comment imagine-t-on la petite enfance d'un homme dont on désire le corps adulte ?

– Combien de temps as-tu vécu ici ?

– Jusqu'à ce que je me fâche avec mon père.

– Il y a longtemps ?

– Depuis le jour où ma mère est morte.

Cette fois, Ida n'ose plus poser de questions. Ils n'ont jamais vraiment parlé de leurs parents. Elle savait juste que Kornélius était en froid avec son père. Qu'ils se parlaient peu. Ou pas. Depuis trente ans au moins. Elle regarde la maison défaite et pense aux ruines insoupçonnées dans la vie de cet homme qui, bon an, mal an, accompagne la sienne depuis quelque temps déjà. Les mots sombres de Kornélius donnent une autre couleur au paysage. Plus triste. Comment un homme a-t-il pu construire ici de quoi faire le bonheur de sa famille ? Une langue de terre aux prairies et aux mousses gorgées d'eaux glaciaires, entre une mer froide et la menace permanente du grand glacier derrière des collines cendrées par des volcans lointains.

– Et alors, demande-t-elle pour changer de sujet, premières amours et premiers émois ici ?

Elle sourit et prend à témoin d'un large geste la solitude extrême de ce coin de terre sans voisins. Kornélius ne suit pas des yeux le mouvement de sa main. Il bute son silence et son regard contre les ruines noires de la maison.

– Runny, finit-il par murmurer. Une gamine toute blonde et un peu ronde. La maison la plus proche, plus à l'ouest, derrière les collines. Nous avons passé toute notre enfance ensemble.

– Premier amour ?

– Non, il n'a jamais été question d'amour avec Runny. On s'est appris à faire l'amour, c'est tout.

– Appris à faire l'amour ! s'exclame Ida, qui a du mal à comprendre la nuance.

– Avec Runny, comme nous étions inséparables, nous avons

tout appris à faire ensemble. On a appris à faire du tricycle, du vélo, du poney, et un jour on a appris à faire l'amour.

– Sans amour ?

– Sans amour. Nous nous retrouvions derrière les rochers, là-bas, où nous avions construit une sorte de cabane. Un jour qu'il pleuvait et que nous ne pouvions faire ni vélo ni poney, elle m'a montré son sexe et je lui ai montré le mien, et nous avons commencé à apprendre.

Ida regrette d'avoir parlé d'amour. Triste enfance. Triste endroit.

– Nous imitions les grands, continue Kornélius, le regard toujours rivé sur la ruine. Comment ils s'embrassent, comment ils se caressent. Puis nous avons espionné nos parents. Des trous de clous dans la cloison de leur chambre. Le père de Runny était un baiseur hors pair. Il nous a beaucoup appris. Nous n'avions pas treize ans que nous baisions déjà comme des grands. Aussi souvent et aussi fougueusement.

Encore une fois, Ida préfère changer de sujet :

– Quand ton père a-t-il décidé d'abandonner cet endroit ?

– Il ne l'a jamais quitté.

– Comment ça, il y vit encore ?

Elle ne peut y croire. Les ruines sont délabrées. La porte bée, fracassée. Le bois des fenêtres a pourri sur place. On devine à travers elles le plancher effondré de l'étage, à ciel ouvert. Elle se retourne vers Kornélius pour obtenir une explication et s'aperçoit qu'il ne regarde plus la maison en ruine. Il s'est retourné et fixe, à cent mètres de la route, de l'autre côté, une maison basse qu'elle n'avait pas remarquée, tant elle se confond avec la colline dans laquelle elle est engoncée. Sur le pas de la porte, un troll immobile les observe de loin.

– Mon père, dit Kornélius. Il a construit cette maison dans la colline.

– Quoi, juste là, face à son ancienne maison en ruine, mais c'est dément ! Pourquoi n'a-t-il pas détruit ces sinistres décombres pour reconstruire quelque chose à la place ?

– Parce que je le lui ai interdit.

– Interdit ? Toi ? Mais pourquoi ?

– Parce que c'est dans cette maison que ma mère s'est pendue à la poutre principale, parce que c'était de sa faute, et parce que je veux qu'il le paye toute sa vie. Cette ruine m'appartient. Je l'ai forcé à me la vendre. Il ne peut pas la détruire.

– Mais il pouvait partir !

– S'il est resté, c'est qu'il se sait coupable. Je suppose qu'en se mortifiant ainsi, il court après une sorte de rédemption.

– Que tu ne lui accorderas jamais.

– Jamais !

– Mon Dieu, Kornélius, soupire Ida, quelle vie !

– Je n'ai pas choisi.

– Bien sûr que si…

Kornélius ne répond pas. Il pose une main sur le bras d'Ida pour lui demander de ne pas le suivre et remonte la sente qui mène à la maison creusée dans la colline. Dès qu'il le voit s'avancer, le troll se retourne et entre dans sa tanière.

35

Je ne veux plus te revoir.

– Tiens donc, le fils prodigue ! ironise Jakob Danielsson.

– Je ne reviens pas à la maison, je viens t'interroger dans le cadre d'une enquête.

– Une enquête, voyez-vous ça ! J'ai pourtant cru comprendre que tu n'es même plus flic.

– Je le suis encore pour un mois, et je suis ici à titre officiel.

– Ah, tant mieux, ça me rassure que ce soit officiel. J'ai craint un instant que tu sois redevenu plus humain.

– Laisse-moi entrer.

Jakob est aussi fort que son fils malgré l'âge. Il reste un moment en travers de la porte.

– Je peux te convoquer à Reykjavik si tu préfères, tu connais les procédures.

– Ah, si c'est pour m'obliger à venir à la capitale en slip, je préfère te laisser entrer.

Jakob affiche le sourire narquois de ceux qui se préparent à une belle joute depuis longtemps attendue et laisse passer son fils.

L'intérieur de la maison est confiné et sombre, mais propre et bien tenu. Une cuisine devant une des deux fenêtres de la façade, simple mais bien équipée. Une salle à manger à la lumière de l'autre fenêtre, avec des napperons et un bouquet d'angéliques sur la table. Derrière, une sorte de salon avec deux sièges profonds face à une cheminée. Et tout au fond, aveugle et creusée dans la colline, une chambre en forme d'alcôve. Une armoire trapue, une commode et un solide lit surélevé couvert d'un tissu capitonné.

– Tu vis avec quelqu'un ? demande Kornélius.

– C'est ta compagne ? demande Jakob.

Kornélius se retourne et voit que son père, par la porte grande ouverte, regarde Ida, au loin, qui attend près de la voiture.

– Une collègue, répond Kornélius.

– Et tu ne la fais pas entrer ?

– Non.

– Alors c'est ta compagne.

– Va te faire foutre !

– Tu as peur qu'elle voie ce que tu as fait de moi, c'est ça ?

– Je n'ai rien fait de toi, n'inverse pas les rôles. Je veux juste qu'aucune des personnes de ma vie ne te connaisse.

– Ah, tu vois, c'est donc bien une compagne dans ta vie !

Kornélius va s'asseoir à la table de la salle à manger. Jakob prend place face à lui sans rien proposer à boire.

– Alors ?

– Olaf Eriksson, ça te dit quelque chose ? demande Kornélius en sortant un carnet et un crayon. Du temps où tu étais dans la police.

– J'en ai connu un.

– Policier ?

– Oui, dans la task force, à l'époque de l'affaire Einarsson, nous avons travaillé ensemble. Pourquoi tu t'intéresses à lui ?

– Tu n'as pas à le savoir, réplique Kornélius en fixant son père droit dans les yeux.

– Waouh ! Le regard qui tue de l'ex-meilleur flic d'Islande, je n'aurais jamais pensé voir ça un jour.

– Je n'ai jamais été le meilleur flic d'Islande.

– Alors le plus populaire, disons, celui plébiscité par l'opinion publique après l'affaire Heimaey. Qu'est-ce qu'il a fait, cet Eriksson ?

– Il est peut-être coupable de meurtre.

– Mais… ?

– Mais on n'a pas retrouvé de corps.

– Comme dans l'affaire Einarsson, hein, alors c'est pour ça que tu es là ?

– Je suis là pour te poser des questions, pas pour répondre aux tiennes.

– Il y a pourtant des réponses que tu mériterais d'entendre.

– Ah oui ? Lesquelles ?

– Pose les bonnes questions et tu auras les bonnes réponses.

– Si tu parles de maman, j'ai déjà toutes mes réponses. Ne m'entraîne pas sur ce terrain-là, ça pourrait déchaîner ma colère.

– Par tous les trolls, j'en tremble ! Bon, Eriksson, c'est tout ce que tu voulais ? Tu as fait toute cette route pour si peu ?

– Non. Gustavsson, tu connais ?

– Un harponneur à bord d'un baleinier, dans le fjord de Hvalfjörður. J'ai fait quelques campagnes de pêche avec lui.

– Tu as chassé la baleine, toi ?

– Décidément, tu ne connais pas grand-chose de ton père !

– Juste ce que j'avais besoin de savoir pour comprendre quel salaud il a été, et ça me suffit.

– Fais quand même attention à ce que tu dis, fiston, j'ai encore la force de te corriger, mon garçon.

– Comme tu corrigeais ma mère ?

Ils se jaugent du regard, de chaque côté de la table, et c'est Kornélius qui préfère en revenir à ses questions :

– Le Gustavsson qui m'intéresse est taillé fin comme une canne à pêche, pas comme un harpon explosif. Et puis il te rend au moins trente ans d'âge.

– Donc il ne peut pas avoir été mêlé à l'affaire Einarsson. Mais je n'en connais pas d'autre. Quel rapport avec Eriksson ?

– Il est aussi impliqué dans un possible meurtre sans cadavre.

– Même mode opératoire ?

– Mis à part les victimes, qui sont des jeunes femmes, non, pas vraiment.

– Alors, pourquoi lier ces deux affaires ?

Kornélius hésite avant de répondre. Il ne veut rien partager avec celui qui a été son père. Encore moins lui laisser penser qu'il pourrait lui être de la moindre utilité. Mais il a fait partie de la task force dans l'affaire Einarsson et il ne peut pas se priver de cette chance.

– Parce que, dans les deux cas, les suspects ne se souviennent de rien mais ils ont avoué, même si nous n'avons pas trouvé de corps.

– Comme dans l'affaire Einarsson, encore une fois. Que cherchez-vous alors ?

– N'importe quel lien entre Gustavsson et Eriksson.

– Et tu penses à l'affaire Einarsson. Mais si Gustavsson me rend trente ans, il est beaucoup trop jeune pour avoir appartenu à la task force ou à n'importe quelle force de police de l'époque.

– Et des prénommés Gustav, tu en as connu ?

– Oh, bravo, monsieur l'ex-meilleur flic d'Islande n'abat pas toutes ses cartes en même temps ! De mémoire, deux Gustav gravitaient autour de l'affaire à l'époque. J'ai oublié leurs noms de famille. Le premier était photographe à l'identité judiciaire et l'autre gardien à la prison de Litla-Hraun.

– Est-ce que tu sais si l'un des deux s'est suicidé ?

– Sale petit vicieux de flic, tu sais déjà tout avant de poser les questions, c'est ça ? Oui, le second s'est jeté dans les chutes de Gullfoss je crois, celui qui était gardien à la prison où la petite bande a fait de la préventive.

– Sans compter les interminables interrogatoires.

– Autres temps, autres mœurs. Nous étions sous la direction de Herr Schutz à l'époque. C'était un peu plus musclé qu'aujourd'hui. Viril, quoi.

– Oui, et on voit à quel fiasco judiciaire ça vous a menés !

– La Cour suprême a cassé les jugements et innocenté les gamins presque quarante ans après les faits, c'est vrai, mais sur dossier simplement, juste sur de foutus dossiers et quelques problèmes de procédure ! Moi et les gars de la task force, nous sommes restés sur le terrain pendant plusieurs années. Notre intime conviction, comme celle des premiers juges, est et reste que les gamins étaient coupables.

– Jakob plus fort que la Cour suprême, c'est ça ? s'emporte Kornélius. Jakob le jamais tort. Jakob qui torture les gamins…

– Nous n'avons jamais torturé ces gamins ! grogne le père en abattant sur la table une main solide comme un battoir.

– Ah non ? Dix heures d'interrogatoire par jour, sept jours d'affilée, ce n'est pas de la torture, ça ? Six cents jours d'isolement, ce n'est pas de la torture ?

– C'est ce qui les a fait craquer et avouer leur crime !

– Ah c'est vrai, faire craquer les gens, c'est ça le but suprême dans la vie de Jakob, j'avais oublié. Comme faire craquer maman, c'est ça ? La tabasser pour la pousser au suicide, hein ? À moins que tabasser une femme, ça ne soit pas de la torture non plus !

La gifle fait basculer Kornélius de sa chaise, et avant qu'il ne se relève, Jakob est sur lui et le plaque au sol d'un genou sur sa gorge, le cou bandé par la rage. Puis il l'agrippe par le col, l'étrangle pour l'immobiliser et lui hurle au visage :

– Écoute-moi bien, sale petit connard prétentieux d'ex-flic. Ce que je vais te dire, je ne l'ai encore jamais dit à personne. Ni aux flics, ni aux juges, ni même à Dieu. Et je ne le redirai jamais plus. Alors tu vas la fermer et m'écouter, tu m'entends ? Je n'ai frappé ta mère qu'une seule et unique fois, et, c'est vrai, c'était le jour où elle s'est donné la mort. Mais je ne l'ai fait que pour lui arracher des mains le fusil avec lequel elle voulait te tuer, pauvre imbécile, tu m'entends ? Te tuer, toi !

– Qu'est-ce que tu racontes encore comme conneries ? vocifère Kornélius, le visage congestionné par la colère et l'étranglement.

– Ferme-la et relève-toi. Retourne t'asseoir. Puisque tu veux la vérité, tu vas l'avoir, mais ne m'interromps pas une seule fois parce que je ne la redirai plus jamais.

Dès qu'il relâche son étreinte, Kornélius se dégage avec rage, redresse la chaise et s'assied face à son père.

– Ta mère ne s'est jamais remise de ta naissance, reprend Jakob après un long silence. L'accouchement a été une douleur pour elle. Un déchirement au vrai sens du terme. Tu pesais presque six kilos et il a fallu faire une épisiotomie. Elle en est restée blessée et choquée. Il y a eu des complications. Dès les premiers mois après l'accouchement, elle a glissé dans une mélancolie suicidaire, puis, d'année en année, elle a sombré dans une profonde dépression. Elle n'aimait plus rien. Ni moi, ni toi, ni sa vie, ni son corps.

– Qu'est-ce que c'est que cette histoire ? Que vas-tu encore inventer comme horreurs pour te disculper de l'avoir battue à mort !

– Ce ne sont pas des horreurs, pas encore, le plus horrible en ce qui te concerne reste à venir. Ta mère s'est mise à vivre en recluse dans notre maison qu'elle ne tenait plus. Elle n'était plus que le fantôme d'elle-même. Maigre. Triste. Aigrie. Puis elle a commencé à délirer. À penser qu'un mauvais sort s'acharnait sur elle, que des esprits malins la possédaient. D'abord elle a dit que les elfes du Huldufólk lui en voulaient, et elle a cherché comment elle les avait offensés. C'est devenu une véritable obsession. Elle leur a construit des rangées de petites maisons partout dans le jardin. Elle les nourrissait chaque soir, les guettait la nuit. Puis, petit à petit, en te voyant grandir, elle s'est convaincue que c'était toi la cause de tout ça. En remarquant ta force et ta taille dès ton plus jeune âge, elle s'est accusée d'avoir enfanté un troll.

– C'est n'importe quoi ! hurle Kornélius en se levant.

Mais Jakob l'empoigne par son manteau et le force à s'asseoir.

– Ferme-la ! Aie au moins le courage de m'écouter jusqu'au bout, puisque tu n'as jamais eu celui de me demander ce qui était arrivé !

– La justice l'a fait pour moi et t'a condamné pour ça.

– La justice a dit ce que j'ai bien voulu qu'elle dise, alors encore une fois ferme-la et écoute-moi. Ta mère a fini par se convaincre qu'elle avait été abusée par le diable. Tu es né un 5 juin vers 7 heures du matin. Elle s'est jetée dans des calculs abracadabrants pour démontrer que nous n'avions jamais pu te concevoir de sorte que tu naisses ce jour-là. Après, elle a acheté une table des lunes, des précis d'astrologie, des livres d'astronomie. Elle a commencé à parler avec une certitude et un calme effrayants de dérive des planètes, de glissement du temps, de relativité de l'espace-temps dans un charabia mystique. Pour en arriver soudain à la révélation fulgurante que tu étais né, en fait, le 6 juin à 6 heures du matin. 666. Et que son propre enfant était par conséquent l'enfant du diable. Que *tu* étais l'enfant du diable, Kornélius !

– …

– Alors elle a voulu se séparer de toi plusieurs fois. C'était pour ça, les études en pensionnat à Reykjavik. Elle pour t'éloigner, moi pour te protéger. Quand tu étais loin, elle revivait, et ça me redonnait espoir, mais dès que tu rentrais pour les vacances, elle se fanait à nouveau. Elle se flétrissait. Elle murmurait qu'elle le voyait bien, quand tu tombais en dévalant les collines à vélo et que tu te relevais sans rien dire. Quand tu chevauchais à cru sans peur les poneys les plus nerveux. Quand tu faisais des choses diaboliques et contraires à la loi du Christ avec Runny dans votre cabane. C'est elle qui l'a brûlée votre cabane, pauvre imbécile, un jour où elle pensait que Runny et toi vous étiez à l'intérieur ! Jusqu'au jour où elle a forcé la serrure du râtelier où je rangeais mon fusil de chasse. Je l'ai surprise en train de charger l'arme en psalmodiant qu'elle allait tuer l'enfant du diable. Je me suis précipité pour lui arracher le fusil, et comme elle résistait, hystérique, je l'ai assommée d'un coup de poing. Le seul et unique coup que j'aie jamais porté à ta pauvre mère. Pour la désarmer. Pour te sauver. Pour la sauver, elle aussi. J'ai profité de ce qu'elle était inconsciente pour aller cacher l'arme en lieu sûr, mais quand je suis revenu m'occuper d'elle, elle n'était plus là. Je me suis précipité dehors, et comme je ne t'ai pas vu, j'ai couru jusqu'à ta nouvelle cabane où tu n'étais pas non plus. Je suis revenu à la maison, la peur au ventre, j'ai grimpé quatre à quatre les marches jusqu'à ta chambre en redoutant le pire, et je l'ai découverte là, pendue à la poutre maîtresse, devant ta porte. Voilà. Je n'avais jamais raconté ça à personne, et je ne le répéterai jamais plus. Maintenant tu peux partir. Allez, fous le camp !

Kornélius ne bouge pas, abasourdi par ce qu'il n'arrive pas à comprendre. Mensonge ou confession. Ruse ou aveu. Avec le pressentiment amer de ce que cela ferait de lui si tout était vrai.

Jakob se lève, ouvre le tiroir d'une commode, en tire un carnet à couverture de cuir fermé par une lanière nouée et le jette sur la table.

– Prends ça et tire-toi. Je ne veux plus te revoir.

36

... une brusque bourrasque.

Quand elle le voit sortir de la maison, Ida descend de la voiture. De loin, le rouge de son foulard est comme la corolle fragile d'un pavot. Quand Kornélius est à bonne distance, son père sort sur le pas de sa porte pour s'assurer qu'il part, et elle devine que la rencontre a été tendue. Pendant qu'elle patientait dans la voiture, elle a eu du temps pour penser. À ce qu'elle attend encore de la vie, à ce que Kornélius fait de la sienne, au passé en ruine de l'homme qu'elle aime. Qu'elle croit aimer. À ce père là-haut, dans sa tanière. Au fantôme de cette mère, encore pendu dans les vestiges d'une vie d'ombres. À un grand gamin silencieux qui apprend à faire l'amour comme on apprend à faire du vélo. Elle cherche les mots pour accueillir Kornélius et va se résoudre au silence quand une femme arrive à vélo par la route et rejoint la maison dans la colline, par un chemin qu'elle n'avait pas deviné. La femme ne les quitte pas des yeux, malgré la sente cahoteuse qui chahute son guidon. Quand elle rejoint le père de Kornélius, elle met un pied à terre et les fixe encore. Mais dans son attitude, Ida devine cette fois plus de défi que de défiance.

– Tu la connais ? demande-t-elle à Kornélius.

Il se retourne mais ne répond pas tout de suite. Lui et la femme se regardent longuement, de loin, le visage fermé.

– C’est Runny, finit-il par dire.

– Runny ? La petite avec qui…

– Oui, c’est elle.

– Que fait-elle avec lui ? Ils sont ensemble, tu crois ?

– Qui sait, dit Kornélius en détournant la tête, peut-être qu’elle lui apprend à aimer.

Il ouvre la portière pour s’installer au volant, quand son regard croise celui d’Ida par-dessus le toit rouge de la voiture.

– Tu devrais lui demander si elle donne des cours collectifs, je connais quelqu’un qui en aurait bien besoin.

Elle regrette aussitôt ce qu’elle vient de dire. Puis ne le regrette plus. Ce qui est dit est dit. Comme elle va monter à son tour dans la voiture, son regard accroche le visage de Kornélius et elle se fige.

– Ça s’est si mal passé que ça avec ton père ?

– Pourquoi tu dis ça ?

– Tu as saigné du nez, répond-elle en lui tendant un mouchoir en papier.

Kornélius le prend et s’en tamponne les narines. Quand il regarde le mouchoir, le tissu blanc est taché de sang.

– Tu t’en es mis partout, dit-elle sans sourire, tu es maquillé comme un clown !

Ils montent dans la voiture et Kornélius démarre vers une averse qui vient à leur rencontre. Son passage a déjà argenté la mer à l’horizon. Maintenant, elle plombe d’une ombre feutrée les pâturages verdoyants de chaque côté de la route qui, soudain, noircit sous les premières gouttes. Alors la pluie lustre et satine les prairies échevelées d’une brusque bourrasque.

37

... se réveille, s'habille et s'en va.

Ils rejoignent Reykjavik en cinq heures et en silence, sans rien voir des beautés de la côte sud. Ni la lagune glaciaire de Jökulsárlón, ni l'immense désert de cendres après Hof, ni les falaises en orgues de basalte, ni la plage de sable noir de Vik, ni le voile d'écume impérial de la chute de Seljaland. Aucune des émotions qui leur chiffonnent le cœur d'habitude ne les atteint ce jour-là. Ida, dans la soie légère de son foulard rouge, sur le cuir beige du coupé Saab, a passé des lunettes de soleil noires à l'italienne. Kornélius n'ose pas lui demander si c'est à cause du soleil absent ou parce qu'elle pleure, de peur d'avoir à lui demander pourquoi. Il conduit avec prudence, jusqu'à la capitale, qu'ils atteignent au soir tombant.

– Pourquoi tu ne m'as jamais rien dit de lui ? ou d'elle ?

– C'est la première fois que je le revois depuis plus de trente ans.

– Et elle ?

– Que veux-tu que je te dise d'elle ? Nous avons joué à touche-pipi quand nous avions douze ans, voilà tout.

– Pourquoi tu ne dis jamais rien à personne, Kornélius ? Rien de tes sentiments, rien de tes peurs, rien de tes angoisses. Tu es comme un mur, Kornélius. Tu crois que c'est facile d'aimer un mur ?

Quand il dépose Ida devant sa maison, au cœur de la ville, dans le quartier tranquille du lac, elle descend sans l'embrasser.

– Je t'appelle, dit-il.

– C'est ça : on se téléphone et on se fait une baise, répond-elle sans se retourner.

Il s'assure qu'elle rentre bien et, après qu'elle a refermé la porte sans un regard pour lui, redémarre en faisant crisser ses pneus sur l'asphalte. De colère. Contre lui. Contre l'imbécile qu'il est.

Une demi-heure plus tard, il est dans le quartier de Hvaleyri, sur le parking défoncé d'une zone industrielle, devant l'entrée d'un entrepôt qui cache dans ses sous-sols sa salle de force. Et pendant une heure, de rage, avec hargne, en hurlant, il trimbale dans ses bras, en courant sur le sol de terre battue, les pierres de levage. Des reproductions en ciment des quatre pierres authentiques qu'on trouve encore aujourd'hui sur la plage de Djúpalónssandur. Les capitaines des chalutiers de Dritvík les utilisaient pour tester la force des marins avant l'embauche. *Fullsterkur*, « pleine force » et ses cent cinquante-quatre kilos ; *hálfsterkur*, « demi-force » de cent kilos ; les cinquante-quatre kilos de « demi-portion » que les apprentis marins devaient soulever jusqu'à la poitrine pour pouvoir embarquer. Et « minable », la seule qui amuse aujourd'hui les touristes avec ses vingt-trois pauvres petits kilos et qui ne servait à rien aux marins de Dritvík. Pas même aux mousses. Torse nu, les reins sanglés dans une large ceinture de cuir noir, Kornélius trimbale *fullsterkur* dans ses bras d'un bout à l'autre de la piste en terre. La rage au cœur, les biceps et les pectoraux boursouflés à craquer et côtelés de veines comme des ballons de cuir, les muscles du cou tendus comme des câbles. Bientôt, les autres athlètes suspendent leurs efforts pour le regarder pulvériser ses propres records. Seul Ragnar, le petit patron sec et court sur pattes de la salle, ose intervenir et lui barre le chemin :

– Qu'est-ce que tu cherches, Kornélius, à te faire péter l'aorte ? Si c'est ça, laisse tomber cette salle et va plutôt au Nid d'anges. C'est là-bas la fabrique de champions de foire, pas ici. Si tu veux mourir à trente ans en t'explosant le cœur, ils savent faire. Qu'est-ce qui te prend, mon gars ?

Kornélius s'arrête et le regarde, les cent cinquante-quatre kilos de ciment dans ses bras aux muscles tétanisés par l'effort.

– Écarte-toi, grogne-t-il.

Ragnar s'écarte et Kornélius laisse tomber *fullsterkur*. Le sol se tasse sous leurs pieds. Ragnar saisit le poignet de Kornélius et prend son pouls.

– Tu connais le principe de sécurité pour le rythme cardiaque à l'effort : pas au-delà de deux cent vingt moins ton âge. Là, tu es au-dessus de quarante battements par minute. Tu cherches quoi, le suicide sportif ?

– Désolé, je me suis laissé emporter. J'avais besoin de me vider d'une grosse colère. Mauvaise journée.

– Eh bien, fais gaffe, au bout de mauvaises journées comme ça, c'est souvent une mauvaise mort qui te guette ! Arrête et va te plonger dans le hot pot. Eau bouillante pendant un bon quart d'heure pour relâcher tout ça. Je te prépare deux baquets d'eau glacée pour terminer. Après, si tu en as besoin, on peut aller parler autour de quelques bons hot-dogs aux trois viandes et d'une bière.

Quand l'eau chaude sulfurée a bien ramolli ses muscles et sa colère, quand les deux baquets d'eau glacée ont vivifié sa circulation et sa réflexion, Kornélius n'a pas grand-chose à dire à Ragnar.

– Tu t'y connais en diable ? finit-il quand même par demander.

– En diable ? répète le petit homme. Non, j'ai bien peur de

n'avoir rencontré dans ma vie que des diablesses. Pourquoi tu demandes ?

– Tu trouves qu'il y a quelque chose de diabolique en moi ?

– Comment je pourrais le savoir, t'es pas une diablesse, que je sache.

Ils essayent d'en rire, mais Ragnar voit bien que le cœur de Kornélius n'y est pas.

– Au Nid d'anges, ils ne font qu'accumuler de la force à l'intérieur. Ils en bouffent à la tonne, ils s'en bombent le poitrail, ils s'en congestionnent les artères. Pas ici. Pas chez moi. Ici, c'est le contraire. Ici tu viens pour te *vider* de ta force, tu comprends ? Pour débander tes muscles et ton cerveau après l'effort. C'est comme un cœur ici : d'un côté tu expulses tes mauvaises énergies polluées par de mauvaises journées, de l'autre tu fais le plein d'énergies neuves. Mais pour ça, il faut que tu épures plus que ta force. Tu dois laisser dans la poussière de la salle tout ce qui te tarabuste. Alors dis-moi, qu'est-ce qui te turlupine tant que ça, mon gars ?

Kornélius hésite. Il sourit même de se voir comme à confesse, face à un maître de salle de force qui joue les philosophes de la vie ordinaire dans cette cafétéria de station-service aux néons blafards, dans la bruine noire que tisse la nuit sur la ville. Il sait très bien ce qui lui engorge le cœur, mais il ne veut parler ni des mots de son père ni des silences d'Ida.

– J'ai une enquête qui part en vrille, ment-il pour accorder quand même une fausse confidence à Ragnar. Un crime. Une femme disparue, des traces de sang, un suspect sans mémoire et une victime sans corps.

– Comment ça, sans corps ?

– Il n'y a pas de corps. Pas de cadavre, pas de victime, nous n'avons rien trouvé.

– Alors il n'y a pas de crime.

– J'ai l'intime conviction du contraire, et le suspect a presque avoué malgré sa mémoire défaillante.

– Presque ? Comment peut-on « presque » avouer ?

– Il est d'accord que tous les indices que nous avons rassemblés conduisent logiquement à sa culpabilité. Il dit que c'est possible qu'il l'ait fait, puisque les indices le prouvent.

– Mais il n'a pas avoué avoir tué cette femme ?

– Non.

– Et vous n'avez pas retrouvé le corps ?

– Non.

– Alors pas la peine de te mettre les tripes à l'envers, mon gars, pas de cadavre, pas de crime. Point à la ligne.

– Mais nous n'avons retrouvé aucune trace de cette femme vivante.

– Et alors ? Mais comment faites-vous votre métier dans la police, aujourd'hui ? Une femme disparue n'est pas une femme morte, que je sache. Elle ne le devient que si tu retrouves son cadavre. Va dormir tranquille, Kornélius, pas de corps, pas de crime !

– Ce n'est pas aussi simple que ça, Ragnar !

– La vie est ce que tu en fais, mon garçon, si tu la compliques, elle devient compliquée !

Ragnar tend sa bouteille d'Artic Pale. Ils trinquent, puis Kornélius se lève, le remercie de sa présence d'une tape amicale sur l'épaule et s'en va.

Il roule dans Reykjavik la nuit, ville morte et froide au bord d'une mer morte et froide. Sinistre. Sombre. Percée par endroits de blafardes lumières. Il zone dans les différents quartiers, revient vers le centre et finit par se garer le long du trottoir, près du lac. Devant la maison d'Ida. Sans oser descendre. Tout est éteint. Il hésite, puis branche la radio :

Suddenly, I'm not half the man I used to be,
There's a shadow hanging over me,
Oh, yesterday came suddenly...

Il ne lui manquait plus que ça. Une nuit dans sa belle Saab rouge à chialer sur sa vie, les Beatles en musique de fond. À son âge. Un troll comme lui ! Pourquoi n'a-t-il pas juste le courage d'aller frapper à la porte d'Ida ?

Yesterday, love was such an easy game to play.
Now I need a place to hide away.
Oh, I believe in yesterday.

Il ne veut pas pleurer dans sa voiture comme un idiot. Il cherche quelque chose à faire pour s'occuper l'esprit en attendant de trouver le courage d'aller s'abandonner, honteux, aux bras d'Ida. Il repense au carnet de sa mère que son père lui a jeté au visage pour le forcer à partir. Il fouille ses poches, le trouve et allume le plafonnier. Ce qu'il voit le sidère dès la première page. Il s'attendait à des notes hystériques et incompréhensibles, jetées n'importe comment sur le papier avec violence, d'une écriture de folle. Il découvre des pages pleines et denses d'une petite écriture ronde et parfaite, à l'encre bleue. Une écriture d'écolière trop sage, d'enfant trop appliquée, têtue, obstinée. Une calligraphie maladivement maîtrisée. Avec des titres, des chapitres et des paragraphes, des sous-paragraphes. Et des pages de calculs aussi. Des tableaux entiers recopiés. Des tables et des chronologies. Il les feuillette, soudain inquiet de leur maniaque et maladive rigueur. De leur perfection obsessive. Les titres font monter en lui l'angoisse de la conclusion : « Correctifs astronomiques des calendriers officiels », « Relativité proportionnelle de l'espace-temps », « Échelle luciférienne des relativités », « Temps réels et temps comptés », « Conceptions et incarnations diaboliques », « Pratiques de l'exorcisme et survivance du Malin »... Puis il tombe sur dix pages de calculs et d'équations cosmologiques qui se terminent par une date et une égalité terrifiante encadrées au stylo rouge : 6 juin à 06 h 00 = 666.

Le cœur torsadé par l'angoisse, il découvre que toutes les pages suivantes, plus d'une cinquantaine, jusqu'à la fin du carnet, y compris sur la dernière page de couverture, ne sont que la parfaite répétition, la litanie *ad nauseam,* de la même condamnation :

> « Tuer l'enfant du Malin... »

Une main glacée et griffue lui serre la nuque. Il avait toujours cru sa mère sévère, il la découvre folle. Il avait voulu croire qu'elle l'aimait, il tient la preuve qu'elle le haïssait. Les mots de son père, qu'il hait depuis si longtemps, lui reviennent en mémoire. L'incendie de la cabane, le fusil, la bagarre, le coup pour assommer sa mère, pour le sauver lui, et elle pendue devant la porte de sa chambre. Et maintenant le voilà plus responsable de la mort de sa mère que ce père qu'il a si longtemps haï. Mais d'où venait cette folie ? Comment a-t-elle pu s'y laisser enfermer ? Seule. Toute seule. Pourquoi son père avait-il décidé de gérer tout ça, seul lui aussi, tout seul de son côté ? Tout seuls tous les deux, côte à côte. Et lui, Kornélius, au milieu de leurs solitudes. Seul aussi.

All the lonely people
Where do they all come from ?
All the lonely people
Where do they all belong ?

Soirée Beatles, annonce le disc-jockey à la radio. Putain de nuit ! Il sent qu'un sanglot va le prendre à la gorge quand on frappe à la vitre de sa voiture et qu'il devine, dans le reflet de son propre visage de chien battu, celui penché d'Ida. Il ouvre la portière et elle se glisse sur le siège, emmitouflée dans une couette. Il suppose qu'elle est nue dessous, puisque c'est ainsi qu'elle dort.

– Qu'est-ce que tu fais ?

Pour toute réponse, il lui tend le carnet.

– Le carnet de la folie de ma mère…

Elle l'ouvre à plusieurs endroits au hasard, feuillette plus attentivement quelques pages, le referme et descend de la voiture.

– Viens, dit-elle en rentrant chez elle sans se retourner.

Kornélius éteint le plafonnier et la rejoint. Elle est nue sous sa couette. Elle est belle. Elle est forte. Elle est pieds nus dans la nuit. Elle attend qu'il entre, referme la porte derrière lui et va se recoucher dans son lit.

– Tu prends le sofa, dit-elle en redéployant la couette sur elle.

Quand Kornélius s'endort et ronfle, elle est encore adossée à la tête de lit, à lire le carnet du diable, jusqu'à la longue litanie de l'enfant du Malin qu'il faut tuer. Quand elle s'endort à son tour, Kornélius se réveille, s'habille et s'en va.

38

... et dans cette tenue ?

La ponte des tortues luths sur la plage de Sukamade, à Java, leurs molles carapaces bleues lustrées par la clarté chaleureuse et ambrée d'une lune rousse ; le petit temple érotique empilé de Candi Sukuh, comme une réduction de pyramide aztèque, aux statues et bas-reliefs priapiques ; le marché aux épices de Blora : poivre, cardamome, paprika, curcuma, galanga, gingembre. Les rêveries de Sara Johandöttir dansent et s'entrelacent dans le parfum de son thé rouge au gingembre de Java. Son appartement n'est plus là, dans la banlieue de la baie des fumées, dans la bruine fine et ténue que tissent des immensités de nuages gris à perte de vue, dans le chuintement des véhicules qui roulent sur l'asphalte mouillé de la route n° 1. Son appartement est à Java, au Belize ou au Mozambique. À Valparaíso. À Vladivostok. À Santarem. Là où elle est passée, quand elle avait encore une vie. Une vraie. Une vie avec des rêves. Celui d'aller regarder planer les gypaètes, par exemple.

Elle branche son ordinateur et cherche le prix des vols pour Oulan-Bator. Puis elle suspend son geste.

Depuis la veille elle a envie de tout changer. De revenir à quelque chose d'avant. Leurs tasses sont encore sur le plan de travail du coin cuisine. Elle n'a pas eu le courage de les laver.

Pas la volonté. Et même plutôt l'envie de les laisser là. Comme un possible. Elle pense à cet homme avec qui peut-être ? Qui aurait pu. Qui a failli. Elle se le demande. À moins qu'elle ne se trompe. Sûrement d'ailleurs. Pourquoi aurait-il voulu ? Mais elle a besoin d'y croire, sinon que serait sa vie ? Si elle ne frôle pas l'espoir que cet homme l'a peut-être désirée, il ne resterait d'elle que sa solitude, dans les frimas de son pays froid. Faire semblant d'y croire, ne serait-ce qu'un instant, fait battre son cœur comme avant. Comme du temps des jours heureux avec la danseuse bleue d'Antonio Blanco. Alors elle pense à lui et lui envoie en message la copie de trois de ses articles. Puis, accroupie sur son sofa, les pieds sous ses fesses, les mains en coupe autour de sa tasse odorante aux fumerolles légères et poivrées, elle se réchauffe le cœur en pensant que son intérieur ne sera jamais aussi froid, humide et noir que son pays.

Elle se lève et va ranger l'album de ses articles. En passant près du bouddha dont elle caresse machinalement le ventre d'albâtre, elle remarque l'effilochure sur le *rwa bhineda* dont elle l'habille toujours respectueusement. Elle prend le tissu à damier noir et blanc dans ses mains quand on sonne à la porte. Elle suspend son geste, étonnée, puis sourit. Et si finalement c'était lui ? Serait-ce possible alors ? L'homme à l'âme cabossée comme la sienne, le même plus flic comme elle n'est même plus journaliste, le troll fatigué comme elle aussi est une sylphe épuisée.

Au second carillon, elle rajuste sa tunique de nuit sous laquelle elle est nue, s'inquiétant des transparences qu'elle décide aussitôt d'assumer, et va ouvrir. Mais ce n'est pas lui.

– Vous ? Que faites-vous ici à cette heure, et dans cette tenue ?

39

... demain matin.

– Toi ? s'étonne Kornélius.

C'est le cœur de la nuit. Son quartier est désert, blafard. Une bruine invisible et piquante sature l'air froid. Elle est assise sous la marquise, en haut des trois marches qui mènent à la porte.

– Qu'est-ce que tu fais ici ? Tu vas attraper la mort avec ce temps.

Pour toute réponse, elle brandit deux verres d'une main et une bouteille de l'autre.

– Ketel One, vodka de Hollande, pour moi la meilleure au monde !

Elle se lève, dévisse le bouchon entre ses dents, remplit deux verres et en tend un à Kornélius, qui l'accepte en soupirant.

– Je ne suis pas vraiment d'humeur joyeuse, ce soir.

– Tu ne peux pas me le refuser. Cul sec !

Elle vide son verre la tête à l'envers et le lui montre, fière, pour qu'il fasse pareil. Alors il vide le sien à son tour et le lui rend pour lui ouvrir sa porte.

– Je croyais que les trolls vivaient dans les rochers !

– Malheureusement, je n'ai jamais réussi à laisser l'aube traîtresse me surprendre et me pétrifier. Ça m'aurait évité de traîner cette misérable vie derrière moi.

– C’est gentil pour moi, fait-elle mine de s’offusquer.

– Allons, tu sais bien que même si elles sont bonnes à prendre, ces amours passagères sont quand même bien misérables, non ?

Elle rit et le pousse à l’intérieur.

– Tu me diras ça demain matin.

40

... loin sur la piste.

Voilà comment ça s'est passé. Elle ouvre, s'étonne de le voir en tenue de jogging, et il la frappe aussitôt de son poing ganté. Un violent uppercut qui la cueille au menton et l'assomme dans la seconde. C'est une petite chose. Il espère ne pas l'avoir tuée sur le coup et la retient pour qu'elle ne tombe pas sur le parquet. Il ne faudrait pas qu'elle se blesse. Pas de sang. Même nettoyé, ils auraient vite fait de le repérer avec tous leurs révélateurs. Elle ne doit pas mourir chez elle. Il l'allonge par terre et tire sur elle le châle à damier qu'elle portait à la main. Il ne veut pas voir son visage aux yeux vides et grands ouverts qui le fixent. Puis il fouille l'appartement. C'est petit. Il trouve tout de suite. L'album de tous ses articles. Il vérifie qu'il n'en existe pas d'autre. Il trouve l'ordinateur aussi. Un simple portable. Elle devait consulter quelque chose car la session est ouverte. Il réveille l'écran qui affiche une recherche de vols pour la Mongolie. Ce n'est pas la destination qu'il lui réserve pour son dernier voyage. Il ferme la page et accède au bureau. Il active la fonction « Rechercher ». Il ouvre l'album des articles et recopie une phrase au hasard dans l'onglet de recherche. L'article s'affiche aussitôt et lui permet d'identifier le dossier. Tous les articles qu'elle a écrits les dix dernières années. Il ne l'efface surtout pas. Ils retrouvent ce qu'ils veulent dans les entrailles d'un ordinateur. Ils savent que rien n'y disparaît jamais, seul le lien qui ramène les données à la surface est altéré. Il supprime les trois fichiers qui le concernent, un portrait et deux interviews. Pour faire bonne mesure, il en supprime six autres au hasard, comme si l'auteur avait fait un peu de ménage. Moins suspect qu'un dossier entier s'ils fouillent vraiment. Puis il glisse l'album et le portable dans son sac à dos. De toute façon, ce sera un accident.

Il a plus de mal pour l'habiller. Elle a dû prendre sa douche déjà et mettre une partie de ses vêtements du jour à laver. Il en cherche d'autres dans les commodes balinaises. Les sous-vêtements d'abord. Ensuite, il pense à une jupe, plus facile à passer qu'un pantalon, puis remarque celui posé sur le dossier d'une chaise. Un peu bouffant, serré à la taille par un simple cordon, il est finalement très simple de le lui enfiler. Avec une tunique et un gilet brodé par-dessus. Il ne trouve que des socquettes. Il les passe à ses pieds quand elle gémit et bouge la tête sous son châle. Il l'assomme à nouveau et perd de son calme en voyant le temps filer. Elle a toute une étagère de chaussures. Les escarpins seraient plus faciles, mais il opte pour des chaussures de marche puisqu'elle va mourir en montagne. Puis il lui met la veste qu'il a vue accrochée à la patère en entrant et passe à son cou le sac bandoulière qui était suspendu à côté. Il cherche et trouve aussi une sacoche avec tout le matériel photo. Quand il a terminé, il vérifie tout plusieurs fois. En inspectant la cuisine, il repère une bouteille thermos. Bonne idée, le café. Il en fait et le verse dans la thermos. Il récupère le téléphone et les clés de la femme, la prend dans ses bras et sort en refermant à clé. Il descend le plus vite possible les deux étages jusqu'au garage, en silence et sans allumer. Il prie juste pour ne croiser personne. Il est trois heures du matin. Il se moque que quelqu'un entende la voiture partir. Il sait que le garage a un accès direct à l'escalier de l'immeuble. Il l'a noté quand il épiait Kornélius, qui attendait la journaliste devant chez elle. Il allonge la femme inconsciente sur le siège arrière, s'installe au volant, actionne la porte automatique et s'en va. Il a préparé son itinéraire de sorte à ne jamais entrer dans le champ des caméras de surveillance routière.

Au lieu de prendre à l'est par la route n° 1, trop surveillée, il sort de Reykjavik par le sud, évitant la 46 elle aussi équipée de caméras. Il préfère passer par les lotissements et les zones industrielles en récupérant la 42 qui l'éloigne discrètement de la capitale. Cinq kilomètres plus loin, il bifurque à gauche sur la 417. Il connaît l'endroit idéal sur cette piste qui file vers la montagne et que personne n'emprunte de nuit parce que personne n'habite la lande crevassée et désolée qu'elle traverse.

Cinq kilomètres plus loin, sur la droite, la terre s'est affaissée de plusieurs centaines de mètres, bordant la piste de falaises friables et vertigineuses. Par endroits, des cônes de cinq cents mètres de diamètre se sont ouverts et semblent enfoncer leur entonnoir, trois cents mètres plus bas, jusqu'au cœur de la Terre. L'endroit idéal pour un accident. Il gare la petite Toyota verte sur le bas-côté et cherche des yeux la meilleure pente. Quand il la trouve, il manœuvre avec prudence la voiture pour la placer face au précipice. Il serre le frein à main, coupe le moteur et pousse le levier de changement de vitesse en position parking.

Ensuite, il installe la journaliste, toujours inconsciente, au volant. Il couvre ses épaules du châle à damier, pose son ordinateur à côté d'elle ainsi que la thermos de café et sa sacoche. Une passionnée de photo qui attend au chaud dans sa voiture le lever du soleil sur les étranges effondrements du Bláfjöll. Quand il est satisfait de sa mise en scène, il sort un des appareils. Il est plus adepte du smartphone et des selfies, mais il sait encore se servir d'un reflex. Enfin, si on dit encore reflex ! Il vérifie les réglages et prend quelques photos, comme pour des repérages. Puis il passe la courroie de l'appareil autour du cou de la femme et hésite. Est-il possible qu'elle survive à une telle chute ? Ne devrait-il pas s'assurer qu'elle est morte avant de tomber ? Il pense à l'étouffer mais se souvient de tous ces comptes rendus de légistes qui parlent de pétéchies conjonctivales caractéristiques. Lui briser la nuque, comme dans les films de commando ? S'il n'a aucune hésitation à provoquer la mort de cette femme étant donné les enjeux, la seule évocation du craquement de ses vertèbres suffit à le décourager. De toute façon, qui pourrait survivre à plusieurs centaines de mètres d'une telle chute ?

Il vérifie tout une dernière fois, démarre le moteur, libère le frein à main et tire le levier de vitesse sur Drive. La voiture hésite. Puis rien. La roue avant gauche bute contre une pierre qui, sans accélération, suffit à la retenir. Il peste et jure contre le destin et insulte le ciel, se résout à s'agenouiller pour dégager la pierre, mais le poids de la voiture la bloque. Il décide de reculer la voiture de quelques centimètres pour dégager le passage, mais quand il se relève, le visage de la femme qui se réveille et cherche à comprendre ce qui se passe est collé à la vitre. Il hurle de peur et de surprise, se jette par terre et frappe de toute la force des deux pieds contre la pierre qui cède et glisse entre les roues. Aussitôt la voiture bouge et cahote vers le précipice. Lui roule de côté pour éviter d'être emporté, et la dernière vision qu'il a de la Toyota, c'est le regard terrorisé de la femme derrière la vitre qui hurle et ouvre sa portière. Il bondit sur ses pieds et, de rage contre celle qui ne veut pas mourir, d'un violent coup d'épaule, il claque la portière sur les doigts de la journaliste au moment même où la voiture bascule dans le vide.

Il ne cherche pas à la voir se fracasser tout le long de la pente. Trop peur que le vertige ne l'étourdisse. Suffoqué par l'effort et la peur, il l'écoute tomber, rouler et rebondir jusqu'à ce que le silence revienne et qu'il reprenne ses esprits. Alors il applique son plan. Hellnahraun, la première banlieue de Reykjavik, n'est qu'à une dizaine de kilomètres. Une heure, c'est le temps qu'il met chaque dimanche pour courir sur cette distance. Après, il sera en milieu urbain. Ce sera facile. Il se changera avec ce qu'il a emporté dans son sac à dos et il prendra un bus de nuit avec les travailleurs des usines. Ou il appellera un taxi devant un hôtel, comme un amant en goguette. Loin, très loin des effondrements de Bláfjöll.

Il se met en route, prêt à se cacher dans le fossé à la moindre lueur de phares, loin sur la piste.

41

... il n'y était plus !

– Mariage heureux ? propose Botty en tendant une part de gâteau à Ida.

– Ne fais pas de promesse que tu ne pourrais tenir, jeune fille.

– J'ai déjà tenu toutes mes promesses, madame. Que fais-je donc dans votre macabre demeure de si bonne heure ?

– Je l'ai récupérée au petit matin, dit Ida en désignant le corps encore tout habillé d'une femme sur sa table d'autopsie.

– Et alors ?

– Alors tu ne la reconnais pas ? C'est Sara Johandöttir, la journaliste devant qui Kornélius ne sait pas garder un pantalon.

– Mince alors ! murmure Botty en croquant dans son gâteau à la rhubarbe. Que lui est-il arrivé ?

– Accident de la route, apparemment. Sa voiture a dévalé les effondrements de Bláfjöll sur la 417.

– Quand ça ?

– Je dirais probablement cette nuit vers trois heures du matin.

Botty s'étouffe et renverse un peu de son café.

– En pleine nuit du côté du Bláfjöll ! Mais qu'est-ce qu'elle fichait là-bas ?

– Ça, c'est votre problème de flics, pas le mien. Le mien, c'est ça, dit-elle en montrant le corps.

Botty la regarde sans comprendre.

– Ça ne te saute pas aux yeux ? Une tunique indienne, ou asiatique en tout cas, sous un gilet brodé d'intérieur, avec en dessous un joli soutien-gorge mauve pigeonnant en dentelle. Et en bas, un sarouel en coton enfilé à l'envers, si j'en juge par l'étiquette, par-dessus un string rouge. Et pour finir, des socquettes vertes dans des chaussures de marche. Avec en prime un châle à damier noir et blanc genre keffieh.

– J'avoue que ça fait ou très en retard, ou très en avance sur les critères contemporains de la mode, mais après tout, pourquoi pas ?

– Non, tu n'y es pas, Botty. Mode ou pas mode, on n'enfile pas un pantalon à l'envers.

– Un sarouel, Ida, un sarouel ! Sans l'étiquette, je ne saurais même pas te dire l'endroit de l'envers.

– D'accord, mais les couleurs, Botty ! Un soutien-gorge mauve avec un string rouge et des socquettes vertes, ça n'a pas de sens.

– Tu sais, les goûts et les couleurs, comme on dit…

– Mais ce sont des sous-vêtements, Botty, des sous-vêtements, des parures, des ensembles !

– Ida, sous-vêtements, ça veut bien dire ce que ça veut dire : sous les vêtements. Qu'on ne voit pas. Cachés. Peut-être que cette femme se foutait complètement de la couleur de ses sous-vêtements. Pas de libido, pas de vie amoureuse, rien à montrer à personne, et vas-y que je te bariole.

Ida la regarde, pas convaincue, puis regarde le cadavre sur la table, longtemps.

– En plus, une des socquettes était à l'envers elle aussi.

– Alors là, si une des socquettes était à l'envers, évidemment ! Et c'est ce qui me coûte un petit dej à la morgue dès potron-minet ?

– Non, ce qui devrait t'intéresser, c'est ça, dit-elle en tendant une carte de visite. Trouvée dans la poche du sarouel de la dame.

– Aïe ! La carte de Kornélius.

– Oui, avec le numéro de son portable ajouté de sa main.

– Attends, ça ne veut rien dire.

– Botty, cette femme l'a ridiculisé en slip dans tous les journaux et sur tous les réseaux sociaux du pays, et lui l'a humiliée et pratiquement accusée en public de complicité avec le sniper pendant sa conférence de presse.

– Et alors, qu'est-ce que ça prouve ?

– Botty, une de mes équipes est passée chez cette femme à l'aube et les empreintes les plus récentes et les plus nombreuses, à part celles de la journaliste, sont celles de Kornélius.

– Oui, mais ce n'est pas parce que cette femme est habillée n'importe comment que ça fait d'elle la victime d'un crime.

– Ses vêtements peut-être pas, mais ça, si, répond Ida en montrant à Botty la main gauche de la morte.

– Conséquence de l'accident ?

– Non. On a retrouvé ce qui manque en haut, sur le bord de la falaise.

– Donc, pas accident ?

– En tout cas, doute raisonnable.

– Oui, mais pourquoi Kornélius, il n'était pas avec toi cette nuit ?

– Je suis vraiment désolée de dire ça, mais à l'heure du crime, il n'y était plus.

42

... mais ça ne va pas vous plaire.

– Une jeune femme passionnée de photo se rend au bord des effondrements de Bláfjöll. Elle y arrive de nuit pour ne pas manquer les premiers rayons rasants du soleil. Elle gare sa voiture hors de la piste, à une dizaine de mètres du bord du précipice, et prend quelques clichés en repérage, puis elle attend la bonne lumière. Elle a prévu du café chaud et emporté son ordinateur pour passer le temps. Elle a dû laisser tourner le moteur pour avoir du chauffage. Il ne faisait que dix degrés là-haut cette nuit, pas plus. Ensuite, pour des raisons qui ne s'expliquent pas, la voiture roule et bascule dans le vide. Peut-être qu'elle accroche le levier de vitesse par accident et qu'elle n'avait pas mis le frein à main, peut-être qu'elle fait une fausse manœuvre en décidant de reculer pour aller ailleurs, toujours est-il qu'elle finit au fond du précipice et on veut nous faire croire que c'est par accident, dit Botty.

– Tu ne crois pas à la thèse de l'accident ? demande un des inspecteurs auxquels elle s'adresse.

– Non.

– On peut savoir pourquoi ?

– À cause de ça, répond Botty en posant sur la table devant eux la photo de deux bouts de doigts. Le bout de l'index et le bout du majeur de la main gauche de la victime, sectionnés à hauteur de la dernière phalange.

– Arrachés dans l'accident, dit l'inspecteur.

– Difficile à croire, parce qu'on ne les a pas retrouvés dans les débris de la carcasse, mais en haut, au bord du précipice où était garée la voiture avant de rouler dans le vide. Des hypothèses ?

– Elle fait une fausse manœuvre, la voiture se met en marche, elle panique et cherche à descendre en marche, la portière se referme sur ses doigts…

– Tu sais la force avec laquelle une portière doit se refermer pour sectionner deux phalanges ?

– …

– L'autre hypothèse est qu'elle est enfermée dans la voiture qui se met en mouvement, qu'elle cherche à en sortir et que quelqu'un l'en empêche en claquant violemment la portière sur ses doigts.

– Et ensuite, comment s'enfuit le type ? Il se retrouve à pied à dix kilomètres de tout.

– Peut-être qu'ils sont venus à deux voitures. Des gens qui se connaissent mais qui se voient en secret. Des amants. Une querelle amoureuse. Une dispute, une bagarre. Un truc de jaloux.

– Alors il faut trouver un moyen d'identifier tout ce qui roulait sur la 417 cette nuit-là.

– À propos, comment a-t-on fait pour découvrir la carcasse, je crois bien me souvenir qu'on ne voit pas le fond du précipice depuis la route.

– Le dieu des policiers, faut croire. Un type complètement barge plus qu'un coureur, un runner comme il s'appelle, qui s'entraîne une fois par semaine à faire les trente kilomètres de la 417 aller-retour de nuit en solitaire pour se préparer à une course à pied mythique en France. Soixante-douze kilomètres de nuit entre deux villes par la ligne de crête. Le type court seul en pleine nuit quand il entend du bruit dans le ravin. Il croit à un éboulement suite à un imperceptible tremblement de terre. Il est autour de trois heures du matin. Il continue pendant vingt kilomètres jusqu'à l'embranchement avec la route n° 1 et fait demi-tour pour revenir à Hellnahraun où il habite. Quand il repasse par le ravin, quatre heures plus tard, le soleil s'est levé et il s'arrête pour aller voir ce qui avait fait tant de bruit à son premier passage. C'est là qu'il aperçoit la carcasse de la voiture.

– Et qu'est-ce qu'il a fait ?

– Il dit qu'il a foncé jusqu'à la première maison pour appeler les secours.

– Après cinquante kilomètres de raid nocturne, le type « fonce » prévenir les secours ?

– Que veux-tu, il y a des gens comme ça, forts, sains, résistants et altruistes. Il faut croire qu'ils ne sont pas tous dans la police.

– Donc c'est un crime. Qu'est-ce qu'on fait alors ?

– Je vais vous le dire, mais ça ne va pas vous plaire.

43

Je n'ai pas tué Nola...

Kornélius est jeté en travers de son lit. Nu. C'est la seule chose qu'il comprenne. Le reste, il ne l'appréhende pas tout de suite, les idées engluées dans la mélasse de son cerveau, tout l'intérieur de son crâne comme obstrué de mousse expansive. Pas le moindre interstice pour réfléchir. Il enregistre par saccades. Le fauteuil renversé. Les verres aussi. Par terre. La table de travers. La bouteille sur le parquet. Brisée. Dents de requin hors du bois. Et du sang. Partout !

Il se redresse sur ses avant-bras de plomb, reins cambrés, mais un gong en bronze résonne dans son crâne soudain creux et fauche son équilibre. Quand il tire le drap sur lui pour s'en couvrir, avant de s'asseoir pour se lever, il est moite de sang épais. Il le rejette aussitôt d'un dégoût qui lui monte la nausée jusque dans le nez.

– Par tous les trolls, mais que s'est-il passé ? murmure-t-il en se redressant lentement sur le bord du lit.

Il ne peut détacher son regard du sang partout dans la pièce, au milieu du désordre des meubles bousculés. Quand il aperçoit les éclaboussures au plafond, une horreur panique lui vide le cœur et il se lève brusquement. Le gong se décroche et tombe dans son crâne de marbre vide. Il tangue sur ses jambes avant de se reprendre.

– Pas possible… !

Du sang sur les rideaux. Sur le plan de travail de la cuisine. Sur la table. Le fauteuil. Du sang sur le parquet et sur les tapis. Du sang partout sur lui !

– Mais qu'est-ce que j'ai fait, hurle-t-il soudain, mais qu'est-ce que j'ai fait, putain ! Nola ? Nola, où es-tu ? Nola, réponds !

Il ne se souvient que d'elle, dans la nuit, sur le perron. Ils boivent. Vodka. Et c'est tout. Aucun autre souvenir.

Il titube parmi les débris ensanglantés, sonné debout par l'horreur de ce qu'il soupçonne. Il tente de redresser le fauteuil. Un culbuto de plomb bascule dans sa tête et il y renonce. Il doit se ressaisir. Reprendre ses réflexes de flic. Analyser. Comprendre la situation. Mais il en est incapable, l'esprit anesthésié par ce qu'il suppose être en train de vivre. Il ramasse le goulot brisé de la bouteille de vodka qui a roulé jusqu'à la porte pour éviter de se blesser en marchant dessus. Blessé, il l'est peut-être. C'est peut-être son sang. Il inspecte son corps nu quand on frappe à l'extérieur. Il se précipite aussitôt pour ouvrir.

– Nola ?

Botty le regarde, figée par la stupeur. Elle est accompagnée de Spinoza et de deux uniformes. Lui est nu, hébété, maculé de sang, un tesson de bouteille à la main.

– Kornélius, bredouille Botty sans oser le regarder, Kornélius Jakobsson, je t'arrête pour le meurtre de…

– Je n'ai pas tué Nola, hurle Kornélius, je n'ai pas tué Nola ! Je n'ai pas…

– Sara Johandöttir.

– Quoi ?

Cette fois ce n'est pas le son creux d'un gong à l'intérieur de son crâne, c'est le choc brutal d'une pierre sèche et lourde contre son front. Il reste abasourdi face à eux.

– Je t'en prie, Kornélius, pose ce tesson et ne fais pas d'histoires. Va t'habiller, nous t'emmenons au poste.
– Mais Nola ?
– Quoi Nola ?
– Je n'ai pas tué Nola, alors ?
– Pourquoi aurais-tu tué Nola ?
Pour toute réponse, Kornélius tire la porte grande ouverte et ils découvrent l'intérieur de l'appartement en désordre et tout maculé de sang.
– Bon Dieu, Kornélius, mais qu'est-ce que tu as fait ?
– Je n'ai pas tué Nola…

44

... ramenez-moi ce type !

– À quoi ressemblons-nous, soupire Botty.

– Comment ça ? répond Kornélius, de l'autre côté de la table d'interrogatoire.

Un agent en uniforme se tient debout dans un coin de la pièce. Spinoza est assis en retrait, à côté de Botty, qui a refusé que Kornélius reste entravé par des menottes.

– Nous avons été amants, n'est-ce pas, et nous sommes amis maintenant, et regarde-nous ! reprend-elle sans se soucier de la présence de Spinoza et de l'uniforme.

– Quoi, qu'est-ce qu'il y a ? bredouille Kornélius.

– Il y a que pour te disculper du meurtre d'une femme que tu as rejointe chez elle, me voilà obligée de vérifier un alibi qui te mène du lit de ta compagne jusqu'au tien, où t'attend une maîtresse de circonstance. Dans la même nuit, Kornélius, dans la même nuit ! Mais quel homme es-tu devenu ?

– Botty, s'il te plaît, c'est ma tête que je risque dans cette affaire, pas mon sexe !

– On ne coupe ni la tête des assassins, ni le sexe des obsédés sexuels dans ce pays, pauvre idiot, c'est juste toute ta vie que tu risques, Kornélius. Ta vie avec nous toutes dedans.

Kornélius n'a pas le temps de répondre. La porte s'ouvre et

Ida entre dans la salle d'interrogatoire, suivie de Komsi. Elle s'appuie des deux mains sur la table et fixe Kornélius qui n'ose pas soutenir son regard.

– Pourquoi es-tu parti ? Pourquoi es-tu rentré chez toi en pleine nuit ? Pour la retrouver ?

– Ida, intervient Botty d'une voix conciliante, tu n'es pas habilitée à mener cet interrogatoire.

– Eh bien, tu n'as qu'à lui répéter mes questions.

– C'est bon, soupire Botty, réponds à la question, Kornélius.

Il relève la tête et fixe Ida droit dans les yeux cette fois.

– Parce que j'avais honte de ce que devenait notre relation. C'est la première fois que tu me refusais ton lit. Je ne pouvais pas imaginer notre petit matin après ça.

– Mais cette fille t'attendait chez toi, n'est-ce pas ?

– Je n'en savais rien. Réfléchis, Ida. Réfléchissez toutes les deux. Elle-même ne pouvait pas savoir que je ne passerais que la moitié de la nuit chez toi. Je ne sais vraiment pas ce qu'elle faisait là.

– C'est pourtant assez évident, non ? Dis-moi comment ça s'est passé.

– Ida, je t'en prie ! s'écrie Botty, qui ne veut pas voir ses deux amis se déchirer sur ce terrain-là.

– Je me fous de leur baise, siffle la légiste, qu'il nous parle de ce qu'ils ont bu.

– Je ne comprends pas, dit Kornélius.

– Ne cherche pas à comprendre, intervient Botty, et réponds à la question. Où et quand avez-vous bu ?

– Elle m'attendait devant chez moi, assise sur les marches, une bouteille de vodka à la main.

– Très romantique, se moque Ida, vous auriez dû baiser sur le perron, pendant que vous y étiez.

– Ida !

– Excuse-moi, Botty, demande-lui si la bouteille était entamée.

– Pardon ?

– La bouteille, quand elle lui sert la vodka sur le palier, est-ce qu'elle est entamée ?

– Non, répond Kornélius, elle a dévissé le bouchon entre ses dents devant moi.

– Pourquoi avec ses dents ? continue Ida.

– Elle avait l'autre main occupée.

– Je n'ose imaginer à quoi, siffle Ida.

– Botty, s'il te plaît, dis-lui que nous n'avons pas besoin de tomber dans la vulgarité.

– Tu ne crois pas que tu nous y as entraînées en y glissant toi-même, réplique sèchement Botty. Alors, pourquoi avec les dents ?

– Elle tenait deux verres dans l'autre main.

– Très intuitif, se moque Ida, pour quelqu'un qui passait devant chez toi par hasard ! Tu l'as vue vous servir ?

– Oui. Les deux verres à la fois.

– Et quel verre as-tu pris ? Tu pouvais choisir ?

– Elle portait un verre dans sa paume et l'autre du bout des doigts. Je ne pouvais prendre que celui-là sans risquer de… Attends, est-ce que tu sous-entends…

– À la bonne heure, lance Ida, voilà enfin que ton flux sanguin remonte de tes testicules jusqu'à ton cerveau. Il était temps, tout le monde avait compris déjà.

– Oui, enfin, c'est pas comme si…

– Ferme-la, Komsi, conseille Spinoza à voix basse, le silence est le meilleur moyen de te protéger de ce que tu ignores. En tout conflit, il vaut mieux regretter la prudence de son silence que la folie de sa parole.

– Ferme-la, Spinoza

– Si tu n'as pas tué cette fille, alors c'est qu'elle s'est jouée de toi en organisant cette mise en scène, explique Ida. Or le pourcentage de chances qu'elle avait de provoquer chez toi un black-out était pratiquement nul. Au mieux, elle pouvait espérer un coma éthylique, mais ce n'est manifestement pas ce qu'elle recherchait.

– Alors elle m'a drogué, dit Kornélius, prolongeant le raisonnement d'Ida. Tu sais avec quoi ?

– Seul le GHB provoque un dérèglement mnésique comparable à celui du black-out.

– La drogue des violeurs ? Tu peux prouver que j'en ai été victime, alors, se rassure Kornélius en prenant Botty à témoin.

– Pas dans l'immédiat.

– Comment ça ?

– Toute trace de GHB disparaît très vite. Après quelques heures dans le sang, et à partir de six heures dans les urines. Les prélèvements que nous avons faits sur toi ont été trop tardifs par rapport à l'heure d'ingestion.

– Il n'y a rien d'autre à faire ?

– Si, te prélever un cheveu dans un mois.

– Un mois ! Mais pourquoi ?

– Les cheveux gardent la trace de tout ce que nous absorbons, mais ils ne poussent que d'un centimètre par mois. D'autre part, notre corps produit naturellement du GHB, environ 10 mg/l, que l'on retrouve bien entendu aussi dans les cheveux. Le seul moyen d'établir la preuve d'une absorption massive de la drogue, c'est d'en comparer le taux naturel au taux accidentel. Le cheveu d'un centimètre qu'on te prélèvera dans un mois sera découpé en trois tronçons identiques correspondant chacun à environ dix jours de croissance. Ce n'est qu'en les comparant décade par décade que nous pourrons mettre en évidence un taux accidentel plus élevé que le taux naturel.

– Donc je dois attendre un mois pour être disculpé ?

– D'un autre côté, peut-être que tu as tout simplement massacré cette pauvre fille avant de tomber dans un coma éthylique, dit Botty.

– Non, je ne me suis pas réveillé dans un état comateux, précise Kornélius.

– Il a raison, admet Ida. Son alcoolémie était normale pour une gueule de bois à son réveil. Il a bu, mais probablement pas le verre de trop.

– C'est vraiment ubuesque comme situation, résume Botty, avoir comme alibi dans le meurtre d'une première maîtresse l'aveu d'avoir été occupé à tuer une autre maîtresse !

– Je n'ai jamais été l'amant de Sara Johandöttir, proteste Kornélius, et rien ne prouve que j'ai tué Nola.

– Oui, mais il y a des indices matériels de ta présence sur les deux scènes de crime, pauvre clown ! explose Botty.

La réaction de Kornélius tétanise tout le monde dans la salle d'interrogatoire.

– Clown ! hurle-t-il en frappant du plat des deux mains sur la table. Clown ! Putain, le clown ! Ida, tu te souviens de ce que tu m'as dit devant chez mon père ?

– Il t'a présentée à son père ? s'étonne Botty.

– Laisse tomber, Botty, dit Ida, c'est compliqué.

– Compliqué ? Tu m'étonnes !

– Et tu ne peux pas deviner à quel point.

– Que lui as-tu dit devant son père qui puisse le mettre dans cet état ?

– J'ai souvenir de mots froids et méchants.

– Souviens-toi, demande Kornélius, tu as deviné que mon père m'avait frappé en voyant que j'avais saigné du nez.

– Son père l'a frappé, lui ?

– Botty, le père d'un troll, c'est un troll plus grand, répond

Ida en se tournant ensuite vers Kornélius. Oui, j'ai dit ça, et alors ?

– Alors tu m'as tendu un mouchoir en papier pour que j'essuie le sang et je m'en suis mis partout.

– Oui, je m'en souviens. Et ?

– Et tu t'es moquée de moi en disant que j'étais maquillé comme un clown !

– Mais où veux-tu en venir ? s'énerve Ida.

– Maquillé, Ida, maquillé, avec du sang, vous ne comprenez donc pas ?

– … ?

– … !

Kornélius bondit sur ses pieds en reculant sa chaise, monte dessus, puis grimpe sur la table.

Le policier en uniforme, d'abord surpris, s'approche pour le faire descendre, quand Botty l'arrête d'un signe discret.

– Pourquoi est-ce que je monte là ? demande Kornélius, soudain très calme.

– Pour te grandir ?

– Non, mais merci de te souvenir de ce film, Spinoza. Je monte sur cette table, comme Keating dans *Le Cercle des poètes disparus*, pour ne pas oublier qu'on doit s'obliger à tout regarder sans cesse sous un angle différent.

– D'un autre côté, ce n'est pas exactement comme si nous étions des apprentis poètes américains avec Mrs Doubtfire comme professeur ! objecte Komsi.

– Exact, Komsi, mais nous restons quand même des enquêteurs, c'est-à-dire que nous sommes, comme les poètes, des esprits en quête. En quête de vérité.

– « Ô Capitaine ! mon Capitaine ! fini notre effrayant voyage », déclame Spinoza en reprenant les vers de Walt Whitman.

– C'est exactement ça, jubile Kornélius, fini notre effrayant voyage dans le doute et l'incertitude. Nous ne voyions pas les choses sous le bon angle.

– On mesure pourtant l'intelligence des hommes à la quantité d'incertitudes qu'ils sont capables de supporter.

– Des hommes, Spinoza, des hommes, mais pas des policiers.

– Dis-nous plutôt ce que nous n'avons pas vu, avant de tomber de cette table et de te rompre les os comme un idiot, se moque Botty.

Mais ô cœur ! cœur ! cœur !
Oh ! les gouttes rouges qui lentement tombent
Sur le pont où gît mon Capitaine,
Étendu mort et glacé.

– Merci de suivre, Spinoza, parce que c'est bel et bien de sang rouge qu'il s'agit. Le sang de nos scènes de crime. Ce sang qui, en fait, n'est que maquillage, développe-t-il, tout excité par sa propre conviction. Rien que du maquillage, vous comprenez ? Et c'est ce qui a abusé notre discernement.

– C'est pas comme si c'était d'une logique évidente ! On peut savoir comment tu en arrives à une telle conclusion ?

– Tu fais bien de parler de logique, Komsi, parce que c'est justement notre logique qui nous a égarés. Cette logique qui nous fait rechercher un cadavre qui doit obligatoirement exister quelque part puisqu'il y a du sang partout. Avec cette perversion supplémentaire de nous pousser à chercher un assassin, puisque cadavre il y aurait. Voilà la logique qui nous a fait passer à côté de l'essentiel.

– Et ça serait quoi l'essentiel, selon toi ? demande Botty, pas très convaincue.

– C'est, comme dit Ragnar, mon entraîneur à la salle de force : « Pas de cadavre, pas de crime. » Ou encore : « Une femme disparue n'est pas une femme morte. Elle ne le devient que si on trouve son cadavre. »

– Donc, si je te comprends bien, résume Botty, ni l'inconnue d'Eriksson ni la retapeuse de Gustavsson ne seraient mortes ?

– Je n'en sais rien, avoue Kornélius en souriant.

– Comment ça, tu n'en sais rien ? Mais tu viens juste de nous dire que…

– Ce que je dis, c'est que si nous changeons de logique, si nous changeons de point de vue, ces affaires prennent des perspectives très différentes.

– C'est vrai que l'instinct transcende la connaissance, alors que la logique ne fait qu'utiliser le savoir.

Tout le monde se tourne vers Spinoza.

– Quoi ! se vexe-t-il.

– Ben, c'est pas comme si on avait tout compris !

– Je veux juste dire que Kornélius a raison, quelquefois la logique se fourvoie en justifiant elle-même son propre raisonnement par les apparences qu'elle impose, c'est tout !

– … ! ?

– Bon, d'accord, reprend Botty, admettons que nous partagions la fulgurance de ton intuition. Où cela nous mène-t-il ?

– La première conclusion, répond Kornélius, c'est : pas de victime, pas d'assassin.

– Donc, pas de victime, pas d'assassin. Pas d'assassin, pas d'affaire. Pas d'affaire, pas d'enquête. Pas d'enquête, tout le monde rentre chez soi, se moque Botty.

– Non, justement pas, réplique Kornélius, parce que, s'il n'y a pas crime, il reste cependant la scène.

– Une scène de « pas crime » ?

– Exact, répond Kornélius, une scène de « pas crime », c'est-à-dire une scène maquillée pour faire croire à une scène de crime. C'est ce qui change tout.

– Tout quoi ?

– J'y suis ! s'écrie Komsi. Dans cette hypothèse, c'est comme si Gustavsson et Eriksson n'étaient plus présumés coupables, mais au contraire présumés victimes.

– Exact, jubile Kornélius.

Cette fois, l'excitation gagne Spinoza :

– Parce que les scènes de crime ont été maquillées dans le but de les impliquer, c'est ça ?

– Très juste, exulte Kornélius, qui s'agite comme un chef d'orchestre sur sa table.

– Et dans ce cas, c'est comme si le modus operandi de la manipulation devenait l'acte criminel lui-même.

– Et… ? Et… ? interroge Kornélius en les regardant tour à tour.

– Et si le même modus operandi s'applique à deux personnes, c'est le lien entre ces deux personnes qui devient le mobile.

– Bingo ! s'exclame Kornélius.

– Mais dans ce cas, pourquoi avoir cherché à effacer le sang ? demande Komsi.

– Explique-lui, explique-lui ! s'excite Kornélius en désignant Spinoza.

– Pour que ce soit nous qui découvrions les traces de sang. Pour nous enfermer dans notre logique et nous enfoncer dans notre erreur. Celui qui a fait ça savait qu'à un moment ou à un autre nous passerions la scène de crime au révélateur. Il a effacé le sang pour nous laisser le découvrir. Pour nous convaincre que nous avions raison. Et en même temps pour piéger Gustavsson et Eriksson dont les premières dénégations passeraient logiquement pour des mensonges.

– Et ça a fonctionné. Nous avons réagi exactement comme il était prévu que nous le ferions ! reconnaît Kornélius.

Ils se regardent les uns les autres pour voir si tout le monde a bien compris. Kornélius en profite pour redescendre de la table. Komsi comprend le signal et résume la situation à sa manière :

– Bon, d'accord, mais ce n'est pas non plus comme si nous avions résolu ces deux affaires. C'est juste comme si nous redémarrions à zéro avec un nouvel angle d'attaque. Alors, qu'est-ce qu'on fait ?

– Rien, dit Ida en coupant court à l'enthousiasme général. Vous oubliez que Knudsen vous a tous déchargés de ces deux affaires et qu'il a mis à pied Kornélius en attendant de le virer. Le seul dossier dont vous êtes en charge maintenant, c'est l'élucidation de la mort de cette journaliste dans laquelle Kornélius est le premier suspect et dont vous n'avez encore même pas parlé. Et Knudsen sera encore plus convaincu d'avoir fait le bon choix quand vous lui apprendrez qu'il n'y a plus aucun cadavre à attendre dans les affaires Gustavsson et Eriksson, alors qu'il y en a bel et bien un dans l'affaire de la journaliste.

Le ton sec d'Ida ramène le calme. Ils se regardent à nouveau, puis se tournent vers Kornélius.

– C'est pas non plus comme si nous étions obligés de lui dire, murmure Kornélius, façon Komsi.

– Sans moi ! annonce Ida.

– J'en suis, dit Botty.

– Nous aussi, déclare Spinoza en parlant au nom de Komsi.

– Attendez avant de vous engager, coupe Kornélius, parce que cette hypothèse implique quelque chose qui peut devenir un vrai cas de conscience.

– Très souvent, pour avoir bonne conscience, il suffit d'avoir une mauvaise mémoire. Il nous suffira de ne pas nous souvenir des enjeux pour…

– Ferme-la, Spinoza !

– Quel est le traquenard, Kornélius ?

– C'est que le lien entre les deux affaires, c'est le passé de flic des deux hommes. Le premier est fils de flic et son père s'est suicidé au début des années quatre-vingt, et le second était flic lui-même à la fin des années soixante-dix.

– C'est pas comme si cela établissait un lien direct entre eux, sauf s'ils ont travaillé sur une même affaire.

– C'est le cas. Eriksson était dans la task force qui a inculpé les gamins de l'affaire Einarsson, et le père de Gustavsson était gardien à la prison où ces gamins ont été incarcérés. Eriksson a démissionné avant la fin du procès, et le père de Gustavsson s'est suicidé quelques années après leur condamnation définitive.

– Honnêtement, ce n'est pas comme si le cas de conscience était évident.

Kornélius ne répond pas, mais il devine dans les yeux d'Ida qu'elle a compris.

– Dis-leur, Ida…

Elle marque un long silence avant d'expliquer :

– Si Eriksson et Gustavsson deviennent les victimes dans ces affaires, et si le seul lien entre eux, comme le démontrent la démission du premier et le suicide du second, c'est d'avoir joué un rôle dans l'affaire Einarsson, alors ça implique que ceux qui sont derrière cette machination sont peut-être eux aussi liés à cette affaire. Pour être plus directe, les premiers suspects logiques, selon cette nouvelle hypothèse, seraient les victimes survivantes de l'erreur judiciaire du dossier Einarsson.

– Survivants ou descendants, précise Kornélius. Ceux qui ont souffert de ce fiasco judiciaire et policier se vengent peut-être aujourd'hui de tout flic en lien avec l'affaire Einarsson.

– Et toi, alors ? demande soudain Botty.

C'est encore une fois Ida qui répond :

– Le père de Kornélius a fait partie de la task force. C'est pour ça que nous sommes allés le voir. C'est lui qui nous a confirmé pour Gustavsson et Eriksson.

– La conscience n'est que la marque de notre volonté de ne pas céder aux pulsions. Comment pourrions-nous, dans ce cas, être confrontés à un cas de conscience ? objecte Spinoza.

– Justement, parce que notre vraie conscience de policier d'aujourd'hui va se confronter à la fausse bonne conscience des policiers d'hier, répond Kornélius. En d'autres termes, cette nouvelle direction de l'enquête va vous forcer, en tant que flics et pour défendre des flics, à suspecter des hommes et des femmes dont la vie a été détruite à l'époque par d'autres flics. Pas des coupables qui se vengeraient, non, mais des condamnés reconnus innocents quarante ans après leur condamnation et leur peine effectuée. La question est : avez-vous vraiment envie d'aller retrouver, l'un après l'autre, tous ceux qui ont souffert dans cette terrible affaire, pour les accuser à nouveau, eux ou leurs descendants ?

– Ça implique aussi autre chose de plus compliqué pour toi, ajoute Botty. Comme il semble à peu près certain que c'est Nola qui t'a tendu ce piège, ça voudrait dire qu'elle a un lien avec l'affaire Einarsson, elle aussi. Et un lien particulier puisqu'elle travaillait chez Eriksson. Qu'est-ce que tu sais d'elle ?

– Rien, dit Kornélius, ou presque.

– Tu connais son nom et son adresse, au moins.

Kornélius hésite, puis secoue la tête.

– Même pas. Elle m'a juste dit qu'elle était la fille des propriétaires du camping de l'autre côté de la rivière près de chez Eriksson.

– J'y crois pas, soupire Botty, tu as deux témoins sur une scène de crime. Tu en interroges un, tu couches avec l'autre, tu ne prends les identités d'aucun des deux, et tu les laisses disparaître dans la nature. Mais qu'est-ce qu'il t'arrive, Kornélius ?

Le silence qui suit démontre à Kornélius à quel point les paroles de Botty troublent les esprits. C'est le vibreur du téléphone d'Ida qui rompt le silence. Elle consulte un message et se lève.

– Oublie tout ça, Kornélius, malgré la très faible quantité de sang prélevée sur la socquette chez Eriksson, le laboratoire a pu en identifier l'origine.

– Le sang de la femme disparue ?

– Pas vraiment, c'est le sang d'un homme, en fait. Et il est dans nos fichiers. Nous avons une adresse.

– Je reste pour interroger Kornélius sur le meurtre de la journaliste, dit Botty. Komsi et Spinoza, ramenez-moi ce type !

45

... surpris dans son canapé.

Il habite une petite maison pimpante et proprette, le toit et les murs en bardage peint de ce vert du Nord sombre et profond qui s'illumine au premier soleil et s'éteint, soudain mat, au premier nuage. L'encadrement des portes et des fenêtres, les croisillons, travers et meneaux, l'angle des murs et la pente des toits sont soulignés d'un blanc pur et bien entretenu. Un lopin de pelouse tondue comme un tapis ras, trois arbres taillés et quelques buissons maîtrisés. Et, protégé derrière une palissade en bois verni, un trou d'eau chaude thermoformé en plastique bleu. Propre. Un duvet de vapeur à la surface dans l'air frisquet. Une barrière en rondins tout autour, comme celle d'un ranch pour poneys. Une maison de livre pour enfants, la dernière après six autres, au bout d'une courte rue, dans un village, à moins d'une heure de Reykjavik par la route n° 1.

– Comment peut-on vivre comme ça ! s'étonne Spinoza.

– C'est pas comme si c'était l'enfer non plus.

– Non, c'est vrai, la maison ressemble à un petit paradis, mais ça pue comme chez Lucifer, reconnais-le !

De l'autre côté de la rue aux maisons manucurées, un terrain vague fermé par un grillage métallique. Il est troué de fumerolles et de solfatares autour d'une petite station géothermique de captage de vapeurs.

– Parc géothermal ! soupire Spinoza. Décidément, le nom des choses en dit plus sur la turpitude des propriétaires que sur la vraie nature de ce qu'il désigne.

L'odeur de soufre aux relents d'œuf pourri de l'hydrogène sulfuré profite du moindre souffle de vent pour courir la rue et le village.

– Madame Thor ?

Elle doit avoir soixante ans. Cheveux blonds rassemblés dans un impeccable chignon. Chaussons d'intérieur en mouton retourné. Des yeux d'un bleu délavé comme les petits icebergs d'un lac glaciaire. Le regard un peu triste sous des sourcils étonnés. Elle porte un tablier de cuisine bleu sur une robe fleurie et tient une manique aux motifs traditionnels.

– Oui ?

– Nous voudrions parler à M. Thor, s'il vous plaît.

Les yeux de la femme s'embrument aussitôt de larmes.

– Mon mari est mort…

Les deux policiers restent interdits quelques instants.

– Comment le savez-vous ? demande Spinoza.

C'est au tour de la femme de rester sans voix, malgré les sanglots qu'elle retient.

– Madame Thor ? insiste Komsi.

– Mais qui êtes-vous ?

– Nous sommes inspecteurs à la police criminelle de Reykjavik, madame Thor, et nous enquêtons sur la mort de votre mari.

– Une enquête, mais pourquoi ?

– À cause du sang, madame.

– Quel sang ? Mais de quoi parlez-vous ?

Un adolescent apparaît derrière la femme. Une tempe rasée, les cheveux longs rabattus de l'autre côté. Un piercing dans le nez, un autre à la lèvre. Jean troué, T-shirt à l'effigie de Marilyn

Manson, poignet en cuir clouté au poignet. Adidas de couleur aux pieds. Des écouteurs autour du cou.

– C'est qui ces types ?

– Police de Reykjavik.

– Qu'est-ce que vous venez encore me chercher des poux ?

– Ils ne sont pas là pour toi, dit la femme d'une voix douce, ils sont là pour ton père.

– Mon père ? Il est mort et au fond de l'eau, mon père, crache le gamin, foutez-lui la paix !

– Au fond de l'eau ? demande Spinoza.

– Quoi, aboie le garçon, vous croyez peut-être qu'on le garde embaumé dans le garage depuis huit semaines ? C'est pas son cadavre pourrissant qui pue comme ça, bande de nazes, c'est les solfatares d'en face !

– Huit semaines ? Votre mari est mort il y a huit semaines, madame ?

– Puisque je vous le dis, siffle le gamin, arrêtez d'emmerder ma mère avec ça et foutez le camp.

– Écoutez, madame Thor, ce n'est pas comme si nous voulions vous tourmenter, mais si nous sommes là, c'est parce que le sang de votre mari vient d'être retrouvé sur une scène de crime, il y a quelques jours à peine.

– Le sang de mon mari ? s'étrangle la pauvre femme qui défaille et se retient au bras de son fils.

– S'il vous plaît, aidez-moi à porter votre mère à l'intérieur, dit Spinoza, qui voit dans l'évanouissement de Mme Thor l'occasion de s'incruster, malgré l'évidente aversion du gamin pour la police.

Quand Mme Thor reprend ses esprits, elle demande à son fils de laisser ces messieurs tranquilles et de retourner écouter sa musique dans sa chambre. Puis elle se lève, refusant l'aide de Spinoza et de Komsi, remet de l'ordre dans ses cheveux qui n'ont pas bougé, lisse son tablier et leur propose une tasse de thé avec une part de gâteau à l'angélique qu'elle va sortir du four. Ils acceptent et l'écoutent parler tout en s'affairant.

Son Kasper est décédé il y a huit semaines, disparu en mer pendant une campagne de pêche, le pied pris dans le filin d'un chalut pendant une méchante tempête, loin au large du Groenland.

– Est-ce qu'on a retrouvé son corps ?

– Non, mais le capitaine du chalutier et les deux autres marins ont confirmé l'avoir vu entraîné à la mer et tiré par le fond. Ils sont restés plusieurs heures à tourner en rond pour le repêcher, mais sans succès.

– Madame Thor, savez-vous pourquoi l'ADN de votre mari était répertorié dans le fichier de la police ?

Elle baisse la tête, s'assied dans un fauteuil protégé par une housse aux mesures exactes, glisse ses mains jointes entre ses genoux et s'adresse à eux d'une voix repentante, comme à confesse :

– Une mauvaise bagarre, il y a un an. Un capitaine voulait retenir la perte de trois casiers sur la part de pêche de Kasper, alors qu'ils avaient été embarqués par une vague scélérate. Mon mari était un homme honnête et carré. Il aimait les choses bien faites, les contrats respectés. Il en est venu aux mains quand le capitaine a voulu le faire jeter hors du bateau par deux autres marins. Il les a rossés tous les trois. Le capitaine a porté plainte et Kasper a été condamné pour coups et blessures.

– Et le capitaine ?

– Le capitaine, c'était un capitaine, aboie le gamin qui les écoutait depuis la porte de sa chambre. Que voulez-vous qu'il lui arrive ? Non seulement mon père a été condamné, mais il a dû rembourser les casiers et payer des dommages et intérêts à ce salaud.

– Karl, ne parle pas comme ça, je t'en prie.

– C'était un salaud et c'est toujours un salaud. Aujourd'hui encore il se sert de cette affaire pour tenir ses hommes. Tu sais ce qu'il leur dit ? « Fermez-la ou je vous fais un procès comme à cet imbécile de Kasper. » C'est à cause de lui que mon père est mort, parce que ce salaud lui a pourri la vie et a fait en sorte qu'il ne trouve plus à embarquer que sur des rafiots dangereux pour des campagnes suicidaires. Maintenant c'est quoi, votre histoire de sang ?

Komsi raconte les circonstances dans lesquelles le sang de Kasper Thor a été identifié sur une socquette blanche.

– Quoi, vous voulez dire que le sang de mon père mort depuis plus d'un mois et demi a été retrouvé sur la socquette d'une fille dont le corps a disparu en pleine lande ? Putain, mais vous fumez quoi dans la police, parce que de la comme ça, moi j'en veux bien tout de suite !

– Karl, surveille ton langage, tu veux ! gronde Mme Thor.

– Votre labo s'est trompé, mon père est mort. Il a bel et bien disparu de ce monde de salauds et c'est tant mieux pour lui. Il ne verra pas sa femme et son fils obligés de vendre tout ce qu'il a lui-même construit de ses mains pour aller vivre dans des cages à lapins quelque part dans la banlieue de la capitale.

Il leur tourne le dos, sans colère cette fois, met ses écouteurs sur ses oreilles et va s'enfermer dans sa chambre.

– Il a plus de mal à se remettre de l'injustice dont son père a été victime que de sa mort, l'excuse Mme Thor.

– Madame Thor, ce n'est pas vraiment comme si notre labo s'était trompé. Dans ce dossier, l'ADN de la scène de crime chez M. Eriksson est identique à celui de votre mari dans notre fichier. Il ne peut pas y avoir d'erreur.

– Dans ce cas, répond-elle en leur servant une part de gâteau, peut-être qu'il s'agit de son sang, mais ça ne peut pas être lui qu'on a tué là-bas, parce que trois témoins l'ont vu tomber dans une eau glacée à deux jours de mer du premier rivage. Mon mari est mort, messieurs, j'en suis vraiment désolée pour votre enquête.

Ils restent tous un instant silencieux, à humer le bouquet floral du thé noir. Moonlight du Darjeeling.

– Vous avez raison, madame, finit par dire Spinoza. Seule la disparition met un terme à la souffrance de tous. L'absence ne ferait qu'entretenir un vain espoir et supposerait, de part et d'autre, un long chemin de souffrance, de remords et de regrets. Nous sommes navrés d'avoir pu vous faire croire un seul instant que votre cher mari ait pu ne pas être déjà mort. Il l'est, nous en sommes convaincus, et il l'est depuis que la mer l'a arraché à ce chalutier.

– Mais comment expliquez-vous ce sang, alors ? demande Mme Thor, sincèrement préoccupée des complications que cela suppose dans le travail de ces deux jeunes policiers.

– Aucune explication ne vaut face à l'évidence des choses, répond Spinoza en se levant pour prendre congé, laissant Komsi surpris dans son canapé.

46

... plus simple et plus concis comme ça.

– Ce n'est pas comme si tu avais été clair pour tout le monde, dit Komsi en contemplant les pétulances visqueuses des nauséabondes solfatares du parc géothermal, par-delà le grillage.

Un soleil épars donne aux fumerolles des allures de panaches qu'un vent invisible tire au ras du sol croûté de soufre et arrache en petits nuages.

– On ne peut se passer de méthode pour atteindre à la vérité des choses, Komsi, mais aucune méthode ne doit devenir notre seule vérité d'enquêteur. Encore une fois, ne laissons pas une logique rationnelle préjuger de nos déductions. Acceptons le constat qu'un homme peut être mort en mer depuis huit semaines et son sang apparaître huit semaines plus tard au cœur d'un désert de cendres. La question devient alors très simple : dans quelles conditions son sang peut-il survivre à un être vivant ?

– Si quelqu'un le conserve après sa mort ? tente Komsi.

– Et si quelqu'un le conserve, c'est qu'on le lui a pris.

– Ou bien que le mort le lui a donné, ajoute Komsi, qui commence à comprendre.

– Mais… ?

– Mais avant sa mort, bien entendu. Don du sang ?

– Don du sang.

Komsi tire son téléphone de sa poche et se retourne pour s'appuyer au grillage du parc géothermal. De l'autre côté de la route, derrière les rideaux brodés d'une des baies vitrées du rez-de-chaussée, Mme Thor les observe. À l'étage au-dessus, son fils aussi, par la fenêtre grande ouverte.

– Ida ? C'est comme si nous tenions un bout de piste, mais nous aurions besoin de quelques précisions techniques, c'est possible ?

– Je t'écoute…

– Combien de temps le sang peut-il être conservé à la suite d'un don ?

– Une quarantaine de jours au plus pour les globules rouges par exemple, mais cinq jours maximum pour les plaquettes, et jusqu'à un an pour le plasma.

– Est-ce qu'il existe un moyen de savoir si un sang est vieux ?

– Oui, bien sûr, rien qu'à l'observation au microscope. En fait, le sang se détériore dès le prélèvement. Les globules rouges perdent petit à petit leur forme aplatie et se gonflent pour devenir plus ronds, crénelés. Ils se hérissent ensuite de spicules. Ils perdent de leur souplesse, se rigidifient, et bientôt ne peuvent plus se glisser dans les capillaires.

– Est-ce que le sang que tu as observé chez Eriksson était comme ça ?

– Il présentait certaines de ces réactions, mais il a été exposé à des conditions atmosphériques et à des contaminations qui ont pu provoquer de telles détériorations.

– Mais ça pouvait tout aussi bien n'être que du vieux sang dès le départ, non ?

– Oui, admet Ida, qui comprend que dans l'aveuglement de sa colère, elle est peut-être passée à côté de quelque chose. Pourquoi me demandes-tu ça ?

– Parce que l'homme que l'ADN rattache à ce sang qui aurait

été versé, il y a quatre jours, chez Eriksson, est mort en fait il y a huit semaines en pleine mer.

– Quelqu'un s'est servi de son sang ? Il était donneur, c'est ça ? On s'est servi d'une poche de son sang pour maquiller la scène de crime !

– C'est pas comme si tu n'étais pas une vraie professionnelle ! Belle et rapide conclusion.

– La seule qui s'imposait, et que j'aurais dû envisager plus tôt.

– Je suppose que la traçabilité des poches de sang est assurée.

– Bien entendu, pour remonter jusqu'au donneur en cas de problème ou d'infection.

– Et dans l'autre sens ?

– Bien évidemment, et pour les mêmes raisons. Si la question est : est-il possible de savoir où la poche de sang du donneur a fini, la réponse est à la Banque du sang, ici, à Reykjavik.

– Pourquoi « la » poche, il ne peut pas y en avoir plusieurs ?

– Non, on ne prélève jamais plus de dix pour cent du volume sanguin normal. En général entre 420 et 480 ml selon le sexe et le poids, avec au moins deux mois entre chaque don. Comme le sang ne se conserve pas au-delà de quarante-deux jours, il ne peut y avoir deux poches de sang du même donneur en circulation en même temps.

– Euh…, attends, Ida, excuse-moi deux secondes, tu veux bien ?

Plus personne ne se cache dans la maison des Thor. Maintenant, Mme Thor est debout sur le pas de sa porte, les bras croisés serrés sur un gilet qu'elle a passé à la hâte, et elle regarde son fils en T-shirt traverser la rue en marchant droit sur Komsi, une barre de fer à la main.

– Vous allez dégager de chez nous, oui ou merde ? Vous ne voyez pas que ma mère est encore toute déglinguée par ce drame ? Vous voulez que je vous le fasse comprendre à grands coups dans vos gueules de flics ?

– Je ne sais plus qui a dit que c'est quand le moustique se pose sur ton testicule que tu comprends que la violence n'est pas toujours la solution, tente Spinoza en désespoir de cause, à court de réflexions philosophiques.

– Quoi, qu'est-ce que tu me parles de testicule, toi ? Tu veux que je te les brise en premier ?

– C'est pas comme si ton père n'était pas donneur de sang, n'est-ce pas ?

La remarque inattendue de Komsi interpelle le gamin. Il s'arrête et le regarde, étonné, avant de répondre :

– Oui, c'était son truc, donner son sang. C'était même un des plus grands donneurs du pays. Il disait qu'il voulait dépasser le flic de Selfoss qui a donné son sang cent quatre-vingts fois. Mon père, lui, il l'avait déjà donné cent soixante-douze fois, et s'il n'était pas mort, ce serait lui le champion des donneurs aujourd'hui.

Il est toujours une menace, la barre de fer à la main, le bras tremblant de rage et les yeux rouges.

– Écoute, ce n'est pas comme si nous étions insensibles à ta douleur et au drame injuste qui vous a frappés, tu sais, bien au contraire, et nous comprenons parfaitement ta colère et ta violence qui sont évidemment justifiées, mais il faudrait d'abord que…

– Ne l'écoute pas, coupe Spinoza, ce que mon collègue essaie de faire, c'est de te convaincre de lâcher cette barre de fer en faisant semblant d'avoir de l'empathie pour toi. Au collège de police, ils nous enseignent toutes sortes de techniques de médiation à la con, des trucs de pseudo-profileurs précalibrés à l'américaine supposés te faire chialer en abandonnant ton arme pour finir par t'écrouler sur notre épaule, tu vois le genre ? Tout un galimatias pseudo-psychologique, un ramassis de clichés éculés, une hypocrisie éhontée au nom de laquelle on est prêt à te raconter que notre propre mère est mourante du cancer après avoir été amputée des deux jambes en tentant de sauver son chat Schopenhauer tombé sous les roues du train ou du métro, même s'il n'y a ni train ni métro en Islande. Alors, fais-nous plaisir, gamin, évite-nous d'avoir à te débiter ces ribambelles de conneries. C'est déjà bien assez de se les farcir avec *Esprit criminel* chaque semaine à la télé. Lâche plutôt ce machin, rentre chez toi tranquille et laisse-nous retourner chez nous, déjà qu'on a encore une bonne heure de route !

Le gamin regarde Spinoza, secoue la tête comme s'il ne parvenait pas à y croire et jette sa barre de fer qui roule jusqu'aux pieds de Komsi.

– Bande de nazes ! lâche-t-il en faisant demi-tour.

Ils le regardent rejoindre le perron où l'attend sa mère. Elle passe un bras autour de ses épaules, le serre contre elle, dépose un baiser sur sa tempe et le fait passer devant elle.

– J'aime vraiment beaucoup ce côté nouveau philosophe, dit Komsi en ramassant la barre de fer, mais appeler un chat Schopenhauer, c'est un peu comme si…

– Ferme-la, Komsi !

– Tu as raison, allons à la Banque du sang.

– Non.

– Comment ça, non ?

Spinoza désigne le téléphone que Komsi tient toujours à la main.

– Oups !… Pardon, Ida, tu es toujours là ?

– Oui et je ne le regrette pas, Ça m'a permis d'être témoin de la très personnelle, mais très efficace, médiation de Spinoza. Et ça m'a aussi donné le temps d'appeler mon contact à la Banque du sang. Kasper Thor était un donneur régulier au CHU de Reykjavik. La dernière poche de son sang a été livrée à l'hôpital d'Akureyri. Si elle a disparu, c'est là-bas qu'il faut aller voir.

Komsi remercie Ida, raccroche et compose un autre numéro.

– Botty ? C'est Komsi. Le sang retrouvé chez Eriksson, c'est le sang d'un homme mort.

– C'est un peu normal si on l'a vidé de son sang, non ?

– Non, c'est pas comme s'il était mort parce qu'il s'était vidé de son sang chez Eriksson. Il était déjà mort avant.

– Mort avant quoi, Komsi ? Sois plus clair s'il te plaît, ou passe-moi plutôt Spinoza.

Komsi tend son téléphone à Spinoza en haussant les épaules.

– Ce que veut dire Komsi…, commence Spinoza.

– Spinoza, Spinoza, sans philosophie s'il te plaît, d'accord ? Simple et concis.

– C'est le sang d'un homme mort depuis plusieurs semaines, Botty. C'est assez simple et concis ? Quelqu'un a volé une poche de sang d'un donneur accessoirement mort entre-temps pour maquiller la scène de crime d'Eriksson et très certainement celle de Gustavsson aussi. C'est du sang de mort, Botty. Le dernier don d'un marin mort en mer il y a huit semaines. Un sang tellement mort qu'il n'était même plus bon pour une transfusion. Je pense qu'on peut définitivement classer Eriksson et Gustavsson parmi les victimes plutôt que parmi les suspects. Botty… ?

– Oui, oui, je t'écoute, Spinoza. J'encaisse juste la nouvelle. Quelle est la suite du programme pour vous ?

– Nous allons à l'hôpital d'Akureyri. C'est probablement là-bas que la poche de sang a été volée.

– Ça fait cinq heures de route au lieu de quarante-cinq minutes de vol, vous ne préférez pas revenir prendre l'avion à Reykjavik, ou partir demain matin ?

– Non, c'est plus simple et plus concis comme ça.

47

À moins que…

Sur une petite colline plantée d'arbres et étagée en terrasses par trois courtes rues parallèles, à cent mètres des rives du fjord Eyja au fond duquel se blottit la ville, un architecte inspiré a redonné de l'ambition à l'hôpital d'Akureyri. Autour du vieux bâtiment austère à la géométrie militaire, murs gris et toit rouge, il a imbriqué un soigneux assemblage de dépendances blanches et longilignes aux huisseries noir et rouge, qui est aussitôt devenu le corps du nouvel hôpital.

– C'est pas comme si ça donnait envie de tomber malade, mais presque, dit Komsi à la femme de l'accueil.

Spinoza imagine qu'elle supporte déjà une grande part des malheurs du monde en plus du désordre de sa propre vie. Les familles défaites par l'urgence. Les vieux trimbalant toute leur solitude comme un bouquet de ballons tristes accroché à leur perfusion. Ceux qui se forcent à rire trop fort pour ne rien entendre. Ceux qui ne comprennent pas que c'est grave et qu'ils vont en mourir. Il se convainc qu'elle a le droit de ne pas goûter l'humour de Komsi. Puis il se rappelle qu'elle ne gère pas les urgences, mais juste l'accueil, et qu'il est de très mauvais goût, justement, d'y afficher une tête d'enterrement.

– Nous sommes de la police de Reykjavik et nous enquêtons

sur la disparition d'une poche de sang, dit-il sans sourire. Nous avons besoin de voir un responsable. Tout de suite.

Sa froideur policière n'impressionne pas plus la femme que la chaleureuse malice de Komsi. Elle les observe longuement, l'un après l'autre, comme si elle avait la capacité de deviner leur vrai métier, puis compose un numéro sans les quitter des yeux.

– Deux messieurs qui se disent de la police et qui enquêteraient sur un soi-disant trafic de poches de sang… Bien madame, oui madame, compris madame.

Elle repose le combiné et les regarde à nouveau.

– Quelqu'un va venir.

Puis elle se replonge dans l'étude d'un tableau de présence que quelqu'un a dû lui imposer en surplus de son travail d'accueil.

– Ce qui manque à l'âme malade, madame, ce n'est pas simplement la présence, mais bien plutôt la bienveillance, l'altruisme et l'empathie. On ne demande, dans votre métier, ni la passion ni la compassion. Juste la disposition à aider, sans accroître son désarroi, celui que l'urgence ou la peine a égaré.

La femme le regarde, sans sourire, hausse les épaules, lève les yeux au ciel et s'embrouille à nouveau le regard dans les lignes de son tableur.

– Qu'est-ce que c'est que cette histoire de trafic de sang ?

La femme, petite, rondelette et tout en couettes malgré son âge, les apostrophe depuis la sortie de l'ascenseur, puis se dirige vers eux d'un pas administratif de directrice adjointe qui n'a pas que ça à faire.

– C'est pas comme si nous avions parlé de trafic, madame, nous enquêtons juste sur une poche de sang que votre hôpital a reçue de la Banque du sang à Reykjavik et dont le sang s'est retrouvé sur une scène de crime.

– Non ! s'exclame la directrice, qui se fige sur place.

– Si, se croit obligé de répondre Komsi sur le même ton.

– Sur une scène de crime ?

– Sur une scène de crime.

– Mais où ça ?

– C'est pas comme si la réponse à cette question changeait quoi que ce soit au problème, mais si ça vous intéresse vraiment, sachez que ça s'est passé dans le désert de l'Askja.

– Waouh ! lâche-t-elle alors en écartant les mains devant elle pour dessiner un écran imaginaire. « Le crime de l'Askja », « Du sang dans la cendre », ou alors : « De lave et de sang » ! Et vous dites que le sang viendrait de chez nous ?

– Décidément, murmure Spinoza, jamais nous ne saurons quel est le plus révélateur de la nature humaine : l'horreur des crimes commis par les coupables ou la morbide fascination des innocents pour ces crimes. Oui, le sang a été identifié comme provenant d'une poche qui vous a été livrée. Nous avons le nom du donneur et la date du don ainsi que les références et le code-barres de la poche et de sa livraison.

– Et vous voulez savoir quand nous l'avons utilisée ?

– Si vous l'avez utilisée, c'est ça.

– Bien entendu, parce que de toute évidence, si vous avez retrouvé ce sang dans l'Askja, cela signifie qu'il n'a pas été utilisé chez nous.

– Vous devriez postuler pour un emploi dans la police.

– Non, vous croyez vraiment ? Vous pensez que…

– Non, madame, c'était une boutade, parce que si vous ne l'avez pas utilisé et qu'on le retrouve sur une scène de crime, cela signifie soit que vous êtes vous-même liée au crime, soit qu'on vous l'a volé. Et dans les deux cas, c'est très mauvais pour l'image de votre hôpital.

La femme perd aussitôt de sa petite superbe. Son visage se

plombe et, avant de répondre, elle regarde longuement la femme de l'accueil.

– Je le savais ! finit-elle par lâcher.

– Vous saviez quoi ? demande Spinoza.

– Que cela finirait par nous attirer des ennuis.

– Quoi ?

– Quoi, quoi ?

– Qu'est-ce qui va finir par vous attirer des ennuis ?

Elle s'approche des deux policiers, se glisse entre eux et les prend par le bras pour les attirer un peu à l'écart.

– Il y a quelques semaines, pendant la nuit, deux poches de sang ont disparu de nos stocks.

– Pourquoi dites-vous que c'était pendant la nuit ?

– Parce que dans la journée, nous avions vérifié l'état des réserves. Des opérations assez lourdes étaient prévues dans les jours à venir et nous voulions être sûrs de nos ressources. Nous avons commandé des poches en urgence à la Banque du sang et nous les avons reçues le lendemain matin. C'est là que nous avons constaté qu'il nous manquait deux poches. Or la commande était complète. Donc…

– C'est pas comme si ça arrivait souvent ce genre de chose, non ?

– Non, en effet. Il nous arrive d'en détruire ou d'en détériorer par accident, mais jamais d'en perdre. Pendant l'opération, toutes les poches nécessaires sont répertoriées et identifiées, ne serait-ce que pour la traçabilité en cas d'incident.

– Donc pour vous, c'est un vol.

– Que voulez-vous que ce soit d'autre ?

– Pas de M. Stoker parmi vos patients, pas de M. Harker, pas de malade de la fièvre des Carpates, personne n'aurait par erreur pratiqué une transfusion transylvanienne ? se moque Spinoza.

La directrice ne répond pas, éberluée par la question.

– Au début des années quatre-vingt-dix, explique-t-il, le docteur américain Richard Noll a défini le syndrome de Reinfield pour clarifier celui de fétichisme sanguin et sexuel. La maladie évolue en quatre étapes : le plaisir à l'absorption du sang de ses propres blessures pendant l'enfance ; l'auto-vampirisme qui consiste à boire son propre sang ; la zoophagie qui consiste à boire le sang d'animaux vivants ; enfin le vampirisme clinique qui pousse à boire le sang d'autres humains. Certaines personnes, à ce stade, s'introduisent dans les hôpitaux pour voler le sang entreposé dans les banques de sang.

La directrice pâlit. La terreur recroqueville ses orteils dans ses chaussures et resserre ses épaules sur ses oreilles.

– Vous voulez dire que parmi nos patients… Mais quel malheur !

– Oui, bien sûr, madame la directrice, nous parlons de malheur. Shakespeare n'a-t-il pas dit que le sang appelle le sang, et que le sang ne se lave qu'avec des larmes ! déclame Spinoza.

– D'un autre côté, c'est pas comme si nous étions là pour parler du fils du gantier de Stratford, s'impatiente Komsi. Alors, pouvez-vous juste nous confirmer que cette poche de sang a bien disparu de cet hôpital et nous préciser quel jour ?

Il lui tend le papier où sont référencées les informations et l'invite d'un geste à aller les vérifier.

Quand ils se retrouvent tous les deux seuls dans le hall d'entrée, Spinoza se retourne et surprend le regard de la femme de l'accueil fixé sur lui.

– Quoi ? s'énerve-t-il.

Elle baisse aussitôt les yeux sur son écran sans répondre. Quelques instants plus tard, la directrice revient vers eux, l'air défait.

– C'est bien une des deux poches qui ont disparu. J'ai noté

les références de l'autre sur la feuille. Dites, à propos du vampirisme clinique, je voulais vous demander…

– Comment reconnaître un malade qui en serait atteint ? la devance Spinoza. Facile, faites passer un examen dentaire à tous vos patients.

– Vous voulez dire pour les dents ? Parce que vous croyez vraiment que…

– Non, madame, c'est une boutade. Par contre, pourriez-vous nous dire ce qui est arrivé à la suite de la découverte du vol ? Avez-vous identifié un coupable ? ou un suspect ?

– C'est-à-dire que nous avons préféré penser qu'il s'agissait d'une erreur. Une perte accidentelle non déclarée. Et nous n'avons identifié aucun responsable.

– Très bien, ce n'est pas comme si nous allions vous retenir plus longtemps. Vous avez tous ces crucifix à clouer aux murs et toutes ces gousses d'ail à accrocher aux portes des chambres. Envoyez à cette adresse la liste de tout le personnel présent la nuit de la visite du comte.

– Du comte ?

– C'est une boutade, madame, je veux dire la nuit du vol. Le plus vite possible.

Ils la laissent, petite et perdue, le papier à la main, et sortent de l'hôpital. Dès qu'elle voit la directrice reprendre ses esprits et regagner l'ascenseur, la femme de l'accueil quitte son comptoir et se précipite à leur poursuite jusque dans le parking.

– Messieurs, messieurs !

Elle court vers eux puis, quand elle est à deux pas, s'arrête brusquement sans plus savoir quoi faire. Elle hésite. Se mord la lèvre. Serre son col blanc dans ses poings crispés. Et les regarde d'un œil suppliant de repentie pour implorer leur bienveillance à l'avance.

– C'est pour Viktor, dit-elle.

– Viktor ?

– Oui, la directrice adjointe ne vous a pas tout dit. En fait, comme ils n'ont pas trouvé qui avait perdu ou volé les poches de sang, à la fin, pour l'exemple, ils ont quand même fini par punir quelqu'un.

– Viktor.

– Oui. C'était le gardien de nuit, ils ont renvoyé ce pauvre homme, lui qui n'y était pour rien.

C'est Komsi qui percute le premier :

– Viktor ? Le gardien de nuit s'appelait Viktor ? Et est-ce que par hasard il ne s'appelait pas Viktor Gustavsson ?

– Ben si, comment vous savez ?

– Alors là, c'est pas comme si tu n'avais pas mis dans le mille, Spino !

Komsi fouille dans ses poches à la recherche de son téléphone et affiche une photo qu'il montre à la femme.

– C'est lui ?

– Oui, oui, c'est lui, c'est ce pauvre Viktor. Mais pourquoi vous avez sa photo ?

– C'est compliqué, mais il se pourrait qu'il soit impliqué dans un dossier criminel.

– M. Viktor ? Mais c'est impossible, c'est un homme si gentil ! C'est quelqu'un d'adorable. Une fois, il est même venu à l'hôpital dans la journée faire son numéro pour les malades. Les patients ont adoré !

– Quel numéro ?

– Mais un extrait de sa pièce de théâtre ! Vous ne saviez pas qu'il est acteur ? Il a donné plusieurs représentations ici, à Akureyri. Et pas dans une petite salle, s'il vous plaît, au Hof, avec sa troupe.

– Viktor Gustavsson joue dans une troupe de théâtre ! répète Spinoza, éberlué par la nouvelle.

– C’est comme si tu me disais que Björnsson, la Montagne de *Game of Thrones*, faisait des napperons au crochet !

– Allez au Hof, vous verrez, dit la jeune femme, je suis sûre qu’ils ont fait une captation de leur pièce. Viktor y est d’une tendresse émouvante, d’une telle fragilité ! Leur spectacle est d’une finesse et d’une mélancolie à emmieller le cœur le plus endurci.

D’un seul regard ils décident d’aller jusqu’au Hof explorer cette piste. Ils convoquent la jeune femme pour le lendemain à neuf heures au commissariat d’Akureyri avec la liste du personnel qu’ils ont demandée à la directrice et le dossier complet de Viktor Gustavsson. Puis ils regagnent leur véhicule.

– Emmieller, hein ?

– Je trouve que ça veut bien dire ce que ça veut dire, dit Spinoza en prenant le volant.

– Comme si l’enrober de miel allait adoucir le cœur ! Ça n’en adoucit que le goût, mais sous le miel le cœur reste le même muscle endurci par la vie.

– Komsi, ferme-la, c’est moi le philosophe, pas toi !

Ils sortent du parking de l’hôpital par le nord pour longer les grilles du jardin botanique quand Spinoza écrase la pédale des freins. La voiture dérape jusqu’au trottoir.

– Botty ! hurle-t-il en frappant le volant. Merde ! Merde ! Et merde ! Oh putain, Botty !

Il fouille sa poche pour trouver son téléphone et compose si vite le numéro de Botty qu’il se trompe deux fois et doit recommencer en panique.

– Botty ? Le voleur du sang de chez Eriksson, c’est Gustavsson !

– Attends, du calme, Komsi, vas-y doucement et reprends tout ça en faisant simple et…

– C’est pas comme si je parlais comme Spinoza, Botty, je te

dis juste que le voleur du sang qu'on a retrouvé dans l'appart d'Eriksson, c'est Gustavsson. Notre Gustavsson. Le Viktor !

– Et merde ! lâche Botty.

– Quoi, merde ?

– Après votre découverte à propos du marin donneur de sang, on a relâché Gustavsson il y a une heure à peine. Vous avez un peu merdé sur ce coup-là, les garçons.

Dans son énervement à composer le numéro, Komsi avait activé le haut-parleur.

– Toute erreur devrait se pardonner, Botty, car nul n'est infaillible, mais en l'occurrence nous t'avons juste tenu au courant de l'avancée de notre enquête.

– Écoute-moi bien, Spinoza…

– Hé, intervient Komsi, tout le monde se calme, c'est pas comme s'il fallait déjà se disputer les parachutes, d'accord ?

– Komsi a raison, enchaîne Spinoza, c'est dans l'erreur qu'il faut être solidaires pour ne pas en faire une faute. Essaye de remettre la main sur Gustavsson, et de notre côté nous allons éclaircir cette histoire de vol. Mais il est possible qu'il se soit joué de nous tous. Il paraît qu'il fait du théâtre. Nous sommes en route pour le Hof d'Akureyri où il a déjà donné un spectacle. À plus.

Il raccroche, et ils restent muets jusqu'à ce qu'ils rejoignent le parking du Centre culturel, le long d'une petite marina où un vent taquin chahute quelques voiliers blancs et aventureux dans ses eaux froides. Le Hof est, au choix, le symbole d'une forteresse ronde ou d'une île posée entre terre et mer. Un bastion impénétrable de granit et de verre pourtant traversé de part en part par une rue piétonnière. Elle s'y engouffre par une faille étroite qui fend la muraille de haut en bas.

– Ces hautes barres de pierre étroites qui enchâssent tout le mur circulaire ont été taillées dans un granit très spécial venant de Stuðlaberg. On croirait les remparts d'un château fort lacérés par un dragon qui en aurait d'abord soufflé les créneaux et les donjons. Curieux concept pour un lieu de culture et de musique, non ?

Komsi ne répond pas. Il s'étonne que les nombreuses et hautes fenêtres ne parviennent pas à alléger la pesanteur de l'architecture du Hof.

– « La musique et l'architecture ne sont-elles pas les forces qui montrent le chemin à l'humanité montante ? Quand j'entends du Wagner, il me semble percevoir le rythme du monde antérieur. »

– C'est comme si j'étais plutôt d'accord avec ça. J'imagine bien du Wagner dans un tel bunker.

– C'est une citation d'Adolf Hitler, ajoute Spinoza.

– C'est comme si je n'avais rien dit alors, se reprend aussitôt Komsi pendant qu'ils pénètrent dans le Hof.

Dès qu'ils entrent, ils s'arrêtent, frappés par la chaleur et la douceur qui règnent derrière ces remparts de granit gris et froids. Les hautes fenêtres ne sont plus des meurtrières mais des vitraux sans couleur qui diffusent de toute part la lumière adoucie du jour. Les murs qui bordent la rue piétonnière traversante, lattés de tasseaux de bois blond, se dorent à leur clarté. Et soudain tout devient calme et lent. Apaisé. L'esprit des lieux retient les mouvements et feutre les voix.

– Empile des pierres, du bois et du béton, et c'est l'ingéniosité de la construction. Touche mon cœur et fais-moi du bien, rends-moi heureux parce que c'est beau, et c'est de l'architecture. C'est le jeu savant, correct et magnifique de formes assemblées dans la lumière. Ce que voulait dire Le Corbusier, c'est que le premier matériau de l'architecte, c'est la lumière.

Étant donné la beauté sereine des lieux, Komsi ne trouve rien à redire, et ils se dirigent vers le bureau d'accueil.

L'hôtesse est toute jeune, souriante, blonde, aimable, mais elle ne peut leur répondre et les renvoie à un garçon tout jeune, souriant, blond, aimable, qui, lui, se souvient très bien du spectacle en question :

– Quatre acteurs, deux vieux et deux jeunes, sur le thème de la mémoire qui flanche. Un des vieux danse avec un mannequin et essaye de se souvenir des pas du tango qu'il a appris à Buenos Aires dans sa jeunesse de marin et dont il ne se souvient plus. Pratiquement sans paroles. Très émouvant.

Il raconte tout en consultant l'écran de son ordinateur :

– Avez-vous déjà vu un spectacle du clown russe Slava ? Non ? Vraiment ? Vous devez absolument le voir la prochaine fois qu'il passe en Islande. Le spectacle de cette petite troupe dont le nom m'échappe encore est aussi chargé d'émotion, de poésie et de surréalisme que le spectacle de Slava… Ah, voilà… J'aurais dû m'en souvenir : *Alzheimer tango*. Et la troupe s'appelle Eternal Project.

– Avez-vous des photos des acteurs ? s'impatiente Spinoza.

– Oui, mais sur scène seulement, et ils jouent grimés ou avec des masques, vous n'en reconnaîtrez donc aucun.

– Je ne vois le nom de Viktor Gustavsson nulle part sur votre écran.

– Bien sûr, les quatre acteurs de cette troupe ont tous choisi de ne figurer sur les documents que sous leur nom d'artiste.

– Dans ce cas, comment avez-vous pu établir le lien entre Gustavsson et Eternal Project ?

– Parce que lui seul est venu signer les contrats au nom de la troupe et qu'il a bien fallu qu'il se présente sous son vrai nom et sans son masque. Et puis il est connu ici dans le milieu du théâtre. Il est même abonné à l'année pour tout le programme.

– On nous a dit qu'il existait une captation vidéo du spectacle, on peut la voir ?

– C'était il y a deux ans, une toute petite production, j'ai peur que le stock soit épuisé. Je vérifie... Oui, malheureusement, épuisé.

– Mais vous l'avez sûrement en archive quelque part, non ? Vous devez bien conserver une trace de tous vos spectacles.

– Ah oui, ça oui, bien sûr !

Il pianote sur son clavier, fait défiler une liste sur son écran et clique sur un dossier. La présentation d'*Alzheimer tango* apparaît aussitôt, et dès les premières images, les deux policiers soupirent d'une rage contenue :

– L'enfoiré, c'est pas comme s'il ne s'était pas vraiment foutu de nous !

– L'enfant de salaud ! La trahison vient décidément toujours de ceux qui se font aimer d'abord.

– C'est pas comme si j'avais jamais aimé ce type, moi, se défend Komsi.

– Eh bien moi, j'avoue que j'avais fini par bien l'aimer, avec son histoire d'amour de série B, ses mégots à l'amiante et ses pannes d'électricité cérébrales.

Sur un fond noir, un homme maigre dans un trop large survêtement malmène, dans un tango hésitant, une poupée de chiffon grandeur nature. Le mannequin de peluche a les pieds aimantés à ceux du danseur et suit ses mouvements indécis comme une femme un peu ivre, ou fatiguée de danser. Le pantin est habillé d'un pull traditionnel islandais sur une jupe écossaise très courte, et ses pieds sont lestés de lourdes chaussures sur lesquelles sont roulées des chaussettes blanches. Il est aussi affublé d'une épaisse perruque rousse.

– La traînée des couturières ! s'exclame Spinoza en bousculant le garçon. Attendez, poussez-vous...

Il sort son téléphone et prend plusieurs photos de l'écran.

– Faites-nous des captures d'écran de différentes séquences

et de chaque personnage, ainsi qu'une copie de l'ensemble de la vidéo, et transférez le dossier à cette adresse de toute urgence, ajoute-t-il en tendant au garçon une de ses cartes sur laquelle il a écrit une adresse mail.

Puis il rappelle Reykjavik :

– Botty, regarde les photos que je viens de t'envoyer. Gustavsson se fout de nous depuis le début. La rousse n'a jamais existé. C'est le pantin avec lequel il joue sur scène. C'est ce mannequin que la couturière a identifié de loin comme une rousse ivre et dévergondée qui dansait lascivement dans la rue avec lui. Ma main au feu que ce salaud se savait observé par le club de couture et qu'il s'en est servi pour fabriquer le témoignage de la commère.

– Mais pourquoi, puisque ce témoignage l'accable ?

– L'accable en quoi, Botty ? La fille qu'il est supposé avoir massacrée n'est qu'un mannequin, et le sang supposé de cette fille qui n'existe pas est le sang volé d'un homme déjà mort.

– Attends, tu vas trop vite, Spinoza. Le sang du marin, c'est celui retrouvé chez Eriksson, pas chez Gustavsson.

– Botty, si Gustavsson a volé le sang qui a servi à maquiller la scène de crime chez Eriksson, c'est qu'il existe bien un lien étroit entre eux, et pour moi, ce lien, c'est la complicité.

– Mais ils seraient complices de quoi ? demande Botty, troublée de ne pas pouvoir suivre le raisonnement de Spinoza.

– Botty, intervient Komsi en prenant le téléphone des mains de Spinoza, moi je vois ça comme si ces deux-là avaient maquillé deux fausses scènes de crime en jouant les faux coupables, puis les fausses victimes, dans le seul but de s'en prendre à une seule victime : nous !

– Nous, mais nous qui ?

– Nous, Botty, nous la police. Tu ne vois pas ça un peu comme si la seule victime de ce qui ressemble de plus en plus à un énorme canular, c'était nous, la police ? Essaye d'imaginer le résumé de l'affaire dans la presse et les réseaux sociaux, c'est pas comme si nous étions déjà morts de ridicule ?

Botty ne répond pas. La ruse devient tellement évidente et le fiasco si complet qu'elle en perd ses moyens, sonnée debout comme un boxeur uppercuté par surprise. Ces types les ont trimbalés comme ils l'ont voulu. Spinoza reprend le téléphone :

– Botty, tu es toujours là ? Vous n'avez rien trouvé qui ressemble à ce mannequin en perquisitionnant chez Gustavsson ? Ça ou des trucs de théâtre, des costumes, des accessoires ?

– Non. Rien.

– Écoute, il semblerait que Gustavsson dirigeait une petite troupe de quatre ou cinq personnes, Eternal Project. Peut-être qu'un autre membre de la troupe stocke le matos chez lui ou dans un endroit dédié. On devrait creuser de ce côté-là. Il faut retrouver cette fausse femme si nous voulons les coincer.

– Les coincer ? soupire Botty, découragée, mais de quoi voudrais-tu les inculper, de canular aggravé ? d'atteinte au sérieux de la police ? Tu veux vraiment donner une dimension publique à ce fiasco ?

– Oui, c'est vrai, peut-être que nous avons déjà été trop trimbalés dans cette affaire. Tu as raison, laissons filer. Laissons-leur reprendre l'initiative. Ne mobilisons pas nos forces sur cette affaire, dont Knudsen nous a déjà dessaisis par ailleurs. Et pour Kornélius, comment se présentent les choses ?

– C'est bien notre problème le plus préoccupant. Le seul moyen de disculper Kornélius du meurtre de la journaliste, c'est de prouver qu'à l'heure du crime il était chez lui, drogué, dans le cadre de ce que nous savons maintenant n'être qu'un macabre canular.

– Mais comment le prouver, Botty ?

– Il nous faut la fille, Spinoza. Je veux dire la vraie, Nola.

Contrairement aux deux affaires Gustavsson et Eriksson dans lesquelles on peut maintenant imaginer qu'ils ont eux-mêmes maquillé chacun leur scène de soi-disant crime, on ne peut pas en dire autant pour Kornélius. Je suppose que Gustavsson a joué le rôle de l'ivrogne atteint de black-out et Eriksson celui du vieillard sénile amnésique, mais Kornélius n'a pu jouer aucun rôle, sinon inconsciemment et malgré lui. Il a donc bien fallu que quelqu'un mette en scène cette rencontre chez lui et maquille la scène de crime. Et pour une fois, cette soi-disant victime existe vraiment et nous la connaissons tous. C'est Nola. Seul son témoignage peut sauver Kornélius, et à mon avis, elle n'est pas près de réapparaître. À moins que…

48

... sidérée, les larmes aux yeux.

– La presse du jour, claironne Botty en jetant les journaux sur la table d'interrogatoire.

Kornélius se reconnaît aussitôt en couverture. Les titres sont sans appel : « L'inspecteur Jakobsson soupçonné du meurtre de la journaliste Sara Johandöttir » pour les plus neutres, « Jakobsson, assassin de Johandöttir ? » pour les plus racoleurs. La photo est toujours la même, tirée de sa désormais mondialement likée conférence de presse.

– Merci pour le traitement médiatique, ironise Kornélius.

– C'est toi qui as cherché à tutoyer la gloire, rétorque Botty.

– Vous en êtes où sur la mort de Sara ?

– Tu sais très bien que je ne peux rien te dire, c'est toi le principal suspect.

– Tu sais très bien que je n'ai rien fait.

– Je n'en sais rien, Kornélius. Plus personne ne sait rien de toi. Plus personne ne sait quoi penser.

– Plus personne, c'est-à-dire toi et Ida, c'est ça ?

– Oui.

– Très bien, je m'en souviendrai.

Kornélius prend les journaux, se lève et fait signe au gardien qu'il en a terminé, mais elle le rappelle à l'ordre :

– Arrête de faire le con et rassieds-toi. Primo, je n'ai pas le droit de te laisser les journaux, tu le sais bien.

Il s'arrête, fait demi-tour, la regarde et jette les journaux sur la table.

– Secundo, Gustavsson, avec Eriksson comme complice, nous a tous manipulés. Ces deux-là ont très certainement maquillé eux-mêmes leur propre scène de crime pour nous balader.

– Comment ça, qu'est-ce que tu racontes ? Dans quel but auraient-ils fait ça ? s'intéresse aussitôt Kornélius, qui s'assied à nouveau.

– On n'en sait encore trop rien et je t'en ai déjà trop dit. Tu es aussi un suspect dans cette affaire, ne l'oublie pas. Mais comme ta seule chance d'être innocenté dans l'affaire de la journaliste, c'est d'avoir comme alibi ta nuit avec Nola, nous avons décidé de balancer toute l'affaire à la presse.

– Je ne vois pas très bien l'intérêt, si ce n'est pour vous venger de moi et me nuire.

– C'est vrai que tu ne sembles pas avoir une vision très claire de ta vie en ce moment, mais arrête de ne penser qu'à toi. J'ai pris cette décision pour faire sortir du bois Gustavsson et sa petite bande de farceurs, figure-toi.

– En jetant ma vie en pâture à la presse ?

– Tu as maintes fois prouvé que c'est un exercice qui semble te plaire.

– Et pourquoi sortiraient-ils du bois ?

– Parce que tout ce qu'ils ont fait jusqu'ici est de l'ordre du canular, de la blague potache. De mauvais goût, je te l'accorde, mais sans aucune violence. Je crois qu'ils se sont juste foutus de nous, Kornélius, et de toi surtout, et s'ils comprennent que leur témoignage peut te laver d'un sérieux soupçon de meurtre, je pense qu'ils pourraient jeter l'éponge.

– Quel merdier ! soupire Kornélius. Dans quel beau et grand

merdier ces deux types ont réussi à m'entraîner ! Mais même s'ils me fournissent l'alibi libératoire, et même si je n'ai pas tué Sara, ça n'empêche que c'est moi qui ai provoqué sa mort. Ce sont mes allusions imbéciles pendant la conférence de presse qui ont poussé son assassin à agir.

– Pourquoi, tu crois vraiment qu'elle avait identifié le sniper ?

– Non, mais elle y travaillait. Elle me l'a confirmé quand je suis venu la voir chez elle. Elle allait consulter ses anciens articles. Quelque chose dans ce que le sniper lui a dit quand ils se sont parlé au téléphone avait éveillé son attention. Mais elle n'avait pas encore compris quoi. C'est pour cette raison que je lui ai laissé ma carte avec mon numéro de portable personnel.

– Justement, ça m'amène à mon tertio. C'est quoi, ça ? dit-elle en posant un téléphone sur la table.

– Mon portable, on dirait.

– Et ça ?

Elle manipule l'appareil et fait apparaître la photo d'un document.

– C'était dans ton WhatsApp, envoyé par Sara Johandöttir à deux heures du matin apparemment.

Il tire l'appareil jusqu'à lui et observe le document. Un article d'une pleine page. Un portrait de Knudsen. À l'époque commissaire régional à Borgarnes. Aujourd'hui commissaire de Reykjavik.

– Qu'est-ce que ça veut dire ?

– C'est ce que je suis venue te demander.

– Je n'en sais rien, je découvre le document à l'instant.

– Non, mais tu te rends compte de ce que tu deviens comme flic, Kornélius ? Sara est peut-être morte à cause de cet article, et toi tu le reçois sans même le consulter !

– Il est arrivé à deux heures du matin, Botty, tu l'as dit toi-même. À deux heures du matin !

– Et tu veux que je te rappelle ce que tu faisais à deux heures de ce matin-là au lieu de faire ton métier de flic ? hurle Botty.

Kornélius s'apprête à lui répondre, puis hésite. Mais il se lève et se lance :

– Alors nous en sommes là, c'est ça ? Je suis le mauvais flic, hein ? Celui qui bâcle ses enquêtes. Celui qui néglige ses dossiers. Remarque, tu as peut-être raison. Après tout, je course un sniper en slip, je couche avec un témoin, je jette une journaliste dans les pattes de son assassin, et j'ai aussi sûrement tué Nola, parce que je suppose que tu es aussi convaincue de ça, non ?

– Je n'ai pas dit ça, se défend Botty.

– Mais tu le penses si fort, Botty, si fort !

– Je fais mon métier de flic, moi, je constate les faits et j'envisage toutes les éventualités.

– Merde, Botty, tu t'entends parler ? C'est à moi que tu dis ça ? Tu constates les faits qui m'accablent et tu envisages la possibilité de ma culpabilité ?

– C'est la procédure.

– Va te faire voir avec ta procédure, Botty. Je suis dans la mouise et j'ai besoin d'amis pour m'en sortir, pas de procéduriers. Alors, continue sans moi. Fais de moi ce que tu veux. Inculpe-moi si ça te chante. Moi j'arrête là, tu entends ? Je ne réponds plus à personne, je ne dis plus rien. Qu'on me foute la paix. Et préviens aussi les autres. Allez vous faire voir, tous autant que vous êtes !

Il lui tourne le dos et se dirige vers le gardien, qui se raidit soudain.

– Je rentre chez moi.

– Mais, monsieur, vous ne pouvez pas…, bredouille le jeune policier en uniforme.

– Chez moi, en cellule, gardien ! dit Kornélius, qui le précède vers la sortie.

Il disparaît, suivi par le gardien qui n’ose pas regarder Botty, sidérée, les larmes aux yeux.

49

Va savoir !

Botty pleure, sans honte, sur l'épaule d'Ida, qui lui caresse le dos pour l'encourager à se vider de son chagrin. Elle terminait l'autopsie de la journaliste quand la jeune inspectrice a déboulé à la morgue pour se jeter dans ses bras. Botty pleure, et ses larmes gouttent sur le cadavre de la femme qui a provoqué tout ça.

– Je me suis comportée comme une petite conne prétentieuse, et ça l'a mis en colère.

Ida ne dit rien. Elle aussi ne comprend plus grand-chose à Kornélius. Elle repense aux mots échangés avec Nola, sur le bord de la piste, dans l'Askja. Ce désir de Kornélius de n'être tout simplement qu'au calme dans les bras d'une femme. Cette fille a compris en une rencontre ce qu'elle n'a pas su deviner en trois ans de vie avec lui.

– Je lui ai lancé des mots stupides et inutiles, reprend Botty, et lui m'a répondu avec des mots méchants et définitifs.

Ida pense aussi à l'enfance que Kornélius lui a laissé entrevoir et qu'elle ignorait. Il se pourrait que personne n'ait jamais vraiment pris le temps de bien comprendre cet homme. Et peut-être qu'il n'est fait que pour être solitaire, dans les ennuis comme dans les amours.

Botty renifle et se reprend. Elle se dégage doucement de l'étreinte d'Ida et se recompose un visage.

– C'était stupide et inutile, je le reconnais, répète-t-elle d'une voix plus ferme, mais tout ce que je veux, c'est l'aider en faisant bien mon métier, et lui pense que je m'acharne sur lui.

– Ne t'en fais pas. Je crois qu'il est accablé par tout ça. Ces enquêtes tordues, bien sûr, mais aussi les retrouvailles avec son père et le retour de sa fille, il n'est plus lui-même depuis quelques jours.

– Justement, il avait besoin d'une amie, et moi je l'ai joué rigueur policière et procédure.

– C'est toi qui as raison, Botty, la seule façon de le sortir de ce mauvais piège dans lequel il s'est enferré tout seul, c'est de blinder le dossier qui l'innocentera. L'amitié n'a jamais fait le poids devant un juge. Une procédure bien menée, si. Bien carrée, bien étayée, c'est ce que tu fais et tu as raison.

– J'ai quand même insinué qu'il était mauvais flic ! soupire Botty.

– Ça n'a pas dû lui plaire, c'est sûr, et en plus ce n'est pas tout à fait juste. Têtu, solitaire, irrespectueux des hiérarchies et des procédures, c'est vraiment un mauvais officier de police, ça c'est sûr. Mais c'est un bon flic. Il a l'intuition, l'art de l'opportunité, le courage physique, le sens de la déduction. En fait, il a dans son métier tous les talents qui lui manquent dans sa vie privée.

– Oui, on peut vraiment dire ça comme ça. J'espère quand même qu'il me comprendra. Je pensais le rassurer en la jouant très pro. Tu crois qu'il me pardonnera ?

– Avec Kornélius, va savoir !

50

Justement…

Il commande un chocolat suisse et hésite entre un cheese cake new-yorkais et un moelleux au chocolat.

Le vieil homme est assis dans un coin, au rez-de-chaussée du Babalu Café, à une table ronde couverte d'une nappe à damier, sous des guirlandes de billets de banque de tous les pays et une étagère surchargée de la collection complète des nains de Blanche Neige version nains de jardin.

– Cheese cake ! tranche Alma à sa place.

– Cheese cake alors, accepte le vieil homme. Mademoiselle, est-ce que je peux vous poser une question personnelle ?

– Essayez toujours. Si vous n'êtes ni un Grincheux obsédé, ni un Simplet sexuel ou un Joyeux partouzeur, peut-être que je pourrai vous répondre.

– Vous êtes bien la fille de l'inspecteur Jakobsson, n'est-ce pas ?

– Oui, et en quoi ça vous intéresse ?

– Je connais votre père.

– La belle affaire, tout le monde connaît mon père, le pays entier l'a vu en slip à la télévision. Le monde entier, même, pas vous ?

– Si, répond le vieil homme, moi aussi je l'ai vu en slip, mais chez moi, pas à la télé.

– Écoutez, monsieur, la vie sexuelle de mon père déborde du cadre de mes compétences de serveuse saisonnière au Babalu Café.

Il éclate d'un rire vif et malicieux.

– En fait, je n'ai fait que l'héberger pendant une de ses récentes enquêtes, rassurez-vous.

– Pas besoin de me rassurer, vous savez, je m'arrangerais très bien d'un père gay et gérontophile. Je me contenterais juste d'une chose.

– Ah oui ? Laquelle ?

– D'avoir un père !

– Que voulez-vous dire ?

– Eh bien, nous sommes un peu en froid depuis quelque temps, et qu'il soit en prison en ce moment n'arrange pas les choses. Chocolat suisse et cheese cake, donc.

– Oui, oui, pardon de vous retenir.

– Je vous en prie.

Alma effectue un demi-tour de Horse Guard sur les talons et s'éloigne quand le vieil homme la rappelle :

– Quatre fois, s'il vous plaît.

– Quatre fois quoi ?

– Quatre chocolats suisses et quatre cheese cakes new-yorkais.

– Quatre ? Je n'ai pas souvenir qu'il y ait un Goinfreur chez les sept nains !

– Quatre fois, répète-t-il en riant, et veuillez nous servir à l'étage, côté bibliothèque, s'il vous plaît !

Alma exécute une seconde volte-face et disparaît. Cinq minutes plus tard, elle monte avec précaution le raide escalier qui mène à l'étage, pour ne pas faire déborder des quatre tasses la mousse dans laquelle elle a dessiné au pochoir des cœurs en poudre de cacao. Mais quand elle arrive dans le recoin de la bibliothèque, son mouvement de surprise fait tanguer le plateau.

– Viktor ?

Assis tout droit sur le rebord d'un vieux sofa, sous trois étagères surchargées de livres en désordre, Gustavsson la regarde en souriant, entre un garçon de son âge à l'air de premier de la classe et une jeune femme blonde qu'elle devine confiante de se savoir plutôt jolie.

– Bonjour, Alma, contente de te revoir, dit Gustavsson d'un air sincère.

Alma reste indécise. Eriksson, qui lui a passé la commande, assis dans un fauteuil affaissé aux ressorts détendus, s'en éjecte pour la soulager du plateau qu'il pose sur une table basse.

– C'est quoi cette histoire, Viktor ? s'étonne Alma. Tu sembles avoir dix ans de moins qu'à Vik. Et puis, je te croyais en prison !

– J'en suis sorti, Alma, j'en suis sorti. Alma, laisse-moi te présenter mes amis : Olaf, le gourmand qui t'a commandé tout ça ; Tobias, le jeune geek de la troupe, grand adorateur des mousses et autres lichens ; et Nola, notre belle et pulpeuse jeune première.

– Jolie troupe, dit Alma en les regardant lui sourire, et vous faites quoi ensemble ?

– Du théâtre, bien sûr. Ensemble, nous sommes la troupe Eternal Project.

– Waouh ! J'aimerais bien voir ça ! s'exclame-t-elle. On peut vous voir jouer où ?

– Mais tu m'as déjà vu, Alma, tu ne te souviens pas ? Le rôle de l'alcoolique paumé et tuberculeux qui ne se remet pas de sa débauche sexuelle et qui sombre dans un trou noir.

– Non ?

– Si.

– Tu jouais un rôle ? Merde, Viktor, j'ai marché à fond, moi. Je t'ai vraiment cru désespéré, dépassé par les événements, prêt à mourir à cause de ta mémoire fracassée. Putain, Viktor, tu sais quoi ? Je suis allée jusqu'à plaider ta cause auprès de mon père, tu te rends compte ? Je t'ai défendu, toi, et je l'ai insulté, lui, et tout ça c'était bidon ?

– C'était du théâtre, Alma, intervient Eriksson. C'est pour ça qu'il faut que nous voyions ton père.

– Mais mon père, c'est lui qui est en prison maintenant, Viktor.

– Justement, répond-il dans un curieux sourire qu'Alma ne peut décrypter. Justement…

51

... les larmes aux yeux de l'inspectrice.

– C'est comme si nous avions résolu l'affaire, lance-t-il à la cantonade.

– Gustavsson et Eriksson sont de mèche, annonce Spinoza d'un geste théâtral, il faut les retrouver et les arrêter.

– Pas la peine, répond Botty, affairée à rassembler des dossiers.

– Comment ça, pas la peine, tu as regardé les documents que nous vous avons fait parvenir au moins ?

– Non, pas la peine, répète Botty en quittant la salle des inspecteurs.

Komsi et Spinoza lui emboîtent le pas.

– C'est pas vraiment comme si on comprenait ce qui se passe, Botty, tu sais ?

– Ce n'est plus la peine de chercher à comprendre, Komsi, ce n'est plus la peine de rien, dit-elle en s'engageant dans les couloirs.

– Comment ça, ce n'est plus la peine ? insiste Komsi en accélérant le pas derrière elle.

– Je veux bien que le renoncement puisse être une vertu morale, sermonne Spinoza, encore faut-il savoir à quoi exactement vous avez renoncé en notre absence.

– Nous n'avons renoncé à rien, c'est juste que ce n'est plus la peine, répète Botty en prenant l'ascenseur.

Ils s'y engouffrent à sa suite.

– C'est quand même pas comme si tu avais renoncé à innocenter Kornélius, j'espère ?

– Ce n'est plus la peine, répète Botty en poussant la porte de la salle d'interrogatoire d'un coup d'épaule.

Spinoza va perdre patience et protester, mais ils la suivent dans la salle et s'immobilisent, bouche bée.

Kornélius est là, debout, libre apparemment, du côté des flics. De l'autre côté de la table, sur des chaises bien alignées, assis comme des enfants sages et attentifs, ils reconnaissent Gustavsson, Eriksson et Nola.

– Ça alors, c'est pas comme si…

– Si Komsi, c'est ! Et le gosse au bout, c'est le môme au drone, l'interrompt Kornélius sans se retourner.

– C'est à cause de vous, Kornélius, commence Gustavsson, quand, après l'affaire Heimaey, l'an dernier, alors que vous aviez joyeusement piétiné toutes les règles déontologiques du métier, vous êtes devenu le meilleur flic du pays. C'était au café Amour, où nous buvions une Gull un soir, après la représentation, en regardant les infos. À un moment, le journaliste a parlé de vocation de père en fils, et Eriksson s'est souvenu de votre père. De fil en aiguille, et surtout de Gull en Gull, nous en sommes venus à parler de l'affaire Einarsson, et je lui ai révélé que mon père aussi avait fréquenté la task force et les prisonniers de l'époque. Et comme notre spectacle tourne autour de la mémoire qui flanche, nous avons vite abordé le sujet de ces pauvres gamins. Plus de quarante ans après, pour ceux qui ont survécu, ils ne savent toujours pas s'ils ont vraiment tué, ou si on leur a juste pourri la tête pour le leur faire croire ! C'était une simple idée de spectacle au départ. Une autre réflexion sur la mémoire. Non plus sur ses défaillances, mais au contraire sur ses manipulations. Un prolongement de notre travail avec *Alzheimer tango*. L'idée d'une nouvelle pièce pour notre petite troupe, comme nous en avons mille par jour.

– Et puis des choses ont resurgi, enchaîne Eriksson, que nous croyions enfouies à jamais dans notre propre mémoire sélective. Ma démission de la task force et de la police, par écœurement face au rôle de super-flics qu'on voulait nous faire assumer. Pour Viktor, le suicide de son père, probablement pour toutes les pressions psychologiques qu'on l'obligeait à faire subir à ces gamins. Alors ce projet, petit à petit, est devenu plus personnel. Plus prioritaire aussi. Avec, déjà, à peine esquissé, comme l'idée d'une pointe de vengeance.

– Quand ils nous en ont parlé, intervient Nola, Tobias et moi…

– Vous êtes ensemble, Tobias et vous ? demande Botty.

– Botty, un mot de plus et je te vire de cette salle.

C'est si brutal devant tout le monde qu'elle renonce à lui faire remarquer qu'il n'est plus en charge de rien dans la police et qu'elle vient de le faire libérer il y a une heure à peine. Même s'il ne l'en a pas remerciée.

– Tobias et moi avons été sidérés par ce qu'avaient dû souffrir ces jeunes qui avaient à l'époque l'âge que nous avons aujourd'hui. Si la Cour suprême n'avait pas cassé ce dossier, plus personne n'en parlerait aujourd'hui, alors nous sommes tous tombés d'accord sur le fait qu'une réflexion sur cette affaire devenait une sorte de devoir de mémoire pour le pays.

– Au début, se souvient Eriksson, l'idée était que Tobias et Nola fassent revenir Saevar et Erla dans nos mémoires de vieux flics, à Gustavsson et à moi. Que nous soyons tour à tour les flics sadiques qui les interrogeaient à l'époque et les victimes de leur vengeance d'aujourd'hui quand ils reviennent nous interroger à leur tour et nous hanter, alors que l'âge ou l'alcool nous fait perdre la mémoire. Un méli-mélo de flash-back jusqu'à tout mélanger pour plonger nos esprits dans la même totale confusion que celle de ces gamins à l'époque. C'était ça notre projet d'écriture.

– Et puis il y a eu ce mot « vengeance » lâché dans la discussion, comme vient de le dire Eriksson. Et l'idée est née de créer quelque chose de plus ambitieux que de jouer devant six cents personnes dans la grande salle du Hof. Quelque chose pour interpeller le pays tout entier, car il ne faut pas oublier l'hystérie des médias et du public contre ces gosses à l'époque. Et pour se jouer de la police aussi, prendre les risques qu'Eriksson et mon père n'ont pas osé prendre en ce temps-là. Imaginer quelque chose de beaucoup plus que du théâtre. Un événement grandeur nature. Un happening, comme on disait dans notre jeunesse.

– Et, surtout, se payer la police, coupe Tobias en colère. La ridiculiser. Notre fameuse police islandaise, si belle et si bonne soi-disant, qui se vend en selfies sur Twitter et Snapshat en mangeant des glaces et des salmiaks avec les mômes et leurs jolies mamans, dans les squares et les rues de la capitale. Vous faire courir après votre ombre…

– Quand je pense, soupire Kornélius, que sur la plage de Vik ce soir-là, et le lendemain encore, j'ai expliqué toute l'affaire Einarsson à mon équipe pour bien recommander à chacun de prendre garde de ne pas reproduire les mêmes erreurs.

– Que vous avez quand même reproduites, avouez-le, dit Gustavsson.

– Vous rendez-vous compte, Viktor, qu'aujourd'hui je perds mon job à cause de ça ? Pas parce que je l'ai mal fait, pas du tout, mais parce que j'ai désobéi au commissaire et même à la commissaire nationale pour donner la priorité à cette affaire au détriment de celle du sniper.

– Nous allons tous perdre quelque chose dans cette histoire, Jakobsson, répond Eriksson. Vous, votre job, nous, quelques mois ou quelques années de liberté, et vos collègues, leurs illusions sur l'infaillibilité des méthodes policières. Vous ne croyez pas que nous devons bien ça aux gamins de l'époque ?

– C'est pas comme si nos méthodes avaient failli, monsieur, proteste Komsi, nous revenons d'Akureyri avec tout ce qu'il faut pour vous inculper. Nous en savons même plus sur vous que vous ne l'imaginez. Nous savons le jour et l'heure où Gustavsson a volé une, ou peut-être deux poches de sang à l'hôpital. Nous savons la date du don, la date de la commande à la banque de sang, la date de livraison et, je vous l'ai dit, la date du vol. Par nos méthodes nous avons pu apprendre – ce que vous ne savez pas vous-mêmes – le nom du donneur qui, pour votre malheur, était un homme, et un homme mort depuis des semaines, ce qui nous a permis d'établir scientifiquement votre supercherie.

– L'incertitude, ajoute Spinoza, ne change pas la nature des choses, elle en change l'appréciation par notre esprit. Elle n'est que l'expression d'une méconnaissance. Mais il suffit d'en être conscient pour progresser vers la connaissance. Dans notre métier, la connaissance des faits, pour être plus précis. Quelle que soit la sophistication de votre mystification, nous en serions venus à bout, et loin d'en être ridicules, nos méthodes et nos équipes en seraient sorties valorisées.

– D'abord, jeune homme, apprenez que toute représentation se termine par un tomber de rideau et que nous étions prêts à l'assumer dès le premier acte. Mais il n'empêche que cette expérience nous aura apporté des moments d'acteurs d'une intensité exceptionnelle. Cette humanité désemparée chez vous, Kornélius, face à ma mémoire soi-disant défaillante, quand vous décidez de rester la nuit.

– Et vous, Botty, cette part de méchanceté que j'ai fait ressortir chez vous quand vous m'avez interrogé en me croyant vulnérable, renchérit Gustavsson. Ce piège dans lequel je vous attire en me servant de la cruauté des jugements du club de couture, et où vous tombez parce que vous avez tellement envie d'y croire. Il a été si facile de me jouer de vous. Souvenez-vous, votre conviction de ma culpabilité remonte à l'instant précis où vous mettez sous mon nez une photo de la culotte. J'avais tellement préparé cette scène-là ! Ce fugace blêmissement de mon visage, cet imperceptible trouble dans mon regard, cette infime perdition dans mon silence. Si vous saviez comme ce fut jubilatoire de vous voir penser que vous m'aviez dérobé malgré moi ce jour-là un aveu.

Botty est sidérée d'abord, puis atterrée par cette révélation.

– C'est quand même pas comme si vous aviez tout écrit à l'avance, s'offusque Komsi, sans pouvoir cacher une pointe d'admiration dans sa voix.

– Non, répond Eriksson, l'idée était de fixer les grandes lignes et d'improviser chacun en fonction des situations. Nous nous racontions chaque soir au téléphone ce que nous avions inventé de nouveau. C'est Tobias, par exemple, qui a profité de mon jeu avec vous, Kornélius, pour improviser sa disparition. Le plus beau rôle pour un acteur est de s'abstraire de la scène pour ajouter à la confusion du public.

– De la même façon, c'est moi qui ai décidé quand revenir dans le jeu, explique Gustavsson. Même Eriksson devait revenir, ça faisait partie du projet de base, et c'est ce qu'il a fait aujourd'hui, mais moi j'ai préféré débarquer à Vik. Me servir de cette affaire de sniper, aller vous troubler là-bas. Et quelle inspiration ! La rencontre avec Alma m'a donné l'occasion de développer mon personnage et de m'assurer qu'il parviendrait bien jusqu'à vous grâce à elle.

– Vous vous êtes servi d'Alma et vous en êtes fier ? s'emporte Kornélius.

– Bien sûr, c'est ça le théâtre, se servir des spectateurs. Surfer sur leur humeur et leurs émotions pour construire chaque soir un personnage légèrement différent et de plus en plus vrai. C'est ça le théâtre.

– Qui a eu l'idée du pantin ?

– C'était l'idée géniale de Viktor, répond Nola. Dans la pièce, le pantin, c'est moi qui réapparais dans ses souvenirs. Mais c'est moi qui ai voulu reprendre cette idée en donnant à Rakel le même physique et la même tenue que mon personnage.

Botty ne peut retenir la question à laquelle tout le monde pense et que Kornélius n'ose pas poser :

– Et la rencontre avec Kornélius, c'était écrit ou de l'impro ?

– Kornélius sait très bien quel jeu j'ai joué ce jour-là.

Il s'ensuit un long silence, que rompt finalement Botty :

– Vous vous êtes peut-être moqués de nous un certain temps, il n'empêche que c'est parce que vous sentiez nos équipes vous talonner que vous avez décidé de vous livrer. La dernière chance pour vous de faire retomber sur nous le ridicule, malgré notre victoire annoncée.

– Vous vous méprenez, ce n'est pas pour vous devancer que nous nous dénonçons aujourd'hui. C'est pour sauver Kornélius, répond Nola.

– D'ailleurs, c'est bien ce que vous cherchiez, non, en poussant la presse à publier ces articles ? intervient Eriksson. Parce que si Nola l'a drogué chez lui cette nuit-là, il n'a évidemment pas pu tuer cette journaliste.

– D'accord, admet Botty. Qu'Eriksson joue le malade d'Alzheimer, je comprends. Que Gustavsson interprète un poivrot blackouté, passe encore, mais vous, Nola, à quoi servait votre rôle de pute auprès de l'inspecteur…

– Dehors, Botty !

– Va te faire voir, Kornélius, réagit Botty, je suis flic et plus toi, alors c'est toi qui sors.

Il serre les poings. Ferme les yeux. Inspire si fort qu'il en asphyxie la salle. Et quitte la salle sans rien dire. Un instant décontenancés, Komsi et Spinoza finissent par lui emboîter le pas.

– Vous deux, vous restez là !

Ils continuent sans répondre et Spinoza referme doucement la porte derrière eux.

– Et merde ! hurle Botty. C'est ça que vous cherchiez, hein ? Mettre la pagaille dans la police ? Semer la zizanie entre nous ?

– Je veux juste avouer ce que j'ai fait à l'inspecteur Jakobsson pour qu'il soit disculpé de l'assassinat de la journaliste.

– Et que croyez-vous que vaut l'alibi d'une de ses maîtresses ! siffle Botty.

– Et que croyez-vous que vaut l'acharnement d'une autre de ses maîtresses ! réplique Nola.

– Jeune fille, intervient Eriksson en s'adressant à Botty, avant de juger les autres, j'espère que vous allez longtemps réfléchir à ce que cette expérience a révélé de chacun de vous. Et je ne suis pas convaincu que cette réflexion révèle de vous la même humanité que chez Kornélius. La pagaille n'est pas dans vos services, même s'ils nous rattrapaient grâce aux indices que nous semions comme le Petit Poucet. La pagaille, elle est dans votre vie privée. À vous comme aux autres.

– Oui, eh bien on verra dans quel état seront les vôtres, de vies privées, quand vous aurez passé quelques années en prison, rétorque-t-elle.

– Du moment que Kornélius n'y reste pas à cause de nous, répond Nola.

Laissant exploser toute sa colère contre elle et sa rancœur

contre Nola, Botty balaye d'un bras tous les dossiers qu'elle avait empilés sur la table. Les deux policiers en uniforme, debout dans le fond de la pièce, sursautent mais se gardent bien d'intervenir.

– Pauvre imbécile, grogne-t-elle, les mâchoires serrées, tu n'as pas remarqué qu'il était déjà libre, qu'il fait déjà à nouveau tout ce qu'il veut, qu'il se fiche de vous comme de nous ?

Puis s'adressant aux uniformes dans un geste d'abandon :

– Allez, embarquez-moi ces guignols !

Les deux policiers s'exécutent, faisant mine de ne pas voir les larmes aux yeux de l'inspectrice.

52

... descendre Jakobsson.

Le commissaire Knudsen est engoncé dans un des profonds fauteuils en cuir d'un salon à l'écart, au fond du Klaustur Bar, en face des jardins du vieux parlement. L'autre est assis au bord de son siège, nerveux, sur la pointe des fesses.

– Qu'est-ce qui te prend de nous donner rendez-vous ici ?

– C'est un très bel endroit, répond le commissaire, le whisky y est bon et tous les hommes politiques du pays y passent à un moment ou à un autre.

– Oui, je sais, je le fréquente aussi, merci, mais les femmes également.

– Que veux-tu dire ?

– Tu oublies que c'est dans ce bar, dans ce salon même, qu'une femme a enregistré à leur insu des députés qui se moquaient des femmes, des handicapés et des altersexuels.

– Je suis au courant. Il faut dire que tenir de tels propos dans la même pièce qu'une femme handicapée et altersexuelle, ce n'était pas très malin de leur part. Et ne pas s'apercevoir qu'elle les filmait non plus, d'ailleurs.

– Et si quelqu'un nous filme, nous, ou nous enregistre ?

– Tu crois que quelqu'un s'intéresse à nous ici ?

– Quelqu'un pourrait te reconnaître et s'intéresser à toi.

– Me reconnaître ? Mais je suis le commissaire de cette ville, et ce bar est comme le quartier général de mon club politique. J'y suis presque tous les jours. Bien sûr que tout le monde peut me reconnaître, c'est pour cette raison que l'endroit est le meilleur pour être discret, puisqu'on m'y voit tous les jours.

– Eux aussi pensaient être discrets, et…

– Discrets ? Avec cet idiot d'ancien ministre, meneur de campagne pour le HeForShe, organisateur de la conférence pour l'égalité entre les hommes et les femmes de l'ONU, qui crie à la cantonade la liste des femmes politiques d'Islande et du monde qu'il aimerait bien baiser ? Qui traite de salope la cheffe de file d'un parti opposé ? Et qui annonce que la ministre de l'Éducation va bientôt perdre son job parce qu'elle est moins chaudasse que quand elle faisait tout pour ambitionner le poste ? Non, rassure-toi, il n'y a aucun problème à être plus discret qu'eux.

– N'empêche qu'ils ont morflé avec la diffusion de cette vidéo sur les réseaux sociaux.

– Morflé ? Tu sais combien de ces six guignols ont été virés du Parlement après ces révélations ? Aucun !

– Putain, j'ai l'impression que cette pièce est truffée de micros et de caméras. Allons plutôt faire quelques pas dans le jardin de l'ancien parlement.

Knudsen accepte de mauvaise grâce et le suit dehors.

– Tu es sûr qu'il n'y a pas de caméras de vidéosurveillance à chaque coin de rue, au moins ? se moque-t-il.

– Ne plaisante pas, je t'en prie, je flippe déjà assez comme ça après ce que j'ai été forcé de faire.

Knudsen s'arrête et le regarde en le retenant par le bras.

– De quoi parles-tu ?

– De la journaliste, de qui d'autre voudrais-tu que je parle ?

– De Sara Johandöttir ? Oh non, pas ça ! Ne me dis pas…

– Si. C'est moi. Elle allait m'identifier et mettre ce foutu Jakobsson sur mes traces.

– Mais quel besoin avais-tu de faire ça ?

– Elle allait me reconnaître, je te dis.

– Comment tu l'as su ?

– Quelque chose dans sa voix. Une intuition…

– Quoi ? Une intuition ! hurle Knudsen avant de reprendre à voix basse : Une intuition ? Tu as tué cette journaliste juste sur une intuition ?

– Oui. Et puis surtout à cause de ce foutu Jakobsson qui ne la lâchait pas. Il est passé chez elle un peu après la conférence de presse.

– Mais pour quoi faire ? Je n'ai vu aucun rapport là-dessus ?

– Il est passé, mais ne t'en fais pas. En sortant, il n'avait pas le regard du flic qui vient d'apprendre un scoop. Il avait plutôt l'air de quelqu'un qui se doute de quelque chose mais qui ne sait pas encore quoi.

– Ah oui, tu sais à quoi ressemble cet air-là, toi ? Et c'est pour ça que tu t'es arrangé pour mettre ça sur le dos de Jakobsson ?

– Non, mais c'est pas possible, le jour où on organise un dîner de cons, tu ne resteras pas aux cuisines, toi, je te jure !

– N'oublie pas à qui tu parles et baisse d'un ton, d'accord ?

– Bien sûr que non, je n'ai pas arrangé ça, tu crois vraiment que j'avais besoin d'une enquête ? J'ai tout fait pour que ça ressemble à un accident.

– Oui, eh bien pas tout à fait tout, de toute évidence. Qu'est-ce qui a foiré ?

– Ils ont retrouvé les doigts.

– Les doigts ? Ils ont retrouvé des doigts ? Mais qu'est-ce que tu lui as fait pour qu'elle perde ses doigts ?

– Je l'avais assommée, et cette conne s'est réveillée au

moment où la voiture basculait. Elle a essayé de sortir en panique, alors j'ai refermé la porte sur sa main d'un coup d'épaule. Je n'ai pas vu que ça lui avait coupé deux doigts.

– Mais pourquoi tu ne l'as pas tuée avant, imbécile ?

– Pour confirmer la thèse de l'accident à l'autopsie, c'était bien mieux qu'elle meure vraiment dans l'accident. Je ne pouvais pas savoir qu'il y aurait ce corniaud qui s'entraîne pour une course d'endurance de nuit. Sans lui, les corbeaux auraient eu le temps de les repérer et de les bouffer, ses doigts !

Ils se taisent un instant. En fait, ils ne sont pas entrés dans le jardin. Par réflexe, ils ont pris sur la gauche et sont descendus vers le port et le bassin de l'hôtel de ville. Ils laissent le bruit de la circulation et le vent brouiller leur conversation.

– Tu dois savoir comment ils sont remontés jusqu'à Jakobsson, toi ? reprend l'autre d'un ton plus calme.

– Suspicion de meurtre, répond le commissaire. Une histoire de pas autour de la voiture. Que des pas de très grande taille pour une victime aux petits pieds. Tu chausses bien du 44, non, sombre abruti ? Après la possible scène de crime, on a inspecté le domicile de la victime. C'est la procédure. Jakobsson y était passé et il y avait ses empreintes partout. Ils avaient pris le thé ensemble. Comme il s'était fait virer après la conférence de presse, il avait aussi un bon mobile. Selon l'état du dossier, son arrestation était logique. Le problème, c'est qu'il avait un alibi et qu'on a dû le relâcher.

– Et alors ?

– Alors maintenant ils vont chercher un autre coupable et cette fois ils vont fouiller et plus profond.

– Merde, lâche-t-il, la voix à nouveau serrée par l'angoisse.

– Tu n'as rien à craindre, il n'y a aucun lien entre elle et toi.

– Bien sûr que si, il y en a un.

– Ah oui, j'aimerais bien savoir lequel.

– Toi.

Ils ont rejoint la passerelle qui relie la statue du bureaucrate inconnu, devant l'hôtel de ville. Les jambes et la moitié du corps d'un homme en costume, un attaché-case à la main, le haut du corps et la tête enfouis dans un énorme bloc de granit brut. L'autre y voit l'image de ce qu'il est en train de devenir, un type aveuglé et écrasé par le poids des emmerdes qui s'accumulent sur sa tête. Knudsen se moque en silence de ce que des mouettes ont déféqué sur cette œuvre d'art racoleuse qui ne l'amuse pas. Maintenant ils sont sur la passerelle, à regarder des cygnes et des canards mendier du pain aux touristes d'un mouvement idiot du cou. Les deux hommes finissent par s'accouder à la balustrade, sous les mâts de neuf drapeaux bleus qui claquent dans le vent et couvrent leurs voix.

– Écoute, nous n'avons plus vraiment le choix maintenant. J'ai récupéré chez elle tout ce qui pouvait établir un lien entre elle et moi, donc entre elle et toi, mais elle a peut-être mis Jakobsson sur la piste de quelque chose. Malgré sa taille, ce type est un vrai fox-terrier. S'il s'y met, il n'arrêtera pas de creuser.

– Et alors, tu es plus intelligent que lui, non ? rétorque le commissaire.

– Le fox-terrier, c'est justement un chien dressé à chasser les animaux intelligents.

– Qu'est-ce que tu proposes ?

– On se débarrasse de ce Kornélius.

– Comment ça ? sursaute le commissaire.

– On le flingue.

– Jamais de la vie ! Tu m'as entraîné dans ce merdier pour tirer sur des bagnoles ou des carlingues, pas sur des gens. Il y a déjà un mort de trop dans cette histoire. Et puis jamais quelqu'un n'a descendu un flic dans ce pays.

– Hé, je ne t'ai entraîné nulle part, d'accord, cette ambition politique et policière, c'est la tienne, et ce plan médiatique, tu l'as accepté sans contrainte, alors ne viens pas me chercher sur ce terrain-là. Quant à Jakobsson, il n'est plus flic, alors ça règle tes remords de puceau effarouché.

– C'est hors de question, si ça vire comme ça, je préfère tout arrêter avant que ça dégénère.

Alors l'autre se retourne et, comme des touristes passent dans leur dos, il empoigne discrètement le bras du commissaire et le lui broie dans l'étau de sa poigne.

– Écoute-moi bien, commissaire, si tu me lâches, je fais le ménage autour de moi, on se comprend bien ?

– Quoi, tu me menaces maintenant ? Tu es pourtant bien placé pour savoir qui je suis.

– C'est mieux qu'une menace, commissaire, c'est une promesse. Si Jakobsson n'est pas descendu, c'est toi qui le seras.

– Toi ? Toi tu vas me faire descendre ? Moi, le commissaire ? Tu ne crois pas que ça pourrait plutôt être le contraire ?

– J'avais tort, le jour du dîner de cons, tu seras bien en cuisine, mais dans le four, des topinambours dans le cul et du persil dans les oreilles, et c'est de toi qu'on se délectera. Commissaire ou pas, c'est moi qui ai le contact avec le sniper. Je te fais descendre où et quand je veux, depuis ma prison même, s'il le faut. Tu dois savoir tout ce qu'un bon tireur est capable de faire, non ? Regarde, là où nous sommes en ce moment, de combien de positions un bon tireur pourrait-il te descendre sans même me toucher ?

– Je n'aurais jamais dû te faire confiance.

– Mais tu l'as fait. Et maintenant il faut aller jusqu'au bout. Notre seule chance de nous en tirer, et peut-être même de conforter notre plan initial, c'est de descendre Jakobsson.

53

... et retourne vers la maison sans rien dire.

– Montez, Jakobsson, dit la commissaire nationale.

Le coupé Saab rouge s'est arrêté le long du trottoir à hauteur de Kornélius.

– Que faites-vous dans ma voiture ? s'étonne-t-il.

– J'ai toujours eu envie de la conduire.

– Comment avez-vous fait pour la démarrer ?

– Avant d'être commissaire nationale, n'oubliez pas que j'ai été flic pendant vingt ans. Ça laisse le temps d'apprendre certaines choses.

– Ne me dites pas que vous avez arraché les fils pour mettre le contact !

– Bien sûr que non, j'ai juste appris où les gens qui se croient malins cachent un double de leurs clés. Allez, montez, répète-t-elle en se couchant sur le siège passager pour ouvrir la portière de son côté.

Kornélius est sorti seul du commissariat après sa prise de bec avec Botty. Il a demandé à Komsi et Spinoza de lui laisser un peu de temps pour encaisser tout ça. Ida, absorbée par le dossier de la journaliste, ne doit même pas savoir qu'il est libre. Ou peut-être bien qu'elle le sait, mais qu'elle veut rester seule. Loin de lui. Alma travaille jusqu'à tard au Babalu. Et Botty fait son boulot de flic à sa place.

Il finit par monter dans la voiture et inspecte l'intérieur du regard, comme s'il le découvrait. De mémoire, il n'a jamais été côté passager avec une autre femme qu'Ida.

– Où allons-nous ?

– Il paraît que vous aimez faire le point dans les hot pots.

– Qui vous a dit ça ?

– Au poste que j'occupe, Jakobsson, je sais tout de vous.

– Alors, allons faire le point dans un hot pot !

Elle démarre vite et Kornélius s'inquiète un peu pour sa boîte de vitesses. Et plus encore pour sa carrière. La femme responsable de toutes les polices de ce pays, sous la tutelle directe du ministre de la Justice, vient de lui emprunter sa propre voiture pour l'emmener réfléchir dans un bain chaud !

– Où en sont toutes ces enquêtes sans cadavre, Jakobsson ? demande-t-elle soudain.

– Le commissaire de Reykjavik ne vous tient pas informée, madame ?

– Ne faites pas l'imbécile, Jakobsson, ne m'obligez pas à dire ce que je n'ai pas envie de dire.

Il la regarde. Elle le regarde. Puis ils regardent la route. Drôle de femme. Forte. Directe. Il se souvient de sa nomination comme commissaire de Reykjavik. « Une surprise attendue », avaient titré les journaux, à l'époque. Chacun voulait croire à une simple mesure d'équilibre des quotas hommes-femmes. Mais elle avait fait un vrai travail de fond dès son arrivée.

– Pour être franc, madame, je suis content d'avoir été déchargé de toutes ces enquêtes pour lesquelles nous avons failli nous résoudre à suspecter les victimes directes ou indirectes du fiasco de l'affaire Einarsson. Et très honnêtement, je ne m'en sentais pas le courage.

– Qui l'aurait ? soupire la commissaire. Nous en sommes donc là ?

– Les deux premiers suspects sont d'abord devenus les victimes pour finalement avouer être les coupables.

– Et vous ?

– Moi, soupire Kornélius, ils s'en sont pris à moi à cause du rôle que mon père a joué dans la task force. C'est ce qu'ils disent.

– Oui, on m'a expliqué. Et vos problèmes de mémoire ?

– Les nouvelles vont vite…

– Le téléphone est fait pour ça et je suis la patronne des polices de ce pays.

– Rassurez-vous, je n'ai pas de problèmes de mémoire. La scientifique établira que j'ai été drogué au GHB, mais il faudra un mois pour le démontrer.

– La scientifique, c'est-à-dire votre compagne Ida, c'est bien ça ?

– Oui, madame la commissaire nationale.

– Et la fille que vous étiez supposé avoir étripée chez vous, c'était bien le témoin avec qui vous avez couché dans l'Askja, n'est-ce pas ?

– Oui, madame la commissaire nationale.

Ils roulent quelque temps en silence avant qu'elle ne reprenne la parole :

– Je vous aime bien, Jakobsson. La façon dont vous avez résolu les affaires dans le dossier Heimaey, l'an dernier, m'a beaucoup amusée. Totalement contraire à l'éthique, irrespectueux des procédures, mais très efficace, même si cela vous vaut aujourd'hui encore de féroces inimitiés dans la hiérarchie. Et c'est un euphémisme. Je vous aime bien, mais je ne peux plus faire grand-chose pour vous. Ils veulent votre tête et je vais devoir la leur donner.

– Ce n'était pas la peine de voler ma voiture pour me dire

ça, madame la commissaire nationale, cela fait déjà un bout de temps que j'en suis arrivé à la même conclusion.

– Ah, nous sommes arrivés ! dit-elle, comme si elle n'avait pas entendu la réponse de Kornélius.

D'un coup de télécommande, elle déclenche l'ouverture d'une porte en bois entre deux rochers de lave.

L'endroit est juste au nord de Reykjavik, quelques kilomètres après le parcours de golf de Brautharholt, par la piste la plus proche de la côte. Passé la porte, ils s'engagent dans un chemin creusé en entaille à travers une coulée venue mille ans plus tôt mourir en mer. Comme un coupe-gorge. Un petit canyon de naufrageurs. Puis au détour d'un rocher, la maison est là sur leur gauche. Basse, plate. Fichée dans la lave à l'arrière, et debout sur ses pilotis à l'avant, au-dessus du tumulte immobile de la lave, face à celui agité de l'océan.

– Vous connaissez Botty, il me semble ?

– Oui, madame la commissaire nationale, soupire-t-il, et j'ai couché avec elle, comme vous devez déjà le savoir, je suppose.

– Vous avez aussi eu l'occasion de rencontrer son père, je crois, pendant votre dernière enquête sur l'affaire Heimaey.

Elle descend de la voiture d'un élégant mouvement en ciseaux des jambes. L'éclairage discret qui s'est allumé quand elle a déclenché l'ouverture de la porte sculpte les roches d'ombres et de lumières et patine le bois de la maison de reflets cuivrés.

– Oui, finit par répondre Kornélius, pourquoi ?

– Parce que cette maison est à lui, comme ce chalet au bord d'un lac, sur le champ de lave de Kollóttadyngja, où il vous a invité l'an dernier. Vous vous souvenez ?

– Oui, madame la commissaire nationale, mais je n'ai pas couché avec lui.

– Pourquoi, Jakobsson, vous ne seriez pas homophobe, j'espère ? Igmar est un homme très séduisant.

Elle connaît la maison. Elle le précède et monte un court escalier taillé à même la roche pour accéder à un deck en bois qui les mène à la porte d'entrée que la commissaire dépasse. Elle invite Kornélius à la suivre plus loin, jusqu'à ce que s'ouvre, devant la façade vitrée de la maison, une vaste terrasse qui domine le fracas de la mer sur des roches déchiquetées en contre-bas. Le hot pot est taillé comme un puits dans le deck, à même la terrasse.

– Non, madame la commissaire nationale, je ne suis pas homophobe. C'est juste qu'à cette époque-là, j'étais déjà dans le lit de sa fille, souvenez-vous. Comment va-t-il, puisque vous semblez le connaître ?

– Igmar ? Il va comme il peut, en délicatesse avec la justice. Une affaire de délit d'initié et de spéculations hasardeuses sur les crypto-monnaies. Il est à Singapour pour être au plus près de ses intérêts et au plus loin de nous.

– De nous ?

– Oui, de nous, enfin de moi. De la police et de la justice. Je suis commissaire nationale, l'auriez-vous oublié, Jakobsson ?

– Comment le pourrais-je, madame ?

Il reste là, grand, fort, solide, et pourtant brisé à l'intérieur. Vidé de toute force. Il ne sait pas ce qu'il fait là, dans la maison du père de Botty, dans une sorte d'intimité équivoque avec son plus haut supérieur hiérarchique. Mais ce qu'il sait, c'est qu'il n'a plus envie ni de succomber ni de se battre.

L'eau du hot pot paraît bien chaude. Le vent lisse un duvet de vapeur à sa surface. Il regarde la commissaire nationale. Elle regarde la mer qui se fond dans la nuit. C'est une Islandaise. Forte face à la force de la nature. Elle ferme les yeux et s'enivre de la fraîcheur des embruns, du fracas des écumes et du grondement lointain de la houle. Soudain, elle se retourne vers Kornélius, toujours immobile, troll maléfique et sombre dans son grand manteau.

– Allez, faisons ce pour quoi nous sommes venus, ordonne-t-elle en ôtant ses chaussures du bout des pieds.

Il la regarde se déshabiller. C'est une belle femme que l'âge a rendue plus solide que forte. Elle portait un maillot de bain noir sous ses vêtements, qu'elle repousse du pied sur le deck, et descend dans l'eau chaude par une courte échelle. Jusqu'aux chevilles d'abord. Jusqu'aux mollets ensuite. Jusqu'aux genoux.

– Vous ne vous déshabillez pas ?

Après un long souffle suspendu, elle entre dans l'eau jusqu'aux épaules, laisse la chaleur la prendre au cou et se retourne pour s'asseoir sur le banc immergé et faire face à Kornélius.

– Jakobsson ?

Il la regarde, sourit, et se résigne.

– Juste les pieds, dit-il en se déchaussant.

Il cherche et trouve une arrivée d'eau sous laquelle il se rince les pieds, retrousse les jambes de son pantalon jusqu'aux genoux et vient s'asseoir sur le rebord du hot pot, face à elle, les pieds dans l'eau bouillante.

– Je ne suis pas certaine que cela suffise à faire remonter le bien-être et la clarté jusqu'à votre cerveau, Jakobsson.

– Je m'en contenterai, merci, répond-il, sur la réserve.

Il a remarqué les muscles discrets qui se nouaient et se dénouaient dans son dos quand elle est entrée dans l'eau. Maintenant, il regarde ses épaules. Rondes. Solides.

– Trois kilomètres, dit-elle.

– Pardon ?

– Mes épaules : trois kilomètres de natation chaque matin, par tous les temps, dans le bassin chauffé de la piscine de Seltjarnarnes. C'est juste en face de chez moi. Brasse uniquement. Le crawl ou le papillon, ça vous fait des épaules d'homme avec des petits muscles boursouflés comme des souris d'agneau.

Il sourit de la comparaison, sans beaucoup de conviction.

– Que faisons-nous là, madame la commissaire nationale ?

– Je vous l'ai dit, Jakobsson, nous sommes venus parler.

– De quoi ?

– De vous.

– De moi ? Je croyais que tout avait été dit.

– Les choses deviennent plus faciles à gérer quand elles sont plus clairement exprimées. Côté professionnel, vous venez d'être démis de vos fonctions et vous allez être viré. Et vous le méritez, sinon par vos résultats, qui sont excellents, au moins par vos comportements, qui sont exécrables. Ça, c'est clair. Côté personnel, j'ai bien peur que vous soyez, malgré vous, une sorte de mâle toxique et que votre perpétuelle quête d'amour ne finisse par consumer une à une vos partenaires féminines. Professionnellement, j'entends. Ce qui, par les temps qui courent, conforte la décision de vous virer.

Kornélius va s'offusquer quand il devine un mouvement dans l'ombre de la maison. Un homme en sort et vient vers eux, dans la lumière de la terrasse. Grand, blond, vêtu avec élégance d'un long manteau beige. Il porte à la main une sacoche de cuir souple. Kornélius le reconnaît aussitôt et tente de dissimuler sa surprise.

– Monsieur le procureur, dit la commissaire, comment vas-tu ?

Le procureur ne répond pas tout de suite et contemple l'océan lustré des reflets d'une lune pâle tamisée par un fin voile de nuages transparent. Comme une brume en altitude.

– Quelle vue superbe ! Pourquoi seuls les escrocs ont-ils droit au bonheur ?

– Pour l'instant, monsieur le procureur, mon ex n'est pas tout à fait un escroc, il n'en est que suspecté. Et sa vie n'est plus tout à fait un bonheur.

– Grâce aux enquêtes que tu diligentes avec la plus ferme conviction, j'espère, dit-il, toujours face à la nuit sur l'océan.

– En douterais-tu, Ulrik ?

– Serais-je ici si j'en doutais ?

Puis il se retourne, pose sa sacoche et enlève son manteau, qu'il accroche à la balustrade.

– Bonjour, Jakobsson, dit-il en continuant à se déshabiller, content que vous ayez pu vous joindre à nous.

Quand il est nu, il sort un maillot de bain rouge de sa sacoche, l'enfile et entre d'une traite dans l'eau bouillante qui le suffoque. Kornélius reste les pieds dans l'eau à se demander ce qui se passe. Mais le procureur est un procureur. Un homme toujours dans l'attaque :

– Jakobsson, le deal, c'est qu'Andrea, je veux dire madame la commissaire nationale, va faire en sorte que vous ne soyez pas viré, mais que vous partiez à la retraite par anticipation. Avec tous vos avantages. De mon côté, je vais m'arranger pour qu'il n'y ait aucune poursuite contre vous et que vous soyez lavé de tout soupçon avant même les résultats concernant le GHB. Ce que nous voulons, Andrea et moi, c'est que tout soit clean en ce qui vous concerne à partir de maintenant.

– Vous êtes vraiment l'ex d'Igmar ? s'étonne Kornélius, comme s'il n'avait rien écouté de ce que vient de dire le procureur.

– Je vous l'ai dit, Jakobsson, Igmar est un homme très séduisant. Son train de vie aussi. Les deux m'ont séduite pendant quelques années.

– Qu'est-ce que je viens faire au milieu de tout ça ! grogne Kornélius en froissant son visage de ses deux mains.

– Vous venez nous aider, explique la commissaire nationale.

Ulrik et moi, et d'autres personnes encore mieux placées au-dessus de nous, avons besoin de vous.

– D'un flic que vous venez de mettre à la retraite ? Vous me renvoyez parce que vous avez besoin de quelqu'un de non officiel pour faire un sale boulot, c'est ça ?

– Ne tirez pas trop sur la corde, le coupe sèchement le procureur, qui retrouve la voix de son emploi. Vous êtes viré parce que vous le méritez. Mais c'est vrai que nous pouvons vous permettre une sortie plus digne en échange d'une collaboration plus officieuse.

Kornélius les observe l'un après l'autre et reconnaît dans leur regard ce reflet métallique et froid que donne la certitude du pouvoir quand on l'a. Tant qu'on l'a. Il essaye d'imaginer ces mêmes yeux balayés par un scandale ou une élection. Mais peut-être que ces gens-là sont au pouvoir justement parce qu'ils ont toujours cette arrogance dans le regard, même tombés, et c'est ce qui leur permet chaque fois de se relever.

– Écoutez, je suis sensible par principe à cette proposition que je ne veux même pas écouter, mais je suis assez grand pour me sortir tout seul de mes emmerdes. C'est d'ailleurs une de mes rares qualités.

Le procureur et la commissaire nationale se regardent.

– Je te l'avais dit, Ulrik, dit la commissaire en haussant les sourcils et les épaules.

– C'est matériellement plutôt immature de la part de quelqu'un qui vient d'hériter d'une fille et d'un petit-fils, siffle le procureur.

Le sang de Kornélius ne fait qu'un tour. Il se redresse et le pointe du doigt.

– Ne mêlez surtout personne de ma famille à vos manigances, et n'en faites surtout pas une menace contre moi.

– Sinon ?

– Sinon je descends dans ce hot pot et je vous noie.

– Et foutre votre vie en l'air ?

– Quitte à foutre ma vie en l'air, je préfère que ce soit à cause de moi que par vous.

Kornélius sort les pieds de l'eau et se relève sur le bord du hot pot. Il devine dans le regard du procureur que celui-ci prend, à cet instant seulement, la juste mesure de sa force physique.

– Je vous souhaite une bonne soirée, dit-il en récupérant ses chaussures.

– Vous ne bougez pas, ordonne la femme, qui reprend elle aussi sa voix de commissaire nationale. Vous restez là et vous écoutez le procureur.

– Sauf votre respect, madame, je ne fais plus partie de vos effectifs et je n'ai plus à obéir à vos ordres.

– Rien n'est encore officiel, Jakobsson, et tant que ça ne le sera pas, vous êtes sous mes ordres.

– Alors considérez que je viens de démissionner. Bonsoir.

Il va quitter le deck et la commissaire nationale un peu en panique essaye encore de le retenir :

– C'est complètement puéril, Jakobsson, et puis vous êtes à dix kilomètres de chez vous et c'est moi qui ai les clés de votre voiture !

– Je suppose que monsieur le procureur se fera un plaisir de vous raccompagner, répond Kornélius en fouillant le sac de la commissaire nationale pour chercher ses clés, qu'il trouve, ainsi que la télécommande de la porte. Et son téléphone.

– Qu'est-ce que mon téléphone fait dans votre sac ?

– Vous l'avez oublié en quittant le commissariat de méchante humeur.

– Qui vous l'a remis ? Et pourquoi ?

Il y a moins d'étonnement que de colère dans sa question, et la femme soupire en secouant la tête, comme si elle renonçait à s'expliquer.

– Si vous aviez accepté de nous écouter, vous le sauriez déjà, siffle le procureur.

Kornélius s'approche du bassin pour exiger une explication quand il entend des pas dans l'allée.

Quelques secondes plus tard, une silhouette sort de l'ombre, entre dans la lumière qui baigne le deck et se fige.

– Botty ?

– Maman ? Ça va ? Que se passe-t-il ? Qu'est-ce qu'il fait là ?

– Maman ? répète Kornélius médusé. Tu es la fille de la commissaire nationale ?

Botty ne lui répond pas mais il devine que ce qu'il y a eu de complicité entre eux est mort.

– Avec cette maison qu'il a fait construire pour moi et une confortable pension alimentaire, Botty est le plus beau cadeau qu'Igmar m'ait fait.

– C'est toi qui lui as donné mon téléphone ?

– Est-ce que vous lui avez expliqué ce que j'y ai trouvé ? demande-t-elle en prenant bien garde de ne pas lui répondre directement.

– Il n'a pas voulu nous écouter. Il ne nous a même pas laissé le temps de lui expliquer.

– Toujours le même troll têtu et obstiné à n'en faire qu'à sa tête. Je vous l'avais dit, ce type passe son temps à traverser nos vies en charriant des pierres de cent kilos dans ses bras sans souci des dommages collatéraux. Vous perdez votre temps avec lui.

– Le problème, c'est que nous n'en avons plus beaucoup, de temps ! s'énerve le procureur. Essaye de lui expliquer, Botty.

Elle hésite, puis se tourne vers Kornélius et pointe son doigt sur sa poitrine.

– Écoute, pour une fois, tu devrais ravaler ton orgueil parce que tout ne tourne pas autour de ta petite personne et que les enjeux sont un peu plus grands que ton ego surdimensionné.

– Non, toi écoute, Botty. Je ne vais dans des hot pots qu'avec des gens que j'aime bien pour réfléchir tranquillement aux problèmes que nous avons en commun. Pas pour que la moitié de la hiérarchie policière et judiciaire me menace de représailles contre ceux que j'aime si je n'obéis pas à leurs ordres !

Botty reste quelques secondes interdite, puis se tourne vers sa mère.

– Vous avez vraiment fait ça ? Avec lui ?

– Un procureur reste un procureur, répond la commissaire nationale en haussant les épaules pour toute excuse. Viens nous rejoindre toi, au moins. Avec ou sans Jakobsson, nous allons avoir besoin de parler de cette affaire.

– À la bonne heure ! lâche Kornélius. Profitez bien.

– Il ne pourra pas sortir, explique Botty. Ulrik est garé dehors, mais moi je suis juste derrière lui dans l'entrée.

– Je pousserai ta voiture en reculant pour défoncer le portail, dit Kornélius. Après tout, je suis venu ici récupérer une voiture qu'on m'a volée, non ?

– Il le ferait ? s'inquiète la commissaire.

– C'est Kornélius !

– Alors, va déplacer ta voiture et laisse-le partir.

Botty soupire de rage, fait volte-face et sort de la lumière du deck, suivie de Kornélius. Elle se jette dans la voiture, démarre le moteur, enclenche la marche arrière et mitraille de gravier les souliers de Kornélius. Puis elle abandonne le véhicule de l'autre côté du portail qu'elle laisse ouvert et retourne vers la maison sans rien dire.

54

Tu vas vite le savoir.

– C'est fermé, dit la fille.

– Je sais, soupire Kornélius.

– Laisse entrer, dit la voix d'Alma, c'est mon père.

Kornélius lève les yeux et recule de deux pas sur le trottoir. Au-dessus de l'entrée du Babalu, Alma est accoudée à la balustrade de la petite terrasse, une cigarette à la main.

Il la rejoint et s'appuie au garde-corps à côté d'elle.

– Tu fumes maintenant ?

– Non, c'est juste un pétard.

Il la regarde, prend le joint et le grille à moitié d'une longue aspiration en levant la tête au ciel. Elle devine qu'il laisse longtemps tourner en lui les volutes âcres et chaudes et que ce joint n'est pas son premier.

– C'est du beau pour un policier !

– Justement, je ne suis plus policier, souffle-t-il en exhalant la fumée.

– Chic ! dit-elle sans chercher à en savoir plus.

– Où aimerais-tu aller ?

– Quand ça ?

– Là, maintenant, tout de suite.

– Au Belize !

– Non, je veux dire ici, dans le pays.

Elle hésite longtemps, un étrange sourire aux lèvres, puis baisse la tête pour regarder la braise de son joint qui grésille dans le vent. Le réverbère planté sur le trottoir devant l'entrée du Babalu les isole de la nuit. Comme ils restent tous les deux immobiles, il pense à eux comme à un tableau de Hopper.

– Chez moi, finit-elle par répondre, regarder dormir mon petit Saphir.

– Safir ?

– Oui, Safir, le prénom islandais mais orthographié comme la pierre précieuse. D'ailleurs, si j'ai la chance d'avoir d'autres enfants, je les appellerai Ruby, Esmeralda et Diamond, comme les quatre pierres précieuses.

– Et si ce sont des garçons ?

– Diamond et Ruby, ça sonne bien aussi pour des garçons, non ?

Il la regarde, sourit et pose un baiser dans ses cheveux.

– Pourquoi ça t'amuse ?

– Parce que c'est un joli rêve d'enfant devenue femme, répond-il, songeur.

– Alma, j'y vais. Tu fermeras ? crie une voix depuis le trottoir.

– Vas-y tranquille ! répond Alma en se penchant par-dessus la balustrade.

En bas, une fille aux cheveux rouges, l'aile du nez ornée de trois piercings, se casse la nuque en arrière pour leur sourire. Sur l'autre trottoir, un homme remonte la rue, les mains dans les poches d'une veste kaki, la tête dans sa capuche.

– Alors tu n'es plus flic ?

– Ils m'ont viré tout à l'heure. À moins que je n'aie démissionné, je ne sais plus très bien.

– À cause de la conférence ?

– À cause de ça. À cause du sniper, à cause du mec que j'ai toujours été. À cause de plein de choses.

– Quel mec tu as toujours été ?

– Grande gueule, indiscipliné, solitaire…

– Rien que des qualités, sourit Alma.

– Tu parles. Il paraît même que je suis un mâle toxique pour mes collègues femmes. Mâle toxique, tu te rends compte ? Je ne sais pas très bien ce que ça veut dire, mais ça m'a blessé à un point que tu ne peux pas imaginer. Je te jure, Alma. Toxique, tu te rends compte !

– Tu es socialement dominant, misogyne, homophobe, cupide, pervers, violent ? Non, alors, tu n'es pas toxique.

– De la part de ma fille qui est partie en m'adressant un doigt d'honneur pour tout adieu…

Elle ne répond pas et fouille ses poches pour trouver un autre joint. Elle l'allume, tire une longue bouffée, puis le passe à Kornélius.

Dehors, l'homme à la capuche s'est arrêté, la tête contre le mur d'un magasin, pour allumer une cigarette lui aussi.

– Il était rageur ce doigt d'honneur, c'est vrai, mais c'était surtout de te voir encaisser notre départ sans rien faire, là, sur le pas de la porte. « Arrache la portière de sa bagnole et ramène-moi à la maison à grands coups de pied dans le derche », c'est ça que voulait dire ce doigt !

– Et tu serais restée ?

– Bien sûr. Ce jour-là, pour moi, c'est toi qui m'abandonnais, pas l'inverse.

– Décidément, quel imbécile je fais, à ne jamais rien comprendre aux gens qui m'entourent.

– Les gens t'aiment. Moi je t'aime, et Ida aussi j'en suis sûre. Le problème, c'est que tu ne t'intéresses qu'à ton amour pour les gens, et pas à l'amour des gens pour toi. T'es pas un mâle toxique, t'es un amoureux égocentrique, papa.

– Papa ? C'est gentil, merci, mais apparemment je n'ai pas dû être terrible comme père.

– Tu étais un bon père, normal.

– Normal, s'exclame Kornélius, tu parles d'un compliment !

– Mais c'est un compliment. Normal, avec des hauts et des bas, avec des forces et des faiblesses, des qualités et des défauts. C'est pas aux pères de jouer les super-héros, c'est aux enfants de les imaginer comme ça.

– Et je suis devenu toxique aujourd'hui…

– Je t'interdis de dire ça ! C'est à cause de tes maîtresses qu'on raconte ça ?

Il s'accoude à la balustrade et regarde la rue déserte. L'homme à la capuche a disparu, il le cherche des yeux. Il connaît le pas des hommes. Cet homme-là n'avait pas le pas de quelqu'un qui passe. Un routard peut-être qui cherche une ombre pour cacher son sommeil. Un paumé qui veut boire dans la nuit. Kornélius ne l'aperçoit nulle part et répond enfin à Alma :

– Je ne crois pas avoir envie de parler de ça avec toi.

– Et pourquoi pas ?

– Parce que tu es ma fille.

– Je ne suis plus ta fille. Je suis une femme. J'ai un enfant.

– C'est vrai, mais tu seras toujours ma fille. Et il y a des pudeurs de père que je tiens à préserver avec toi.

Ils restent encore quelque temps silencieux, puis elle sourit.

– Toxique mon cul, oui ! Je t'appelais Balou, quand j'étais petite. L'ours dans *Le Livre de la jungle*, tu te souviens ? « Il en faut peu pour être heureux, vraiment trop peu pour être heureux. » Tu étais beau, grand et fort comme lui. Balou toxique, non mais je rêve !

– Où est Saphir ? demande-t-il soudain. Comment tu fais avec lui quand tu travailles ?

– Il est à la maison, ma colocataire le garde. Elle a un enfant elle aussi, on se les garde à tour de rôle. Tu veux le voir ?

– Oui.

– Demain alors.

Il propose de la déposer, mais elle habite juste derrière le café, dans Tysgata. Ils terminent leur joint et restent un peu sur la terrasse du Babalu, heureux du moment présent, puis ils redescendent et Alma ferme le café. Une fois sur le trottoir, il inspecte des yeux la rue vide, des deux côtés.

– Tu as perdu ta voiture ? se moque Alma.

Il hésite à lui parler de l'homme à la capuche. C'est un réflexe de flic de soupçonner tout le monde. Même un simple passant. Un quidam paumé dans la nuit qui a dû pousser une porte pour rentrer chez lui. Ou prendre une rue perpendiculaire pour aller boire un dernier verre ailleurs. Il faut qu'il se déshabitue de tout ça. Il n'est plus flic. Le monde n'est pas fait que de voyous.

– Ah, elle est là-bas, dit-il en désignant sa voiture d'un mouvement du menton.

– Remarque, tout compte fait, le coupé sport Saab rouge, c'est vrai que ça peut faire un peu toxique quand même.

Ils sourient. Elle plante un baiser sur sa joue, et il la regarde, ému, disparaître au coin de Tysgata. Émue elle aussi. Quand il est seul et qu'il déverrouille les portières de sa voiture, il devine d'abord l'odeur du tabac. Puis un mouvement au moment même où il s'assied au volant. L'homme à la capuche vient de sortir de l'ombre d'un escalier et se précipite vers la Saab, une arme à la main.

– Vesturhild, entre le cimetière et l'université, ordonne l'homme en anglais, et conduis prudemment, la détente est très sensible.

Kornélius regarde l'arme, puis l'homme. L'arme est vraie, le cran de sûreté levé, et l'homme a le regard déterminé de quelqu'un qui sait ce qu'il fait.

– J'ai été étudiant dans cette université, dit Kornélius en démarrant, j'espère que je ne vais pas mourir dans le cimetière d'en face.

– Tu vas vite le savoir.

55

... un conseil : obéissez-moi.

– Botty ?

– …

– Botty, c'est moi. C'est Kornélius. Botty, dis à ta mère que je sais ce qu'ils voulaient me demander. Je suis d'accord pour le faire, mais j'ai des conditions. Il faut que je les voie.

Il raccroche sans que Botty ait prononcé un seul mot.

L'homme dans le salon de Kornélius s'appelle Michaël Lynch, ex des forces spéciales du Royaume-Uni. Tireur d'élite. On lui a payé une jolie somme pour canarder des voitures et une carlingue d'avion. Sans faire de victimes, c'est pour ça qu'il a accepté. On lui a laissé le choix parmi une douzaine de lieux touristiques, et il a éliminé tous ceux où des mouvements de foule auraient pu provoquer des drames. Tomber dans les cataractes de Gullfoss ou de Dettifoss par exemple, ou dans les solfatares de Mývatn. Et il a fait du bon boulot. Maintenant, son commanditaire veut qu'il tire pour tuer et il n'est plus d'accord. Mais il est piégé.

– Je vous donne le nom du commanditaire quand je suis à l'abri chez moi.

– En Angleterre ? Ils n'accepteront jamais, répond Kornélius.

– Ce n'est pas négociable. Si je donne le nom, alors que je

suis encore sur votre territoire, ils peuvent me tomber dessus et me garder ici.

– Si vous quittez le territoire sans avoir donné le nom, vous pouvez disparaître sans rien donner.

– Que je ne vous aie pas tué n'est pas un gage suffisant de ma bonne foi ?

– C'est une jolie manœuvre pour vous sortir d'un beau merdier, mais ça ne comptera pas pour eux Acceptez ma proposition, et j'aurai les garanties nécessaires. Écrites s'il le faut.

– Je n'ai pas confiance. Vous ne savez pas à qui vous avez affaire.

– Dites-le-moi.

– Impossible.

Kornélius le regarde. Longtemps. Ce type a peur, mais une peur maîtrisée et dont il joue. Une peur qui aiguise ses sens et son jugement.

– Aviez-vous prévu un autre tir sur un objectif touristique avant de penser à me tuer ?

– Je n'ai jamais pensé à…

– Aviez-vous prévu un autre tir ? répète Kornélius.

– J'avais repéré deux autres cibles possibles, mais celui qui commande ne m'a rien ordonné d'autre que de vous abattre.

– Tant mieux. Alors voilà ce que nous allons faire. Donnez-moi votre passeport.

– Pardon ?

– Votre passeport, donnez-le-moi.

Lynch hésite, puis sort son passeport et le donne à Kornélius, qui tente le coup en tendant la main :

– L'autre aussi.

À contrecœur, Lynch sort un second passeport.

– C'est pour vous éviter de faire des bêtises. Je suis votre seule chance, Lynch, et il va falloir me faire confiance. Vous allez rester planqué chez moi pour l'instant. Mais en attendant je dois vous laisser. J'ai des choses à faire et des gens à rencontrer. Alors ne vous compliquez pas la vie.

Kornélius s'apprête à sortir quand il pense à quelque chose :

– Et j'embarque votre sac.

– Pourquoi ?

– Je ne veux pas vous laisser dans la nature avec un tel arsenal. Je le garde dans le coffre de ma voiture. Et ce n'est pas négociable.

Il s'empare du sac de marin et se dirige vers la porte.

– Il y a des bières dans le frigo. Vous restez là, et un conseil : obéissez-moi !

56

... loin de ce qui va se jouer
dans la capitale.

– Je vais finir par m'habituer à ce canapé, plaisante Kornélius.

Ida est déjà habillée et prépare son petit déjeuner.

Il a sonné chez elle en pleine nuit et elle n'a pas cherché à comprendre. Elle l'a laissé entrer, a jeté une couverture sur le canapé et elle est retournée se coucher dans son lit. Seule.

– Je ne pouvais pas faire autrement, explique-t-il en se levant, j'ai le sniper chez moi.

Ida hausse les sourcils pour lui faire comprendre que c'est n'importe quoi.

– C'est la vérité, sa prochaine cible, c'était moi, et il est venu me prévenir. Un Anglais, ancien des forces spéciales, ajoute-t-il en remarquant qu'elle n'a pas prévu de tasse pour lui.

– Tu sais où c'est, dit-elle en croquant dans son pain grillé, je suis pressée ce matin.

– J'aimerais pourtant que tu puisses m'accorder un peu de temps, j'ai besoin de te parler.

– De nous ?

– Non, de la journaliste.

– Ah, je me disais aussi. Que veux-tu savoir ?

– Comme tu le sais, je n'ai pas très bien pu suivre le dossier.

Est-ce qu'il y a des détails que je devrais savoir et qui m'auraient échappé ?

– Eh bien, je dirais que l'ensemble de l'affaire t'a échappé, Kornélius, alors, imagine un peu pour les détails ! Mais c'est vrai que, de mon côté, j'ai noté quelques points curieux.

Il vient s'asseoir à table avec elle et lui ressert du café sans qu'elle le demande, parce qu'il sait qu'elle en prend toujours deux tasses. La seconde, moitié moins remplie que la première.

– J'ai tout de suite fait remarquer à Botty que la victime était habillée n'importe comment, en dépit du bon goût.

Elle énumère à Kornélius les couleurs mal assorties, les sous-vêtements dépareillés, la tunique et le sarouel trop légers pour un bivouac en montagne la nuit. Lui repense à Sara Johandöttir, à son élégance discrète, au raffinement de son intérieur.

– Elle portait aussi des traces de commotions au visage. Deux ou trois coups peut-être. Ante mortem, si j'en crois les lividités.

Kornélius essaye de visualiser la scène. Pas d'effraction. Elle ouvre à quelqu'un qu'elle connaît. Pas de traces de lutte dans l'appartement ni de blessures défensives sur la victime. Elle se fait assommer par surprise. Il est tard, elle est en tenue d'intérieur. En chemise de nuit peut-être même. L'agresseur l'habille pour donner le change. Un homme probablement, pour ne pas savoir trouver les bons vêtements. Kornélius réfléchit aux possibilités que ça lui ouvre.

– Et dans les prélèvements sanguins, rien de particulier ?

– Non. Elle a dû boire un petit whisky dans la soirée, c'est tout.

Tout en répondant à ses questions, Ida tartine de pâte de fromage un pain grillé qu'elle pose devant lui, mine de rien, et ils se regardent comme deux soldats après un signe d'armistice. Alors il s'en veut de ce qu'il va dire, même si, d'une certaine façon, ça fait frémir son cœur d'une émotion inattendue :

– Tu pourrais te dégager un peu de temps ce matin ?

– C'est une proposition ?

– Je voudrais emmener Alma et son fils voir mon père.

Elle le regarde à nouveau, et dans son regard étonné il est heureux de discerner une lueur de bonheur.

– Tu veux me présenter le même jour à ton père, à ta fille et à ton petit-fils ? Ça ressemble presque à une demande en mariage…

Il se croit sauvé par son téléphone quand il lit le nom de celle qui l'appelle.

– Oui, Botty ?

Du coin de l'œil, il voit Ida repousser sa tasse en soupirant et se résigner soudain à débarrasser la table. Il préfère s'éloigner pour répondre.

– Ma mère et le procureur sont prêts à te rencontrer. Ce matin si tu veux.

Il réfléchit aussi vite qu'il le peut. Pense à Alma, à Ida, au tueur chez lui…

– Cet après-midi, seize heures, là où ils veulent dans la capitale. Ils laissent l'adresse sur mon téléphone. Mais à une condition : le procureur libère Gustavsson et sa petite troupe avant midi. Envoie-moi juste un OK sur mon téléphone s'ils sont d'accord. Sinon, je ne serai pas au rendez-vous.

Il raccroche sans lui dire au revoir et s'en veut aussitôt de sa goujaterie. Toxique, a dit la mère de Botty. Ce truc le hante et le blesse à chaque fois qu'il se surprend à l'être. C'est comme un parasite en lui, maintenant. Quelque chose qui le taraude. Le mine.

– Le procureur veut me voir dans l'après-midi, dit-il à Ida, comme pour se justifier.

– Qu'est-ce qu'il te veut ?

Il lui raconte la curieuse rencontre d'hier et elle ne comprend pas très bien quel genre de mission ils veulent lui confier. Lui pense qu'un homme public doit être mêlé à cette affaire d'une manière ou d'une autre et que les autorités, ou au moins le procureur et la commissaire nationale, désirent régler l'affaire en toute discrétion. Loin des médias et du public. Il lui cache qu'il sait qui est l'homme public en question et qu'il vient de décider qu'elle, Ida, prendra part malgré elle au plan qu'il imagine pour le neutraliser.

– Alors, cette matinée en famille dans le Sud ?

Elle réfléchit sans le quitter des yeux, puis s'y résout dans un triste sourire, certaine qu'il n'y a pas, dans cette proposition inattendue, que le simple désir d'être avec elle. Mais avec Kornélius, elle a appris à se contenter de l'instant présent. Alors elle accepte.

– Viens me prendre dans une demi-heure, je serai prête.

Elle le laisse s'approcher pour poser un baiser sur son front et se retient de l'embrasser à son tour, soudain troublée par ses sentiments contradictoires.

– Je suis là dans une demi-heure avec Alma et Saphir.

Il la quitte, dubitative et heureuse à la fois, et appelle Alma pour lui dire de se préparer. Il ne lui laisse aucune chance de discuter. Qu'elle demande quelques jours de congés au Babalu. Comme des petites vacances pour Saphir. Il pourra voir la grotte et les orgues de basalte de Vik, les petits icebergs de la lagune glaciaire de Jökulsárlón et la statue mystérieuse qui garde l'entrée de la plage de Vestrahorn.

– Et tu restes avec nous ?

– Je vous dépose et, quand je reviens vous chercher, nous passons toute la journée ensemble.

Elle finit par accepter, heureuse et étonnée elle aussi, et il est rassuré de savoir qu'elles seront loin de Reykjavik pendant les jours à venir.

Puis il appelle Komsi pour lui donner quelques ordres précis concernant des pièces à conviction qu'il doit récupérer. Et quelques objets sous scellés aussi.

– C'est pas comme si je m'inquiétais, Kornélius, mais c'est une requête qui n'a pas l'air très réglementaire, non ?

– Pour être plus exact, Komsi, c'est complètement contraire à toute procédure, mais j'en ai besoin.

– Alors c'est comme si c'était fait.

Kornélius raccroche et appelle Spinoza cette fois :

– Spinoza, j'ai besoin que tu fasses quelque chose de très important pour moi.

– C'est l'importance qu'on accorde à tous et le respect que mérite chacun qui font la force d'une équipe. Dis-moi…

– Le procureur va relâcher Gustavsson et sa petite troupe. Je veux que tu les récupères et que tu ne les lâches pas d'une semelle. Je vais avoir besoin d'eux dans la soirée et il faut qu'ils soient disponibles. Si nécessaire, rappelle-leur que s'ils sont libres, c'est à moi qu'ils le doivent.

Il raccroche et fait le point dans sa tête. Quand il est convaincu d'avoir tout prévu, il se décide à passer chez Alma pour emmener sa petite famille au vert, à l'abri, loin de ce qui va se jouer dans la capitale.

57

... un ciel soudain
devenu immense et bleu.

Il voit la Saab rouge arriver par l'ouest. Il la regarde se garer sur le bas-côté, devant la maison en ruine. Il les observe descendre de voiture un par un, tous les quatre. Quand il comprend, il sort sur le pas de sa porte, Runny peu après, et ils regardent Alma et l'enfant monter le sentier jusqu'à chez eux. Ils s'embrassent timidement, Runny les fait entrer, et avant de disparaître dans l'ombre de la maison, Alma se retourne et fait signe à Kornélius et Ida de les rejoindre. Ils répondent d'un geste de la main mais ne bougent pas. Jakob les observe longtemps, puis descend jusqu'à eux. Kornélius remarque que cette montagne de force et de volonté qu'a toujours été son père claudique un peu de la jambe gauche. Quand il est à deux mètres d'eux, il les regarde en silence, et Ida s'étonne d'avoir devant elle le visage et la stature de l'homme avec qui elle aimerait vieillir. Ils ne se ressemblent pas. Ils sont les mêmes, à distance d'âge.

– Bonjour, Jakob, finit par dire Ida.

– Bonjour, Ida.

– Vous connaissez mon nom ?

– Alma vient de me l'apprendre. S'il avait fallu compter sur Kornélius.

– Est-ce que tu peux t'occuper d'Alma et Saphir deux ou trois jours ? demande Kornélius.

– Ton appel m'a surpris. Tu as des ennuis ?

– Je préfère les garder loin de Reykjavik pour l'instant.

– Je le ferai, bien sûr. Tu n'as besoin de rien d'autre ?

– Non, je devrais m'en sortir. Désolé, je dois y aller, il faut que je sois à Reykjavik à seize heures.

– Pars tranquille. Runny et moi nous allons nous occuper des enfants.

– Merci.

– Merci à toi de les avoir amenés.

Ida s'amuse et s'émeut en même temps de les voir aussi maladroits. Les hommes ont toujours beaucoup de mal à se dire qu'ils s'aiment. Ces deux-là encore plus.

– Quand je reviendrai les chercher, je resterai plus longtemps.

– Pourquoi, Ida ne viendra pas ?

– Si, si, bien sûr, si elle veut, nous resterons plus longtemps.

Puis, sans savoir s'il doit l'embrasser ou lui serrer la main, Kornélius fait un petit signe à son père et ouvre la portière à Ida.

Ils s'en vont et Jakob reste debout sur le bas-côté fouetté d'herbes folles par un vent joueur, à regarder disparaître la voiture dans le paysage vert et noir sous un ciel soudain devenu immense et bleu.

58

C'est pas comme si...

Knudsen fuit la bruine froide qu'un ciel sans vent laisse en suspens dans les rues de Reykjavik et se glisse avec délice dans l'atmosphère cuivrée et chaleureuse du Klaustur Bar pour la rencontre hebdomadaire de son club politique. Quand il s'ébroue pour se remettre du froid et attirer les regards, la femme ne le remarque pas. Elle est installée dans la grande salle, face au long bar en bois sombre. Jolie femme, note-t-il en enlevant son manteau. Élégante. Assise bien droite sur la banquette, parmi les coussins bleus. Sur sa table, trois verres. Deux sont vides. Elle tient l'autre entre ses mains, le regard perdu dans l'immobilité hypnotique de la flamme d'une bougie.

Il adresse un regard curieux au barman, qui hausse les sourcils avec un sourire complice.

– Qui est-ce ? demande-t-il à voix basse.

– Je n'en sais rien, murmure le barman. Pas un mot depuis une heure à part pour remettre ça. Lagavulin sans eau, sans glace.

Cette fois, Knudsen se retourne dos au bar et observe la femme qui ne s'en aperçoit pas. Tailleur chic et strict. Cher sans doute aussi. Chemisier blanc qui s'échancre sur le sillon d'une blanche et ronde poitrine. Bagues et colliers classiques. Montre de marque. En or. Seuls ses cheveux noirs et lisses dénotent un soupçon de fantaisie. Perruque, probablement, ce qui emporte son jugement : bourgeoise en goguette. Femme un peu perdue qui hésite à sauter le pas. Aborder un inconnu. S'envoyer en l'air. Rentrer au bercail.

Quand elle lève le bras pour tremper ses lèvres dans le whisky, il devine une clé sous son coude et reconnaît le logo du Konsulat Hotel. Soit il s'agit d'une touriste égarée, seule et un peu ivre, soit c'est une jolie salope qui annonce clairement à qui veut là où elle va finir la soirée.

Il regrette d'avoir quelques relations à rencontrer dans le salon pour continuer à planter les jalons de son avenir politique. Mais il se dit que si elle est encore là dans une heure, ce sera un signe du destin qu'il ne pourra pas ignorer.

Il demande au barman de servir à cette désirable inconnue un autre whisky sur son compte quand elle aura fini le sien, puis passe dans le salon en remarquant l'imperceptible déséquilibre de la femme qui se force à rester le dos droit. Une bien appétissante bourgeoise tout juste mûre pour l'aventure de l'abandon.

Une heure plus tard, quand toutes ses relations se sont relayées au bar une par une, sous n'importe quel prétexte, pour observer la jolie bourgeoise, il revient vers sa table.

– Vous n'avez pas bu ? demande-t-il en désignant du regard le verre entre ses mains.

– C'était vous ?

Sa voix feutrée, à peine éraillée par l'alcool, dissout aussitôt ses derniers scrupules. Cette voix un peu perdue, un peu languissante, c'est un sexe. Cette femme, c'est un sexe.

– Oui, je me suis permis, dit-il, j'espère ne pas vous avoir offensée.

– Non, c'est même plutôt flatteur, répond-elle avec un sourire mélancolique.

Un sourire en volute, qui glisse sur lui comme une caresse. Qui s'enroule autour de sa nuque qui se raidit, puis descend jusqu'à son sexe qui bande aussitôt. Est-ce qu'elle le fait exprès ? Il se demande ce qu'il préférerait : s'abandonner à une nymphomane ou posséder une bourgeoise égarée ?

– Puis-je en partager un dernier avec vous ?

– Non, merci de votre gentillesse, mais je crois que j'ai assez bu. Je ferais mieux de rentrer.

– Quelqu'un vous attend ?

– Oui.

– Ce chanceux va-t-il venir vous chercher ?

– J'ai bien peur qu'il en soit incapable.

– Incapable, comment ça ?

– Parce que c'est mon lit ! dit-elle un peu trop fort dans un éclat de rire. Il n'y a que mon lit qui m'attende, monsieur. Juste mon lit. Mais seriez-vous assez aimable pour m'appeler un taxi, s'il vous plaît ?

– Vous êtes descendue au Konsulat, n'est-ce pas ?

– Oui, dit-elle, soudain suspicieuse, comment le savez-vous, vous m'avez suivie ?

– Votre clé, madame. Vous êtes partie en emportant la clé de votre chambre. Là, sous votre bras.

Elle regarde son bras, le soulève dans un imperceptible déséquilibre, récupère la clé, cherche une poche pour la ranger et finalement la glisse entre ses seins.

– Au moins, là, je suis sûre de ne pas la perdre. Ni de me la faire voler. Alors, pour le taxi, vous pouvez, s'il vous plaît ?

Derrière lui, le barman s'amuse de le voir jouer au gentleman avec tant d'application. D'un froncement de sourcils, l'autre lui demande de ne pas compromettre ses efforts.

– Le Konsulat n'est qu'à quelques centaines de mètres d'ici, madame, et la marche devrait vous faire le plus grand bien. Me permettez-vous de vous accompagner ?

– Oh, c'est gentil, merci, c'est très gentil.

Quand elle glisse sur la banquette pour se dégager de la table, la jupe de son tailleur remonte sur ses cuisses.

– Oups ! dit-elle en se tortillant un peu pour réajuster sa tenue.

Dans le mouvement qu'elle fait pour tirer sur le bas de sa jupe, elle se penche et il plonge son regard sur deux seins magnifiques galbés par des balconnets noirs en dentelle avec, entre les deux, la clé de sa chambre.

Il lui offre sa main pour la guider entre les tables, l'aide à enfiler l'imperméable qu'elle avait plié à côté d'elle sur la banquette et demande au barman de lui prêter un parapluie pour raccompagner Madame. Elle le remercie encore et, au moment de passer la porte, se souvient d'un sac contenant quelques vêtements achetés dans la journée.

– Vous voulez bien le porter pour moi, s'il vous plaît, j'aurais trop peur de le laisser tomber dans l'état où je suis.

Il récupère le sac et la rejoint pour sortir du bar. Par chance, il n'y a pas de vent et il peut ouvrir le parapluie. Après quelques pas en silence, il prend le sac dans la même main que le parapluie et passe l'autre autour des épaules de la femme. Pour qu'elle reste bien à l'abri, dit-il. Et comme elle ne répond pas, il resserre un peu son étreinte.

Cent mètres plus loin, la fraîcheur de la nuit semble avoir dégrisé la femme.

– Vraiment, je vous remercie. J'ai peur de m'être un peu ridiculisée dans ce bar, n'est-ce pas ?

– Vous deviez avoir une bonne raison. Il en faut toujours une pour boire un peu trop, seule, dans un bar.

– Franchement, qu'avez-vous pensé de moi, vous et les autres clients ? Que j'étais une allumeuse, c'est ça ? Ou pire, une bourgeoise en goguette ? Vous n'avez pas pensé que je pouvais être une prostituée, j'espère ! dit-elle en s'arrêtant soudain.

– Bien sûr que non, qu'allez-vous chercher là !

Ils reprennent leur marche dans la nuit, et il lui semble qu'elle se serre un peu plus encore contre lui. Ou bien est-ce son désir d'y croire ?

– Une call-girl, à la rigueur, murmure-t-elle, pensive, on dit qu'elles sont jolies et qu'elles ont de la classe. Une call-girl, pourquoi pas ? Vous pensez que je pourrais être une call-girl ?

Il ne sait pas quoi répondre. Il craint qu'elle ne dégrise trop vite et ne glisse dans une mélancolie désenchantée.

– Vous êtes jolie et désirable au point de faire passer à n'importe quel homme l'envie de la plus belle des call-girls.

– Merci, dit-elle comme une enfant qui croit vraiment au compliment qu'elle vient de recevoir. Vous savez dire les mots qu'il faut.

Elle lui glisse un furtif baiser sur la joue et passe un bras autour de sa taille. Il en est si surpris qu'il ne sait pas quoi dire.

– Je crois qu'il ne pleut plus, dit-il bêtement en s'en voulant aussitôt.

– Eh bien, faisons comme s'il pleuvait encore !

Il connaît le Konsulat. Immaculé. Comme la proue étroite et arrondie d'un navire échoué parmi les petites maisons du centre-ville. Il y a caché quelques aventures adultères dans des chambres cossues aux têtes de lit et aux couettes molletonnées, les orgasmes surjoués de ses maîtresses passagères étouffés par d'épais tapis.

– Voilà, dit-il en secouant le parapluie avant de pousser la porte de l'hôtel, vous êtes rendue à bon port.

– Maintenant que cette agréable promenade m'a dégrisée, puis-je à mon tour vous offrir un verre pour vous remercier ?

– Je ne suis pas sûr que le bar soit encore ouvert à cette heure.

– Dans ma chambre, alors, propose-t-elle en se dirigeant vers l'ascenseur sans l'attendre.

Il n'espérait que ça, mais le voilà qui reste interdit au beau milieu du hall surchargé de divans verts et roses, de fauteuils bariolés et de tapis multicolores.

– Vous venez ?

Ils montent à l'étage des suites et elle s'arrête devant sa porte en cherchant la clé dans les poches de son tailleur.

– Là ! dit-il en pointant du doigt son décolleté qui, mystérieusement, a perdu un bouton.

Elle rougit, ferme les yeux et cache son visage dans ses mains.

– Mon Dieu, j'ai vraiment fait ça ?

– Oui, s'amuse-t-il.

– Devant vous ?

– C'était charmant, je dois l'avouer.

Elle tire la clé qui s'accroche un peu à la dentelle de son soutien-gorge, puis ouvre la porte d'une chambre spacieuse et tout en longueur.

– Excusez-moi, dit-elle dès qu'il a refermé la porte, mais il faut vraiment que…

Elle désigne la salle de bains en implorant son indulgence d'un regard mutin.

– Servez-nous deux verres, il y a ce qu'il faut sur la table basse. Vous pouvez aussi regarder dans le sac. Dites-moi si mes achats étaient judicieux.

Il tire le sac à lui et plonge la main dedans au hasard, amusé par la demande. Il en ressort une poignée de culottes et de soutiens-gorge.

– Dites-moi que j'ai bien choisi, supplie-t-elle comme une gamine. Dites-moi la parure que vous préférez !

Elle disparaît dans la salle de bains et il étale un par un sur la table basse les dessous dont il caresse le tissu et teste la souplesse, imaginant sa très probable future conquête dans chacun d'eux.

– Je les ai essayés dans la journée sans arriver à me décider, crie-t-elle à travers la porte. Et vous, parvenez-vous à choisir ?

– Non, mais il manque ceux que vous portez pour me faire une idée précise.

Son rire brise ses dernières hésitations.

Au milieu des dessous, deux verres et une bouteille de Lagavulin déjà bien entamée. Décidément ! Les verres sont propres, il sert deux whiskies et s'assied au fond d'un profond sofa à l'anglaise qui prolonge le lit. Il n'a jamais connu cette configuration de chambre. Il imagine aussitôt combien il pourrait déchaîner d'orgasmes chez cette femme un peu ivre. Roulant du lit sur le sofa, ou la basculant du sofa sur le lit. Pendant que son sexe s'émoustille, il tourne son verre entre ses mains, n'osant espérer que…

Elle sort de la salle de bains comme une déesse, si nue et si conquérante qu'il en avale son Lagavulin d'une seule gorgée. Elle tient ses dessous de dentelle noire à bout de bras, entre ses doigts pincés.

– Voici ceux qu'il vous manquait, maintenant vous pouvez vous décider, n'est-ce pas ?

Quand il se lève pour les prendre, elle lui interdit de bouger d'un geste coquin et décide de le soumettre à la tentation. Elle danse, nue, lascive, autour de lui, se retenant à sa cravate sans le quitter des yeux. Quand il se trouble et s'alourdit, elle comprend que la drogue fait son effet et qu'il perd tout contrôle.

Un quart d'heure plus tard, il est effondré sur le lit, à moitié inconscient, son corps de plomb enfoncé dans le matelas. Elle l'a fait boire tant qu'il pouvait obéir à ses désirs, attendant qu'un sommeil comateux le gagne. Alors elle passe des gants en latex, récupère avec précaution tout ce qu'elle devait prendre, et range tout le reste. Quand on frappe à la porte et qu'elle ouvre, elle s'est habillée et elle est prête.

– Je me dégoûte, dit-elle, je jure que c'est la première et dernière fois !

– Attends, Nola, c'est pas comme si…

59

... arrêtez-le dans la soirée...

Ils sont debout sur les dunes de la petite plage géothermale, entre la mer et le début de la piste de l'aéroport national. Une crique de sable grossier, creusée en son beau milieu d'un hot pot circulaire d'où déborde un petit lagon d'eau chaude pour les enfants et les familles, à quelques pas d'un bout de mer froide tenu à l'écart par une digue. Au nord, adossé à la dune, un autre méchant hot pot rectangulaire en béton dans lequel bavardent des adultes.

– C'est fait, annonce Kornélius.

– Il va falloir être un peu plus explicite, dit le procureur.

– Ce n'est pas dans votre intérêt d'en savoir plus.

– Il nous faut quand même plus de détails, insiste la commissaire nationale.

Ils ont marché jusqu'à un chemin en planches qui s'avance comme une digue dans la mer, renforcé à l'ouest de rochers brise-lames pour contrer les assauts que les houles lancent contre la plage. Au-dessus, un ciel immense, strié de nuages gris et mauve, rabaisse l'horizon à une seule ligne argentée.

– Il faut juste que vous relanciez l'enquête avec une nouvelle perquisition et de nouvelles analyses chez la victime.

– Que nous justifions comment ?

– Le rapport d'autopsie signale deux ou trois coups ante mortem au visage. Comme l'appartement n'était pas la scène de crime principale, disons que nous avons un peu négligé la recherche d'indices à ce niveau. Il faut y retourner pour chercher des traces de lutte.

– Et qu'aurions-nous peut-être la chance d'y trouver ?

– Peut-être une trace de sang effacée qui situerait la première agression dans l'appartement, avant le maquillage en accident dans la montagne.

Des gosses maigres et blancs en slip de bain rouge courent joyeux après des ballons trop légers que le vent chasse trop loin. Une enfant blonde pleure son château de sable qui s'effrite trop vite.

– Très bien, et en quoi cela règle-t-il notre problème ?

– La perquisition permettra de trouver différentes traces qui deviendront vite des indices à charge contre votre ami.

– Ce n'est pas notre ami.

– Il l'a pourtant longtemps été.

– Il ne l'est plus. Des traces ?

– Sur une bouteille. L'autopsie révèle que la victime a bu. Un verre de whisky au moins. Sans effraction, on peut considérer qu'elle connaissait son assassin. Il est possible qu'elle ait bu ce verre en sa compagnie.

– Des empreintes ?

– Pourquoi pas.

– Sur une bouteille ?

– Ce n'est pas impossible.

– C'est peu.

– Assez pour le situer sur la scène de crime. La superposition des empreintes pourrait peut-être même permettre de préciser qu'il y était après moi.

– C'est tout ?

Des gens immobiles sont emmitouflés sur la plage. D'autres, en maillot, courent s'éclabousser dans l'eau chaude du lagon, puis plonger dans celle glacée de la mer. Quelques jeux dispersés sur le sable n'intéressent que les plus jeunes. De temps en temps les adultes regardent le ciel pour voir ce que deviennent les ondées. Les enfants, eux, s'en moquent.

– Par ailleurs l'examen préliminaire de la victime porte à croire qu'elle était peu ou pas vêtue quand il l'a neutralisée et que par conséquent il a dû l'habiller lui-même. Mal et de mauvais goût, si j'en crois la légiste. Pour ce faire, il a certainement dû fouiller dans ses affaires. Nous pourrions peut-être trouver des empreintes sur certains tissus.

– En avez-vous trouvé sur les vêtements qu'elle portait ?

– Je ne pense pas, non.

– En trouverions-nous si nous cherchions mieux aujourd'hui ?

– C'est possible.

– Et pour le tireur ?

– Je pense que c'était juste un contrat. Son donneur d'ordre arrêté, il disparaîtra de lui-même. Il n'a fait que nous narguer et provoquer des dégâts matériels. Il n'a aucune raison de continuer. Il est peut-être même déjà rentré chez lui.

– Pourquoi dites-vous ça ? Vous savez qu'il est étranger ? Vous savez qui il est ?

– Non, se reprend Kornélius, c'est une expression pour dire qu'il est retourné à l'anonymat, ici ou ailleurs. Bien que je penche plutôt pour un prestataire étranger, car nous avons exploré toutes les pistes possibles concernant un tireur d'élite islandais.

Le procureur et la commissaire nationale se regardent dans le vent qui chahute leurs cheveux. Ils ressemblent à deux conspirateurs d'une mauvaise série américaine.

– Merci, Jakobsson, dit finalement la commissaire nationale.

– Je ne suis pas très fier de ce que j'ai fait, madame.

– L'essentiel est que vous l'ayez fait, coupe le procureur. Quand pensez-vous procéder ?

– Jamais. Vous oubliez que vous m'avez démis de mes fonctions, monsieur, et que j'ai surenchéri en démissionnant. Je ne suis plus des vôtres. Ce que j'ai fait, je l'ai fait en solde de tout compte comme nous en étions convenus. Mais si vous voulez un dernier conseil, faites procéder aux perquisitions demain, faites analyser les résultats, et arrêtez-le dans la soirée ou après-demain au plus tard.

60

... en bon père de famille.

– Ce n'est peut-être pas le meilleur restaurant d'Islande, ni le plus vieux comme l'affirme le menu, mais c'est un endroit que j'aime, dit Kornélius. C'est simple, c'est frais, et c'est bon.

Lynch observe le bâtiment de plain-pied du Kaffivagninn. Bardage blanc et toit de tôle grise, largement vitré tout autour, huisseries soulignées de rouge. Un *diner* à l'américaine posé comme un préfabriqué sur un des quais du port. En face, deux pontons dans un bassin à l'abri des vagues, où s'ennuient de vieux chalutiers en attente de pêche, sous la pesante protection d'un bâtiment militaire d'un autre âge.

Dès qu'ils poussent la porte, l'ambiance les saisit. Moitié restaurant, moitié self-service. Un grand tableau à la craie de couleur pour les menus et les plats du jour au-dessus du comptoir. La salle est sobre, tout en bois clair, mais le mur du fond, encombré de tableaux noirs, de bouteilles, de machines à café et de réfrigérateurs. En connaisseur, Kornélius choisit une des tables sur la gauche, près des fenêtres qui donnent sur le bassin. En été, bravant les risques de mauvais temps, une étroite terrasse en surplomb pousse les tables à taquiner la proue des chalutiers. Ils profitent d'un soleil frisquet pour s'y installer.

– Vous l'avez eu, alors ?

– Nous allons l'avoir. Il est piégé. Demain au plus tard.

– Et moi ?

– Comme je te l'ai dit, tout le monde t'oublie.

– Je n'aurai pas à témoigner ou à le dénoncer ?

– Non. C'est encore plus simple que ça. Tu t'en vas tranquillement. Tu rentres chez toi.

– C'est trop facile pour y croire.

– Fais-moi confiance. Et pour le menu aussi, ici c'est fish and chips aux trois sauces, dont la fameuse rémoulade, gratin de filet de morue à la béarnaise ou omble chevalier frit au beurre, amandes et persil. Et en entrée, la soupe de poisson à la Odin. Obligé.

Quand le garçon se présente, ils commandent chacun une Brio, la bière qui apporte joie, vigueur et vitalité, dit la publicité. Élue meilleure Pilsner du monde en 2012, précise Kornélius pour convaincre Lynch, encore un peu crispé, de se laisser aller et de profiter du moment.

Quand les bières arrivent, ils trinquent avec leurs bouteilles.

– Tu sais, si tu avais fait le moindre blessé dans cette histoire, je t'aurais traqué jusqu'au fin fond de l'Askja, et voilà que je trinque avec toi, heureux que tu quittes le pays.

– Est-ce que vous savez pourquoi il m'a fait faire ça ?

– Non, pas encore, mais maintenant que nous savons qui il est, ça semble plutôt politique. Des spécialistes épluchent ses déclarations publiques et son réseau d'influence pour essayer de comprendre. Ils pensent qu'il voulait peut-être promouvoir ses idées sur la faiblesse de notre police et la nécessité de renforcer son armement.

– Je ne vois pas très bien ce que ce type pouvait avoir de politique. À propos, c'est quoi son nom ?

– Si tu ne le sais pas, c'est préférable que ça reste comme

ça. Contente-toi du nom de code qu'il s'est sûrement donné. Comment t'a-t-il recruté ?

– Un ami norvégien qui travaille de temps en temps pour une officine anglaise de sécurité. Il m'a branché sur lui en direct.

– Comment t'a-t-il contacté ?

– Mon ami norvégien a fait l'intermédiaire jusqu'à ce que je reçoive mon billet d'avion pour Reykjavik et un virement sur mon compte. Une fois chez vous, j'ai d'abord communiqué avec lui grâce à un téléphone prépayé mis à ma disposition. Ensuite, nous nous sommes rencontrés.

– À propos, demande Kornélius en passant du coq à l'âne, c'était quoi cette histoire à Seljalandsfoss, ces vingt-sept douilles et ces trois tirs dans un pare-brise ?

– Ah ça ! Rien, juste un truc pour vous embrouiller. Comme j'ai vu que tu étais malin avec les sondes à neige dans la carlingue, je me suis dit que tu passerais beaucoup de temps à chercher une signification à ça.

– Tu nous observais ?

– Je ne vous ai jamais perdus de vue. Surtout toi. Quand tu t'es assis sur ta caisse pour attendre les commandos, je me suis dit qu'on allait bien s'amuser tous les deux. Ce jour-là, je t'ai donné comme nom de code The Big Lebowski.

– Et toi, c'était quoi ton nom de code ?

– Ne te moque pas, avoue Lynch, un peu gêné, mais c'était Brexit.

– Et le sien ?

– À qui, au commanditaire ? C'est Effemji.

– Effemji ? C'est de l'arabe ?

– Mais non, Effemji pour FMJ, l'acronyme anglais de « full metal jacket » ! se moque Lynch en attaquant son omble à la chair fine et beurrée.

– Hé, ils ont oublié les soupes !

– Pas grave, nous les mangerons après.

– FMJ, répète Kornélius, sceptique, en attaquant son gratin de morue, curieux nom de code, non ?

– Pas tant que ça pour un tireur d'élite !

Kornélius, qui plongeait son deuxième filet de morue dans la béarnaise, suspend son geste, perplexe.

– Attends, FMJ, c'était son nom de code ou le tien ?

– Le sien. Le mien, je viens de te dire que c'était Brexit !

– Oui, mais tu t'embrouilles, là, tu viens de dire que FMJ était tireur d'élite.

– Bien sûr, c'est pour ça qu'il a choisi full metal jacket.

– Comment ça : bien sûr ? Il te l'a dit ?

– Oui, on a même parlé d'armes et de tir, et je te garantis qu'il en connaît un rayon.

Lynch voit Kornélius pâlir et se doute que quelque chose vient de dérailler dans la belle mécanique qui allait lui permettre de s'en sortir. Il regarde le flic fouiller ses poches à la recherche de son téléphone pour afficher une photo.

– FMJ, c'est bien lui, non ?

Lynch regarde la photo de Knudsen, puis Kornélius, puis la photo à nouveau.

– Négatif. Rien à voir. FMJ est beaucoup plus jeune.

– Nom de Dieu ! Ne bouge pas, il faut que j'appelle quelqu'un.

Il se lève et sort. De l'autre côté de la rue, à deux cents mètres de là, dissimulé dans sa voiture sur un parking derrière une rangée d'entrepôts, sous un réverbère dont il a explosé l'ampoule au silencieux, le tireur le suit dans son viseur. Il cadre le flic qui lui paraît plutôt nerveux et qui s'éloigne en parlant au téléphone. Quand il a un angle de tir, il glisse son index sur la détente, mais une camionnette passe et lui masque la cible. Quand le véhicule est passé, le flic a disparu au coin du restaurant.

– Madame ? Nous avons un problème, dit Kornélius. Knudsen

n'était pas seul. Il y avait un intermédiaire entre lui et le sniper. Cet intermédiaire est toujours dans la nature. Et c'est lui aussi un sniper.

– Vous en êtes certain ? Comment avez-vous appris ça, Kornélius ?

– Peu importe, madame. Ce qui importe, c'est que nous pensions avoir neutralisé le donneur d'ordre du sniper, et que ce n'est pas le cas. Et la preuve n'est plus évidente que Knudsen ait été l'assassin, ou le seul assassin de la journaliste.

– Ne vous en faites pas pour ça, Kornélius, vous avez fait le nécessaire pour que ces preuves existent. Ne bougez pas et ne faites plus rien. Nous analysons la situation et nous revenons vers vous.

Il raccroche, hésite à appeler quelqu'un d'autre, puis décide de rejoindre Lynch.

– Qu'est-ce que tu fais là, Kornélius ? demande Konrad, le cuisinier du Kaffivagninn, sorti pour fumer une cigarette. Tu en fais une tête, mon poisson n'était pas frais ?

– J'ai pris la morue, et elle était délicieuse, répond Kornélius, préoccupé.

– Comme d'hab ! sourit le cuisinier. Une petite « mort noire » pour te remettre ?

Kornélius accepte. Un verre de vin brûlé sera le bienvenu pour encaisser ce que le témoignage de Brexit suppose de complications et de danger. Il rentre dans le restaurant.

Le tireur garde le coin du restaurant dans son viseur. L'angle est dégagé. Ce n'est pas ce qu'il avait prévu, mais de toute façon il faut qu'il descende les deux. Le flic et Brexit. Après, il n'y aura plus personne pour le relier à cette affaire. Même plus Knudsen, ce minable politicard prétentieux. Sûrement pas lui qui aurait pensé au mouchard dans le prépayé de Brexit !

– Par où tu es passé ? s'étonne Lynch.

– Entrée des artistes, répond Kornélius, je suis tombé sur le chef à l'arrière du restaurant. Il m'a offert une petite « mort noire » en cuisine.

– Mort noire ?

– Un verre de Brennivín.

– À qui tu as téléphoné ?

– À quelqu'un qui pensait comme moi que nous avions neutralisé ton commanditaire.

– Et ce n'est pas le cas ? s'alarme Lynch.

– Si, mais nous n'étions pas au courant de l'existence de FMJ comme intermédiaire.

– Qu'est-ce que ça change pour moi ?

– A priori rien, sauf qu'il va peut-être falloir que tu m'aides à le neutraliser avant de prendre le large.

– Putain, j'en étais sûr ! grogne l'Anglais. Tu sais ce que ça veut dire ? Ça veut dire que si FMJ apprend que tu as éliminé son donneur d'ordre, il est obligé de s'en prendre à moi pour se protéger. Merde, Kornélius, j'ai un tireur d'élite aux trousses à cause de vous maintenant !

– Hé, tu as un tueur aux trousses parce que tu es venu faire un carton chez nous, n'inverse pas les rôles. Mais ne t'en fais pas, je vais arranger ça.

– La seule façon d'arranger ça pour l'instant, c'est de me planquer, tu comprends ? M'enterrer. Profond. Et avec une arme pour me défendre.

– T'enterrer, tant que tu veux, mais pour l'arme, c'est hors de question. Nous allons faire ça à l'islandaise.

– C'est ça, maugrée Lynch, envoyez donc les trolls et les elfes !

À tous les coups, ce flic de malheur est rentré par l'arrière, par la porte de service. À moins qu'il ne l'ait repéré. Mais non, ce n'est pas possible, c'est encore lui qui mène le jeu. Il a pris plusieurs longueurs d'avance sur tout le monde. Il garde encore le coin du restaurant dans la ligne de mire quelques instants, puis revient sur la porte d'entrée. De toute façon, il faudra bien qu'ils sortent. Il examine encore les alentours. Il n'est qu'à deux cents mètres. C'est presque trop près pour ce type d'arme. Il se demande s'il aura le temps de descendre les deux.

– Comment êtes-vous remontés jusqu'au commanditaire ? demande Lynch.

– Il a appelé personnellement une journaliste pour donner un éclat médiatique à un de tes tirs. Quelque chose dans ce qu'il a dit a mis la puce à l'oreille à cette femme qui s'est confiée à moi.

– Alors, il faut la protéger elle aussi. FMJ va faire le grand ménage.

– Elle est morte. Jusqu'à ce que tu me parles de FMJ, je pensais que le commanditaire l'avait éliminée, mais maintenant je doute. Peut-être bien que c'était FMJ.

– Je te le répète, il va faire le ménage, et ses cibles vont être, dans l'ordre, le commanditaire, moi et toi.

Kornélius analyse l'information et ce qu'elle implique pour lui : protéger le commanditaire et le sniper au péril de sa vie. Il a connu meilleure soirée au Kaffivagninn.

– OK, dit Kornélius, je vais t'enterrer profond, comme tu dis, très profond. À cinq heures de route d'ici. Personne ne te trouvera là-bas. Je paye et on y a.

Ils se lèvent. Lynch sort une cigarette et prépare son briquet. Kornélius va régler au comptoir.

Il le voit sortir et le cadre aussitôt dans son viseur. La voiture rouge est garée sur la droite du restaurant, devant la partie de mur non vitrée qui doit abriter les cuisines. Il le laisse s'avancer vers la Saab. Tant mieux. Il n'a pas besoin que son corps s'effondre devant des témoins attablés, ni que sa balle qui va lui traverser le corps ne pulvérise la baie vitrée. Quand Brexit se tourne contre le mur pour éviter le vent et allumer sa cigarette, FMJ lui tire dans le dos au niveau du cœur. Le choc projette Brexit contre le mur, puis son corps rebondit en arrière et tombe à la renverse entre la voiture rouge et un 4×4. Bingo, se dit-il, comme au billard !

– À la prochaine, dit Kornélius en serrant la main de Konrad, qu'il a rejoint dans ses cuisines. Et garde-moi de cette « mort noire » de côté.

– C'est quand tu veux, tu le sais bien, répond le chef en le raccompagnant jusqu'à la porte de service.

Kornélius adresse un dernier salut à Konrad et sort par l'arrière du restaurant. Si Lynch n'est pas encore parti, il cognera à la vitre pour le prévenir. Mais quand il tourne au coin du restaurant et débouche sur le parking, il aperçoit aussitôt les pieds de Lynch entre sa Saab et le 4×4. Par instinct, il se baisse et se cache derrière les voitures.

FMJ fulmine contre ce flic qui prend tout son temps pour sortir quand il devine un mouvement sur la droite. Il déplace sa ligne de tir. Rien. Il inspecte le parking à travers sa lunette de visée. Le corps de Lynch a disparu, tombé entre deux voitures certainement. Où est passé l'autre flic ? Ce n'est pas normal qu'il reste aussi longtemps à l'intérieur. Il doit être sorti. Il est sorti, il le sent. Alors, où est-il ? Quand les feux arrière et les clignotants de la Saab s'allument par deux fois, il balaye de son viseur toute la façade du restaurant pour voir d'où ce flic de malheur actionne sa commande à distance. Cet imbécile peut le faire de l'intérieur du restaurant, juste avant de sortir, ou du coin des cuisines, juste avant de déboucher sur le parking. Il garde son fusil braqué sur la porte du restaurant tout en surveillant d'un œil les cuisines.

Si Lynch avait été atteint par une balle tirée en enfilade d'un côté ou de l'autre du trottoir, son corps ne serait pas tombé entre les voitures. Kornélius en déduit que le tireur se tient en embuscade de l'autre côté de la rue, quelque part à l'abri des hangars et des entrepôts. Donc les voitures le masquent à sa vue. Il attend quelques secondes, attentif au moindre bruit ou mouvement. Quand une voiture passe, il en profite pour marcher accroupi jusqu'au corps de Lynch. Mort. Aucun témoin pour l'instant. Tir à distance, au silencieux probablement. Une autre voiture passe. Il en profite pour commander l'ouverture des portes de la Saab et se hisse à l'intérieur en rampant par-dessus le corps de Lynch. Il se glisse à plat ventre jusqu'à la place du conducteur, baisse le dossier du siège passager, se penche pour saisir Lynch par le col de sa veste et le tire dans la voiture. Puis il attend. Longtemps.

Qu'est-ce qu'il fout ? s'inquiète le tireur. Il sait que Kornélius a réussi à se faufiler dans sa voiture. Il la voit bouger. Mais il devine que le flic est couché sur les sièges, et lui n'a pas le bon angle pour l'abattre à coup sûr. Qu'est-ce qu'il fait ? Il ne va pas pouvoir attendre toute la nuit. À travers sa lunette, il cherche à deviner un mouvement. Le haut d'un crâne lui suffirait. Soudain, la porte du restaurant s'ouvre et quatre personnes en sortent. Elles discutent quelques instants, se font la bise et partent en couples, chacun vers une voiture. Et merde ! jure le tireur.

La première voiture démarre en marche arrière et décrit un large arc de cercle. Kornélius en profite pour démarrer brusquement à son tour, au risque de la percuter. Le chauffeur pile et klaxonne. L'autre voiture qui démarrait en marche avant s'arrête pour voir ce qui se passe. Kornélius enclenche la première et démarre en trombe vers le centre-ville, laissant les deux chauffeurs outrés d'un tel comportement incivique et le tireur furieux de voir sa dernière cible lui échapper. Mais il ne peut pas se lancer à sa poursuite à travers la ville. Et puis, il faut qu'il passe à l'hôtel. Tout n'est pas encore terminé. De toute façon, il saura où est allé ce flic avec Brexit. Mort, il l'espère.

Il range son arme, la glisse entre les sièges à l'arrière et démarre en bon père de famille.

61

... et tant pis pour sa belle Saab.

Il voulait aller se perdre dans un champ de lave au nord, mais finalement la 42 fera l'affaire, à condition de ne pas dépasser Krýsuvík. Des touristes trouvent toujours le moyen de bivouaquer sur le parking, dans la puanteur des solfatares, pour voir le soleil se lever sur les fumerolles de Seltún. Trop risqué. Il a quitté Reykjavik par la 417 au sud et bifurqué plein sud sur la 42. Ses phares ont balayé une lande plate et fantomatique sur quelques kilomètres. La mousse comme les haillons abandonnés d'une armée décimée sous la lune. Champ de bataille putride, jonché de morts-vivants blanchis, tombés depuis des siècles. Puis, juste après une mine à ciel ouvert sinistre dans l'ombre de la nuit, comme une plaie corrodée dans la terre, la route a tourné à gauche pour se lancer perpendiculairement à l'assaut d'une étroite coulée de lave, dont les phares creusent au passage les trous et les entrailles. Un kilomètre à peine. Et maintenant il longe la coulée de terres torturées sur la droite, et de l'autre côté les rives lisses du lac de Kleifar. Le lac vagabond, dont les eaux pourtant profondes de cent mètres ont disparu par une faille ouverte par un séisme en l'an 2000. Pour revenir ensuite, par un caprice de la faille qui, en dessous de la roche, sépare l'Europe de l'Amérique. Cette nuit, autant la lune creuse le magma noir et figé de la coulée de fantasmagories effrayantes, trolls légendaires et autres elfes carnassiers, autant elle lisse l'eau du lac d'un reflet plat et métallique dont la froideur l'effraye plus encore.

Il faut qu'il se décide. Maintenant. Un kilomètre plus loin, une petite péninsule qui s'enfonce en virgule dans les eaux pourrait abriter quelques routards aventureux. Kornélius gare sa voiture sur le bas-côté, coupe le moteur et les phares, et laisse le silence et la nuit distendre à nouveau les horizons invisibles. Puis il inspire, retient son souffle et se vide de tout scrupule avant d'y aller. Il contourne la voiture, tire le corps de Lynch et le jette sur son épaule. *Désolé, vieux.* Sans prendre le risque de réfléchir, il escalade au clair de lune la dizaine de mètres du mur de lave qui borde la route, continue jusqu'à la crête croûtée d'une colline desséchée et cherche des yeux la meilleure crevasse. Alors, il dépose Lynch au bord de la faille – *Vraiment désolé !* –, le fouille pour prendre tout ce qui pourrait faciliter son identification – *Je ne peux vraiment pas faire autrement* –, son téléphone, ses papiers – *Un troisième passeport, mon salaud !* –, puis il descend à mi-profondeur de l'anfractuosité, y tire doucement le corps en prenant garde de ne pas le cogner – *C'est mieux comme ça pour l'instant* –, le laisse glisser dans le fond de la fissure – *On verra plus tard, je te promets* – et remonte rassembler de grosses pierres ponces noires et légères qu'il revient poser une à une sur le corps. Quand il ne voit plus le visage de Lynch, il fait rouler quelques pierres de plus et dévale la colline sans se retourner. Un nuage sombre a d'abord ourlé la lune, puis l'a froissée dans ses plis profonds où elle s'est éteinte. Il n'y voit presque plus rien.

– Besoin d'aide ? demande une voix dans un mauvais anglais.

Kornélius tressaute de surprise et manque de trébucher.

– Où êtes-vous ? Montrez-vous ! dit-il en serrant les poings.

– Là ! répond la voix.

Une ombre fait un geste et attire son attention. Un garçon. Trapu. Près d'un vélo alourdi de sacoches. Sur les côtés. Partout. Sur le guidon aussi.

– J'ai vu la voiture, je me suis inquiété.

– Je suis allé pisser, répond Kornélius.

– Là-haut ? s'étonne le garçon en montrant des deux bras tout l'espace disponible autour d'eux.

– J'aime pas qu'on me voie.

– Mais qui pourrait vous voir dans ce désert ?

– Vous par exemple…

– Oui, c'est vrai, reconnaît le garçon. Seltún, c'est encore loin ?

– Quatre kilomètres, répond Kornélius en regagnant sa voiture. Il y a un parking. Vous y trouverez sûrement quelques campeurs sauvages. Il y fait chaud, mais ça pue. Sinon il y a la petite péninsule sur le lac, un peu plus loin. L'air est meilleur, mais plus frais.

Il essaye de donner un ton détendu à la conversation. Le garçon l'écoute, puis enfourche son vélo par-dessus tous ses bagages et se dresse sur ses pédales.

– Vous savez, y a pas de honte à dire qu'on est allé chier !

– Oui, c'est ça, fais pas chier, murmure Kornélius, qui cherche à évaluer le danger que pourrait représenter cette rencontre.

Il sort son téléphone pour passer plusieurs coups de fil et suspend soudain son geste, le regard fixé sur l'appareil.

– Comment il a fait pour te suivre, Brexit, hein, dis-moi ? murmure-t-il entre ses dents en cherchant dans ses poches le téléphone de Lynch.

Il démonte l'appareil et repère vite le mouchard. Minuscule. Efficace. Il referme le téléphone, redescend de la voiture et va le jeter dans le lac. Puis il passe ses appels :

– C'est moi. Tu peux convaincre Alma de rester deux jours

de plus, ça se complique un peu ici. Offre-leur une excursion sur le glacier, ou un passage pour Heimaey. Je te rembourserai…

– Tu as besoin d'un coup de main ?

– Non, ça ira, merci.

Deuxième coup de fil :

– Komsi ? On a un autre sniper en roue libre dans la nature. Préviens tout le monde et faites bien attention à vous. Knudsen avait un intermédiaire pour gérer le sniper.

– Tu as besoin d'aide ?

– Non, ça ira, merci.

Troisième coup de fil :

– Viktor ? Tout le monde dégage et se met au vert. Il y a un imprévu. Knudsen et son sniper n'étaient pas seuls. Un autre tireur vient d'entrer dans la danse.

– Tu veux que je vienne ?

– Non, ça ira, merci.

Avant de remonter dans la voiture, il pense au sac de Lynch et ouvre le coffre pour en faire l'inventaire. Il y trouve le fusil, des munitions, une arme de poing, un gilet pare-balles, quelques vêtements et des affaires personnelles. Il réfléchit, pense que ce serait trop risqué de les enterrer quelque part et décide de les rapporter chez lui à Reykjavik. Il fait un tri de ce qui pourrait lui servir, récupère deux ou trois choses et glisse l'arme de poing dans sa ceinture. La route à travers les cendres et la lave est aussi sinistre qu'à l'aller. Le fantôme de Lynch en plus. Il se force à croire qu'il trouvera le moyen, une fois tout ce cirque terminé, de revenir lui donner une sépulture chrétienne. Ou pas. Lynch n'était peut-être pas chrétien. Peut-être avait-il des enfants. Est-ce qu'il leur manquera quand même, quand ils seront en âge de savoir de quel sang il les chérissait ? Est-ce que sa femme sait ? Est-ce qu'elle fait semblant de ne pas savoir ? Est-ce que…

Son téléphone sonne et, dans le geste qu'il fait pour répondre, la voiture manque de verser dans le fossé. Toute cette noirceur, dans l'étau étroit des phares, distord les distances et trompe ses réflexes. Il préfère s'arrêter pour répondre.

– Kornélius ?

– C'est pas comme si c'était une bonne nouvelle...

– Dis toujours.

– Knudsen est mort.

– ...

– Un appel paniqué de la réception du Konsulat au commissariat. La fille du room service l'a trouvé suicidé dans son lit.

– Le room service ?

– Oui. Il aurait demandé un club sandwich dix minutes avant qu'on ne découvre son corps. Le problème, c'est que shooté comme il était quand nous l'avons laissé, c'est pas comme s'il avait pu téléphoner.

– Le coup de feu n'a alerté personne ?

– Tiré dans la tempe à travers son oreiller. Comme s'il n'avait pas voulu réveiller ses voisins de chambre.

– Délicate attention. L'arme ?

– C'est pas comme si nous lui en avions laissé une non plus, Kornélius, tu peux me croire.

– ...

– Kornélius ?

– Je réfléchis.

– Alors, fais vite, parce que c'est un peu comme si on paniquait carrément, ici.

– Bon, résume Kornélius, nous sommes bien d'accord que c'est une exécution et pas un suicide, n'est-ce pas ? Alors, cela peut signifier plusieurs choses. D'abord, quelqu'un savait pour la mise en scène au Konsulat, donc on nous surveille et on nous manipule et il faut redoubler de prudence. Ensuite, il faut se demander si ce quelqu'un savait ce que nous préparions en récupérant les empreintes de Knudsen. Il faut aussi réfléchir à l'intérêt que pouvait avoir ce quelqu'un à réduire Knudsen au silence. La peur de se voir dénoncé et entraîné dans sa chute, je suppose.

– C'est un peu comme si ça pointait le sniper et l'autre type que tu as identifié.

Kornélius va répondre en mentionnant la mort de Lynch quand il réalise à quel point les choses ont évolué sans qu'il en ait informé son équipe. Ou ses équipes. Ou plutôt tous ceux qu'il a entraînés dans cette enquête officieuse qui tourne au jeu de massacre.

– Komsi, rassemble tout le monde et trouve un endroit discret où nous pourrions nous réunir dans une heure.

– C'est comme si c'était fait.

– Komsi : tout le monde, sauf Ida !

Mais à peine a-t-il raccroché qu'une autre intuition lui traverse l'esprit. Il y réfléchit quelques instants et se décide dans l'urgence. Il boucle sa ceinture et démarre en trombe. Dans le premier virage, il accélère, et tant pis pour sa belle Saab.

62

... on fait comme on a dit !

Finalement leur rencontre secrète a bien lieu deux heures plus tard, mais en public, à l'hôpital de Reykjavik, autour de Kornélius dans un fauteuil roulant, la jambe droite tenue à l'horizontale dans une attelle. Contrairement aux instructions qu'il avait données à Komsi, Kornélius a aussi fait appeler Ida, et c'est elle qui a géré la mauvaise humeur du médecin de garde avec lequel Kornélius s'est expliqué. Le médecin avait d'abord protesté. Ce que demandait Kornélius était contraire à la déontologie. Kornélius avait répondu qu'il n'en était pas convaincu, mais que ce qui l'était, par contre, c'était qu'un médecin s'envoie en l'air dans la lingerie pendant ses heures de garde. Le médecin avait répliqué que le sexe entre adultes consentants en dehors de toute urgence ne constituait en aucun cas une entorse à la déontologie. Ce que Kornélius avait aussitôt contesté puisque le partenaire en galipettes du médecin n'était pas un membre du personnel hospitalier, mais un patient. Le médecin s'apprêtait à préciser que le patient en question était, avant tout, son compagnon dans la vie, quand Kornélius avait ponctué leur joute oratoire par une frappe des deux mains sur la table si violente qu'elle avait fait bondir en l'air le stéthoscope comme deux serpents en plein coït surpris par une mangouste.

Maintenant ils sont tous dans le hall de l'hôpital autour de Kornélius, avec Ida, droite et sévère derrière lui, qui a pris les commandes du fauteuil.

– Je peux savoir pourquoi vous deviez tous vous retrouver en secret cette nuit, sauf moi ?

– Eh bien, en fait, c'est pas vraiment comme si…

– Laisse, Komsi, coupe Kornélius, c'est à moi de m'expliquer. En fait, Ida, pour avancer dans cette enquête, nous avons fait quelques entorses à la procédure, à la morale, et bien entendu à la loi, et nous ne voulions pas t'impliquer.

– Quelles entorses ? s'inquiète aussitôt Ida, qui se doute bien que si Kornélius veut les lui cacher, c'est qu'elles la concernent.

– Tu ne veux pas savoir ! répond Kornélius d'un ton qui clôt le débat.

– C'est une erreur de t'isoler, Kornélius, parce que le pire de la douleur, ce n'est pas la souffrance. Le pire, c'est la solitude que la douleur engendre et qui…

– Merci Spinoza, mais j'ai choisi de souffrir seul.

– Comment ça ? demande Ida.

– Eh bien, cet accident providentiel m'a rappelé que j'étais vieux, fatigué, et officiellement même plus flic. Alors je vais vous laisser vous débrouiller avec tout ça et partir me reposer, le plus loin possible. Et le plus seul possible aussi.

– C'est quand même pas comme si tu abandonnais !

– Si, c'est comme ça.

– Par la même occasion, tu nous abandonnes aussi ?

– Oui. Vous êtes trois flics, une légiste et quatre acteurs, ça fait déjà une belle équipe, non ?

– Je ne vois pas comment tu peux considérer ces quatre saltimbanques comme des membres de notre équipe, grogne Botty.

– Ne serait-ce que pour ce que Nola a accepté de faire pour nous la nuit dernière, dit Kornélius.

– Qu'est-ce que Nola a fait ? s'inquiète Ida. Qu'est-ce que tu lui as fait faire ?

– Une de ces choses que tu ne veux pas savoir, justement.

– Et que je ne referai jamais plus, précise Nola. Botty a raison, nous n'avons rien à faire avec vous. Vous êtes et resterez toujours des flics. Alors moi aussi je vous laisse, avec toutes vos combines crapuleuses et malhonnêtes. Nous aurions dû aller jusqu'au bout de notre mascarade et exposer toutes vos turpitudes aux citoyens de ce pays.

Elle part et prend le bras de Tobias, qui ne résiste pas et la suit. Gustavsson et Eriksson n'hésitent pas longtemps avant de leur emboîter le pas.

– Je suis beaucoup plus saltimbanque que flic, depuis le temps, dit Eriksson d'un haussement d'épaules.

Quand ils rejoignent Nola et Tobias à la porte, Gustavsson esquisse quelques pas de tango qui font rire les trois autres.

– Dommage, nous nous amusions bien avec vous, dit-il en se retournant une dernière fois pour saluer Kornélius, qui les regarde disparaître dans les reflets de la porte vitrée.

– Je devrais peut-être les rejoindre. Après tout, saltimbanque, c'est une belle façon de terminer sa vie, non ?

Chacun comprend au ton de sa voix que ce n'est pas forcément une plaisanterie.

– Kornélius a raison, soupire Spinoza. Quelqu'un a écrit que pour ne vieillir jamais, il suffit d'une plume, d'un peu d'encre, de papier, et surtout d'un cœur de saltimbanque. Peut-être que tu devrais prendre ta retraite et écrire tes mémoires, Kornélius.

– Je ne suis pas si vieux que ça, proteste Kornélius, et je ne veux pas entendre parler de mémoire pendant quelque temps. Pour l'instant, la seule retraite dont j'aie besoin, c'est un endroit éloigné et tranquille pour me remettre de mon accident. Et accessoirement, si je veux vraiment atteindre l'âge de la retraite, me cacher de ce sniper qui en veut à ma vie.

– Et où penses-tu aller ? demande Botty, qui ne peut cacher sa déception et sa colère.

– J'ai pensé à chez toi. Ce chalet à Kollóttadyngja, au beau milieu d'un champ de lave, sur les bords du lac. Le tien, ou celui de ton père, juste à côté.

Botty baisse la tête pour contenir sa rage. Derrière le fauteuil, Ida lève les yeux au ciel. D'un regard noir, Komsi interdit à Spinoza de tenter le moindre commentaire.

– C'est ce que je connais de plus isolé, ajoute Kornélius. J'y reste une semaine, le temps que vous coffriez ce sniper.

– Et comment veux-tu que nous coffrions qui que ce soit, nous ne comprenons rien à rien à toute cette affaire dans laquelle tu nous caches la moitié des infos !

– La situation est plutôt simple maintenant : Knudsen était derrière toute cette affaire de sniper, pour des raisons politiques et d'ambition personnelle que ta mère connaît sûrement mieux que nous. Il a chargé quelqu'un, nom de code Effemji, pour FMJ, de contacter un sniper, nom de code Brexit, pour affoler le public et les touristes. Hier soir, nous nous sommes chargés de Knudsen…

– Nous ? Qui ça « nous » ? hurle Botty. Pourquoi je n'étais pas au courant ?

– Komsi et Nola s'en sont chargés, parce qu'il a fallu mordre un peu sur la ligne blanche et que je ne voulais pas t'impliquer là-dedans, maintenant que je sais que tu es la fille de la commissaire nationale.

– Quoi, la mère de Botty est la commissaire nationale ? s'étrangle Ida.

– Quoi qu'il en soit, continue Kornélius, Knudsen est mort maintenant, il ne représente plus un danger. Le sniper non plus.

– Comment peux-tu dire ça ? Qu'est-ce que tu sais que tu nous caches encore ? demande Botty, soupçonneuse.

– Ne complique pas les choses, Botty. Le sniper n'est plus un problème. C'est tout ce que vous avez à savoir.

– Est-ce que ça a quelque chose à voir avec ton accident en pleine nuit sur la 42 ? s'inquiète Ida.

– Ida, Knudsen n'est plus un danger, et le sniper non plus. Point ! Ce qui signifie qu'il ne vous reste qu'à mettre la main sur Effemji. Avec prudence cependant, car c'est aussi un tireur d'élite.

– Mais comment tu sais tout ça ?

– Comment je sais, vous n'avez pas à le savoir. Mais croyez-moi, il ne reste que Effemji.

– Mais c'est pas non plus comme si nous avions son adresse et sa photo.

– Knudsen le connaissait par la force des choses. S'il en avait fait son homme de confiance pour gérer le sniper, c'est même qu'il le connaissait bien. D'une façon ou d'une autre, dans son monde professionnel comme dans sa sphère privée, cet Effemji était nécessairement un de ses proches. De ses très proches, même. Vous le trouverez en fouillant dans la vie de Knudsen.

– Alors, tu nous lâches vraiment !

– Botty, quatre personnes pouvaient nous permettre de remonter jusqu'à Effemji. Sara Johandöttir, Knudsen, le sniper et moi. Deux sont déjà mortes et la troisième est hors circuit. Sa prochaine cible, c'est moi. Alors, je vais me planquer le temps que vous l'arrêtiez.

– Fuir, ça ne te ressemble pas, insiste Botty, furieuse et butée.

– Écoutez, répond-il en s'adressant à tous les autres pour ne pas personnaliser le débat entre Botty et lui, je viens de récupérer un père, une fille et un petit-fils, alors je vais essayer d'être un fils, un père et un grand-père vivant, si ça ne vous dérange pas. Si tu ne veux pas me prêter ce chalet, je demanderai celui d'Igmar à ta mère.

– Eh bien c'est ça, siffle-t-elle, demande à ma mère !

Et elle quitte l'hôpital d'un pas rageur. Komsi et Spinoza ne savent pas quoi dire. Ida soupire.

– Laissez-moi une seconde, leur demande-t-il, le temps que j'appelle la commissaire nationale.

L'appel est très court. Au téléphone, la commissaire nationale saisit immédiatement la situation et accède volontiers à la demande de Kornélius. Elle lui donne les codes d'accès aux différentes serrures et lui propose de mettre un chauffeur à sa disposition. Il la remercie et refuse poliment. Il a déjà assuré la logistique. Une voiture et des vivres. Quelqu'un va le déposer et viendra le rechercher.

– Vous saviez déjà que j'accepterais ?

– Comment auriez-vous pu refuser ?

– D'accord, prenez bien soin de vous, Kornélius.

Il revient vers Ida et les deux inspecteurs.

– Tu veux que je t'accompagne ? propose-t-elle.

– J'ai peur que ça complique les choses avec Botty.

– C'est ça ton talon d'Achille, Kornélius, la peur des complications.

– Comment peux-tu dire ça, tu ne crois pas que ma vie est quand même un peu plus compliquée que la moyenne, Ida ?

– Je veux dire que si tu te compliques la vie, il faut bien t'attendre à ce que te sortir des ennuis soit au moins aussi compliqué.

– Tu te prends pour Spinoza, maintenant ? essaye-t-il de plaisanter.

Mais Ida n'a pas le cœur à plaisanter. Puisqu'elle ne peut plus rien faire pour aider, elle préfère rentrer chez elle. Et elle part.

Ils attendent tous les trois qu'elle ait disparu dans la nuit, de l'autre côté de la porte vitrée.

– C'est pas comme si ça avait été facile de les éloigner, tous autant qu'ils étaient. Je peux aller chercher les autres maintenant ?

– Oui, fais-les venir.

Komsi va chercher la journaliste et le photographe qui patientaient dans leur voiture sur le parking, et Kornélius demande à Spinoza de leur offrir un café au distributeur pour les remercier de leur patience. Puis il pose dans son fauteuil roulant avec ses deux inspecteurs comme gardes-malades. L'interview est rapide. Il est tard dans la nuit et le journal a peu de temps pour modifier sa une.

L'inspecteur Jakobsson a été victime d'un accident de la route alors qu'il roulait de nuit sur la 42. Officiellement déchargé de l'enquête sur le sniper, il semblerait qu'il poursuivait officieusement une piste personnelle quand sa voiture a quitté la route à hauteur du lac de Kleifar. Le véhicule, un coupé Saab rouge d'un autre âge, a dû être remorqué jusqu'à Reykjavik, où l'inspecteur Jakobsson avoue avoir été sermonné par la commissaire nationale en personne, réveillée en pleine nuit. Elle lui a rappelé qu'il avait été temporairement arrêté dans le cadre de l'affaire du meurtre de notre consœur Sara Johandöttir, et qu'il était déchargé de tout dossier dans le cadre d'une enquête interne qui pourrait aller jusqu'à son renvoi de la police. L'inspecteur Jakobsson a confirmé ces faits, refusant toutefois tout commentaire complémentaire. Blessé au pied droit, il affirme vouloir profiter de sa convalescence dans un lieu gardé secret pour faire un point sur sa vie et sa carrière.

Flatté de l'exclusivité qui lui a été accordée, la journaliste remercie Kornélius, lui souhaite un prompt rétablissement et se précipite jusqu'à sa voiture, suivie de son photographe.

– Bon, et maintenant, que fait-on ? demande Spinoza.

– On fait comme on a dit.

63

Elle est morte.

Vue du champ de lave, à quatre cents mètres de l'autre côté du lac, la façade vitrée du chalet perché sur ses pilotis s'irise de reflets moirés comme l'aile fragile et légère d'une libellule. Le ciel mauve a rosi, puis s'est nacré d'une brillance laiteuse. Sous la brise légère du matin, les eaux du lac, sombres de l'ombre du champ de lave, se marbrent en diagonale de ridules ondulées. Eiders, arlequins, macreuses, plongeons, grèbes ont réveillé la nuit dès les premières lueurs. Maintenant, ils s'ébrouent et froufroutent de leur bec leur duvet léger sous leurs plumes soyeuses, heureux de se préparer pour le monde qui renaît.

L'homme, lui, s'est couché au creux d'un repli de roche noire, au bord du mur de lave qui domine le lac, et garde le chalet dans la ligne de mire de son viseur. Il se terre sous un camouflage de fausse mousse et de lichen artificiel, et son visage est peint des mêmes couleurs. Il est arrivé au cœur de la nuit, équipé de lunettes de vision nocturne pour ne pas se faire repérer. Il suffit d'une douleur ou d'une angoisse, d'une envie de boire ou de pisser, et voilà l'insomniaque qui se lève, jette au passage un œil sur la nuit éteinte et s'alarme de la lueur blanche, au loin, d'une lampe torche qui cherche son chemin, incongrue comme une luciole dans la pierre ponce. Et tout est compromis.

Alors il attend, depuis trois heures. D'abord le ciel d'encre, puis l'aquarelle de l'aube à l'horizon, et enfin les couleurs de l'aurore avant le grand jour. Le soleil dans son dos le masquera au plus attentif des guetteurs. Même avec des jumelles. Au moins la première heure. Mais il est certain que l'homme sera seul. Depuis qu'il observe le chalet, il n'a relevé aucune trace d'une autre présence. Alors il va attendre que s'actionne le mécanisme des rideaux, que les stores remontent jusqu'en haut de la baie vitrée et que sa cible reste figée, émue par le sentiment d'éternité qui se dégage de ce paysage. Quelques instants suffiront. À peine plus d'une seconde. Une seconde dix selon la théorie, pour que la balle chemisée de laiton traverse les quatre cents mètres d'air frisquet qui feutrent l'eau du lac d'un duvet de brume bleue. Et perfore le cœur de la cible à la vitesse de trois cents mètres par seconde, sans lui laisser la moindre chance de comprendre qu'elle vient de mourir. Est-ce qu'à cette vitesse-là et avec le choc que cela suppose, un être vivant fauché par une telle traîtrise a le temps de sentir le métal lui trouer le cœur ? Est-ce qu'en un centième de seconde, le temps que l'ogive le traverse de part en part et quitte son corps par son dos déchiqueté, un homme a le temps de revoir toute sa vie qu'il vient de perdre ?

Ce sont des questions qu'il évite de se poser. Quand il aura tiré, il rampera en arrière sous son camouflage jusqu'à ne plus être vu depuis l'autre rive. Il se relèvera et parcourra avec calme, pour ne pas se prendre les pieds dans une faille ou une crevasse, les deux kilomètres qui le séparent de sa voiture. Il l'a laissée en bordure d'une piste à peine visible qu'empruntent à l'occasion des vulcanologues ou des géologues. Puis il rentrera à Reykjavik pour s'étonner avec tout le monde de ce terrible fait divers.

Soudain son instinct injecte en lui l'adrénaline de l'action imminente. Quelque chose bouge. Il cale son œil dans l'axe de sa lunette de visée et vérifie. Les lames du grand store s'écartent les unes des autres, avant que le rideau ne commence à se lever. Il cherche aussitôt à apercevoir, dans l'espace dégagé, le fauteuil roulant de sa cible, et s'étonne de ne pas le trouver. Le filtre polarisant de sa visée lui permet d'explorer l'intérieur du chalet à travers les reflets dans la baie vitrée. Un petit déjeuner est servi sur une table. Rien n'est entamé. La cible va venir. Il devine un autre mouvement, et deux panneaux de la baie vitrée s'ouvrent en son milieu. Tant mieux. La balle n'aura pas à la percer ou à l'exploser. Pas de déperdition de la force de pénétration ni de déviation de la trajectoire. Peut-être la cible va-t-elle sortir sur le deck. Mais elle apparaît sur le côté et se dirige au contraire vers le fond de la pièce où elle s'immobilise. Cuisine ouverte. Il comprend. Elle prépare quelque chose. Œufs brouillés ? Bacon ? Poisson ? Peu importe, elle va rester quelques secondes à surveiller la cuisson et c'est tout ce qui lui importe. Il glisse son doigt sur la détente, vérifie tous les paramètres de visée dans sa lunette. Il ne sait pas pourquoi, au dernier moment, il se demande qui a pu décider que l'intérieur du canon d'un fusil s'appellerait « l'âme de l'arme ». Lui tire sans états d'âme. La cible tressaute, désarticulée par l'impact, s'affaisse d'abord dans la poêle sur la plaque chauffante, puis bascule sur le côté en entraînant le fauteuil roulant. Il ne voit plus qu'une roue qui tourne dans le vide. C'est la seule faille de son plan. Il n'a pas le temps de traverser le lac pour aller vérifier. Mais il a confiance dans son tir. Il a touché la cible. De dos. À la base de la nuque. Elle est morte.

64

... l'arme en bandoulière.

Il est mort. Ou plutôt il sait qu'il va mourir, mais ça ne donne aucune réponse à ses questions. La balle est venue de l'ouest. Elle lui a traversé le cou. Elle ne lui a pas brisé la nuque, puisqu'il est encore en vie, mais il va mourir. Son sang gicle par pulsions dans son cou. Chaud et poisseux. L'artère. Il se vide. Déjà son esprit s'embrume. Qui va le dire à sa mère ? C'est donc à ça que pensent ceux qui meurent ? Maman ! Il s'est laissé avoir. Il s'en veut. « Merde » est son dernier mot. Il meurt, sans avoir vu l'autre tireur, tapi sous son camouflage, à cent mètres de lui. Fausse mousse et lichen artificiel. Le même que le sien.

Lui est là depuis la veille au soir. A reconnu le terrain. A deviné l'endroit qu'il choisirait. A repéré celui d'où il le surprendrait le mieux. Cent mètres suffiraient. Sur le côté, derrière une bulle de lave éclatée, trop vite contractée par une pluie trop froide. Fusil calé dans une faille entre deux blocs. Bonne position pour un affût. Légèrement plus haut que sa cible. Dès que l'autre s'est allongé en position de tir, trois heures avant le lever du soleil, il savait qu'il l'aurait sans problème. Ils n'auraient froid ni l'un ni l'autre. La coulée de lave ne date que d'un an à peine. Le sol, encore tiède, devient chaud avec le temps.

Dans sa lunette de visée, il vérifie que l'homme est bien mort avant de quitter son affût. Il descend la coulée de lave vers l'est d'abord, pour disparaître à la vue du chalet, au cas où. Puis il remonte jusqu'au corps encore mou et chaud du sniper. Il profite de sa position pour examiner l'intérieur du chalet à travers ses jumelles. Aucun mouvement. Il aperçoit le fauteuil renversé. L'autre ne peut pas avoir manqué un tir aussi facile. Là-bas aussi la cible est morte, et c'est tant mieux. Alors il retourne le corps du sniper pour confirmer ce qu'il savait déjà : Mir Magnusson, un ancien des Vikings, tireur d'élite de formation, poussé à la démission pour raison disciplinaire. Écarté en fait pour ses liens avec un groupuscule nationaliste. A réintégré la police dans l'ombre de Knudsen. Même si les liens entre Magnusson et le commissaire seront faciles à établir, il glisse dans une des poches de Magnusson un papier plié en quatre. Le numéro du portable de Knudsen et les coordonnées GPS du chalet. Dans un codage facile à décrypter. Il passe encore un long moment à fouiller l'autre rive à travers ses jumelles pour détecter la moindre présence. Pas question de se laisser surprendre au beau milieu du lac. Il serait trop exposé. Quand il est sûr d'être seul, il retourne à son affût, se saisit d'un sac de marin et descend le mur de lave jusqu'au lac. Quand il jette à l'eau le contenu comprimé du sac, un canot pneumatique se gonfle aussitôt. Il emboîte les éléments d'une pagaie, monte à bord et rame vers le chalet, l'arme en bandoulière.

65

... ne vise pas la tête !

– Tu l'as eu ?

Petùr sursaute. Il a abordé le ponton en silence, s'est hissé sur le deck et s'est glissé avec prudence dans le chalet, l'arme à la main. Il s'est d'abord rassuré à la vue du corps écroulé derrière le bar de la cuisine ouverte. Mais quand il a cherché des yeux le fauteuil roulant qui avait disparu et qu'il a découvert que le corps déchiqueté dans la cuisine n'était qu'un mannequin, il a compris la supercherie en même temps que la présence dans son dos. Kornélius était là, dans le fauteuil, une couverture sur les genoux, son pied pansé sur un support à l'horizontal.

– Tu m'as fait peur ! J'aurais pu te tuer, dit Petùr en montrant son arme. Oui, je l'ai eu. Il est mort.

– J'aurais pu mourir aussi, réplique Kornélius en désignant le mannequin d'un mouvement de la tête.

– Pourquoi as-tu ouvert les baies vitrées ?

– Pour le pousser à tirer.

– C'est ce qui m'a trompé. Ce n'était pas convenu comme ça. Le signal, c'était de te montrer face au lac. J'aurais eu le temps de l'abattre avant qu'il tire. Pourquoi tu as changé le plan ?

– J'ai eu peur de ce qui s'est finalement passé. Qu'il puisse tirer avant que tu ne l'abattes. Et j'ai eu raison.

Petùr ne trouve rien à répondre et préfère changer de sujet :

– Il y a du café dans cette maison ?

Kornélius lui désigne la cafetière.

– J'allais prendre mon petit déjeuner. Tu m'en sers un aussi ?

Petùr remplit deux tasses et les porte jusqu'à la table.

– Tu sais qui c'est ? demande Kornélius.

– Oui. Mir Magnusson. On l'appelait M & M, je me souviens bien de lui. Il n'est pas resté longtemps. Un peu trop viking pour les Vikings.

– C'est-à-dire ?

– Dans le genre l'Islande aux Islandais, si tu vois ce que je veux dire.

– Je vois. Mais pourquoi n'était-il pas sur la liste que nos hommes ont vérifiée ?

– Il l'était. J'ai fait cette liste moi-même. J'ai mis son nom.

– S'il l'avait été, nous l'aurions arrêté. Mon équipe a remonté chacun des vingt-deux noms de la liste des snipers que l'unité spéciale a formés. Nous les avons tous localisés. Deux morts de maladie, un décédé dans un accident de la route et un disparu en mer, mais sa disparition a été confirmée par les rescapés de son voilier. Les dix-huit autres étaient tous, pour une raison ou pour une autre, dans l'incapacité géographique ou temporelle d'être impliqués dans les tirs du sniper.

– Alors la liste a été modifiée, parce qu'il y avait vingt-deux noms, dont celui de Mir.

– Vingt-deux noms, je te confirme, mais pas celui de Magnusson.

– De toute façon, ça ne change plus rien ni pour lui ni pour nous. Il est mort. Mais comment as-tu su qu'il te traquerait jusqu'ici ?

Kornélius désigne de la tête un objet sur la table. Comme une pile plate.

– C'est ce que je crois ? demande Petùr.

– Un mouchard, oui. Je l'ai récupéré dans un téléphone qui lui servait à traquer quelqu'un.

– Le téléphone ?

– Jeté.

– Et le quelqu'un ?

– On pourrait dire jeté aussi, mais je préfère dire « en réserve de la République ». Une sorte d'assurance-vie.

– Une assurance contre qui ?

Kornélius n'est pas dupe de l'étonnement de Petùr.

– Va savoir ? Dans cette affaire, je ne sais vraiment plus qui est qui.

– Comment Magnusson savait-il que tu avais gardé le téléphone ?

– Je suppose qu'il l'a compris quand il a vu le signal continuer à se déplacer alors que son propriétaire avait disparu.

– Et pourquoi aurait-il su que c'était toi plutôt que le propriétaire du téléphone ?

Bonne question, se dit Kornélius, qui ne veut rien avouer de la mort de Lynch.

– Lui ou moi, peu importe, puisque son intérêt était de nous éliminer tous les deux. Il était certain d'en descendre au moins un en suivant le signal jusqu'ici.

Petùr ne répond pas. Il fixe Kornélius d'un regard qui cherche à percer ce qu'il lui cache.

– Non, finit-il par dire, c'est toi qui l'as fait venir. La photo à l'hôpital, l'article dans la presse le lendemain matin, c'était un message pour lui. C'est toi qui l'as piégé.

– Oui, mais c'est toi qui l'as tué.

– Qu'est-ce que ça veut dire ? Ce n'est pas ce que tu voulais ? Ce n'est pas pour ça que tu m'as prévenu ?

– J'ai prévenu le chef de l'unité spéciale pour qu'il intercepte un type avant qu'il me tue.

– Et ?

– Et j'ai toi, Petùr, en solo, qui le tue après qu'il m'a tiré dessus. Où sont tes renforts ? Où sont les Vikings ? Qu'est-ce que tu fais tout seul dans ce chalet où tu m'as cru mort ?

Petùr soupire. Quelque chose qu'il essayait de contenir cède en lui. Une retenue. Un dernier espoir, que l'obstination de Kornélius le force à abandonner.

– Je fais le ménage, avoue-t-il. Personne n'a besoin dans ce pays d'un scandale avec un commissaire ambitieux qui manipule un sniper d'extrême droite pour forcer le gouvernement à armer sa police.

– C'est de ça qu'il s'agissait ? Knudsen voulait armer la police ?

– C'était son obsession. Une « vraie » police, comme il disait. Tu aurais dû lire les interviews que la journaliste t'a envoyées sur ton portable.

– Tu les as lues ?

– Oui, bien sûr. Tiens, lis celle-là, dit-il en lui montrant un fichier sur son portable :

– Commissaire Knudsen, pourquoi pensez-vous que notre police n'est pas préparée à gérer les évolutions de notre société ?

– Parce qu'elle se berce d'illusions sur la bonne image de notre société. Nous nous flattons de n'avoir que 2 homicides par an en moyenne, alors que la France par exemple en compte 800. Nous oublions juste de préciser que c'est pour une population de 320 000 habitants seulement. Rapporté à la population française, notre taux d'homicides serait de plus de 400. Plus de la moitié du taux français, alors que notre pays ne compte aucune mégapole, aucune immigration massive, aucune structure de crime organisé, aucun quartier défavorisé, ce qui nous guette obligatoirement dans les décennies à venir, et ce à quoi notre police n'est pas préparée.

– Pensez-vous que cette évolution est inéluctable ?

– Il suffit d'observer ce qui se passe avec le tourisme et les accidents de la route. Nous comptons désormais plus d'étrangers impliqués dans les accidents que d'Islandais. Pourtant, nous ne sommes pas considérés comme les meilleurs conducteurs du monde. Aujourd'hui, la courbe du nombre d'accidents grimpe plus vite que celle de l'afflux de visiteurs étrangers.

– N'est-ce pas contraire à votre démonstration ? Cela ne signifie-t-il pas que, proportionnellement, les touristes sont moins responsables d'accidents que les nationaux ?

– Non, il faut savoir interpréter les chiffres. Dans un premier temps, l'afflux d'étrangers a provoqué une augmentation des accidents les impliquant. Dans un second temps, il a créé des conditions nouvelles de circulation et de danger qui finissent par mettre aussi en danger l'ensemble de la population. Et finalement, pour d'autres raisons, notre réseau routier se retrouve inapproprié à assurer la sécurité de notre propre population. Il en va exactement de même avec notre police.

– Que voulez-vous dire ?

– Notre police n'est ni structurée ni préparée pour gérer un afflux de population étrangère, saisonnière ou pas, ou même simplement la croissance naturelle de notre propre population nationale. Nous devons réformer nos forces de l'ordre pour nous préparer à l'avenir qui nous attend. Saviez-vous par exemple que la Norvège nous a fait cadeau de trente-cinq fusils d'assaut automatiques ?

– Non, je ne le savais pas.

– Et que croyez-vous que nous en ayons fait ?

– Je suppose qu'ils ont été distribués à nos forces de l'ordre.

– Pas du tout. Nous les stockons quelque part au nom du principe d'une police citoyenne et sans arme. En fait, la survie de notre démocratie, en cas d'émeutes ou d'attentats par exemple, ne repose actuellement que sur l'existence de l'unité spéciale des Vikings, seule unité armée de notre police à pouvoir intervenir en situation d'urgence. Théoriquement dans tout le pays. En fait, quelques-uns de ces fusils automatiques ont été distribués dans deux ou trois commissariats des fjords les plus reculés, où il faudrait plus de quatre heures aux Vikings pour intervenir.

– Mais nous avons bien quelques forces de police qui sont armées, quand même ?

– Vous plaisantez ! Quelques armes de poing pour quelques unités des douanes, et quelques autres enfermées dans un coffre dans le coffre de certaines voitures de patrouille. En cas de nécessité, le policier doit appeler un central pour obtenir le numéro de la combinaison permettant d'ouvrir le coffre dans le coffre. Imaginez un attentat dans ces circonstances. Quelque chose comme le Bataclan à Paris, ou la course meurtrière de Breivik en Norvège, combien de morts avant que notre police puisse réagir ?

– Pourquoi l'Islande serait-elle le théâtre d'un attentat, nous ne sommes impliqués dans aucun conflit ?

– Breivik a démontré qu'aucun conflit n'était nécessaire pour déclencher un carnage.

– Mais Breivik est un ultranationaliste. Ces gens n'ont obtenu que 303 voix aux dernières élections, comment pourraient-ils représenter un danger ?

– Parce que Breivik est justement la démonstration qu'il suffit d'un seul. Imaginez un homme armé qui débarquerait à Blue Lagoon par exemple, ou à Gullfoss. Pensez au carnage qu'il aurait le temps de provoquer avant l'intervention d'une force équipée pour le neutraliser

– C'est quelque chose que nous n'avons jamais connu en Islande. Pourquoi cela arriverait-il ?

– Vous verrez que cela arrivera.

– Et qui pourrait neutraliser un tel forcené ?

– Des policiers armés et déjà sur place.

– C'est vraiment ce que vous préconisez ?

– C'est le devoir de la police d'anticiper les menaces qui ne manqueront pas de frapper les populations qu'elle a pour mission de protéger. Quand une telle action terroriste nous frappera, ce serait criminel de ne pas nous y être préparés.

– Ça explique beaucoup de choses, en effet, et j'aurais dû lire ça. Mais toi, comment tu en as eu connaissance ? Tu as eu accès à mon portable ?

– On me les a fait suivre, esquive Petùr.

– Qui ?

– Je ne suis pas habilité à te le dire.

Kornélius boit son café, repose la tasse calmement, puis regarde le paysage derrière Petùr.

– Alors c'est là que ça part en vrille, n'est-ce pas ?

– Que veux-tu dire ?

– « Je ne suis pas habilité à te dire », « tu n'as pas à savoir », « tu ne peux pas comprendre », « je suis obligé de », « j'ai des ordres », « c'est ta faute aussi »… Tu es là en solitaire, le fusil à la main, dans le chalet où j'aurais dû mourir de la balle d'un autre. Tu ne trouves pas que ça part en vrille, Petùr ?

– Nous ne sommes pas obligés d'en arriver là, Kornélius…

– Là où ? Me tuer ? M'éliminer ? C'est ça ta mission ?

– Ma mission, c'était d'éliminer ce sniper et je l'ai fait.

– Mais tu as attendu de croire qu'il m'avait éliminé pour le faire, et maintenant je suis vivant et je prends un café avec toi. Alors, qu'est-ce que tu vas faire ?

– C'est à toi de dire ce que tu vas faire, Kornélius. Knudsen a tué la journaliste et il est mort, et maintenant Magnusson est mort. Alors, si j'ai un conseil à te donner, fais le mort toi aussi. Oublie et fais-toi oublier. Accepte la retraite anticipée qu'ils t'ont proposée, tout en reste là, et plus personne ne meurt.

– Décidément, tu n'es qu'un homme de main, Petùr, et tu viens de te condamner. Seules deux personnes étaient au courant de cette proposition de retraite, le procureur et la commissaire nationale. En y faisant allusion, tu viens de les lier à tous ces crimes, et de faire de toi un témoin aussi gênant que moi.

– Nous sommes seuls ici, Kornélius, personne ne saura rien de ce qui se sera dit ou de ce qui va se passer.

– Tu te trompes, Petùr, le vent le leur dira.

– Le vent ? Qu'est-ce que ça veut dire ?

Kornélius lève les yeux au plafond vers un coin de la grande pièce. Petùr suit son regard et découvre le drone silencieux en vol stationnaire.

– Oh merde, Kornélius, tu n'as pas fait ça !

– Si. Son et image, en direct, depuis le tir du sniper sur le mannequin jusqu'à tes confidences autour d'un café.

Petùr se lève en renversant sa chaise et braque son fusil sur le drone, mais Kornélius bondit sur ses pieds et pose le canon de l'arme de Lynch sur la tempe du commando.

– Ne fais pas de conneries, Petùr, pour l'instant tu n'as descendu qu'un sniper qui cherchait à m'éliminer. Ne va pas te rendre complice de quoi que ce soit d'autre. De toute façon, même si tu détruis le drone, tout ce qui a été pris a déjà été transmis en direct et sauvegardé.

Petùr ne peut détacher son regard de Kornélius, debout bien calé sur ses jambes.

– Alors tu n'es même pas blessé, constate-t-il en secouant la tête de dépit.

– Non. Petit stratagème. Enfin, mise en scène qui m'aura quand même coûté l'aile, le capot, la calandre et un phare de ma Saab !

Petùr regarde tout autour de lui. Dans sa tête, des cases s'ouvrent et se ferment, se remplissent et se vident. Il envisage des options, cherche des issues. Une issue. Une seule. Puis reconstitue le puzzle de la situation.

– Mais alors…, commence-t-il.

– Oui, le devance Kornélius, tu as raison, je ne suis pas seul ici.

– Bon sang, j'aurais dû le deviner. Tu ne pouvais pas prendre le risque de te balader devant la baie vitrée dans ton fauteuil roulant, et le mannequin ne pouvait pas le manœuvrer.

– Télécommande, lâche Kornélius pour toute explication. Comme pour le drone.

– Tu pourrais aussi bien tirer, dit Petùr, résigné. Qu'on en finisse. Descends-moi, abandonne mon corps dans la lande et que tout le monde m'oublie. Tous ceux qui ne l'ont pas déjà fait en tout cas.

– Désolé, mais je ne suis pas comme ça, répond Kornélius en chassant de son esprit l'image de Lynch dans sa crevasse.

Petùr baisse son arme, redresse sa chaise et se laisse tomber dessus.

– Comment ai-je pu me laisser manipuler de la sorte ?

– Parce que je vous ai laissés croire que j'étais fatigué, blessé et seul. Bon, est-ce que je peux ranger mon arme pour que nous puissions parler un peu ?

Il accepte d'un hochement de tête et Kornélius s'assoit à son tour.

– La seule chose que je ne comprends pas, c'est pourquoi ils t'ont fait tuer Knudsen en maquillant le crime en suicide.

– Mais je n'ai pas tué Knudsen ! proteste Petùr en se redressant.

– Non ? Mais qui alors ? Nous avions tout organisé pour rassembler des preuves permettant d'inculper Knudsen dans le meurtre de la journaliste. Il était piégé. Quel intérêt de l'éliminer ?

– Quelqu'un ne voulait pas qu'il parle, je suppose.

– De quoi aurait-il pu parler ? réfléchit Kornélius. Des raisons pour lesquelles il a tué la journaliste ? Quelqu'un d'autre serait impliqué ?

– Ou des raisons pour lesquelles il ne l'a pas fait. S'il n'a pas tué la journaliste alors que vous rassembliez toutes les preuves pour le faire croire, quelqu'un avait peut-être intérêt à l'éliminer. Son suicide est à la fois un aveu de culpabilité et une façon de ne plus contester les indices.

– Le problème, Petùr, c'est que les personnes qui m'ont demandé de charger Knudsen, et qui selon ta théorie deviendraient les commanditaires du suicide de Knudsen, ce sont le procureur et la commissaire nationale.

– Ah ! sourit Petùr en montrant le drone du doigt, tu viens de te mettre dans les mêmes sales draps que moi. Témoin compromettant ! Mais, dis-moi, auraient-ils vraiment eu des raisons de voir le dossier de Knudsen s'effondrer ?

Kornélius hésite, puis raconte à Petùr leur petite carambouille à propos des indices. Le sang de la journaliste récupéré à la morgue chez Ida pendant son absence, les deux verres et la bouteille de Lagavulin marqués des empreintes de Knudsen, et les sous-vêtements féminins aussi. Tout ça pour polluer d'indices l'appartement de la journaliste.

– Bon sang, Kornélius, comment as-tu pu te laisser embringuer là-dedans ?

– Et toi ?

– Moi, je ne fais qu'obéir aux ordres, mais toi ?

– Je n'en sais rien, soupire Kornélius en se frottant le visage de la main, de haut en bas, comme s'il voulait s'arracher un masque. La rage d'avoir été accusé, je suppose. La certitude que Knudsen avait tué cette pauvre Sara.

Ils restent quelques instants en silence, puis Kornélius se lève et invite Petùr à sortir sur le deck. Dehors, le ciel s'est argenté derrière la ligne noire du front de lave. Le lac est immobile, d'acier brossé. Les oiseaux ont disparu. Ils s'assoient sur le ponton, les pieds au-dessus de l'eau. Petùr devine un mouvement derrière lui et se retourne. Le drone les a suivis et s'immobilise, comme un chien surpris.

– Ce n'est plus la peine, Tobias, dit Kornélius en élevant la voix, c'est bon, tu peux arrêter.

Le drone les contourne et file au ras de l'eau jusqu'au milieu du lac, puis fait demi-tour et revient droit sur eux. Ils baissent la tête dans le même réflexe au moment où il les évite pour rentrer dans le chalet.

– C'est un môme, explique Kornélius, il patauge en plein drame et s'amuse quand même !

Il raconte à Petùr sa rencontre avec Tobias, dans l'Askja, face au Herðubreið, et ses histoires de mousse et de lichen « millionnaires ». Mais Petùr ne l'écoute que d'une oreille distraite.

– Que fait-on maintenant ? s'inquiète-t-il.

Kornélius prend son temps pour répondre :

– Notre mission est remplie, nous avons neutralisé le sniper.

Knudsen était son commanditaire et, d'une façon ou d'une autre, il est mort aussi. Et l'autre tireur ne réapparaîtra pas…

– Il est mort ou tu l'as laissé s'enfuir ?

– Tu ne le sauras jamais.

– Sauf que tu as son arme et le mouchard dans son téléphone.

– Ah, tu as compris que c'était à lui ? Il reste donc encore un peu de flic en toi. Mais j'ai très bien pu les lui confisquer pour qu'il repasse la douane tranquille.

– Admettons. Il reste quand même le procureur et la commissaire nationale.

– Ils t'avaient vraiment demandé de m'éliminer ?

– Ça ne se passe pas comme ça. Quelqu'un te donne un ordre oral dans un endroit discret et te fait comprendre que tu ne dois neutraliser le sniper qu'après qu'il a tiré. Tu protestes, en parlant de la cible, et on insiste en te regardant droit dans les yeux : après qu'il a tiré. On te parle de flagrant délit, de preuve…

– Lequel des deux ?

– Ça, tu ne le sauras jamais.

– Et comment savaient-ils qu'il viendrait ?

– C'est moi qui leur ai parlé de ton plan, avoue Petùr. Après que tu m'en as parlé, je suis allé leur raconter que tu avais un moyen de l'attirer où tu voulais, et que tu m'avais demandé de te couvrir. J'ai cru que ça te protégerait. Je ne pouvais pas me douter…

– C'est bon, le console Kornélius, le sniper ne m'a pas tué, et toi non plus. Quant au procureur et à la commissaire nationale, s'ils sont impliqués dans le meurtre de Knudsen, je ferai tout pour les faire tomber. Sinon, ce sont des politiques. Eux et moi nous nous arrangerons autour d'un équilibre des nuisances. Ils me laissent partir tranquille, et je les laisse magouiller comme ils veulent. Ils m'ont fait fabriquer de fausses preuves, nous nous tenons les uns les autres. C'est un discours que les politiciens peuvent comprendre.

– Oui, mais si ce ne sont pas eux, qui a fait tuer Knudsen alors ?

– J'essayerai de le savoir avant de quitter la police, sinon, ils se débrouilleront très bien entre eux.

Ils admirent le paysage en silence. Le soleil troue les nuages de halos lumineux et ses rayons, pinceaux célestes, enflamment le paysage de couleurs dispersées. Alors ils retournent vers le chalet.

– Tu es vraiment du genre à obéir aux ordres, hein ? s'amuse Kornélius.

– C'est la seule force qui me reste dans la vie.

– Alors, tu dois réfléchir à une solution pour sortir de ce pétrin en obéissant aux ordres, sourit Kornélius en se relevant.

– S'il en existe une, je la trouverai.

Ils restent un moment silencieux au milieu de ce paysage sévère et hypnotique à la fois, puis Kornélius se tourne vers Petùr.

– Tu as vu comment son tir a déchiqueté le visage du mannequin ? Promets-moi une chose, Petùr : si tu dois me tirer dessus un jour, je t'en prie, ne vise pas la tête !

66

... demi-têtes de mouton bouillies.

Elle aperçoit la Saab rouge en même temps qu'il la voit. Kornélius descend, contourne sa voiture et ouvre en force la portière qui grince et frotte contre la carrosserie froissée. Elle hésite, puis avance jusqu'à lui.

– Montez, madame la commissaire nationale.

– J'ai peur de ne pas pouvoir, Kornélius.

– J'ai peur de devoir insister, madame la commissaire nationale.

– Je ne vois pas pourquoi vous insisteriez.

– Pour parler de la mort de Knudsen, par exemple.

– Je ne vois pas en quoi ça me concerne.

– Ou alors de la mission du chef des Vikings dans l'Askja ?

Elle le fixe, cherche à sonder sa détermination, puis se résout :

– J'ai peu de temps, Kornélius.

– Faites ce qu'il faut pour en trouver alors, parce que je vous emmène dîner.

Elle le regarde à nouveau, puis lui tourne le dos pour passer deux appels, et monte dans la voiture.

– Votre pied va mieux, dirait-on, lâche-t-elle après quelques minutes de silence.

– Mon pied n'a jamais été mal.

Elle le regarde encore pour chercher à comprendre, mais il ne s'explique pas.

– On ne peut pas en dire autant de votre voiture.

Ils roulent sans rien se dire puis, quand elle comprend où il l'emmène, elle lève les yeux au ciel.

– Vous n'avez pas osé !

– Bien sûr que si. Le seul restaurant sans aucun Islandais pour vous reconnaître ou comprendre ce que nous allons nous dire.

Il la devance pour forcer la portière.

– Le Fjörugarðurinn, au cœur du village viking, soupire-t-elle sans y croire.

Le village est une fantaisie pour touristes. Un hôtel, quatorze bungalows et deux restaurants à l'architecture tarabiscotée, le long de la route à double voie qui borde le port. Murs en bardage et toits pentus de bois noir. Clochers et clochetons empilés jusqu'à une flèche aiguisée défiant le ciel. Faîtière sculptée d'entrelacs géométriques et ajourés, au bout desquels jaillissent en surplomb des dragons de bois aux gueules belliqueuses.

L'intérieur est pire. Caricature de taverne surchargée de symboles de toute période. Tables en bois massif, chaises à haut dossier, coussins en peaux de bêtes, fauteuils en douves et douelles. Épées et rondaches à tous les murs.

– Mon Dieu ! murmure la commissaire nationale en se cachant les yeux derrière ses doigts.

Kornélius lui prend le bras et l'invite à le suivre. Il est à peine dix-huit heures et la salle, déjà pleine de touristes bruyants, résonne du vacarme de leurs conciliabules. Tous semblent excités à l'idée de s'écœurer bientôt au requin faisandé qui fait vomir et de boire de la « mort noire » dans des cornes de bélier. Certains ont poussé le mauvais goût jusqu'à porter des casques de Vikings en plastique. Kornélius se repère, puis conduit son invitée jusqu'à une table, entre celle de huit Italiens qui gesticulent et une autre de six Japonaises qui pouffent de rire. Quand elle voit que Petùr les y attend, Kornélius sent son bras se crisper sous sa main.

– Que faites-vous ici, Petùr ? demande-t-elle, soudain sur ses gardes.

– Le sniper n'était pas là-bas, madame.

– Vraiment ?

– Oui. J'ai attendu toute la nuit. Je suppose qu'il a déjoué le piège que lui tendait Kornélius.

Elle les regarde tour à tour, cherchant à comprendre.

– Cela justifie-t-il cette invitation musclée dans ce lieu vulgaire ?

Les deux hommes se regardent cette fois, comme pour décider lequel des deux engage les hostilités.

– C'est à propos de Knudsen, madame, nous voulions vous demander…

– En fait, coupe Kornélius, nous voulons savoir si vous avez suicidé ou fait suicider Knudsen.

La commissaire nationale se fige, puis ses épaules tombent et elle se tasse d'une surprise indignée.

– Quel duo de petits cons arrogants vous faites, tous les deux ! Comment osez-vous seulement me poser cette question ! Vous savez qui je suis ?

– Mon plus haut supérieur hiérarchique qui a donné l'ordre à Petùr de ne neutraliser le sniper qu'après qu'il m'a tiré dessus.

– Petùr vous a dit ça ? Vous lui avez dit ça, Petùr ?

– Oui, madame.

– Mais vous savez très bien qui vous a donné cet ordre, Petùr.

– Le procureur, madame, c'est vrai, mais vous étiez présente et vous ne l'avez pas contredit. Et je n'avais d'ordre à recevoir que de vous, pas de lui.

– C'est une interprétation hasardeuse et paranoïaque d'une conversation privée entre deux de vos supérieurs, Petùr, voilà ce que c'est. Quant à Knudsen, bien sûr que nous ne sommes pour rien dans son suicide.

– Nous ? s'étonne Kornélius.

– Oui, nous, le procureur et moi, s'énerve-t-elle soudain, parce que nous étions bien obligés de gérer tous les deux ces fausses preuves que vous avez fabriquées dans la chambre du Konsulat pour impliquer votre commissaire dans le meurtre de la journaliste.

– Preuves que vous m'avez demandé de constituer, précise Kornélius, dans le hot pot de la maison d'Igmar, souvenez-vous.

– Encore une interprétation hasardeuse et sans preuve d'une conversation privée entre deux de vos supérieurs.

– Privée au point de m'avoir invité à vous rejoindre, à moitié nus tous les deux, dans le hot pot ?

– Qu'allez-vous insinuer là, Kornélius ? D'ailleurs, vous ne nous avez jamais rejoints dans le hot pot. Vous êtes resté sur le deck, tout habillé, souvenez-vous.

– Vous ne vous êtes jamais demandé pourquoi ?

– Pourquoi quoi ?

– Mes vêtements, pourquoi je les avais gardés.

– Pudeur mal placée, je suppose, se moque-t-elle, devinant trop tard qu'il va la poignarder d'un aveu qu'elle redoute aussitôt.

Maintenant que les entrées sont servies, la salle est envahie jusqu'au plafond d'un vacarme qui tourne au chaos. À chaque table, les plus courageux hurlent leur dégoût. Deux des Italiens s'étranglent de haut-le-cœur dans le fou rire des autres. Une des Japonaises se précipite aux toilettes, retenant à deux mains sa nausée.

Kornélius contemple toute cette chienlit de mauvais folklore, puis sort un téléphone de sa poche.

– Comme Botty m'avait confisqué le mien, j'en ai repris un

ancien, dit-il. Mais il fait dictaphone quand même. Où aurais-je pu le dissimuler à moitié nu avec vous dans l'eau ?

La commissaire nationale fixe le téléphone, s'appuie de ses deux coudes sur la table et cache son visage dans ses mains. Autour d'eux les Italiens et les Japonaises se moquent aussitôt d'elle comme d'une nouvelle victime du requin faisandé, avant de se rendre compte que la table n'a pas encore été servie et de croiser le regard de troll de Kornélius.

– Je ne vous crois pas, c'est du bluff.

– Il m'a filmé et enregistré avec un drone, madame, il en est très capable.

– D'accord, dit-elle soudain en se reprenant, vous enregistrez encore, là ?

– Non, madame, ce que j'ai me suffit grandement pour que vous puissiez vous expliquer sans crainte.

– Très bien. Alors d'abord, nous n'y sommes pour rien, moi en tout cas, dans la mort de Knudsen. C'est vrai que son suicide nous arrange. Même en pilotant de très près l'enquête, nous ne pouvions pas être certains d'éviter que le dossier ne s'effondre à cause des fausses preuves. Et c'est vrai, Kornélius, que nous vous avons suggéré de régler l'enquête sur le meurtre de la journaliste en rassemblant ces preuves contre Knudsen.

– Parce qu'il était coupable et qu'il allait nous échapper ?

– Oui, mais surtout parce qu'il était derrière cette affaire de sniper. Le neutraliser avec ce dossier monté contre lui dans l'affaire Sara Johandöttir nous évitait d'avoir à le faire en déclenchant le scandale public d'un commissaire commanditant un sniper.

– Et pour le sniper que devait neutraliser Petùr après qu'il m'avait descendu ?

– Nous n'avons jamais donné de telles consignes. Jamais. Le procureur a juste laissé entendre qu'étant donné que nous n'avions aucune preuve matérielle contre cet homme pour les autres tirs, il fallait que l'infraction soit constituée avant sa neutralisation.

– Donc qu'il me tue avant qu'on l'abatte, mettant ainsi fin à tous les dossiers.

– Ce n'est pas ce que le procureur a demandé à Petùr, même si c'est ce que Petùr a pu comprendre. Et maintenant, qu'allez-vous faire de cet enregistrement, Kornélius ?

– M'en faire une assurance-vie, madame la commissaire nationale, pour que vous, votre procureur, votre police et vos hommes de main me laissiez en paix. N'oubliez pas que vous m'avez mis en retraite.

– Si les enregistrements étaient divulgués, ils pourraient prouver que vous avez négocié cet arrangement en échange des fausses preuves que vous avez montées, tente-t-elle.

– Votre brillante carrière contre ma pauvre pension de retraite, vous voudriez vraiment jouer ce coup de poker ?

– Très bien, alors, que voulez-vous, Kornélius ?

– Je viens de vous le dire, madame, partir en retraite, dans les conditions dont nous avons parlé.

– Et pour le reste ?

– Quel reste ?

– Les enquêtes : Sara Johandöttir, Knudsen, le sniper ?

– Nommez un successeur à Knudsen qui saura les mener selon votre bon plaisir.

Il se lève, laissant Petùr désemparé avec la commissaire nationale, et quitte le restaurant viking où les serveurs le bousculent pour servir les testicules de mouton au petit-lait aigre et les demi-têtes de mouton bouillies.

67

... à la seconde détonation.

– C'est tout, s'indigne Ida, ça se termine comme ça ?

– Oui, les deux snipers sont morts, Knudsen est mort, Viktor, Olaf, Nola et Tobias sont innocentés, et moi je suis à la retraite, voilà, ça se termine comme ça.

– Et tu vas accepter ça, toi ? La mort de Sara n'est pas élucidée, et la culpabilité de Knudsen n'est pas prouvée, et tu t'en laves les mains ?

Ils ont parlé chez elle, longtemps, autour d'un café. Il a appelé pour demander à la voir, tôt le matin. Aux mots qu'il a choisis, au ton de sa voix, elle a su qu'il fallait qu'ils se rencontrent. Maintenant ils sont dehors, devant la voiture cabossée de Kornélius, sous un soleil hésitant qui peint la pelouse de petites touches de lumières mouvantes à travers les feuillages agités par le vent, comme un vitrail frémissant.

– La mort de Sara, je l'assume, et c'est déjà un lourd fardeau. Celle de Knudsen, je ne veux pas savoir. Ça ne peut être qu'une misérable machination politique ou de pouvoir. Que la conscience du coupable s'en arrange. Moi j'arrête.

– Que vas-tu faire ?

C'est plus une provocation qu'une question.

– Je vais essayer d'être meilleur père que flic. Rattraper le temps perdu avec ceux que j'aurais dû mieux aimer : mon père, ma fille, mon petit-fils. Et toi, si tu veux bien.

– Moi ? Non, moi, oublie-moi, Kornélius. Tu as demandé à Komsi de voler dans mon labo un échantillon de sang pour fabriquer une fausse preuve, tu te rends compte ? Tu as trahi ma confiance. Comment pourrais-je encore avoir foi en toi ?

– Alors tu ne viens pas ?

– Chercher Alma et Saphir chez ton père ? Non, Kornélius, je ne t'accompagne pas. Et je ne t'accompagnerai plus nulle part, d'ailleurs. Jamais plus. Comment pourrais-je ?

Il la regarde longtemps. Elle soutient son regard. Puis il baisse la tête et monte dans sa voiture.

– Si tu la vois, dis à Botty…

– Je ne dirai rien de ta part à Botty, Kornélius, ni à personne d'autre. Ta vie n'est plus la nôtre. Vis-la par toi-même, si les remords ne t'en empêchent pas. Mais prends quand même soin de toi, on dirait que tu as grossi de dix kilos en une semaine !

Il lance le moteur, et quand il démarre, elle rentre déjà chez elle sans se retourner.

Trois heures plus tard, il arrive chez son père. Saphir est sur un poney à la robe tachetée, cramponné à sa crinière blonde, et rit aux éclats contre un ciel d'un seul bleu. Alma court à ses côtés pour veiller à ce qu'il ne tombe pas. Runny tient la longe et pivote sur elle-même pour garder le cheval au pas.

– Ida n'est pas avec toi ? demande son père.

Kornélius le prend par le bras et l'entraîne dans le champ, de l'autre côté de la route, derrière la maison en ruine. Et il lui raconte tout de ces derniers jours, des faux crimes aux vrais snipers. Des fausses preuves aux vrais morts.

– Ida ne veut plus de moi. Elle n'a pas supporté. Et toi, comment ça va avec Runny ?

– Pourquoi me demandes-tu ça ? s'étonne Jakob en le retenant par le bras.

– Eh bien, mes femmes me laissent, la tienne reste…

– Runny ? Ma femme ?

Il explose d'un rire à fendre un troll, à émietter des glaciers, à carboniser les volcans, un rire comme du temps où il était son père, à l'envoyer contre le ciel pour le rattraper au dernier moment dans ses bras puissants. Il rit toujours quand il l'empoigne par le bras et le traîne par un chemin mouillé d'une averse vite passée jusqu'au pré où trotte le poney.

– Runny, tu sais ce que pense Kornélius ? Il pense que tu es ma femme !

Runny rougit en secouant la tête, mains sur sa bouche, pendant qu'un fou rire lui secoue les épaules d'abord, puis la tête, puis tout le corps, avant qu'elle ne le laisse exploser entre ses doigts en étoile. Saphir sur son poney et Alma à ses côtés les regardent, avant de succomber aussi à ce rire contagieux.

– Le meilleur flic d'Islande, s'esclaffe Jakob, le meilleur flic d'Islande, et il prend sa sœur pour sa belle-mère !

– Ma sœur ? s'étrangle Kornélius. Runny est ma sœur ? Tu es ma sœur, Runny ?

– Ta demi-sœur, imbécile, née d'une foucade entre ma mère et ton père, quand il aidait à notre ferme, de l'autre côté de la colline, il y a un siècle déjà !

– Mon Dieu, Runny, excuse-moi, je ne savais pas. Pardon d'avoir pensé que… Mais alors…

– Toutes vos galipettes de jeunesse, dans votre cabanon ? continue Jakob pour éviter à Runny, soudain confuse, d'avoir à le faire. Vous ne pouviez pas savoir, à cette époque. Il n'y a que ta mère qui s'en est doutée. Les femmes devinent tous ces trucs-là. Les mères encore plus. C'est pour ça qu'elle vous prenait pour des diaboliques tous les deux.

Tous perdent alors l'envie de rire, avant que Kornélius ne prenne Runny dans ses bras et la serre fort contre lui.

– Mais vraiment quel imbécile je suis, bredouille Kornélius, ému aux larmes. Quel temps perdu à démêler la vie des autres sans avoir jamais rien compris à la mienne. Saphir, je te présente tante Runny.

Plus tard, ils partagent un repas de famille. Puis Saphir fait une sieste en plein air sur une épaisse couverture, malgré le ciel qui se couvre et le vent qui chahute l'herbe. Jakob parle à voix basse avec Alma, qui surveille l'enfant en souriant. Assis sur un muret en pierre de lave, Kornélius raconte sa vie à Runny, qui en sourit aussi. C'est une journée à la campagne, dans le scintillement lointain de la mer, la houle irisée du vent dans les herbages, l'aboiement d'un chien après des mouettes moqueuses.

Dans l'après-midi, une brusque pluie irisée d'arc-en-ciel les fait se rabattre en courant vers la maison, les mains sur les cheveux. Ils en rient et boivent un dernier café, partagent une dernière tarte à la rhubarbe, et vient le temps des adieux. Comme une vraie famille. Kornélius et Alma dans la voiture. Jakob et Runny debout dans l'herbe mouillée. Et Saphir qui tarde à monter pour caresser une dernière fois son poney.

Il lance le moteur, une joie silencieuse au cœur, quand dans sa poche frémit le vibreur. Il prend son téléphone, et son sourire se fige quand il voit ce qui s'affiche à l'écran. Alma le voit et s'en inquiète :

– Qui est-ce ?

– Quelqu'un à qui je dois répondre, dit-il, attendez-moi une seconde.

Il descend de la voiture et s'en écarte. Deux chevaux blancs à la crinière blonde et insolente l'observent de loin. Alma regarde sa lourde silhouette.

– Tu n'aurais pas pris quelques kilos, toi ?

Kornélius se retourne et se tape sur la poitrine.

– Pas du tout, mademoiselle, j'ai juste attrapé un coup de froid en attendant la dépanneuse la nuit de l'accident, alors je porte une petite laine sous ma veste.

Puis il répond au téléphone :

– Où es-tu ? demande Kornélius.

– De l'autre côté, sur ta droite.

Kornélius se retourne et, aveuglé, juge le positionnement de Petùr plutôt intelligent, dos au soleil, probablement en appui couché sur un autre talus, à cent mètres au-delà d'une prairie verdoyante mouchetée de pavots.

– Donc nous y sommes, c'est ça ?

– C'est ça, murmure Petùr.

– Et nous sommes obligés d'en arriver là ?

– J'en ai bien peur. Mais avant, je voulais te dire qu'un témoignage recoupé situait Magnusson à l'hôtel Konsulat le soir où Knudsen a été suicidé. C'est lui qui est passé derrière vous. La commissaire nationale et le procureur n'y sont pour rien, même s'ils ont profité de l'aubaine.

– Grand bien leur fasse, Petùr, mais merci de m'en informer, j'apprécie.

– Par contre, Knudsen n'a pas tué la journaliste.

– Comment peux-tu en être sûr ?

– Les relevés d'empreintes de pas sur la falaise d'où la voiture est tombée. Une seule série. Taille 44. Knudsen ne chaussait que du 41.

– Pourquoi Ida ne m'a pas prévenu ?

– Parce que tu ne fais plus partie de la police, Kornélius.

– Bonne raison, reconnaît-il. J'ai un peu de mal à m'y habituer. Donc Knudsen n'a pas tué Sara et ne méritait pas notre acharnement à le faire accuser. On sait qui est l'assassin ?

– Magnusson chausse du 44 et il avait tous les mobiles. Ton ancienne équipe perquisitionne chez lui.

– Tu leur as dit qu'ils ne découvriront jamais le corps ?

– Non. Officiellement il a disparu. On va l'accuser des deux meurtres de Sara et Knudsen, qu'il aura éliminés parce qu'ils étaient sur le point de l'identifier comme étant le sniper, et dire qu'il est probablement en fuite et peut-être déjà même hors du pays.

– Bien, soupire Kornélius, très bien. Et toi ?

– Oh, moi, je ne vais même pas devenir un héros puisque personne ne saura que j'ai snipé le sniper, c'est un comble, non ?

– Pourquoi, tu aurais aimé ça ?

– Non, je n'aurais pas aimé ça, Kornélius, je n'aime pas ça du tout. Ni ce que j'ai fait, ni le pouvoir que ça donne sur moi à ceux qui me l'ont fait faire.

– Au point où nous en sommes, Petùr, dis-moi maintenant, tu as vraiment laissé le temps à Magnusson de me tirer dessus au chalet avant de le neutraliser ?

– Ça te donne une idée de ce qu'ils ont fait de moi, Kornélius.

– …

– …

– Petùr, je voudrais comprendre pour les armes. Celle de Magnusson et la tienne proviennent du stock norvégien qui n'a pas été distribué, c'est bien ça ?

– Tu es un bon flic.

– Et c'est toi qui les as fait sortir, n'est-ce pas ?

– C'est vrai aussi. On me l'a demandé et je n'ai pas su refuser. Comment tu as su ?

– Botty m'a envoyé un topo sur l'affaire en cadeau d'adieu.

– Dis, pour voir…

– Ce n'est pas sur Knudsen que la journaliste voulait attirer mon attention avec ses articles, mais sur Magnusson, qui était son attaché de presse à l'époque et qui est devenu par la suite son homme de confiance.

– Je dirais plutôt son âme damnée, mais c'est vrai.

– C'est Knudsen qui a effacé le nom de Lynch dans la liste transmise par les différents pays ?

– Oui. Comment Botty s'en est-elle aperçue ?

– Knudsen avait compilé la liste en provenance des différents pays en un seul document. Ça lui a semblé étrange que quelqu'un réécrive de tels documents dont les originaux se suffisaient à eux-mêmes.

– Bien vu.

– Même chose pour la liste des snipers que je t'avais demandée, réécrite par Knudsen aussi. Lequel de vous deux a omis de mentionner ton nom et celui de Magnusson ?

– Lui.

– Au point où nous en sommes, je vais te croire, mais tu sais qu'avec le nom de Magnusson et de Lynch sur les listes, nous aurions pu éviter tout ça.

– Je sais. Et je sais ce que ça a déjà coûté et ce que ça va encore coûter. À toi comme à moi, surtout.

– Il n'y a plus d'échappatoire, Petùr, ni pour moi ni pour toi.

– Oui. Je sais. J'ai bien compris.

– Bon alors, qu'est-ce qu'on fait ?

– Toi, tu ne bouges surtout pas.

– D'accord. Tu te souviens de ta promesse, j'espère ?

– Je n'ai pas oublié.

Le coup de feu claque, porté par le vent, et l'impact en pleine poitrine projette Kornélius deux mètres plus loin, le dos dans l'herbe luisante. Les chevaux prennent peur. Ils bondissent d'un pas chassé de côté avant de partir au galop. Alma ne comprend pas. Pas tout de suite. Ni Jakob. Ni Runny. Et encore moins Saphir. Mais juste avant qu'ils ne réalisent, chacun sursaute à la seconde détonation.

Épilogue

Olaf

Il est là, le teint cireux comme dans le tableau de Munch. Le visage écarquillé par la terreur, la bouche grande ouverte sur un cri de rage, le front contre la vitre où se reflète l'incendie d'un coucher de soleil de fin du monde. Mais il n'est pas en détresse existentielle, comme le personnage affolé du *Cri*. Olaf Eriksson est mort. Rupture d'anévrisme, conclura l'autopsie. Quelqu'un fera allusion à l'éruption du Krakatoa en 1883, dont les cendres dans le ciel du monde entier, depuis l'Indonésie, ont créé pendant plusieurs années des couchers de soleil lugubres et incendiaires. Les mêmes couleurs dans les cieux. La même terreur dans les yeux. Le même cri muet dans la bouche. Et tout autour, les mousses et les lichens piétinés par les touristes.

Nola

Nola n'arrive pas à y croire. Tobias non plus. Eriksson leur a légué la maison dans les Hautes Terres. Ils y retournent le soir même, les clés en main. Ils sont tellement heureux qu'ils font l'amour en riant dans toutes les pièces les premiers mois. L'année suivante, elle fait de la maison une maison d'hôtes. La dernière maison avant la fin du monde. Elle décore les chambres, cuisine, jardine. Lui répare ses drones et photographie les mousses. L'année suivante, ils se séparent et souvent, tard le soir, face à la baie vitrée, quand les voyageurs sont couchés, elle s'assoit dans le fauteuil d'Olaf et fume un joint. En pensant au jour où, au même endroit, elle a déshabillé Kornélius. Et elle sourit, seule dans la grande maison au milieu du désert, en se rappelant qu'il lui a promis une seconde fois. Kornélius !

Viktor

Viktor danse, sa rousse dans ses bras, en équilibre au bord du vide, tout en haut de la falaise du Dyrhólaey. Viktor et son pantin, enlacés, glissant sur l'herbe mouillée par la nuit les pas d'un tango langoureux. Quand il l'aperçoit, Viktor suspend *la barrida* qui fauche en souplesse le pied de sa partenaire. La nuit s'ennuage par surprise.

– Tu sais ce qu'on dit du Dyrhólaey ? Que ce n'est pas un cap que la mer casse et fracasse, mais une île que les séismes ont ramenée contre la terre. Étonnant, non, à l'heure où tout se déboîte et se délite, cet improbable rapprochement ?

– Qu'est-ce qui ne va pas, Viktor ?

– Olaf est mort, Nola et Tobias se sont éloignés, notre grand happening est terminé. Il ne me reste plus qu'à rejoindre moi aussi le grand rapprochement.

– Je t'en prie, Viktor…

– Tu es un homme bien, Kornélius. Nous étions tous des gens bien…

Et d'un léger mouvement de la tête, comme s'il répondait à

l'invitation de sa cavalière, il prend la pose, rectifie son *abrazo*, enchaîne une rapide *cadena de sacadas,* la suspend d'une brève *corte* et, au bout d'une *corridita* inattendue, bascule avec sa rousse dans le vide. La nuit les avale en contrebas dans le rugissement de l'océan.

Ida

Kornélius,

je t'écris pour te demander de ne plus nous revoir. Je refais ma vie avec quelqu'un et je veux nous donner cette chance. J'ai aimé ce que nous avons été, mais je ne parvenais pas à imaginer ce que nous aurions pu devenir. Je pense que nous nous sommes aimés comme des adolescents, faisant semblant de croire que ça n'avait pas d'importance. Maintenant je m'attache à cet autre et son amour est important pour moi. Alors ne reviens pas, s'il te plaît. Essaye d'être heureux de ton côté. Je te le souhaite.

Sincèrement,

Ida

Botty

– Des nouvelles de Kornélius ? demande Igmar depuis le bar de la cuisine.

– Il s'en remet, répond Botty, qui finit de dresser la table.

– Ce n'était pas si grave, alors, se rassure Andrea en apportant le vin.

Ils déjeunent sur le deck, dans la villa près de Reykjavik où

Kornélius avait refusé de descendre dans le hot pot avec la commissaire nationale et le procureur.

– C'était une munition ordinaire et l'ogive n'a pas transpercé son gilet pare-balles. Mais le choc lui a cassé plusieurs côtes.

– On sait comment il s'était procuré ce gilet ?

– Non, répond Andrea, il n'a rien voulu dire à ce sujet.

– Et personne n'avait remarqué qu'il portait ce gilet en permanence ?

– Non, rétorque Botty, nous avons tous pensé qu'il avait pris un peu de poids.

– Vivre comme si de rien n'était, au milieu des tiens, dans la certitude qu'un sniper te tient dans sa ligne de mire. Quand on connaît la violence de l'impact, quelle force de caractère il lui a fallu, reconnaît Andrea.

– Quelle inconscience, tu veux dire ! s'emporte Botty. Une dernière fois il l'a joué perso, sans nous faire confiance.

– Vous n'avez donc rien compris, ni l'une ni l'autre, intervient Igmar. Kornélius a agi ainsi pour offrir à Petùr une porte de sortie honorable. Ils savaient très bien tous les deux ce qu'ils faisaient, et surtout ce que l'autre allait faire.

Alma

Elle a fait venir un homme qui parle de choses simples et étranges. Elle tient l'enfant par la main. Beaux tous les deux, de blanc vêtus. L'homme implore l'aide de Odin, Thor, Freya et Loki pour faire les choses comme il se doit. Puis il demande aux Nornes du passé, du présent et du futur, au nom de l'arbre des mondes, de l'assister aussi. Il leur demande d'accorder à l'enfant les dons qui lui seront le plus appropriés. Par trois fois il asperge d'eau la tête du jeune garçon qui s'en amuse, avant de déclarer :

– Je te nomme Saphir, que ton grand-père a placé sous la protection de Thor, et je te bénis en attachant un génie à ce nom.

Puis il glisse sur la langue de l'enfant un mélange de miel et de beurre.

Alma, Jakob, Runny lisent alors des strophes du « Hávamál », cherchant dans le long poème épique des mots justes pour illustrer la vie qu'ils souhaitent à Saphir. Quand vient son tour, Kornélius a les yeux brillants d'émotion :

Le Fils du Prince se doit d'être discret,
Sage et silencieux, mais courageux dans la bataille :
Chaque homme devrait être gai et heureux
Jusqu'au jour de sa mort.

Komsi et Spinoza

– C'est pas comme si c'était la fin, quand même ?

– Pourquoi pas ? Mais n'oublie pas que si chaque fin est un soir, chaque soir est la veille d'un autre matin. En d'autres termes…

– Ferme-la, Spinoza, tu vas spoiler !

DU MÊME AUTEUR

Aux Éditions Albin Michel

YERULDELGGER, 2014, Grand Prix des lectrices de *Elle*, Prix Quais du Polar/20 Minutes, Prix SNCF du polar

LES TEMPS SAUVAGES, 2015

LA MORT NOMADE, 2016

MATO GROSSO, 2017

HEIMAEY, 2018

Chez d'autres éditeurs

LE TEMPS DU VOYAGE. PETITE CAUSERIE SUR LA NONCHALANCE ET LES VERTUS DE L'ÉTAPE (publié sous le nom de Patrick Manoukian), Éditions Transboréal, 2011

LES BERTIGNAC (publié sous le pseudo de Paul Eyghar), Hugo Jeunesse, 2011

TARKO, L'HOMME À L'ŒIL DE DIAMANT, Éditions Atacas, 2016

TARKO, LE SECRET DE PACHAMANA, Éditions Atacas, 2016

HUNTER (publié sous le pseudo de Roy Braverman), Hugo Thriller, 2018

Composition Nord Compo
Impression CPI Brodard & Taupin en septembre 2019
Éditions Albin Michel
22, rue Huyghens, 75014 Paris
www.albin-michel.fr
ISBN : 978-2-226-44522-3
N° d'édition : 23718/01 – N° d'impression : 3035569
Dépôt légal : octobre 2019
Imprimé en France